JEAN DIWO

LA FONTAINIÈRE DU ROY

ROMAN

À Irène

© Flammarion, 1997

1

Les ors de Fouquet

– Messieurs, le Roi arrive ! Le chapelet des carrosses passe la grille. Venez donc voir ce spectacle qui vaut les divertissements de notre ami Molière. Fontainebleau, certes, n'est pas très éloigné mais la canicule n'épargne pas les grands. La Reine mère et la Grande Mademoiselle[1] semblent bien éprouvées. Je vois d'ici couler les fards à l'huile de talc et les rides devenir rivières…

Les quatre hommes réunis dans la petite pièce jouxtant les grands salons se pressèrent devant la baie ouverte pour regarder les valets et les femmes d'atours s'affairer autour des carrosses dorés de la maison royale, redressant là une perruque, rectifiant plus loin l'équilibre d'un vertugadin ou défroissant la dentelle d'un rabat.

– Mon bon La Fontaine, je comprends votre jubilation à voir fondre au soleil le gratin de la noblesse française mais réjouissons-nous plutôt de la réussite de nos efforts conjugués. C'est tout de même grâce à nous, et à vous dont les vers n'ont pas fini de célébrer Vaux, que monsieur le surintendant peut offrir au Roi, ce 17 du mois d'août 1661, une fête aussi fastueuse dans le plus beau château de la Terre.

---

1. Louise d'Orléans, duchesse de Montpensier, nièce du Roi, dite « Grande Mademoiselle ».

– Vous avez raison, Le Nôtre, Vaux ne sera jamais plus beau qu'il ne l'est aujourd'hui.

Tandis que Fouquet, figé sur la première marche du perron de marbre, s'apprêtait à recevoir le Roi, les compères suivaient d'un œil amusé le spectacle. Il y avait là Le Nôtre qui avait dessiné le parc, Le Brun, l'auteur des tableaux qui décoraient les salons, Le Vau, l'architecte, auxquels s'était joint Jean de La Fontaine, poète attaché à la maison du surintendant. Deux noms manquaient à cet aréopage des arts : Molière qui répétait sa nouvelle pièce, *Les Fâcheux*, qu'il allait jouer ce soir devant le Roi pour la première fois, et celui que l'on appelait « l'humaniste des jardins potagers », Jean-Baptiste La Quintinie. Il avait réalisé à Vaux un jardin de fruits et de légumes dont il était difficile de l'extraire. Au moment où le Roi arrivait, il devait, serpette à la main, chercher quelque branche superflue sur un poirier en espalier.

– Regardez, dit Le Nôtre. Fouquet, radieux, sourit au Roi et le Roi lui sourit mais je ne serais pas surpris que ces bonnes manières de cour cachent des pensées moins amènes.

– Pourquoi dites-vous cela ? demanda Le Vau.

– Parce que d'obscures menaces pèsent sur le surintendant. À cette heure où tout semble célébrer sa puissance et sa gloire, j'ignore s'il en est conscient mais, dans l'entourage de Colbert, son ennemi juré il est vrai, on dit qu'il ne survivra pas à la mort de Mazarin. Il n'y a pas de place pour deux à l'intendance des Finances et il semble que le Roi a choisi Colbert. Il a encore besoin quelque temps de Fouquet. C'est, dit-on, pour cela qu'il aurait accepté l'invitation à Vaux. Pourtant, il est vraisemblable que les jours de notre mécène – n'oublions pas qu'il a toujours honoré et rétribué généreusement le talent – sont désormais comptés. Nous avons fait de Vaux un palais de roi, mais qui, ce soir, est le roi ?

– Je vous trouve bien pessimiste, dit Le Brun. Louis va être ébloui et Fouquet lui réserve une surprise : il va, dit-on, à la fin de la fête, offrir Vaux à la Couronne.
– Peut-être se sait-il menacé ?

L'ordre était revenu dans la cour d'honneur du château. Les gardes-françaises et les mousquetaires qui avaient accompagné le cortège s'étaient rangés et les carrosses armoriés avaient gagné le parc des écuries pour faire boire les chevaux. La suite royale avait retrouvé sa superbe et repris naturellement l'ordre protocolaire derrière Monsieur et la Reine mère. La Reine, enceinte, était absente mais Madame, Monsieur le Prince, le duc de Beaufort, le duc de Guise, les princes étaient là, prêts à entreprendre la visite du parc derrière le Roi qu'accompagnait le maître de maison. Cette visite avait été soigneusement préparée par Fouquet et Vatel, à la fois maître d'hôtel, grand écuyer et chef du protocole[1]. Des petites voitures attelées de poneys et protégées du soleil par des parasols étaient proposées aux dames et aux messieurs de la cour trop fatigués mais le Roi ayant dit qu'il irait à pied, la plupart des femmes et tous les hommes l'imitèrent.

Fouquet offrit d'abord à ses hôtes, accablés de chaleur, une promenade bienvenue entre deux murs d'eau composés de jets entrecroisés. « Des cristaux liquides », écrira La Fontaine dans l'un de ses poèmes sur Vaux. Après une courte marche au soleil, le cortège retrouva la fraîcheur devant les deux cents jets qui bordaient le grand canal, puis auprès des bassins, des fontaines et enfin de la grande cascade, apothéose de ces bouquets

---

1. Selon la légende, il se serait suicidé à Chantilly lors d'une fête donnée par Condé parce que la marée n'était pas arrivée. On attribue aussi ce suicide à une peine de cœur.

cristallins, de ces joyaux jaillissants, de ces artifices de gouttelettes.

Le surintendant avait voulu étonner le Roi et le Roi restait muet d'admiration devant ce spectacle dont l'ampleur et l'imagination laissaient loin derrière les plus beaux bassins de Saint-Germain et les cascatelles de Saint-Cloud. Il admirait, mais évaluait en même temps les sommes considérables qu'avait dû coûter cette installation prodigieuse. Les paroles perfides de Colbert qui, depuis la mort du cardinal, ne cessait de dénoncer les folles dépenses du surintendant accusé de confondre fortune personnelle et finances publiques ne quittaient pas l'esprit du Roi. « Cette débauche de luxe me ridiculise », pensait-il. S'il posait aimablement des questions à son hôte, ravi de l'intérêt que le Roi portait à son œuvre, c'était pour mieux se convaincre de la véracité des propos de Colbert. Colbert qui n'était pas loin dans le cortège et qui lisait avec satisfaction sur le visage du Roi les signes d'une irritation grandissante.

— Avoir réussi à faire ruisseler l'eau sur cette terre qui souffre tant de la sécheresse relève du miracle, monsieur le surintendant, dit le Roi en essuyant sur son rabat de dentelle une goutte échappée à la grande gerbe.

— Le miracle, Sire, c'est d'avoir réussi à découvrir et à engager les meilleurs artistes. Robillard est un génie. Personne ne sait comme lui domestiquer une rivière. Ici, c'est l'Anqueil dont l'eau nous parvient dans des lieues de tuyaux de bois et de plomb. Vous devriez, Sire, l'attacher à vos domaines, comme aussi Le Nôtre qui a conçu ces bois, ces allées, ces jardins de fleurs. Et La Quintinie, créateur du potager que vous allez admirer. Je sais, Sire, combien vous goûtez les légumes et les fruits frais cueillis. Ce matin j'en ai fait porter deux voitures à Fontainebleau.

Le Roi, dont seul un léger tremblement des lèvres trahit l'agacement, répondit poliment :

– Je ne manquerai pas de suivre vos conseils, monsieur le surintendant. Je verrai les auteurs de cette magnifique réussite qui éclipse, ô combien ! la modestie des châteaux royaux.

À travers des allées de cyprès, des pelouses bordées de buis et d'immenses massifs de fleurs rares, on alla jusqu'au potager dont Fouquet était si fier et le Roi curieux. C'était le domaine d'un homme exquis qui, après des études de droit dans son pays, l'Angoumois, s'était adonné au « gouvernement » des plantes et des arbres. Fouquet l'avait découvert chez les Condé où il avait participé, avec Le Nôtre, à l'embellissement de Chantilly.

– Sire, voici le meilleur jardinier du monde. Il va vous montrer lui-même son potager.

– S'il se contente d'être le jardinier du Roi, je pense que je ne tarderai pas à l'appeler.

Louis se fit expliquer le fonctionnement des serres chaudes, s'intéressa à une nouvelle race de poires, les passe-crassane, poussées en espalier et félicita chaleureusement l'homme aux mains vertes.

– Les dames seront sûrement heureuses de se reposer un moment, dit Fouquet. Une collation attend Votre Majesté.

Les jambes étaient, en effet, devenues un peu lourdes. La cour remonta jusqu'au château et gravit lentement les marches du perron avant de se répandre dans les salons. Il ne faisait pas encore nuit mais les lustres et les torchères brillaient de l'éclat de milliers de bougies. Partout des tentures brodées d'or, des tapisseries aux tons éclatants, des tableaux somptueux et des meubles qui ne pouvaient sortir que des mains des ébénistes du Roi, au Louvre ou aux Gobelins. Dans la grande galerie, présenté sur un chevalet sculpté, trônait un portrait, celui du Roi peint par Le Brun. Louis XIV admira la peinture et remercia :

– Je ne sais pas si je trouverai dans mes demeures un emplacement digne du chef-d'œuvre de M. Le Brun, mais je l'accepte avec satisfaction.

Y avait-il de l'ironie dans la réponse ? Fouquet ne la releva pas et pria l'assistance d'entrer dans le grand salon décoré d'un autre tableau, *L'Apothéose d'Hercule*, où – c'est Mme de Scudéry qui l'écrira dans sa *Clélie* – « le Soleil est représenté dans son palais, sur les marches du trône. Les heures, filles du Soleil, montent et descendent. Ce nouvel astre est placé au milieu du ciel, en forme d'écureuil… ». L'écureuil, c'était l'animal qui figurait sur les armes de Fouquet. Le soleil, c'était Fouquet ! Louis XIV n'était pas encore celui que l'on appellerait le Roi-Soleil, mais pouvait-il supporter que son ministre se prenne pour l'astre suprême ?

L'heure de la collation était venue. Fouquet offrit au Roi quatre services dont chacun constituait un festin. Le premier comportait quarante plats d'entrées dont des tourtes à la viande et au poisson, des pâtés chauds, des saucisses de blanc de perdrix, des boudins, andouilles et cervelas de toutes sortes. Le deuxième service, quarante plats lui aussi, celui des pièces du « rôt », offrait, en dehors de quartiers de « grosses viandes » (veau, bœuf, mouton), un choix de « menu rôt » constitué de volailles, d'autres oiseaux et de gibier rôti.

L'assistance accueillit avec une satisfaction particulière quelques plats du troisième service composé traditionnellement d'entremets froids et chauds : les asperges du potager, les petits pois, les truffes et les morilles. Vint enfin le « fruit », quatrième service. Deux grandes corbeilles chargées de fruits disposés en pyramides, une tourte de frangipane, une petite corbeille de massepains, de confitures sèches et de pâtes différentes, des assiettes remplies d'abricots, de cerises, de verjus confits.

Cymbales et trompettes avaient accueilli les hôtes à l'entrée du château. Dans les salons où les plats se succédaient dans des assiettes d'argent et de fine porcelaine, c'étaient les violons qui charmaient la cour attablée. Là encore, le surintendant avait naïvement trop bien fait les choses.

– Combien de violons avez-vous, monsieur le surintendant ? demanda le Roi.

– Trente-deux, Sire. C'est le plus bel ensemble jamais réuni, je pense.

Le Roi ne répondit pas. Il savait feindre. Seul Colbert, attentif devant le buffet des entrées, le vit se mordre les lèvres. Fouquet venait une nouvelle fois de déplaire au Roi. Celui-ci était fier de la fameuse bande des vingt-quatre violons que son père Louis XIII avait constituée et qui continuait de jouer à la cour. Et ce distributeur de pensions, de subsides secrets, ce corrupteur qui étalait ses richesses volées au trésor de l'État triomphait avec suffisance en exhibant trente-deux violons, huit de plus que le Roi ! Décidément, Colbert avait raison. Fouquet était un État dans l'État. Comment lui, Louis XIV, qui quelques heures après la mort de Mazarin avait déclaré devant le conseil réuni : « Messieurs, jusqu'à présent, j'ai bien voulu laisser gouverner mes affaires par monsieur le cardinal. Il est temps que je les gouverne moi-même », pourrait-il supporter d'abandonner les finances du royaume à un tel personnage ?

Le quatrième service s'achevait et l'on s'apprêtait à regagner les jardins où Molière attendait depuis près de deux heures le moment d'apparaître sur la scène installée devant le rideau des sapins avec, en toile de fond, la façade du château illuminée. L'orage qui avait menacé toute la journée n'avait pas éclaté, le frais de la soirée était divin, Fouquet, encore souffrant la veille, ne sentait pas sa fatigue et triomphait. Il avait joué bien souvent des parties difficiles au cours de sa vie : durant la Fronde, à la mort de Richelieu qui l'avait lancé dans la voie des intendances ; il lui avait fallu s'habituer au milieu corrompu du palais Mazarin, s'initier aux trafics d'influences, manœuvres douteuses et corruptions de règle chez le nouveau cardinal. Ce soir du 17 août, il avait encore gagné. Vaux, c'était un diamant dont il avait taillé une à une les facettes, une œuvre unique offerte aux regards du monde, peut-être aussi une manière de laver de toutes ses souillures cet argent mal gagné dont il n'était pas très fier.

Molière attendait toujours tandis que le Roi s'attardait à admirer sur la nappe en point de Venise le sucrier d'un magnifique service.

– Cette pièce est exceptionnelle, monsieur Fouquet. Le vermeil est splendide.

– Mais ce n'est pas du vermeil, Sire, c'est de l'or…

Le Roi, impassible, répondit seulement :

– On chercherait en vain au Louvre et dans tous mes châteaux un sucrier aussi précieux. Vous me donnez, monsieur le surintendant, une belle leçon de magnificence !

Il y eut un grand bruit de chaises. L'assistance se leva de table en même temps que le Roi et gagna à sa suite les jardins. Chacun prit place, le Roi entre la Reine mère et Madame. Le spectacle débuta par une féerie. Une naïade apparut dans une coquille et se retrouva mêlée à des arbres vivants, des dieux termes et d'autres statues qui mimaient une conversation. Vingt jets d'eau fusèrent alors autour de la naïade, et la Béjart, c'était elle, commença son éloge au Roi :

« Pour voir sur ces beaux lieux le plus grand roi du monde,
Mortels, je viens à vous de ma grotte profonde.
Faut-il, en sa faveur, que la Terre ou que l'Eau
Produisent à vos yeux un spectacle nouveau ? »

Le prologue terminé par une danse au son des violons et des hautbois, les « fâcheux », au nombre desquels était annoncé l'auteur qui s'était réservé les scènes satiriques, se succédèrent sur scène, importunant sans retenue les deux amants, Éraste et Orphise, venus se réfugier sous les ombrages. La Grange, l'élève favori de

Molière, jouait le jeune homme amoureux. À lui revenait l'honneur d'ouvrir le feu dans le silence retrouvé d'une nuit fardée de lumières et d'étoiles :

« Sous quel astre, bon Dieu, faut-il que je sois né,
Pour estre de fâcheux, toujours assassiné !
Il semble que partout le sort me les adresse,
Et j'en vois chaque jour quelque nouvelle espèce… »

La pièce, que Molière avait construite d'une manière nouvelle, en intercalant des ballets entre les actes, obtint un grand succès que l'avenir confirmera : elle sera jouée sans interruption cinquante-deux fois dans les trois mois qui suivront.

Les derniers applaudissements passés, les lumières les plus vives camouflées dans le parc, le feu d'artifice pouvait s'élancer. Il cerna peu à peu le château d'innombrables feux de Bengale et, avant que la dernière fumée ne se fût évanouie dans la nuit, les fusées éclatèrent sur toute l'étendue du parc, illuminant le canal, les pièces d'eau, les bordures des boulingrins et les bosquets jusqu'à la colline de Maincy.

La fête n'était pourtant pas terminée. La nuit était si belle, l'air si doux, l'extase si générale qu'à minuit passé personne ne songeait à rentrer. La Grande Mademoiselle ne cessait de répéter : « C'est une soirée enchantée », Mme de La Fayette disait que le Roi n'en finissait pas d'être étonné et La Fontaine troussait déjà quelques vers dans sa tête pour célébrer le miracle de Vaux. Il les récitait aux amis rencontrés :

« Tout combattit à Vaux pour le plaisir du roi
La musique et les eaux, les lustres, les étoiles… »

D'ailleurs la loterie commençait et des cadeaux de grand prix furent distribués. Mme du Plessis-Bellière gagna un superbe rubis qui ne pouvait venir que de la collection du cardinal et Mme de Motteville un alezan fringant. Ce dernier lot fit sourire beaucoup de monde car Mme de Motteville était affligée d'une denture chevaline très prononcée. L'ambigu de fruits, de glaces et de friandises servi sous une grande tente blanche trouva quelques amateurs et ce n'est qu'à deux heures que le Roi donna le signal du départ.

Après cette nuit folle, le château, un peu tombé dans la torpeur, se réveilla dans un bruyant branle-bas. Les voitures affluaient dans la cour, les chevaux piaffaient sur le pavé et les cochers cherchaient fébrilement leurs maîtres.

Le Roi s'apprêtait à rejoindre Anne d'Autriche dans son carrosse quand Fouquet s'approcha.

– Sire, dit-il, la fête était pour vous mais le château l'est aussi, si vous voulez l'accepter. Seule Votre Majesté est digne de Vaux. Je le lui offre de grand cœur.

Surpris, Louis XIV regarda un instant Fouquet et dit sèchement :

– Merci, monsieur le surintendant, pour cette somptueuse soirée. Je vous souhaite une bonne nuit.

Le Roi, d'une nature impulsive dans sa jeunesse, savait, depuis qu'il gouvernait vraiment le royaume, refréner ses impatiences et ses colères. Il s'était contenu durant toute la fête mais la dernière bévue de Fouquet, cette offre impudente, déchaînait maintenant son indignation. Il se jeta dans le carrosse à côté de sa mère et éclata :

– Madame, ne ferons-nous pas rendre gorge à ces gens-là ? J'aurais dû faire arrêter Fouquet durant cette nuit incroyable.

– Calmez-vous, Louis. On n'arrête pas chez lui quelqu'un dont on a accepté l'invitation.

– Mais demain, rien ne m'en empêchera. Je déteste cet homme qui n'a cherché qu'à m'humilier en étalant ses richesses. J'ai l'impression, moi, le roi, de n'être rien à côté d'un parvenu qui possède tout, les terres, les demeures, l'or, et qui s'est même attaché les plus beaux esprits du moment. Enfin, cette soirée m'a beaucoup appris et je sais ce que je vais faire. Je n'accepterai pas ce château qui ne m'est rien mais je vais le vider comme une coquille d'œuf, à commencer par ceux qui l'ont fait et qui, dorénavant, travailleront pour le roi.

Tout cela dans un carrosse tiré par six chevaux blancs sur une route cahoteuse enfumée parfois d'un brouillard qui s'effilochait dans les jambes de l'attelage.

– Vous verrez cela demain, dit la Reine mère. Ce n'est pas l'heure de faire des projets.

Louis se calma et somnola, sa tête découverte reposant sur l'épaule enrubannée de sa mère. Anne d'Autriche, qui avait quelque peu négligé Louis au temps de sa jeunesse, laissant à Mazarin et au maréchal-marquis de Villeroy le soin de son éducation, regardait maintenant avec la tendresse d'une mère l'enfant-roi devenu monarque dominateur. « Je ne donne pas cher de la peau de Fouquet, pensa-t-elle. Il y avait tout à l'heure de la haine dans son regard… »

Le Roi parti, les tables desservies et les lustres éteints, Vaux était en quelques instants devenu un géant moribond qui gisait, inconscient, sur les reliefs de la fête.

Cette soirée du 17 août 1661 avait été un extraordinaire succès. Le temps avait été clément, aucun incident n'avait gêné son impeccable déroulement et les quelques centaines d'invités qui s'étaient joints à la cour avaient tous quitté ravis le lieu enchanteur. Qui, à part le Roi et la Reine mère, aurait pu penser que ce triomphe n'était qu'une illusion, une chausse-trape dans laquelle s'était fait prendre son inspirateur ?

Le Nôtre et Le Brun, qui s'étaient attardés en devisant et regagnaient leurs chambres dans une aile du château, remarquèrent une ombre au milieu des sièges abandonnés.

– Quelqu'un aurait-il été oublié par son cocher ? dit Le Brun.

Ils s'approchèrent et virent un homme immobile qui regardait devant lui, fixant le grand salon dont les fenêtres encore ouvertes laissaient apercevoir le portrait du Roi. C'était le surintendant perdu dans sa solitude.

– Eh bien, monsieur le surintendant ? Vous devez être heureux. La fête a été à la hauteur de votre château, magnifique ! dit Le Nôtre.

– Oui, mes amis, grâce à vous j'ai pu recevoir le Roi avec la magnificence que mérite sa personne. Mais savez-vous ce que m'a répondu tout à l'heure mon ami Gourville[1] lorsque je lui demandai ce que l'on pensait de moi : « Les uns disent que vous allez être Premier ministre, les autres qu'il se forme une grande cabale pour vous perdre. » N'avez-vous pas de votre côté entendu quelque chose de ce genre ? Je penche pour ma part que ce sont les autres qui ont raison : Colbert est en train de gagner la partie contre moi. Heureusement, le Roi m'a toujours été favorable. Encore que je ne sois pas sûr que tout le luxe que nous avons déployé l'ait satisfait. J'ai souvent remarqué de l'agacement, et même, tant pis si le mot est trop fort, de la jalousie dans ses attitudes. Enfin ! Nous verrons demain ce qu'il en est avec M. Colbert qui ne m'aime pas... Voulez-vous avoir l'obligeance de dire à Gourville qu'il vienne m'aider à rentrer dans mes appartements, je suis épuisé. Et vous, mes chers amis, dormez bien. Quoi qu'il m'arrive, Vaux assurera votre gloire. J'ai vivement conseillé à Sa Majesté de faire appel à votre talent ainsi qu'à celui de Le Vau et de La Quintinie. Je vous souhaite le bonsoir !

Ni Le Brun ni Le Nôtre n'avaient sommeil. Les dernières paroles de Fouquet les avaient émus. Ils restèrent

---

1. Diplomate et financier auquel Fouquet attribua la Recette générale de Guyenne.

silencieux tandis que le surintendant rentrait en boitillant dans son musée endormi.

– Il me donne l'impression d'avoir achevé Vaux pour mieux le perdre, dit Le Brun. Cet homme fait pitié. J'espère tout de même que son long et fidèle service auprès du cardinal…

– Et auprès du Roi ! coupa Le Nôtre. N'oublions pas qu'il était encore hier soir, et qu'il est jusqu'à nouvel ordre, le grand argentier, le seul capable d'actionner la grande pompe à finances du royaume et le successeur attendu sinon désigné de Mazarin. Vous voyez, Le Brun, si notre bienfaiteur tombe, malgré tout, ce sera parce qu'il a pensé qu'il lui fallait continuer Mazarin. Mais le Roi, lui, veut que cela change et entend gouverner seul. Il n'a pas besoin de Premier ministre. S'il lui faut un bras actif à ses côtés, il prendra Colbert, le chevalier à la triste figure, qui lui obéira au doigt et à l'œil.

– Et que pensez-vous de la phrase de Fouquet : « J'ai recommandé au Roi de vous prendre à son service » ? Allons-nous travailler pour le Roi comme nous l'avons fait pour le surintendant ?

– Cela n'est pas impossible. Il est humain que le Roi, offusqué par la magnificence de Vaux, veuille faire plus grand et plus beau. En ce qui me concerne, cela ne changera pas grand-chose : je suis déjà peintre de la cour. Pour vous comme pour Le Vau cela serait l'avenir assuré.

– Peut-être, mais le Roi sera-t-il un bâtisseur ? Verra-t-il grand, comme Fouquet ? Sera-t-il capable de rassembler sous son aile protectrice les meilleurs artistes, poètes et fontainiers de son temps ? Remarquez qu'il n'aura pas à les découvrir, Fouquet l'a fait pour lui !

– Eh bien, s'il nous le demande, nous logerons le Roi et la cour ! Je crains toutefois que nous ne retrouvions jamais la passion du goût raffiné et du luxe qui animait Fouquet. Nul ne saura comme lui rétribuer aussi agréablement et subtilement le talent !

Lorsque, le lendemain matin, vers neuf heures, le cénacle de Vaux se trouva réuni autour d'une soupière de bouillon qu'un laquais de table servait sur des tranches de pain finement coupées, le château bruissait d'activité. Serviteurs et servantes s'affairaient ; dans la cour, trois carrosses attendaient.

– Il semble qu'un départ se prépare, dit Le Vau.

– Je vais aller questionner Pellisson que j'aperçois vers le perron. C'est le plus sérieux des familiers du surintendant, annonça La Fontaine. Si quelqu'un sait quelque chose, c'est sûrement lui.

Le fabuliste partit, laissant ses amis perplexes. Il y avait Le Brun et Le Nôtre, Le Vau et La Quintinie auxquels vinrent se joindre Molière et Armande Béjart dont on annonçait le prochain mariage.

– Mes amis, annonça La Fontaine, le surintendant a quitté le château ce matin à sept heures. Tout le monde s'apprête à rejoindre Saint-Mandé[1].

– C'est étrange, dit Le Nôtre. Hier, lorsqu'il nous a souhaité le bonsoir, il ne nous a pas soufflé mot de ce départ précipité ! Pense-t-il être plus en sécurité près de Paris ? Enfin, nous n'allons pas demeurer dans ce paradis déserté et il faut que nous organisions notre retour.

Tous trouvèrent des places dans les voitures bientôt prêtes à partir, Le Nôtre dans celle de Gourville qu'il avait connu lorsque le receveur général lui avait demandé de dessiner le parc de sa demeure de Saint-Cyr. Jean Hérauld de Gourville avait servi le duc de La Rochefoucauld durant la Fronde, puis le prince de Condé, avant d'être nommé intendant des Vivres de Catalogne par Mazarin et enfin receveur général par Fouquet. C'était l'un des personnages les plus aimables

---

1. Résidence de Fouquet lorsqu'il n'était pas auprès du Roi.

de son siècle et le surintendant appréciait son esprit, sa culture et sa fidélité. En montant dans le carrosse de M. de Gourville, Le Nôtre s'était promis d'essayer d'obtenir quelques confidences de celui qui n'ignorait pour ainsi dire rien de la situation du surintendant.

– Cette fête magnifique, dont le succès a été immense, provoque chez mes amis, les constructeurs de Vaux, un curieux malaise. Le Roi aurait dû normalement se montrer satisfait de l'hommage flamboyant qui lui était rendu mais il semblait constamment sur la défensive. Comme a dit Le Vau : « Plus ce que l'on lui montre est beau, plus il fait la grimace. »

– L'image est osée et le ton peu respectueux mais il y a du vrai dans la remarque de votre ami. Je connais l'estime que vous portez à M. le surintendant, c'est pourquoi je m'ouvre à vous. Depuis la mort de M. le cardinal, nous ne cessons, mes amis La Feuillade, Pellisson et moi-même, de le mettre en garde. Mais il n'écoute pas, se croit irremplaçable et semble se réjouir de vivre dangereusement. Mieux, il accumule les imprudences et détruit lui-même, sans se soucier, ses lignes de défense. Pensez qu'à l'encontre de tous les conseils il a vendu à M. de Harley sa charge de procureur général au Parlement qui, avec ses précieuses immunités, le rendait inattaquable.

– Le bruit court que M. Colbert…

– … veut éliminer Fouquet qu'il hait, c'est vrai, mais il ne pourrait y arriver si la victime n'avait pas prêté le flanc à ses attaques sournoises, le plus souvent par une incroyable naïveté.

– Le Roi garde-t-il son estime à Fouquet ? Pourquoi ne le nomme-t-il pas chancelier ?

– Le Roi, c'est le Roi. Permettez-moi, mon cher, de vous rappeler que l'on ne juge pas le Roi.

Le Nôtre n'insista pas. Durant le reste du voyage, on ne parla plus que jardins, pièces d'eau et perspectives.

Depuis le printemps, la cour était à Fontainebleau. Le Roi aimait ce château plaisant où son père était né. En cet été de 1661, il y goûtait, Mazarin n'étant plus, les premières voluptés du pouvoir. Il y découvrait aussi les plaisirs de l'amour qui s'offraient à lui en la personne des plus belles femmes du royaume. Il traînait tous les cœurs après lui et, naturellement, cherchait à vaincre le plus difficile à prendre, celui d'Henriette d'Angleterre, sa belle-sœur, qu'il courtisait sans vergogne au vu et au su de toute la cour, ridiculisant Monsieur, déjà fort moqué pour son vice. La Reine mère s'était vue contrainte d'intervenir et avait eu recours à un stratagème classique : détourner les soupçons en plaçant sur le chemin du Roi une créature aimable. Qui aurait pu penser que cette initiative assez banale aurait pour Fouquet des conséquences graves pouvant hâter sa perte ? Le surintendant, installé à la Mi-Voie, un hôtel particulier dans le parc de Fontainebleau, était évidemment au courant de tout ce qui se passait à la cour. Avant même que la liaison eût débuté, il connaissait le plan d'Anne d'Autriche. Des informateurs à sa solde, comme il en pullulait à la cour, l'avaient averti que l'on voulait mettre une jeune inconnue de dix-sept ans dans le lit du Roi. Tout de suite il avait su que la jeune inconnue chargée de supplanter l'orgueilleuse Stuart dans le cœur du Roi était orpheline d'un officier sans fortune. Sa beauté était discrète, elle était douce et naïve[1]. C'est ainsi que la plus effacée des filles d'honneur de Madame, Louise

---

1. Madame, jalouse, l'a décrite « petite bourgeoise laide et boiteuse ». C'est ce que retiendront bien des historiens. On croit plus facilement Mme de La Fayette qui l'a dite fort jolie. Pourquoi en effet aurait-on choisi un laideron pour séduire le jeune Roi ? Et puis, il y a le portrait de Mignard !

Françoise de La Baume Le Blanc, fille du marquis de La Vallière, fit son entrée dans l'histoire de France.

Le Roi, en effet, fut vite séduit par cette pureté et cette jeunesse, par cette modestie, cette tendresse qui le changeaient des mœurs dissolues des dames de la cour. Elle aima le Roi avec un désintéressement total, et le Roi, en sa compagnie, goûta le bonheur nouveau d'être aimé pour lui-même.

On s'explique mal les raisons qui poussèrent Fouquet à intervenir dans cette idylle arrangée par la Reine mère. Certes, en parfait courtisan, il s'était toujours prêté aux plaisirs du Roi, les favorisant, dans l'ombre ou au grand jour, mais il ne s'était pas aperçu qu'avec le choix de Louise de La Vallière, la donne était différente, qu'il ne s'agissait pas d'une de ces demoiselles frivoles qui hantaient les allées de Fontainebleau. Il est peu probable que Fouquet voulût devenir un rival du Roi mais plus vraisemblable qu'il crût le servir en offrant à la timide Louise de La Vallière, par l'intermédiaire de son amie Mme du Plessis-Bellière, une somme de vingt mille pistoles et la promesse d'assurer son avenir. Après tout c'est lui qui gérait la fortune du Roi à travers celle du royaume et il n'était pas inconvenant de régler les dettes d'amour du souverain !

La réaction de la douce enfant fut cinglante : elle refusa tout net et se plaignit au Roi que le surintendant avait tenté de l'acheter. Jamais Louis ne s'était senti autant outragé. Lequel de ses sujets pouvait se croire puissant au point d'être habilité à protéger sa maîtresse ? Décidément, Colbert avait raison : Fouquet était haïssable !

Gourville n'avait pas révélé à Le Nôtre ces secrets intimes mais le maître des jardins en savait assez pour deviner que les jours fastes de Fouquet étaient comptés et que cette défaveur allait avoir des conséquences fâcheuses pour les obligés du mécène. Il jugea qu'il était opportun de réunir ceux qui avaient travaillé au triomphe du 17 août. Pour Le Brun, c'était facile : le peintre habitait, dans les galeries du Louvre, l'un des ateliers du Roi, ces pièces qui, depuis Henri IV, étaient réservées aux meilleurs artistes, peintres, sculpteurs, ébénistes… lesquels pouvaient en disposer jusqu'à leur mort. C'est dans ces refuges du talent que Le Brun et le jardinier s'étaient connus au temps de leur jeunesse. Ils fréquentaient l'atelier du peintre Simon Vouet et celui du père de Charles Le Brun, un sculpteur qui déjà était logé au Louvre. Le Nôtre, lui, habitait, tout près, la maison où il était né. Celle-ci n'était pas située n'importe où mais face au pavillon de Marsan, dans le jardin des Tuileries dont son père avait été le premier jardinier. Depuis longtemps, André avait repris le titre, la fonction, et gardé la maison qu'il avait transformée en un charmant petit hôtel. Elle se composait d'un rez-de-chaussée et d'un étage. Le jardin qui l'entourait était immense, c'était celui du Roi, mais il avait planté autour de la maison quelques arpents de terre plus personnels. On y voyait devant l'une des façades quarante lauriers-roses et deux grenadiers et devant l'autre des caisses contenant quatorze orangers taillés en boule.

Les pièces étaient vastes, une cuisinière, une femme de chambre et un laquais assuraient le service : c'est dans cette maison familière que se réunirent les « compagnons de Vaux », comme ils s'appelaient entre eux.

Il faisait beau et, en attendant leurs amis, Le Nôtre et Le Brun s'installèrent dans le salon devant la fenêtre grande ouverte sur les frondaisons. Louis Le Vau arriva le premier. Lui aussi était un « enfant du Louvre », ce fantastique contexte d'effervescence artistique. Son père était ouvrier en instruments de mathématiques et avait son atelier à deux pas de celui de Simon Vouet, maître à penser et professeur bienveillant de tous ces jeunes artistes qui devaient quelques années plus tard devenir les artisans de Versailles.

Avant de bâtir à Vaux-le-Vicomte le château de Fouquet, Le Vau avait travaillé pour la plupart des grandes familles. Il savait qu'il ne manquerait pas de commandes, mais, comme ses amis, il devait beaucoup à Fouquet et sa présence n'avait d'autre raison que son attachement au surintendant. La Fontaine, lui aussi, avait une dette de reconnaissance à régler et voulait mettre sa plume au service de celui qui l'avait sauvé de la misère en lui accordant une pension de mille livres, à condition d'en acquitter chaque quartier par une pièce de vers. La Quintinie, le benjamin des compagnons qui, à trente-sept ans, avait planté des choux dans les potagers les plus nobles du royaume, arriva peu après.

– Molière doit-il venir ? demanda Le Nôtre.

– Quand Molière ne joue pas, il répète, et quand il ne répète pas, il écrit, dit La Fontaine. En plus il doit veiller au moral de la troupe, à son entretien, aux finances du théâtre. Ah ! j'oubliais l'essentiel : il doit plaire ! Au Roi, à la Reine, à Madame... Moi, une plume, de l'encre et du papier me suffisent, avec, pour être tout à fait honnête, le souvenir des fables de mon vieil ami Ésope. Je n'envie vraiment pas notre Molière !

– Pourquoi nous as-tu convoqués, cher Le Nôtre ? demanda La Quintinie.

– L'autre soir, Gourville m'a ramené de Vaux dans son carrosse et je l'ai fait un peu parler. Ce qu'il m'a dit, ou laissé entendre, montre que notre ami Fouquet va tomber de haut. Tout puissant encore le matin du 17 août, la dernière fusée de la fête a scellé sa disgrâce. Je ne sais pas ce que le Roi va faire de lui mais sa situation est grave et nous ne sommes pas près de bâtir pour lui un autre palais.

– Est-il conscient du changement d'attitude du Roi ? Rien ne laissait auguer un pareil dénouement à cette fête triomphale, dit La Fontaine.

– Que va-t-il faire si toutes les catastrophes annoncées s'abattent sur lui ?

Les questions fusaient mais personne ne pouvait y répondre. Il était plus facile d'envisager l'avenir des artistes de Vaux que celui de son créateur.

– Le Brun revient de Fontainebleau et je sais qu'il a une importante communication à nous faire. C'est pourquoi je vous ai demandé de venir, dit Le Nôtre.

– Cela tient en quelques mots, répondit le peintre. Vous savez, lorsque l'on fait le portrait de quelqu'un, il est souvent facile d'établir le dialogue, le modèle, quel que soit son rang, étant durant un moment sous la coupe du peintre. Il est tendu et est content de pouvoir se libérer en parlant.

– Bref, qu'as-tu appris, et de qui ? demanda Le Vau, impatient.

– Je fais en ce moment le portrait de la duchesse de Montpensier et, vous le savez, c'est une femme de caractère. Elle est rentrée à la cour mais elle est restée frondeuse[1] et a en tout cas gardé son franc-parler.

– Et que t'a dit la Grande Mademoiselle ?

– Pas grand-chose sur Fouquet, qu'elle va regretter car il lui a rendu de grands services financiers, comme à beaucoup de princes, mais elle m'a révélé une décision du Roi qui nous concerne tous. Mortifié par la grandeur et le luxe de Vaux, il a décidé de construire encore plus majestueux et plus beau à Versailles.

– Là où se trouve le petit château de son père ? demanda La Quintinie. Mais le terrain y est malsain et marécageux !

– Le Roi a répondu hier, au cours de la promenade, à son médecin Fagon qui lui faisait la même remarque, que la nature devait se plier à ses désirs et qu'il embel-

---

1. La fille de Gaston d'Orléans, frère de Louis XIII, entrée dans la Fronde, avait fait tirer les canons de la Bastille sur les troupes royales au combat de la porte Saint-Antoine, en 1652, pour sauver Condé. Chassée de la cour, elle n'y était revenue qu'en 1657.

lirait le château de son père jusqu'à en faire le plus magnifique palais du monde.
– Voilà une volonté royale qui nous ouvre des horizons ! s'exclama Le Vau.
– D'autant plus que le Roi entend reprendre tous les artisans de la réussite de Fouquet.
– Se révélera-t-il un entrepreneur aussi exceptionnel que le surintendant ? Verra-t-il toujours aussi grand ? Dépensera-t-il l'argent aussi facilement que lui ? On le dit économe des deniers de l'État.
– L'avenir nous le dira, prudent ami, dit Le Brun.

Après le remue-ménage de la fête de Vaux-le-Vicomte, la cour avait repris à Fontainebleau son train-train habituel. Chacun savait que le Roi détestait que l'on parlât de Fouquet et l'on ne citait son nom qu'en privé, entre amis sûrs, loin des terrasses où paradaient les proches du souverain. Vers la fin du mois, pourtant, le bruit selon lequel le Roi allait faire un voyage en Bretagne réveilla la cour, encore que le but de ce déplacement demeurât inconnu. Le Roi, en effet, quitta Fontainebleau le 1er septembre, suivi d'un cortège de gentilshommes : Charost, Gesvres, Saint-Aignan, le prince de Condé et le duc de Beaufort.

Le mystère s'épaissit lorsque l'on apprit que Fouquet avait précédé le Roi à Nantes où il logeait en compagnie de sa femme dans l'hôtel de Rougé, lequel appartenait à la famille de son amie Mme du Plessis-Bellière. Cloué au lit par une attaque de fièvre tierce, il avait dû remettre son embarquement pour Belle-Isle, achetée naguère à la demande de Mazarin afin d'éviter que cette place stratégique ne tombât en des mains ennemies. L'intendant l'avait fortifiée en vue de s'y retirer si un jour le sort lui devenait moins favorable. Ce temps était-il arrivé ? Fouquet pouvait le craindre après que ses amis Gourville, La Feuillade et Pellisson l'eurent prévenu de se tenir sur ses gardes. La présence de Colbert aux côtés du Roi qui présidait l'assemblée du parlement de Bretagne n'augurait en effet rien de bon. En fait, la décision d'arrêter Fouquet était prise et n'avait été retardée que de quelques jours, le temps au sieur d'Artagnan de se remettre lui-même d'une grosse fièvre. C'était en effet au sous-lieutenant de la compagnie des mousquetaires qu'était dévolue la mission secrète d'arrêter le surintendant.

Colbert, intendant des Finances, et Le Tellier, secrétaire d'État, avaient secrètement mis au point l'opération avec un luxe de précautions et une minutie qui montraient qu'elle constituait une affaire d'État de la plus haute importance que le jeune Roi ne pouvait se permettre de voir tourner mal. La lettre de cachet remise à d'Artagnan était accompagnée d'autres lettres indiquant la route à suivre pour conduire Fouquet jusqu'au lieu de sa prison ainsi que l'ordre d'arrêter tous les courriers autres que ceux de Sa Majesté afin d'éviter que la nouvelle de l'emprisonnement du surintendant ne parvînt à Paris par d'autres moyens.

Ces préparatifs étaient demeurés si secrets que personne ne s'étonna, le lundi 5 septembre, de voir Fouquet, remis de sa fièvre, assister à la partie de chasse donnée par le Roi, qui, au vu et au su de tout le monde, parla assez longuement au surintendant, que cet entretien devait pleinement rassurer. Vers onze heures, Fouquet descendit le grand escalier pour monter dans sa chaise. Ce n'est qu'après qu'il eut passé la dernière sentinelle que M. d'Artagnan fit arrêter les porteurs pour dire au surintendant qu'il devait lui faire part d'une décision du Roi.

Ainsi fut arrêté monsieur le surintendant Fouquet qui, la veille encore, passait pour l'homme le plus puissant du royaume. Étroitement surveillé par une compagnie de mousquetaires, le détenu arriva finalement à la

Bastille où il fut enfermé jusqu'à son procès dans la première chambre du donjon, garnie des meubles pris dans sa maison de Saint-Mandé, maison qui, dès le jour de l'arrestation, avait été vidée de tous papiers, lettres et documents[1].

---

1. Il y a des cas où le travail de l'auteur de romans historiques est facilité par l'Histoire elle-même. Le lecteur qui douterait de la véracité des péripéties qui ont marqué l'arrestation de Fouquet peut consulter à la Bibliothèque nationale le registre de la Chambre de justice où figure le procès-verbal du récit de l'arrestation, rédigé sur l'ordre de Colbert. Saint-Simon le reproduit presque *in extenso* dans ses *Mémoires*.

2

Le château de Louis XIII

Colbert écrivit d'abord à Le Vau pour lui dire que le Roi s'était pris d'affection pour Versailles où son père aimait tant chasser. Du minuscule abri qui avait été construit sur quelques arpents de terre ingrate il avait fait un modeste relais que l'on appelait à la cour le « château de cartes », où il venait se reposer entre deux battues et parfois passer la nuit lorsqu'il voulait courre la bête noire dès l'aurore ou donner une fête champêtre.

« Le Roi est attaché au petit château de son père, écrivait Colbert, et il veut l'agrandir ainsi que les jardins attenants. Il vous mande d'aller sur place avec votre ami Le Nôtre et de lui faire part des embellissements que vous pourriez envisager pour sa satisfaction. »

C'est ainsi que l'architecte et le jardinier se retrouvèrent un matin de novembre devant un petit édifice de brique rouge et de pierre blanche élégamment disposées sur un étage et des combles. Il était environné de bois, de plaines et d'étangs dont la nature faisait seule les frais. Les feuilles mortes non ramassées encombraient quelques bassins où s'écoulait l'eau croupie de jets chétifs.

– La gentilhommière de Louis XIII est en piteux état mais elle ne manque pas de charme, dit Le Vau. Le Roi veut, si j'ai bien compris, la rendre plus habitable pour y emmener chasser la cour et la divertir de quelques collations. Et vous, mon cher Le Nôtre, pensez-vous pouvoir transformer ces jardins enchâssés dans le vert des charmilles en somptueuses terrasses semblables à celles de Vaux-le-Vicomte ?

– Tout est possible mais il y aura du travail à accomplir ! Il faudra aussi de l'argent et je crois que Colbert ne compte pas en distraire beaucoup au profit de Versailles. La finition du Louvre et la transformation de Saint-Germain sont ses soucis premiers. Pour lui, Versailles n'est qu'un caprice du jeune Roi. Il juge cet endroit malsain et inhabitable. Il n'a pas tout à fait tort, regardez ces marécages qu'il faudra combler !

– Nos projets dépendent donc de l'intérêt véritable que portera le Roi aux transformations de Versailles. Nous n'avons pas à attendre le moindre appui de Colbert, à moins que le Roi ne lui impose sa volonté.

Un bonhomme sortit de la maison. Il était vêtu de gros drap comme en portent sur leurs terres les hobereaux sans moyens. Sa longue chevelure blanche lui donnait un air de patriarche qui allait bien avec son sourire avenant.

– Bonjour, messieurs, dit-il en s'avançant. M. l'intendant des Bâtiments m'a fait prévenir de votre visite. Je suis le chevalier des Rémols et je garde le château du Roi qui, comme vous pouvez le constater, n'est pas dans un état digne de Sa Majesté. Mais je crois que vous êtes là pour remédier à ce déplorable sort. Il faut dire qu'il a été à peu près abandonné après la mort de Louis XIII. Heureusement, le jeune Roi s'y intéresse et revient souvent chasser le renard. Mais entrez. Il commence à faire froid. Asseyez-vous devant la cheminée.

D'énormes bûches brûlaient et dispensaient une chaleur bienvenue dans la pièce, qui avait dû être la salle des gardes.

– Songez, messieurs, que je suis dans cette maison depuis trente-cinq ans. Le roi Louis XIII la voulait petite pour n'y admettre que peu de gens et n'être point troublé dans le repos qu'il y venait chercher. C'était sa demeure favorite, son habitation privée. Anne d'Autriche elle-même n'y parut guère. En revanche le Roi, on peut bien le dire maintenant, s'y livrait à de belles galanteries ! Il était fort bon et j'ai passé des heures heureuses et passionnantes lorsque la maison vivait. Tenez, j'ai connu ici la fameuse « journée des Dupes »…

– La fausse disgrâce du cardinal de Richelieu ?

– Oui. Je me souviens… La Reine mère, Marie de Médicis, comptait satisfaire sa haine contre le cardinal en obtenant de Louis XIII le renvoi de son ennemi. Elle l'avait menacé de ne plus paraître dans ses conseils tant que Richelieu n'aurait pas abandonné le pouvoir et la cour. Personne à Paris ne doutait de sa victoire et de celle de Michel de Ramillac, le garde des Sceaux, prêt à prendre la succession du cardinal. Le Roi, que cette affaire peinait beaucoup, s'était installé dans son « plaisir de Versailles » tandis que le garde des Sceaux, sûr d'avoir partie gagnée et croyant que Richelieu, remercié, dormait à Pontoise, s'en était allé lui-même à Glatigny, proche de Versailles, pour pouvoir aller saluer le Roi dès le lendemain. C'est là qu'à son coucher il eut la désagréable surprise d'apprendre que le cardinal était auprès du Roi qui non seulement lui avait fait bonne chère mais l'avait logé dans une chambre proche de la sienne. C'est moi qui, de bonne heure, le lendemain, suis allé porter au sieur de Ramillac le commandement de lui renvoyer les sceaux et l'annonce que des gardes viendraient s'assurer de sa personne. Le soir même, M. de Châteauneuf était mandé à Versailles pour prêter serment et recevoir les sceaux. Richelieu pouvait dès lors régner sans contrôle ! Vous voyez, le petit château de cartes était passé dans l'Histoire !

Le chevalier aurait continué de parler des heures durant de la demeure qui avait été davantage la sienne que celle des rois mais Le Vau tenait à en visiter les moindres recoins et Le Nôtre voulait savoir jusqu'où s'étendait le domaine que Louis XIII, dans ses dernières années, avait agrandi par des achats répétés, dont celui, essentiel, de l'ancienne terre de Versailles que lui avait cédée le richissime archevêque de Paris Jean-François de Gondi, au prix de soixante-six mille livres.

Les deux amis décidèrent de faire ensemble la visite des lieux et commencèrent à inspecter les bâtiments. Le château de Louis XIII était formé d'un modeste corps de logis au fond d'une petite cour carrée, flanqué de deux ailerons sur les côtés. Un portique à arcades orné de grilles en commandait l'entrée. Quatre petits pavillons à cinq fenêtres s'élevaient aux quatre angles du château qui possédait en outre des communs en fort mauvais état.

Louis Le Vau fit la grimace.

– Je ne sais pas ce que le Roi voudra garder du château de son père. À mon avis, on ne peut que raser l'ensemble et reconstruire ou rendre ce qui existe habitable par une décoration intérieure et un aménagement plus confortable des pièces. J'espère tout de même qu'il sera d'accord pour supprimer ce fossé où stagne une eau croupie et qui est censé défendre la maison. Et ce pont-levis de la cour intérieure ! Qu'en pensez-vous ?

– Je partage votre avis. Il ne vous reste qu'à rendre compte au Roi et à attendre sa décision. Je trouve néanmoins une certaine élégance à la façade de brique et de table de pierre... Mais allons explorer la nature. Je me suis renseigné, les jardins ont été tracés et en tout cas aménagés par Jacques de Menours, le neveu de l'intendant général des Jardins Jacques Boyceau, sieur de la Barauderie. Celui-là, je le connais, car il a laissé un excellent ouvrage, le premier sans doute sur l'art des jardins. Mon père possédait ce *Traité du jardinage selon les raisons de la nature et de l'art* et m'a souvent fait admirer comme un modèle les gravures sur cuivre qu'il contient et qui montrent de remarquables et ingénieux

31

parterres ornés de broderies de buis taillés. Allons voir s'il en reste quelque chose.

En s'avançant derrière le château, les deux amis découvrirent en effet des carrés de plates-bandes en arabesques au milieu desquels de minuscules jets d'eau avaient dû jaillir. C'étaient assurément les parterres de Boyceau dont Le Nôtre régla le sort en trois mots :

– Je vois mal le Roi, après avoir contemplé les grandioses perspectives de Vaux-le-Vicomte, se contenter de ces jardinets ! Moi aussi je vais devoir défricher, déboiser, assécher pour donner de l'air au « château de cartes ».

Louis XIV, en effet, se souvenait de sa visite à Vaux. S'il lui arrivait de l'oublier, la préparation du procès du prisonnier de la Bastille, dont on lui rendait compte journellement, était là pour la lui rappeler. Les procès-verbaux des interrogatoires de l'ancien surintendant étaient analysés par Colbert, qui faisait part au Roi de ce qui lui plaisait et pouvait nuire à son ennemi. S'il n'apparaît pas, l'intendant des Finances est en effet là, partout, toujours. C'est lui qui, dans l'ombre, dirige l'instruction.

Vaux-Versailles... le Roi associe de plus en plus les deux extrêmes. Quand il pense à la gentilhommière délabrée de son père, il voit comme en surimpression l'orgueilleux palais de son sujet exécré. Car il a pris sa décision. Contre l'avis du sage Colbert, qui devine tout des pensées de son maître et qui appréhende de voir disparaître dans les marécages de Versailles l'argent qui, dans l'heure, suffit à peine à payer les travaux d'entretien du Louvre et de Saint-Germain, seules et vraies demeures du Roi de France. Caprice ou volonté de s'affirmer par une création personnelle, le jeune Roi, c'est décidé, transformera à son goût le vieux château !

Comme les projets demandés à Le Vau et à Le Nôtre ne lui parvenaient pas assez vite, il chargea Colbert, toujours réticent, de convoquer le lendemain sur place les deux artisans du triomphe de Vaux.

Ce fut la première réunion de chantier à Versailles. Dieu sait de combien d'autres elle sera suivie mais, pour le jeune homme de vingt-deux ans qui étrennait son royaume, elle revêtait une grande importance. Accompagné seulement de quelques gardes-françaises et de Charles Perrault, le poète, qui était alors contrôleur des Bâtiments du Roi, il se rendit le plus simplement du monde, à cheval, en vêtements de chasse, à Versailles. Le Nôtre et Le Vau attendaient devant la grille et saluèrent respectueusement le Roi, qui répondit avec la courtoisie qu'il se faisait un devoir d'observer aussi bien avec les inférieurs qu'avec les princes. Pour lui, d'ailleurs, les deux hommes n'étaient pas de simples subordonnés. Tous deux, parvenus dans la force de l'âge au sommet de leur talent, étaient célèbres et Vaux-le-Vicomte n'avait que confirmé leur renommée. Le Nôtre était depuis longtemps jardinier de Monsieur, frère du Roi, et Louis XIII lui avait accordé, malgré son jeune âge à l'époque, la survivance de la charge de « premier jardinier du Roi au grand jardin des Tuileries ». Quant à Le Vau, il y avait belle lurette qu'il était à la pointe de l'architecture française. Il avait construit dix-sept maisons et hôtels particuliers dans l'île Saint-Louis et édifié des demeures pour tous les seigneurs de la cour.

– Messieurs, dit le Roi, nous allons travailler ensemble et j'en suis fort content. Vous avez bâti, et bien bâti, pour tout le monde, sauf pour moi. Eh bien, vous allez m'aider, en attendant mieux, à sauver ce château de Versailles que feu mon père aimait tant et que j'ai pris en affection. Tout le monde, n'est-ce pas, monsieur Perrault, me déconseille d'entreprendre des travaux dans ce lieu que l'on me dit triste, sans vue, sans eau, sans terre et marécageux. Ce n'est pas tout à fait inexact mais... et s'il me plaît à moi de faire plier la nature ? Il n'est pas un marécage que l'on ne puisse assécher, il n'est pas un endroit où l'on ne puisse apporter de l'eau. Je n'ai pas encore eu connaissance de vos projets et redoute que vous n'arriviez aux mêmes conclusions que mes conseillers : il faut démolir le vieux château et construire du neuf. Eh bien, je vous dis tout de suite qu'il n'en est pas question ! Vous, Le Vau, vous allez avec Le Brun m'arranger l'intérieur afin de le rendre agréable et confortable. Quant à vous, monsieur Le Nôtre, ce que vous avez réussi à Vaux, vous allez le refaire en mieux à Versailles. Dites-vous bien que les parcs et les jardins sont primordiaux. Lorsque vous les aurez créés, monsieur Le Vau y placera les bâtiments qu'il faudra bien construire un jour. C'est lui qui obéira à vos aménagements de l'espace. Pour l'instant, j'ai hâte de pouvoir m'échapper de Saint-Germain afin de jouir du bonheur que m'offrira bientôt ma maison de Versailles.

Le Vau et Le Nôtre, médusés, avaient écouté sans broncher le discours du Roi. Ils s'attendaient à voir un jeune homme prudent et indécis venir leur demander conseil, et ils découvraient un roi déterminé, conscient de son pouvoir mais disposé à faire confiance aux artistes de Vaux-le-Vicomte.

Le Nôtre, un peu gêné de la primauté que lui avait accordée le Roi, fit signe à Le Vau de répondre :

– Sire, est-il besoin de vous dire combien nous sommes honorés d'entreprendre la tâche que vous voulez bien nous confier. Vous verrez, dans le projet que nous avons élaboré à la demande de M. Colbert, que la démolition du château était l'une des solutions envisageables. Mais nous vous présentons une autre idée qui doit correspondre à votre désir actuel : l'embellissement, dans un premier temps, du château tel qu'il existe, afin que Sa Majesté puisse très vite en profiter, et, plus tard, la possibilité d'entreprendre les travaux d'agrandissement qu'elle voudra bien envisager.

– Très bien. Je suis satisfait que vous m'ayez compris. Mais si les travaux du bâtiment doivent être rapidement exécutés, quitte à les reprendre plus tard, le parc, lui, doit tout de suite être conçu pour durer. Vous procéderez par étapes, mais sans perdre de vue l'ensemble. Par où comptez-vous attaquer cette végétation extravagante ? N'oubliez pas de développer les eaux vivantes des jets et des fontaines en même temps que les terrasses et les bosquets. Monsieur mon frère m'a conseillé d'employer les talents d'une famille d'Italiens, les Francine. L'aîné, François, a succédé à son père et s'occupe de la tâche ingrate d'entretenir les ouvrages des Eaux du Roi. Je le connais et désire que vous utilisiez ses talents.

Il sourit et ajouta :

– Je sais qu'il n'était pas avec vous à Vaux mais ce n'est pas une raison. Les connaissez-vous, lui et son frère ?

– Oui, il y a du génie chez ces gens-là.

– Alors, faites-les travailler. Je préviendrai M. Colbert.

– Cela se fera mais je crois qu'avant toute chose il faut commander l'arpentage du domaine.

– Je l'ai ordonné dès l'année dernière. Monsieur Perrault, vous aurez la bonté de donner à ces messieurs tous les plans qui ont été dressés.

Le Vau expliqua encore au Roi comment il comptait dégager les abords du château en supprimant, c'était indispensable, les communs à demi effondrés et les fossés boueux, témoins malodorants d'un autre âge.

Sa Majesté acquiesça et ajouta à l'adresse de Le Nôtre, avant de remonter en selle :

– N'oubliez pas que vous pouvez transporter toutes les essences qui vous conviennent du parc de Vaux-le-Vicomte. La transplantation devrait être possible. En tout cas, je veux que les caisses d'orangers soient transférées ici le plus tôt possible. Venez, Perrault, il est l'heure de rentrer.

Le Roi eut encore quelques mots pleins de bonté à l'adresse de Le Vau et de Le Nôtre, puis il éperonna son cheval. Le nouveau Versailles était né !

Dans la semaine qui suivit, les premiers ouvriers d'un chantier que seule freinera la mort de Louis XIV commencèrent à fouiller le sol aux abords du château. Le Nôtre avait installé dans les combles de sa maison des Tuileries de grandes tables où travaillait l'équipe des dessinateurs qu'il employait à plein temps pour élaborer les projets des jardins que l'on lui demandait de créer un peu partout en France et même en Angleterre où son nom était déjà célèbre. Il l'appelait son « agenzia », un mot nouveau venu d'Italie. Le Vau, lui aussi, possédait son « agence » où travaillaient les représentants de toutes les techniques du bâtiment. En s'adressant à eux, le Roi savait qu'il aurait d'emblée à son service les meilleurs jardiniers, les meilleurs fontainiers, les meilleurs tailleurs de pierre et les meilleurs maçons.

Les deux amis avaient prévenu leurs employés :

– Nous ouvrons un chantier considérable à Versailles, celui du Roi. Il doit primer sur tous les autres projets. D'ailleurs, notre agence aura un poste avancé sur place. Ceux qui seront désignés logeront au château sur lequel nous allons justement travailler.

Charles Perrault, le poète, qui était aussi un grand commis de l'État apprécié par le Roi et surtout collaborateur de Colbert, avait conseillé à Le Vau et à Le Nôtre de voir le ministre d'État.

– C'est lui qui tient les cordons de la bourse et il est contre les travaux que veut entreprendre le Roi à Versailles. Il a dû se plier à la volonté du prince mais il risque de vous mesurer l'argent. Mieux vaut donc le mettre de votre côté.

Colbert connaissait Le Vau, avec lequel il avait traité beaucoup d'affaires concernant le Louvre et Saint-Germain, mais moins bien Le Nôtre, les jardins l'ayant toujours laissé assez indifférent. Il reçut les deux amis dans son bureau de la rue Neuve-des-Petits-Champs[1].

Strictement habillé de noir, sa couleur préférée, Colbert apparut sec et tranchant à ses visiteurs. Celui qu'à la cour on appelait le « bloc de glace » et que Mme de Sévigné avait baptisé « le Nord » dit tout de suite :

– Je vous signale, messieurs, que je ne suis pas en charge du dossier de Versailles. Le Roi lui-même en assume le contrôle. Pourtant, en qualité de surveillant des Bâtiments du Roi, je veillerai à ce que le travail soit exécuté conformément aux désirs de notre maître et vérifierai les dépenses.

– Le Roi veut non seulement égaler Vaux mais le dépasser... hasarda Le Vau.

– Plus tard, plus tard... Pour l'instant il faut rendre la maison habitable, c'est tout.

– Et les jardins ? dit Le Nôtre. J'ai reçu l'ordre de planter pour le siècle le site qui sera celui du plus beau château du monde.

– Plantez, plantez. Vous a-t-on dit que vous pouviez prendre à Vaux-le-Vicomte tous les végétaux qu'il vous plairait ?

Pour la première fois, Colbert esquissa un sourire. L'évocation du dépeçage du parc de Fouquet lui était visiblement agréable. Ensuite, il devint plus aimable et accorda au jardinier et à l'architecte à peu près tout ce qu'ils demandaient : premiers crédits, autorisation de vivre dans le château et engagement de François Francine, le fontainier. Sur ce dernier point, Colbert fit une remarque :

– Ah ! Les eaux vivantes, les cascades, les dentelles de gouttelettes, les jets... Le Roi en est fou. Mais, je vous le dis, c'est cette eau qui nous coûtera le plus cher ! Et le

---

[1]. Le petit hôtel particulier prendra de l'extension à mesure que le pouvoir du ministre augmentera, jusqu'à devenir l'hôtel Colbert, face à l'hôtel Mazarin.

Roi, en ce moment, ne dispose pas, hélas ! de la fortune du surintendant.

Avec la volonté enthousiaste du Roi et la bénédiction mesurée de Colbert, les pelles et les pioches d'une centaine d'ouvriers recrutés en hâte dans la région commencèrent donc à démolir les communs et à remplir les fossés de gravats tandis que les bûcherons de Le Nôtre abattaient des arbres pour libérer le terrain qui devait constituer le parterre du Midi.

Un jour, alors que le chantier s'échauffait sous le premier soleil de la saison, un émissaire des Bâtiments vint de Saint-Germain annoncer que le Roi viendrait le lendemain visiter les travaux. Cette inspection royale, Le Nôtre et Le Vau l'attendaient et la redoutaient. Rien n'était plus désolant que ce château sans fenêtres (on les avait démontées pour les réparer et les repeindre), isolé au milieu des terres éventrées.

– Allons-nous parvenir à rassurer le Roi et à le persuader que ce fouillis est un passage obligé pour arriver à une demeure pimpante et à des parterres où les plus belles fleurs pousseront entre les haies d'eaux vives ? dit Le Vau.

– S'il ne comprend et n'admet pas cela, c'est qu'il n'est pas et ne sera jamais un roi bâtisseur, répondit Le Nôtre. Et cela ne nous promettrait pas des jours fastes. Mais patience ! Demain nous serons fixés. Ce qu'il faut, c'est suspendre le travail pour nettoyer un peu les environs, puis s'y remettre dès que le Roi sera annoncé.

Ils attendaient le Roi à cheval, débarquant à la bonne franquette devant le château du père. C'est une suite de trois carrosses dorés que le veilleur posté sur un arbre aperçut prenant le tournant de la route de Meudon.

– Trois carrosses. Le Roi amène une petite cour. Avec, bien sûr, des femmes en souliers de satin ! Que va-t-on faire de ce beau monde ? se lamenta Le Vau.

– Dites-vous plutôt, mon cher, qu'il aurait pu pleuvoir cette nuit et que le chantier aurait pu devenir le marécage que l'on conseille au Roi d'abandonner.

Mais déjà les carrosses franchissaient la petite route menant au château, celui du Roi en tête, doré des essieux aux brancards. Millet, l'habile cocher de Sa Majesté, serra les brides d'argent et la voiture s'immobilisa en grinçant.

– Qui va en sortir ? interrogea Le Nôtre à mi-voix.

Il n'eut pas à se poser longtemps la question. Les deux valets de pied juchés à l'arrière avaient sauté pour ouvrir la portière et deux des chiennes couchantes, Diane et Blonde, les préférées du Roi, s'élancèrent les premières hors du carrosse, bientôt suivies par Sa Majesté qui tendit la main à une silhouette de satin pour l'aider à descendre.

– C'est Mlle de La Vallière ! dit Le Vau. Cela vous étonne ?

Le Nôtre et lui s'avançaient déjà vers le Roi, ganté de noir et vêtu de son habit de promenade, simple par rapport à ceux qu'il portait habituellement mais suffisamment orné pour indiquer qu'il s'agissait du maître du royaume.

– Sire, dit Le Nôtre, Votre Majesté découvre son château au plus mauvais moment, celui où l'on casse, où l'on défriche avant de n'avoir encore rien construit. Les dames qui vous accompagnent vont devoir faire attention de ne pas se tordre les chevilles sur un chantier que nous avons nettoyé au mieux durant la nuit mais qui peut réserver de mauvaises surprises aux pieds chaussés pour traverser les salons.

– Ne vous faites pas de souci, dit le Roi. Qu'elles se débrouillent ! Vous, vous allez me montrer où nous en sommes.

Mlle de La Vallière, rejointe par une dizaine de personnes descendues des voitures, dont Mme de Fontanges et Mme de Montespan qu'elle ne devinait pas être sa future rivale, se fraya un passage entre les brouettes et les outils pour entrer dans le château où le fidèle gardien, le chevalier des Rémols, avait improvisé un salon de repos et un modeste buffet de biscuits et de rafraîchissements. Les projets du Roi dans un lieu si peu hospitalier ne les intéressaient guère, et le Roi lui-même se moquait bien de leurs impressions. À grandes enjambées, il marchait en compagnie de l'architecte et du prince des jardins vers le parterre sud d'où l'on dominait la vaste étendue de bois et de fossés où Louis imaginait déjà un parc étagé coupé de haies et des bosquets fleuris.

– Monsieur Le Nôtre, voilà votre champ de bataille. C'est là qu'il vous faut vaincre la nature, conduire l'eau, créer des fontaines et planter les arbres les plus rares. L'aspect actuel n'est pas engageant, j'en conviens, mais je sais que vous êtes capable de le transformer. Quel est votre plan ?

– Sire, actuellement des parcelles de forêt découpent le paysage en taches disparates et mangent la vue. Avec votre permission, je vais en abattre la plus grande partie et utiliser les bois de haute futaie comme toile de fond pour l'architecture des jardins, des fontaines, des grottes et des escaliers que vous construirez un jour sur ce désert à lapins. Feu le Roi votre père y chassait, vous vous y promènerez de bosquet en bosquet et de bassin en cascade.

– Le Nôtre, je n'aurais jamais espéré une réponse aussi claire, aussi conforme à mes désirs. Je vous donne carte blanche. Quel brevet vous est actuellement attribué ?

– Sire, feu le Roi votre père m'a octroyé, alors que j'étais encore bien jeune, le titre de jardinier des jardins des Tuileries en survivance de mon père Jean qui tenait le même emploi.

– Considérez-vous aussi, à partir d'aujourd'hui, comme le jardinier du Roi aux jardins de Versailles.

Maintenant, M. Le Vau va me montrer ce qu'il compte faire incessamment dans le bâtiment. Après, je reprendrai le chemin de Saint-Germain, les gens qui m'ont suivi ne montrant pas un intérêt excessif à vos travaux. Et dire que, dans quelques mois, ils feront des bassesses pour venir souper et écouter de la musique dans le jardin secret où je viendrai chercher la paix et la fraîcheur !

Vers la fin de 1661, les travaux avaient bien avancé. Des dizaines de tombereaux arrivaient chaque matin à Versailles pleins de bonne terre et de fumier. Sitôt délestés ils repartaient chargés de gravois, de débris, de boue retirée des fossés et des bassins. La nouvelle terre était destinée à couvrir les parterres et, surtout, à assurer la reprise des premiers milliers d'arbres que Le Nôtre allait planter comme un décor selon les dessins et les plans dressés dans la maison des Tuileries. Dans l'hiver, il en arriva douze cents de Vaux et autant des pépinières du Val-de-Loire.

Après avoir hésité, il décida de conserver, en le refaçonnant, le grand bassin creusé au pied de l'allée centrale et que l'on appelait le bassin des Cygnes à cause des gracieux palmipèdes dont Louis XIII l'avait fait peupler[1]. Il garda aussi les axes longitudinaux et transversaux ainsi que le vieux parterre de Boyceau, le jardinier de Louis XIII, qu'il envisageait d'épauler plus tard par une terrasse artificielle.

Le château lui-même n'était pas encore habitable mais les maîtres d'œuvre et les ouvriers de Le Vau avaient bien travaillé, abattant là une cloison, en remontant une autre plus loin et en changeant tout ce qui semblait trop rustique aux yeux de l'architecte. Ainsi un appartement fut-il prévu pour le Dauphin que

---

1. Il deviendra le bassin d'Apollon.

Marie-Thérèse avait mis au monde le 1ᵉʳ novembre 1661.

Une équipe de menuisiers était à son tour venue s'installer sur place pour refaire les chambranles, les portes et les fenêtres, réparer les moulures disjointes, boiser la bibliothèque d'acajou des îles. Les staffeurs avaient fini leur tâche mais peintres et tapissiers devaient encore terminer l'ouvrage. « On travaillera la nuit ! avait déclaré Le Vau. Le Roi est impatient et je veux tenir ma promesse ! » Deux peintres parmi les meilleurs, Charles Errard et Noël Coypel, furent chargés de la décoration proprement dite et les travaux touchèrent à leur fin. Sauf naturellement les jardins, dont le plan général avait été dressé mais n'avait encore reçu qu'un début de réalisation. Tels quels, les abords du château, bien dégagés, avec le parterre sud remis en ordre, étaient pourtant agréables et, s'il restait à faire dans le château, le Roi s'en consolait. C'étaient même les travaux qui l'attiraient le plus souvent à Versailles. Il aimait discuter avec l'architecte, parler aux artistes, aux artisans et disait volontiers que les gens de Versailles lui causaient plus d'agrément que ceux qu'il rencontrait chaque jour au conseil.

Le Roi arrivait souvent au début de l'après-midi, en petite compagnie, et la plupart du temps à cheval, pour se promener aux côtés d'André Le Nôtre qui lui expliquait le développement futur des perspectives et justifiait le choix des arbres qui continuaient d'arriver de Vaux et des pépiniéristes d'alentour.

– Reste-t-il encore beaucoup d'arbres chez M. Fouquet ? demanda un jour le Roi qui d'habitude s'appliquait à ne jamais prononcer le nom de l'ancien surintendant qui attendait, toujours en prison, qu'une chambre de justice fût constituée pour le juger.

– Ceux qui demeurent à Vaux, Sire, sont trop gros pour être transplantés avec succès.

– Bien. Laissez-les.

Puis s'adressant soudain à Le Vau :

– Monsieur l'architecte, vous vous entendez bien avec Le Brun ?

– Sire, c'est l'un de nos plus chers amis, à Le Nôtre et à moi.

– Comme vous le savez peut-être, ses ateliers du Maincy[1] sont désormais sous l'autorité de M. Colbert. On va y achever les tapisseries commencées pour Vaux. J'aimerais qu'elles soient accrochées dans mon château de Versailles. La fleur de lys doit naturellement y remplacer l'écureuil, l'emblème de mon ancien surintendant.

– J'y veillerai, Sire !

– Vos entrepreneurs travaillent bien. Je vous fais compliment de leur choix.

– Ce sont ceux de Vaux, Sire. Pour la menuiserie, j'ai repris Girardon, Augier et Courant. Villedo et Bergeron font la maçonnerie.

Le Roi sourit et dit : « Très bien, très bien ! » Visiblement, que tous les hommes de Fouquet travaillent pour Versailles lui procurait un infini plaisir.

S'il ne pouvait y installer la cour et le gouvernement, Versailles devenait une de ses sorties favorites. Il y faisait même de courts séjours. Ainsi, le 22 janvier, amena-t-il dans sa promenade quelques-uns de ses proches et leur fit-il visiter avec une immense satisfaction le château et les premiers jardins. Le 1er mars, il y conduisit la Reine, et Marie-Thérèse trouva le château élégant et bien suffisant pour ce que souhaitait en faire le souverain : un lieu de chasse et de détente. Le 15, le Roi donna à Versailles sa première chasse officielle pour l'ambassadeur de Suède et, le 20 juillet, il y traita bellement les deux reines avant d'inviter le 17 septembre Monsieur et sa femme, Henriette d'Angleterre. Au bal qui suivit, on remarqua

---

1. Qui deviendront les Gobelins.

dans une contredanse Louise de La Vallière, en beauté dans une robe chamarrée couverte de freluches[1].

Ainsi, peu à peu, Versailles devenait résidence royale. Chasses, simples promenades et courts séjours se succédaient de plus en plus fréquemment. *La Gazette* consacra de longues chroniques au dîner somptueux offert par le Roi le 22 novembre au duc de Mecklembourg, concluant ainsi la dernière : « S.M. ajouta à toutes les bontés qu'elle lui avait témoignées, celle de lui faire voir ses bâtiments et toutes les beautés de ce beau lieu. »

Tous ces aménagements et surtout les jardins que Le Nôtre ne cessait d'agrandir coûtaient évidemment très cher et Colbert, qui voyait ses craintes de plus en plus fondées, s'inquiétait. N'ayant jamais voulu prendre Versailles en charge, c'était le « pré carré » de Sa Majesté, il envoyait sur place Charles Perrault, alors contrôleur des Bâtiments du Roi, pour le renseigner sur les travaux que l'on y entreprenait et empêcher les abus qui pouvaient se commettre. Mieux, un peu plus tard, l'intendant des Finances chargea un informateur, le sieur Petit, de le tenir au courant des visites que le Roi effectuait à Versailles. Cette surveillance agaçait Le Nôtre et Le Vau mais ne les gênait pas : tout ce qu'ils faisaient avait l'accord du Roi.

Le 23 septembre 1663, Colbert, effrayé par le montant des dépenses engagées pour l'agrandissement de l'avant-cour et la construction de deux longs corps de logis de chaque côté du château, destinés à droite aux cuisines, à gauche aux écuries, décida de prévenir le Roi. Il lui demanda un aparté à l'issue du conseil.

– Sire, j'ai préparé une lettre à votre intention. Je vais vous la remettre afin que vous en mesuriez l'opportunité mais j'aimerais avant vous dire deux mots de réflexion

---

1. Ces ornements étaient appelés « devants » au corsage, les rubans de la jupe se nommaient « galants » ou « faveurs ».

que je fais souvent et que Votre Majesté pardonnera, s'il lui plaît, à mon zèle.

– Faites, monsieur l'intendant des Finances, mais je parie qu'il s'agit de Versailles !

– Oui. Cette maison regarde bien davantage le plaisir et le divertissement de Votre Majesté que sa gloire. Quelle pitié ce serait de voir le plus grand Roi, et le plus vertueux, de la véritable vertu qui fait les plus grands princes, mesuré à l'aune de Versailles !

– Craignez-vous vraiment cette éventualité, monsieur Colbert ?

– Non, mais si Votre Majesté veut bien chercher dans Versailles où sont plus de cinq cent mille écus qui y ont été dépensés depuis deux ans, elle aura assurément peine à les trouver. Et Votre Majesté, pendant le temps où elle a dépensé de si grandes sommes en cette maison, a négligé le Louvre qui est sans conteste le plus superbe palais qu'il y ait au monde.

– Voilà un honnête et fier langage, monsieur Colbert. Je verrai...

– Permettez-moi encore de dire à Votre Majesté qu'elle est entre les mains de deux hommes qui ne l'approchent qu'à Versailles, c'est-à-dire dans le plaisir et le divertissement[1]. La portée de leur esprit suivant leur condition, divers intérêts particuliers, la pensée qu'ils ont de faire bien leur cour auprès de Votre Majesté et la confiance dont ils jouissent feront qu'ils n'auront d'autre dessein que de rendre leurs ouvrages immortels, si Votre Majesté n'est en garde contre eux.

– Merci, monsieur Colbert. Je verrai...

« Je verrai... » était un mot courant dans la conversation du Roi. Il mettait fin à l'entretien et signifiait qu'une affaire resterait en suspens le temps qu'il lui plairait.

Colbert était peut-être horrifié par les dépenses engagées mais le travail exécuté depuis la première réunion

---

1. Allusion non déguisée à Le Nôtre et Le Vau.

de chantier était considérable. L'intendant des Finances le savait d'ailleurs qui recevait de Petit, le 4 mars, un tableau très complet de l'état des lieux et un rapport détaillé sur l'utilisation des « ristons », les terrassiers qui, au nombre de trois cent trente, travaillaient au transport des terres de l'orangerie. Car Le Vau était en train de construire la première orangerie de Versailles, indispensable pour abriter l'hiver les orangers de Fouquet.

Du côté du parc, on travaillait à un terrassement en demi-lune pour soutenir le grand « parterre de broderies » qui s'étendait devant le château et amorçait la descente en pente vers Latone. « Plus tard, nous mettrons des escaliers », avait dit le Roi qui avait tout de même pris en compte – pour combien de temps ? – les remontrances de Colbert. Sans abandonner ses chers jardins, et bien qu'il préférât sa résidence de Versailles, il laissa son intendant des Finances, dont c'était la prédilection, s'occuper du Louvre après un nouveau débat sur la question. Comme toujours, Colbert avait été habile.

– Pour concilier toutes choses, avait-il dit au Roi, c'est-à-dire pour donner à la gloire de Votre Majesté ce qui doit lui appartenir, et à ses divertissements de même, Votre Majesté pourrait faire terminer promptement tous les comptes de Versailles, fixer une somme à y employer tous les ans. Peut-être serait-il bien de la séparer entièrement des autres fonds des Bâtiments, et de s'appliquer tout de bon à terminer le Louvre ; enfin, si la paix dure encore longtemps, d'élever des monuments publics qui porteront la gloire et la grandeur de Votre Majesté plus loin que ceux que les Romains ont autrefois élevés.

Le Roi ne dit rien à Colbert des rêves qu'il ébauchait avant de s'endormir et se garda de répéter les conversations qu'il échangeait avec Le Vau. Le malheureux en aurait été frappé d'apoplexie. Si les travaux de la maison étaient à peu près achevés, ceux du jardin se poursuivaient avec ardeur. Le Nôtre mettait en état un terrain proche du village pour en faire un verger et un potager alors que Le Vau élevait au midi du château l'orangerie demandée par le Roi. C'était une élégante succession de onze arcades, bâties de brique et de pierre, qui abrita bientôt les fameux orangers de Fouquet[1].

---

1. Elles seront détruites et remplacées par l'Orangerie actuelle (de Mansart) entre 1684 et 1686.

3

Les maîtres de l'eau

C'est alors qu'apparut dans l'horizon versaillais une étrange famille, celle des Francine, venue naguère de Florence. À vrai dire, on se perdait un peu dans cette dynastie italienne qui prétendait à un titre de noblesse et dont un représentant, Thomas, avait, disait-on, été demandé par Henri IV au grand-duc de Toscane pour aménager les terrasses du château de Saint-Germain. Une autre hypothèse, plus plausible, attribuait aux Gondi, déjà en faveur à la cour, la présentation de Francine au Roi.

Plus que de fontaines, Thomas Francine s'occupa des rocailles de la terrasse dont le Roi était fou. De grottes en automates hydrauliques, le « conducteur des Grottes et des Fontaines du Roi » s'était acquis une belle réputation en ravissant ses contemporains et était devenu assez riche pour acheter plusieurs domaines dont la terre de Grandmaisons au nord du bourg de Villepreux, tout en réussissant à faire vivre une nombreuse progéniture. Sa grande œuvre avait été l'adduction des eaux de Rungis au palais du Luxembourg. Certains lui attribuaient encore l'aqueduc d'Arcueil, plus probablement dû au talent de l'architecte Salomon de La Brosse. Ce qu'il légua pourtant de mieux à la postérité fut son fils et successeur, François de Francine, sieur de Grandmaisons et grand homme de la famille.

François n'était évidemment pas un inconnu pour Le Nôtre ni pour Le Vau qui l'avaient rencontré à Saint-Germain et à Fontainebleau où il avait succédé à son père dans la charge d'intendant des Eaux et des Fontaines. Il aurait dû normalement faire partie de l'équipage qui avait gréé avec tant de succès le beau vaisseau de Vaux-le-Vicomte puisque Fouquet avait choisi les meilleurs en toutes branches mais, pour une raison inconnue, le surintendant lui avait préféré le fontainier Claude Robillard, dont la réussite fut du reste magistrale puisqu'il gagna dans l'aventure le surnom flatteur de « grand artificier des eaux ».

Dès que les travaux de terrassement et d'aplanissement des sols furent achevés, le Roi et Le Nôtre jugèrent que le moment était venu de s'intéresser aux jeux d'eau qui devaient ponctuer l'architecture des jardins. C'est dans ce domaine, encore plus qu'ailleurs, que Louis XIV, subjugué par la richesse des fontaines de Vaux, voulait dépasser le faste de son ancien ministre.

À Versailles, la nature, hélas, ne favorisait pas les aspirations du Roi, et François Francine le savait bien, lui dont la famille possédait non loin les terres proches de Grandmaisons.

– Créer les fontaines dont rêve le Roi n'est rien, dit-il à Le Nôtre qui lui faisait visiter son parc et lui décrivait avec de grands gestes les agrandissements prévus pour les prochaines années. Ce qui va être difficile, c'est d'y amener de l'eau.

– J'espère que vous comptez y réussir, dit Le Nôtre. Pour l'instant, la seule réserve d'eau de Versailles est l'étang de Clagny, creusé par feu le roi Louis XIII[1]. Elle doit à peine suffire à alimenter un ou deux maigres jets d'eau près du château.

---

1. Cet étang occupait une dépression qui sera comblée plus tard pour y bâtir le quartier Notre-Dame.

– Je vais voir avec mon frère Pierre, qui travaille avec moi, ce qu'il est possible de faire pour augmenter dans un premier temps le débit de cet étang.

– Très bien, dit Le Nôtre, le Roi doit voir sans délai les premières fontaines fonctionner. Je crois qu'il faut s'intéresser au plus vite à l'installation de pompage. Venez, nous allons y faire un saut.

Francine prit tout de suite la mesure de la vétusté de l'installation. Une pompe à godets, actionnée par un cheval ou, lorsqu'il y avait du vent, par des moulins, élevait l'eau jusqu'à un réservoir placé assez haut pour donner la pression nécessaire à l'alimentation de quelques jets. Un moulin dit « de retour » récupérait le précieux liquide pour le renvoyer dans l'étang mais la perte était considérable.

Le fontainier hocha la tête.

– Quand je pense que toute la distribution de l'eau est faite partout, à différentes échelles, selon le même principe, je me dis qu'il est temps d'inventer quelque chose de nouveau !

Il éclata de rire et s'exclama :

– En attendant, on va donner un peu plus d'avoine aux chevaux et construire deux moulins supplémentaires !

La bataille de l'eau, à Versailles, était commencée !

Colbert, en rechignant, suivait les désirs royaux et surveillait les travaux auxquels le Roi lui-même attachait une grande importance. S'il venait de plus en plus souvent à Versailles, c'était pour tout voir, tout étudier et finalement tout décider avec cette minutie qui sera au long de son règne un trait marquant de son caractère. Les rapports adressés à Colbert par ses inspecteurs montrent à quel point le Roi s'intéressait aux détails. Ainsi Petit écrivait-il dans son langage personnel :

« Le Roi ayant recommandé que le parquet de son cabinet où fut tenu le conseil jeudi dernier fût achevé dans la présente semaine, il sera fini samedi avant midi et tout ce que Sa Majesté a ordonné dans le reste des appartements, particulièrement quelques filets d'or aux châssis dormants des croisées de son antichambre et l'appartement de la Reine… »

Ce n'étaient là que les finitions d'un ouvrage déjà long mais d'autres travaux commençaient ou se poursuivaient. Ainsi, tandis que François Francine surveillait la construction de ses moulins à vent et commandait les longs tuyaux de fûts d'arbres percés et de plomb destinés à alimenter les bassins, l'Orangerie s'achevait à la grande joie du Roi qui pouvait maintenant admirer avec un plaisir non dissimulé les premiers fruits mûrir sur les arbustes de Fouquet. Il aimait voir le chantier en pleine activité et demandait sans cesse que l'on accrût le nombre des travailleurs. Il témoigna d'un grand contentement le jour où il assista, par hasard, à l'arrivée de douze voitures de pierre de Saint-Leu, d'une navée qui avait été déchargée à Saint-Cloud.

Les visites du Roi à Versailles devenaient si courantes que *La Muse historique* de Loret et l'officielle *Gazette de France* s'en faisaient l'écho. Une lettre rimée informait généralement les lecteurs des escapades royales :

> « Leurs majestés sont à Versailles,
> Château charmant, tranquille et coi…
> Où les chasses, les exercices,
> Les concerts, les banquets friands,
> Les jeux et spectacles riants,
> Comme passe-temps nécessaires,
> Succèdent au soin des affaires[1]. »

La Fontaine aurait fait mieux mais, tels quels, les vers de mirliton de *La Muse* traduisaient l'atmosphère

---

1. *La Muse historique*, juin 1663.

de plaisir et de légèreté que le Roi venait respirer au château.

Comme il n'était pas encore question de modifier profondément le bâtiment, le Roi décida, alors que les maçons de Le Vau poursuivaient l'édification de l'Orangerie, de faire construire à l'une des extrémités nord du grand parc une ménagerie. Dans l'esprit du Roi, il s'agissait à la fois du « palais le plus magnifique que les animaux aient au monde » et d'un lieu de plaisir et de distraction pour les soirées d'été et les réceptions d'hôtes illustres. Comme toujours, le Roi savait exactement ce qu'il voulait, il avait travaillé sur les plans deux demi-journées avec Le Nôtre et Le Vau. Autour d'un château en miniature dont la pièce principale était un salon octogonal et qui comportait quelques appartements, devait s'élever une réunion de petits abris, de volières, de cours destinées à la promenade des animaux les plus rares que Colbert avait déjà demandé aux ambassadeurs de rechercher à travers le monde. Une laiterie devait aussi être bâtie tout à côté.

Cette nouvelle lubie laissait François Francine dans l'embarras car le Roi avait prévu dans l'enceinte de la ménagerie des bassins et de nombreux jeux d'eau. Comme la seule réserve était l'étang de Clagny, Francine décida d'imaginer un dispositif hydraulique qui permettrait de conduire l'eau jusqu'aux premières fontaines construites dans le parc et naturellement jusqu'à la ménagerie, cette dernière desserte nécessitant une tuyauterie enterrée longue et coûteuse. Les conduites en fonte auxquelles il pensait ne pouvaient être disponibles avant longtemps car il fallait construire une fonderie sur les lieux mêmes. Il était donc condamné à utiliser les anciens tuyaux creusés dans des troncs d'arbres et ceux en plomb, réservés aux arrivées de l'eau dans les bassins et les embouts des jets.

Colbert avait des raisons de se faire du souci car chaque nouvelle idée du Roi entraînait en chaîne d'autres travaux. Ainsi, la ménagerie contraignait le trio, désormais bien uni, Le Nôtre, Le Vau et Francine, à bâtir une immense pompe-réservoir. On vit alors s'élever non loin du château, vers le village, « la pompe » ou « Tour d'eau », une énorme bâtisse octogonale, gigantesque réservoir assez haut pour fournir la pression nécessaire et dont la base renfermait deux puisards communiquant avec l'étang par des aqueducs[1]. Pour élever cette eau jusqu'au réservoir il fallait des pompes plus puissantes que celles utilisées jusque-là. Claude Denis, un ancien plombier, qui avait naguère montré des marionnettes hydrauliques sur le Pont-Neuf, aida beaucoup les frères Francine dans leur quête de gouttes d'eau. Il perfectionna les chaînes à godets en les rendant plus souples et augmenta leur débit en multipliant le nombre des chevaux appelés à tourner tout le jour pour le Roi et même la nuit lorsque le niveau du réservoir baissait.

Le Roi était pressé de voir se réaliser ses projets. Il s'inquiétait des serrures à poser sur les portes de fer des balustrades installées au pourtour du château, demandait si les petits cabinets des angles étaient enfin tapissés, voulait connaître le nombre de terrassiers travaillant au transport des terres, savoir si la gelée empêchait l'achèvement des plâtres des cuisines et des écuries... Philosophe, Petit, le surveillant de Colbert, écrivait à son maître : « À vous dire vrai, le chaos de tout ce mélange d'ouvrages se débrouille et de jour en jour on verra croître quelque chose de nouveau... »

Demeurée italienne jusqu'au bout des bottes, la famille Francine ne cessait de surprendre. Baignée dans le milieu hydraulique depuis le baptême, elle accompagnait de piété le jaillissement des fontaines,

---

1. À la place de l'actuel Office du tourisme.

chaque génération fournissant nombre de prêtres et de religieuses. Mais, comme si l'eau n'était pas suffisante à apaiser leur soif d'honneurs, ils se portaient candidats aux charges vacantes et obtenaient souvent satisfaction. Ainsi Thomas, le père de François, avait-il obtenu, outre ses fonctions hydrauliques, le poste d'ordonnateur des fêtes royales. On l'appelait « le grand machiniste de la cour ». À ce titre il avait dirigé les préparatifs en vue de l'entrée de la Reine à Paris.

Son fils, tout en ne s'éloignant jamais des bassins qui avaient fait couler l'argent dans les escarcelles de la famille, s'était, lui, distingué aux armées. À vingt-cinq ans, il remplissait les fonctions de commissaire général des guerres de Normandie et un mandement du Roi le commettait le 28 octobre 1642 pour « aller prendre conduite et police des régiments de cavalerie du sieur marquis de Coislin et du sieur Heudicourt allant en garnison à Gournay et autres lieux voisins ». L'année suivante fut celle des faveurs : nommé conseiller et maître d'hôtel ordinaire de Sa Majesté, il se voyait confier la mission de se transporter en diligence à Orléans « pour conduire en bon ordre et sûreté les prisonniers de guerre espagnols qui avaient été envoyés ci-devant à Orléans… ». Peu après, il s'occupait des provisions de fourrage en Picardie et en Champagne.

C'étaient là des missions sans péril, mais il fit ensuite campagne dans les armées de Flandre et de Lorraine. Deux fois prisonnier, blessé à Bray et Serizy, il dut interrompre ses exploits militaires à la mort de son père, survenue en 1651, pour être chargé de l'intendance et de l'« entretenement » des eaux de Rungis et des Tuileries. De quoi occuper un Francine ? Non. Un mois auparavant il avait été reçu avocat au Parlement avant de se faire octroyer le 14 avril 1658 les provisions de l'office de « lieutenant criminel de robe courte en la ville, prévôté et vicomté de Paris ». Deux ans plus tard, il obtenait par lettres de retenue la charge de « maréchal de bataille de la ville de Paris[1] ». Il est tout de même surprenant de constater qu'au moment où Francine poursuivait les bandits parisiens, il exerçait sa charge d'intendant des Eaux et imaginait le fabuleux opéra hydraulique de Versailles.

Ce double bicorne étonnait et amusait les architectes du château et du jardin. Un jour, Le Vau, qui attendait avec Le Nôtre l'arrivée de Francine, s'étonna :

– Comment le Roi, tellement passionné par ses jeux d'eau et qui n'a de cesse qu'il ne voie avancer les travaux, peut-il trouver naturel que le préfet de police soit en même temps son fontainier ?

– C'est vrai, les grands ont leurs faiblesses. Le Roi, c'est pour son Italien. Il doit penser que celui-ci est un génie qu'il faut prendre comme il est. Remarquez qu'il fait bien son travail : les premiers jeux d'eau qu'il a fait jaillir de mes fontaines sont prodigieux. Travailler avec lui est d'un grand agrément et, s'il réussit à habiller le parc de ses artifices, il faudra bien convenir que les jardins du Roi lui devront autant qu'à moi !

– Vous exagérez, mon ami. Le parc, c'est Le Nôtre, comme le château, c'est moi.

– Peut-être mais, sans les eaux de Francine, Versailles serait un jardin ennuyeux, une accumulation de verts… Il lui manquerait l'esprit de l'imprévu, la fraîcheur et la poésie.

François de Francine arrivait justement dans son carrosse-coupé à deux chevaux. C'était le minimum qu'un personnage de la qualité de François pouvait s'offrir. Mais chez les Francine on ne jetait pas l'argent par les portières. Quand un ami se moquait, il répondait qu'il gagnait bien mais qu'il avait une nombreuse famille à nourrir. C'était vrai. Après seize ans de

---

[1]. Il demeure à la Bibliothèque nationale des rapports à Colbert sur son activité policière, en particulier le récit d'une mémorable bataille entre soldats et archers qui entraîna une « bavure » : la mort d'une innocente spectatrice.

mariage, il avait neuf enfants. Entreprenant, affairé et infatigable, François de Francine était tout cela. Il était aussi joyeux :

– Mes amis, s'écria-t-il, j'en ai assez de crever mes chevaux deux fois par jour sur la route. Je vais établir mon cabinet à Versailles et, tenez-vous bien, habiter la maison voisine de celle de Le Nôtre[1]. Colbert a proposé et le Roi a accepté de me loger, moi aussi. Il a raison de croire que les travaux iront plus vite.

– C'est en effet une bonne nouvelle, répondit Le Nôtre. Notre voisinage ne peut être que fructueux. Le travail commun pourra commencer dans le calme du cabinet. Il ne manque plus que Le Vau s'installe aussi à Versailles pour que le trio soit jour et nuit à pied d'œuvre. Si nous ne dormons plus, le Roi sera enchanté ! Au fait, avez-vous les plans du futur bassin du Dragon que je vous ai confiés ?

– Oui, je les trouve excellents mais je suis loin de pouvoir intervenir. Creusez, bâtissez le bassin, mettez-y votre dragon et moi je lui ferai cracher des myriades de gouttelettes irisées ! Cela, ce sera le travail agréable, celui de l'artiste. Pour l'instant, je dois me borner à enterrer des tuyaux et à trouver l'eau sans laquelle nos beaux projets seront condamnés.

Pour la centième fois peut-être, les trois hommes du Roi firent le tour des chantiers qui s'échelonnaient maintenant jusqu'à la ménagerie dont le dôme, élégant, perçait le rideau d'arbres.

– Pourvu que le Roi ne veuille pas voir sa ménagerie depuis la fenêtre de son appartement ! dit Le Nôtre. On ne peut tout de même pas abattre tous les arbres ! Il faudra encore en supprimer beaucoup afin de créer des perspectives et d'ajouter des parterres aux parterres, je le sais bien mais, ceux-là, je veux les conserver pour l'architecture générale du parc !

---

1. Actuellement 16 et 18, rue Hoche.

– J'admire votre manière, dit Francine. La façon dont vous développez votre œuvre, arpent après arpent, est fascinante…

– J'ai compris tout de suite, mon cher, que les jardins de Versailles n'auraient pas de limites pendant longtemps, que le Roi n'aspirait qu'à aller toujours au-delà. Alors, j'ai conçu, à partir des éléments de base, une géométrie extensible de cercles, de carrés et de croisements d'allées, toutes centrées sur l'axe principal par des chemins transversaux.

– C'est la technique de l'infini ?

– Si vous voulez. Tant que le Roi voudra agrandir, je le suivrai. Et vous, mon bon Francine, vous me suivrez avec vos tuyaux, vos bassins et vos jets d'eau ! C'est très différent de Vaux où Fouquet avait fixé la règle du jeu et où nous suivions un plan dressé avant le début des travaux. Vous n'avez pas connu cela mais je vous assure que partir à l'assaut des bois touffus et des marécages, comme à la guerre, sous les ordres du Roi est beaucoup plus amusant. Surtout pour vous qui avez porté les armes ! Quant à notre cher Le Vau, le jour viendra où le château aussi s'enflera de nouvelles ailes, de nouvelles constructions…

– Le Roi est-il au courant de votre philosophie jardinière ?

– Un jour je lui ai dit mon ardeur à le suivre dans ses rêves et lui ai révélé ma méthode. Il a été enchanté ! Surtout lorsqu'il a su que toutes les grandes allées convergeraient vers son appartement.

À Versailles, l'air était pur, c'est ce que disait le Roi, et l'ambiance laborieuse mais bonne, les trois maîtres d'œuvre s'entendant parfaitement. Il en allait autrement à Saint-Germain et à Fontainebleau, de plus en plus délaissé parce que trop éloigné de Versailles. La cour maniait avec distinction l'art des perfidies, les salons et les jardins bruissaient de ragots sans importance ou de médisances que le Roi s'appliquait à ignorer. Une grave affaire venait pourtant de bouleverser son entourage direct.

Pour ménager la Reine et sa mère, Louis XIV avait tout fait pour cacher ses amours avec Louise de La Vallière qu'il rencontrait chez le comte de Saint-Aignan ou à Versailles, dans le douillet refuge du château royalement restauré. La liaison était pourtant devenue un secret de Polichinelle. Seule la Reine semblait l'ignorer. Le scandale survint à la suite d'une lettre de dénonciation adressée par la comtesse de Soissons, née Olympe Mancini, petite-nièce de Mazarin, que le Roi avait un moment aimée et qui avait agi par jalousie. Devant tant de malveillance, Louise, morte de honte, avait préféré s'enfuir et trouver refuge dans le couvent de Chaillot. Éperdu d'amour, le Roi avait fait seller son cheval et, sans autre escorte que trois gardes suisses, avait été la rechercher. Leur flamme en devint plus vive et Versailles fut de plus en plus fréquenté par les amoureux. Le Roi pouvait y vivre librement sa double passion, celle que lui inspirait Louise et celle des travaux auxquels il accordait de plus en plus de temps.

C'est en compagnie de Mlle de La Vallière qu'il inaugura la fontaine jaillissante de la ménagerie. Francine avait réussi le tour de force d'y conduire l'eau en quelques semaines et avait invité le Roi aux premiers essais. Accoudé à la grille du balcon à côté de Louise, il guetta avec une joie non dissimulée l'élancement des jets d'eau dans les cours. Il applaudit, puis descendit et s'approcha des bassins, prenant plaisir à ouvrir et à fermer les robinets.

Le Roi ne put s'exempter d'être un peu mouillé mais il en rit, s'approchant même pour considérer de près la hauteur des jets qui lui sembla excessive :

– Monsieur de Francine, ne croyez-vous pas qu'un petit bouillon de quatre ou cinq pieds de haut serait plus agréable à la vue ?
– Votre Majesté a raison, dit naturellement le fontainier. Qu'elle veuille bien régler la hauteur à son gré.

Le Roi manœuvra les robinets des trois jets d'eau de la volière et abaissa ceux-ci jusqu'à ce qu'ils forment les bouillons désirés. Chacun s'extasia devant l'exploit. Le Roi alla encore se divertir dans toutes les cours et demanda que l'on commence à peupler la ménagerie.

– N'oubliez pas, rappela-t-il, que le duc de Bourbon[1] détient à Chantilly un éléphant qui m'appartient.

Le Roi pensait maintenant à réunir de temps en temps la cour à Versailles et à y donner des fêtes. C'est ainsi que, du 15 au 22 septembre 1663, il vint pour la première fois au château avec les deux reines. Colbert était là et, chaque soir, se prêta à raconter dans ses carnets le séjour royal :

« Il serait difficile, écrivit-il, de bien exprimer la beauté des meubles des appartements, et particulièrement celui de la Reine mère dans lequel elle fut conduite par le Roi après qu'il l'eut reçue à la descente de son carrosse. Elle fut surprise de voir tous ces appartements ornés de deux choses qui sont les plus agréables à Sa Majesté, à savoir des ouvrages de filigranes d'or et d'argent de la Chine. Après que Sa Majesté eut visité tous ses appartements, qu'elle trouva non seulement superbement et même fort galamment meublés et ornés de tout ce qui peut être agréable, le Roi commença dès ce jour à donner durant une semaine aux reines, Monsieur, Madame et toute la cour, les divertissements les plus propices à cette saison. Tous les jours les bals, ballets, comédies, musiques de voix et d'instruments de toutes sortes, violons, promenades,

---

1. Dit « le Grand Condé ». Détails consignés dans un rapport à Colbert d'un de ses agents.

chasses ont succédé les uns aux autres. Et ce qui est fort particulier en cette maison est que Sa Majesté a voulu que les appartements donnés aux personnes choisies soient meublés. Elle fait donner à manger à tout le monde et fait fournir jusqu'au bois et aux bougies dans toutes les chambres, ce qui n'a jamais été pratiqué dans les maisons royales[1]. »

Durant ce premier séjour de la cour à Versailles, Le Nôtre et Le Vau avaient eu la joie de retrouver Molière, qu'ils n'avaient pas rencontré depuis la mémorable nuit de Vaux-le-Vicomte. Ils firent à peine allusion à la fête, se sentant tous trois mal à l'aise pour parler de la disgrâce et de l'arrestation de celui qui avait été leur mécène.

Molière paraissait gai, ce qui lui arrivait rarement hors de la scène.

– Cette invitation du Roi à l'inauguration des fêtes de Versailles va clouer le bec à mes ennemis, dit-il. C'est que je suis actuellement victime à la cour d'une véritable cabale littéraire et mondaine. Ces gens ne m'ont pas pardonné ma *Critique de l'École des femmes*. Je vais leur répondre directement en me mettant en scène avec mes comédiens, et en costume de ville. Nous jouerons tous sous notre propre caractère. Cet aspect nouveau de la comédie est peut-être audacieux mais il me suffit qu'il plaise au Roi !

– Nous n'allons pas manquer cela, dit Le Nôtre. À propos, j'espère que le théâtre de verdure que j'ai agencé à la hâte vous convient ? Bientôt nous en aurons un autre, définitif celui-là, qui fera partie intégrante du parc.

---

1. *Mémoires* de Colbert, Bibliothèque nationale. C'est l'un des rares souvenirs écrits que l'on ait de lui.

– Merci, mon ami. Vous allez porter chance à mon *Impromptu*.
– C'est le titre de votre pièce ?
– Oui, et jamais un titre n'a aussi bien correspondu au texte écrit en moins d'une semaine.

Le Roi aima *L'Impromptu*, déclencha les premiers applaudissements et dit à Molière :
– Appelez donc votre comédie *L'Impromptu de Versailles* !

C'est ainsi que Molière et sa troupe, alors troupe de Monsieur, frère du Roi, inaugura les fêtes de Versailles en jouant encore les jours suivants *Sertorius*, *L'École des maris*, *Les Fâcheux* et *Le Dépit amoureux*.

Les illuminations de la fête une fois éteintes, Versailles retrouva le calme discret qui convenait aux amours du Roi et l'animation des chantiers de Francine. Celui-ci continuait à étendre dans le parc un réseau de tuyaux qui devait s'étirer chaque jour pour alimenter les nouveaux bassins que Le Nôtre creusait et Le Vau bâtissait dans la verdure royale.

Colbert voyait toujours avec inquiétude s'allonger la liste des dépenses pour Versailles dans le registre des « comptes des Bâtiments du Roi ». Certes, le Roi lui avait permis de reprendre les travaux du Louvre et même de faire venir de Rome le chevalier Bernin, le plus fameux architecte de l'époque, pour aider ses confrères français à achever ce Louvre nouveau qui devait, selon lui, immortaliser le règne. Pourtant, le jeune Roi s'entêtait à agrandir et à embellir le site de Versailles et une résidence que Colbert estimait devoir demeurer mesquine en dépit de l'argent dépensé. Sa nomination au poste de « surintendant et ordonnateur général des Bâtiments du Roi » ne changea rien à l'affaire : le Roi restait seul maître du destin de son cher Versailles.

L'aspect du « château de cartes » de Louis XIII avait beaucoup changé. Les enjolivements modestes du début qui ne visaient qu'à rendre habitable un pavillon de chasse décrépit avaient peu à peu laissé la place, dans les plans du Roi et de Le Vau, à un vrai début de transformation. Un balcon apparent et richement ouvragé dégageait tous les appartements du premier étage, les toitures avaient été refaites entièrement en plomb, les lucarnes avaient été remplacées par des mansardes décorées. C'est ce nouveau château qu'avaient découvert les invités privilégiés du Roi. Celui-ci, heureux, avait déclaré : « Ce n'est qu'un commencement. » Une phrase qui avait fait frémir Colbert.

Si François de Francine habitait maintenant Versailles, son voisin mitoyen, André Le Nôtre, n'avait pas abandonné sa chère maison des Tuileries et ne s'installait près du château que lorsque le Roi était là ou que les travaux de sa charge imposaient sa présence. Cela représentait à peu près la moitié du temps que sa femme Françoise, qui n'aimait pas Versailles, venait pourtant souvent partager. Les pères avaient les mêmes préoccupations, le parc et le château, mais leurs familles, si elles s'entendaient bien, avaient, hors de leur piété profonde, peu de points communs. De la maison des Italiens provenaient des piailleries d'enfants, des invocations maternelles et des cris du père. Celle des Le Nôtre, au contraire, était toute quiétude. Le couple avait eu trois enfants, morts jeunes, et sa vie était concentrée sur le parc du château dont André savait que ce serait son œuvre majeure.

Les enfants Francine, dès que leur âge le permettait, étaient placés selon l'habitude italienne de l'époque dans un séminaire ou un couvent. Les filles firent toutes acte de profession religieuse sauf Marie-Madeleine de Francine, promise au chevalier, seigneur Varville, maire de Coutances, et Clémence, qui s'était enfuie de l'Annonciade du Saint-Esprit de Popincourt à treize ans et qui, belle et intelligente, manifestait une grande indépendance. Elle était naturellement la préférée de son père qu'elle suivait chaque fois que cela était possible dans ses tournées d'inspection des pompes et des fontaines. Le mot « fontainière » n'existait pas, aussi les amis de François de Francine l'inventèrent-ils pour la jeune fille délurée qui avait assez de force dans ses bras frêles pour manœuvrer la clé-lyre commandant l'arrivée de l'eau dans les bassins. On aurait pu aussi l'appeler Ondine car l'eau était son élément. Le dernier été, elle s'était baignée, le soir venu, dans tous les bassins au fur et à mesure de leur mise en fonctionnement. Un jour, André Le Nôtre, qui rentrait tard d'une visite à la ménagerie, que l'on plantait de lauriers, la surprit dans le bassin des Cygnes, sa robe blanche collée à ses formes juvéniles. Le jardinier adorait Clémence car il imaginait, à travers elle, comment aurait grandi sa petite Marie-Anne morte à deux ans.

– Que fais-tu là ? demanda-t-il. Si ton père te voyait…

– Tu vas le lui raconter ? s'inquiéta la jeune fille.

– Non, si tu sors de là tout de suite et si tu files chez toi. As-tu au moins quelque chose pour te sécher ?

– Non, mais il fait chaud et je vais courir. Je serai sèche avant d'arriver !

D'un bond elle sortit du bassin, s'ébroua comme un poulain, déposa un baiser sur la joue de Le Nôtre qu'elle appelait son parrain et s'enfuit dans ce parc qui était finalement plus le sien que celui du Roi et dont elle connaissait chaque bosquet.

Arrivée à la maison, Clémence alla tout de même s'essuyer. Elle noua un fanchon sur ses cheveux mouillés et enfila un corsage propre. « Une vraie pensionnaire ! » dit-elle en éclatant de rire et en descendant quatre à quatre les marches de l'étage qui menaient à l'atelier de son père.

– Ma fontainière ! Mon trésor ! Ma reine ! s'exclama François de Francine. Viens voir le plan de la plus fabuleuse machine d'eau que l'on ait jamais construite.

– Une nouvelle fontaine ?

– Non, une grotte ! Figure-toi que le Roi s'est souvenu de l'admiration soulevée jadis à Saint-Germain et à Fontainebleau par les grottes construites par ton grand-père. À Saint-Germain, les Francine, qui étaient déjà les « maîtres de l'eau », agrémentèrent de fontaines et de grottes les jardins qui s'étageaient vers la Seine. Il y eut ainsi la grotte d'Hercule, d'Orphée, puis celle de Persée que l'on voyait descendre armé et frapper de son épée la tête d'un énorme dragon. Et puis la grotte des Flambeaux, la plus extraordinaire. Tiens, j'ai encore dans mes cartons le dessin qu'en avait fait Thomas de Francine.

– Comme j'aime, mon père, vous entendre parler de la famille et de ses travaux au service des rois de France ! dit Clémence tandis que François fouillait dans l'un des grands cartons qui emplissaient la pièce.

– … Oui, au service des rois de France, mais n'oublie pas que nous sommes issus de l'une des plus anciennes familles de Florence reconnue noble depuis plus de trois siècles ! Et que nous fûmes attachés au grand-duc de Toscane, Ferdinand Ier de Médicis !

François de Francine ne manquait jamais de rappeler, surtout à ses enfants, les origines de la famille. Il avait déjà obtenu que dans les actes officiels rédigés en France son nom fût précédé du titre d'« écuyer » et que fût reconnu le blason des armes des Francine qui portaient « d'azur à une main gantée d'argent tenant une pomme de pin d'or surmontée d'une étoile du même et accompagnée de trois fleurs de lys d'or ».

– Tiens, j'ai retrouvé le dessin de ton grand-père. La grotte des Flambeaux était, tu le vois, une sorte de scène sur laquelle s'effectuaient toute une série de transformations mises en marche par de simples canalisations d'eau dont le débit était judicieusement calculé. On voyait d'abord la mer sous un temps calme, puis un orage terrible s'élevait. Tout redevenait idéal avec l'arrivée du Dauphin sur un char de triomphe. Le Dauphin, c'était Louis XIV encore enfant… Il n'a pas oublié et veut retrouver ce souvenir enchanteur dans une nouvelle grotte qui, naturellement, doit, selon les mots mêmes du Roi, « surpasser tout ce qui a été fait ».

– Père, vous me montrerez un jour la grotte des Flambeaux ?

– Non, car il n'en reste que des rocailles. Le mécanisme était trop fragile pour résister aux années et aux gelées.

– Alors, racontez-moi votre grotte, celle que vous allez construire. C'est elle qui m'intéresse.

– Ce sera la grotte de Thétis. Je vais la construire avec Le Nôtre mais tu n'es pas près de la voir achevée. Les statues vont demander des années aux artistes.

– Mais non, père, vous irez beaucoup plus vite car le Roi sera trop impatient !

Ils rirent tous les deux puis Clémence, la fontainière, demanda encore des explications. Finalement, elle posa la vraie question, celle que François n'avait pas encore complètement résolue :

– Et l'eau ? En aurez-vous assez pour alimenter votre machine ?

– Non. Il faudra augmenter la puissance de la grande pompe. Mais l'étang de Clagny va finir un jour par s'épuiser. Je dois forcément trouver de l'eau ailleurs ! Si tu as une idée, mademoiselle la Fontainière, n'hésite pas à me la confier !

Des rires complices retentirent encore, et Petronio, le valet italien de la maison, vint prévenir que le souper était servi. Chez les Francine, on mangeait le plus souvent à l'italienne. Le repas du soir commençait par un bouillon gras au vermicelle. C'était, à l'époque, l'entrée discrète de la « pasta » italienne dans les menus. Les longs fils de pâte emmêlés au fond de l'assiette se mangeaient à la cuiller avec le bouillon et les enfants raffolaient du vermicelle préparé sous la haute autorité de Madeleine, la belle Mlle de Fontenu que François avait épousée vingt ans auparavant. Madeleine était une mère efficace, elle en était à son septième enfant vivant, et une maîtresse de maison accomplie. Avec elle on n'usait pas la chandelle par les deux bouts et elle ne décolérait pas si elle en découvrait dans la maison quelque morceau qui n'eût pas été mis à profit. Il est vrai que les chandelles étaient fort chères et que s'en servir quotidiennement pour éclairer les pièces la nuit tombée était le signe d'une bonne aisance.

À table, Clémence retrouva ses jeunes frères : Pierre-François, qui mordait lui aussi à l'hameçon de l'hydrologie mais d'une manière plus sérieuse et moins poétique qu'elle-même ; Thomas-Honoré, qui allait être ordonné prêtre, et Louis-François, qui ne rêvait que de mer et de bateaux. Il y avait aussi Marie-Madeleine, qui voulait, comme Clémence, vivre sa vie de femme et se marier. Enfin, assis en face du maître de maison, se tenait Pierre, fontainier apprécié et surtout remarquable capteur d'eau, qui aidait son frère François dans tous ses travaux et logeait chez lui lorsqu'il était à Versailles.

On ne mangeait pas de la viande tous les soirs chez les Francine mais, ce jour-là, Madeleine avait fait mettre un morceau de cochon dans la soupe. Clémence, que ses courses dans le parc et sa baignade avaient affamée, fut vite réprimandée par sa mère parce qu'elle se jetait goulûment sur la nourriture. Cela ne l'empêcha pas de se servir abondamment de fromage de brebis avant d'entamer une conversation animée avec son oncle Pierre.

Dès le repas terminé, François dit qu'il allait chez Le Nôtre pour parler de la fameuse grotte qui, avant même d'être commencée, semblait poser beaucoup de problèmes.

– Qui en a eu l'idée ? interrogea Madeleine, laquelle se mêlait rarement des affaires de travail mais semblait brusquement intéressée par cette œuvre fabuleuse qui prenait le pas sur tous les autres travaux.

– Le Roi, évidemment, qui veut une grotte, mais ce sont les frères Perrault qui ont imaginé le thème. Le Brun a mis la main au projet et je dois en être le maître d'œuvre, avec Le Nôtre qui, heureusement, a son mot à dire sur toutes les questions qui concernent le parc. Cela fait beaucoup de monde pour une fontaine jusqu'à présent sans eau !

– Pourquoi, père, l'appelez-vous « la grotte de Thétis » ? s'enquit Clémence. D'abord, qui est Thétis ?

– La plus belle des Néréides. Cela devrait te plaire, toi qui aimes jouer les nymphes dans les bassins du parc.

La jeune fille rougit et s'écria :

– Le Nôtre vous a dit ? Il m'avait pourtant promis.

– Personne ne m'a rien dit mais je sais que, lorsqu'il fait très chaud, tu aimes à te baigner le soir dans les eaux du Roi !

– Comment l'avez-vous appris ? Vous ne m'avez jamais vue !

– Les statues, ma fille. Il n'y en a pas encore beaucoup dans les bassins mais elles me racontent tout ! Fais tout de même attention ! N'importe qui peut se trouver dans le parc pour travailler ou s'y promener. Le Roi lui-même…

– Le Roi rirait, j'en suis sûre, s'il me surprenait. Mais je prends garde. Et d'abord, le Roi n'est jamais dans le parc à cette heure-là !

Sur ce dernier mot, elle s'esquiva et sa mère demanda :

– Qu'est-ce que c'est que cette histoire ? Clémence se baigne dans les bassins ?

– Mais non, ma chère, ne vous faites pas de souci. Mais vous savez, quand on a une naïade comme fille, il faut s'attendre à tout !

Lorsque l'on commença à construire la grotte, Clémence ne quittait plus les jardins. Le matin, elle se faisait toute petite pour se mêler aux fontainiers, regarder travailler les rocailleurs qui ajustaient galets et morceaux de nacre et assaillir de questions le Flamand Buyster, qui sculptait le bas-relief du frontispice : le soleil descendant dans la mer.

La merveille annoncée ne ressemblait pas encore à grand-chose, en tout cas pas au superbe dessin de Le Brun.

– Elle apparaîtra dans la verdure comme taillée dans le rocher, expliquait François de Francine. Tu vois, les trois arcades de pierre supporteront trois portes de fer forgé. Celle du milieu, la plus grande, sera décorée d'un soleil d'or dont les rayons se répandront de toutes parts[1].

– Et l'eau ? Vous avez trouvé le moyen de l'amener jusqu'ici ?

– Oui, mais ce sera de l'eau morte, sans pression. Il va donc falloir construire un réservoir très haut, bien au-dessus de la fontaine, pour alimenter les jeux d'eau de la grotte. Ce réservoir, Le Nôtre devra le cacher dans les feuillages !

– Combien de temps vont durer encore les travaux ?

– Dans cinq ou six mois la grotte sera terminée, l'eau fusera dans les bassins mais il manquera encore les groupes en marbre et les statues. Sans eux, la fontaine ressemblera à une scène de théâtre vide. Heureusement, il y aura la musique !

---

1. La grotte fut construite à l'emplacement actuel de la chapelle.

– La musique ? questionna Clémence. Vous ne m'en aviez pas parlé ?

– Les orgues d'eau, c'est une vieille invention de ton grand-père qui a fait la renommée de la famille. Ils imiteront le cor et feront chanter les petits oiseaux en coquillages que l'on apercevra perchés sur les rochers. Enfin un écho, si je réussis à le produire, répercutera la musique dans les bosquets. Cela devrait plaire aux invités du Roi. Mais pour l'instant rien n'est fait, sauf le poème qu'a déjà écrit notre ami La Fontaine d'après le dessin de Le Brun ! Je me demande bien pourquoi cette fantaisie suscite un tel engouement. À la cour, il paraît que l'on ne parle que d'elle. Ta mère elle-même s'y intéresse, c'est tout dire !...

– Mais c'est passionnant, mon père chéri ! Je veux être là quand tu ouvriras pour la première fois les robinets des jets et des orgues.

– Oui, à moins que le Roi ne désire lui aussi être présent !

– Alors je me cacherai dans un arbre. De haut, je verrai encore mieux.

François regarda tendrement sa fille et pensa que sa naïade était vraiment une bien étrange petite personne.

– Maintenant, dit-il, accompagne-moi si tu le veux. Je vais voir où en sont mes tuyaux de fonte.

– De fonte ? Je croyais qu'ils étaient en bois ou en plomb ?

– Le bois pourrit et le plomb est rare. Alors je tente d'installer une fonderie. Si je réussis, le travail des fontainiers va s'en trouver bien facilité. Tu vas voir comme c'est beau, le métal en fusion !

Ils visitèrent la fonderie installée non loin, au nord du château. Clémence s'intéressa aux longs tuyaux de fonte qui refroidissaient dans leurs moules de sable. Elle regarda les fontainiers effectuer à titre d'essai une soudure au plomb car les frères Francine voulaient savoir comment on rattacherait les tuyaux entre eux. Tout cela était prodigieux, mais ce qui lui plaisait le plus, c'était son escapade du soir, seule, dans les allées bordées de charmille que son ami Le Nôtre ouvrait en étoile autour de chaque nouveau bassin.

4

L'Île enchantée

Le séjour à Versailles de 1663 et les réunions de la cour qui avaient suivi n'étaient que des répétitions. *La Gazette* était pleine des récits des somptueuses collations offertes par le Roi après la chasse, des bals et des comédies qui marquaient la fin des journées de grand air et les promenades dans le parc. La cour, bien entendu, raffolait de ces sorties, d'autant qu'elles réunissaient peu de monde et que le privilège d'y participer était grand.

Maintenant que les transformations avaient fait du petit château un domaine agréable, le Roi jugea le moment venu d'organiser la grande fête dont il rêvait depuis la nuit de Vaux-le-Vicomte. Il ne s'agissait pas cependant d'une simple revanche ni seulement de la manifestation éclatante de sa jeune puissance. Cette fête, qui devait rester dans les mémoires comme la véritable inauguration de Versailles, était donnée au plus fort de l'amour du Roi pour Mlle de La Vallière et nul n'ignorait que, malgré la présence protocolaire des deux reines, ce serait à la jeune maîtresse qu'elle serait offerte.

Sa décision prise, le Roi pria Colbert de réunir tous ceux qui devaient collaborer au succès. C'était naturellement en premier lieu la garde artistique rapprochée du Roi : les Le Vau, Le Nôtre, Francine et les trois ou quatre entrepreneurs qui avaient assuré le suivi des travaux de Versailles, sans oublier Molière, sur lequel allait reposer toute la partie théâtrale de la fête.

C'est Colbert qui pensa à Vigarani, un gentilhomme modénois, spécialiste des grandes machines de spectacle, pour être l'ingénieur-metteur en scène des réjouissances. Afin d'assurer des liens entre ces divertissements qui s'annonçaient très variés, le Roi choisit le duc de Saint-Aignan, premier gentilhomme de la chambre, auquel fut adjoint le poète Benserade, rival de La Fontaine, et le président de Périgny, un passionné de ballets.

Colbert avait convoqué ce beau monde dans sa maison de la rue Neuve-des-Petits-Champs, le palais légué par Mazarin[1] où il vivait et travaillait lorsqu'il n'accompagnait pas le Roi. À part Saint-Aignan et Le Vau, tous découvraient le lieu austère d'où la France était gouvernée. Le cabinet de travail où ils trouvèrent des sièges préparés à leur intention était vaste. Les murs étaient décorés de tableaux religieux. Le Nôtre, qui connaissait bien la peinture italienne, reconnut un Raphaël et deux Carrache. Francine, dont le métier croisait souvent l'horlogerie, observait deux pendules, l'une qui sonnait tous les quarts d'heure et l'autre en ébène et en écaille de tortue dont le mouvement faisait un curieux bruit de moulin.

Colbert rejoignit ses hôtes lorsqu'ils furent installés, les salua courtoisement et s'assit à son bureau, une grande table en poirier noirci orné de marqueterie représentant des fleurs et des fruits. Le dessus était recouvert d'un drap noir usé qui achevait de donner à l'ensemble un caractère pour le moins lugubre.

– Messieurs, commença-t-il, le Roi m'a demandé de vous réunir afin d'organiser une fête assez extraordinaire pour que l'on dise dans le monde qu'elle a été la plus belle et la plus grandiose jamais réalisée. Sa

1. L'actuelle Bibliothèque nationale.

Majesté a déjà parlé avec Molière et le duc de Saint-Aignan, lequel a trouvé dans l'Arioste un sujet jugé digne d'être retenu. Mais le mieux est que vous nous disiez vous-même, monsieur le duc, de quoi il est question dans cette suite de divertissements auxquels le Roi a décidé de donner le nom de « *Plaisirs de l'île enchantée* ».

– Il s'agit d'un des passages les plus célèbres du poème héroï-comique *Orlando furioso*. Roger, le chevalier, et ses compagnons sont enfermés par l'enchanteresse Alcine dans son palais. Ils seront délivrés par Melisse sous les traits du vieil Atlas qui parvient, après de multiples incidents, à passer au doigt de Roger la bague d'Angélique qui rompt les enchantements. Il reviendra à l'ordonnateur des machines d'opéra, le maître Vigarani que M. de Colbert a eu la bonne idée d'engager, d'inventer des transformations magiques, à M. de Francine de faire jaillir l'eau sous les pas des acteurs de Molière qui doit nous soumettre un programme de quatre pièces et à Lully d'ajouter à l'enchantement par sa musique. Lully, malade, n'a pas pu venir aujourd'hui mais on peut lui faire confiance.

– Combien de jours durera la fête ? demanda Francine.

– Le spectacle doit s'étendre en principe sur trois journées principales mais le Roi entend que ses invités séjournent à Versailles avant et après la fête, du 5 au 14 mai.

– Et combien d'invités piétineront mes parterres ? questionna Le Nôtre en souriant.

– Cinq à six cents, je pense.

– Mais où logeront-ils ? demanda Le Vau qui connaissait bien son château et savait que seules une cinquantaine de personnes pourraient y trouver asile.

– Le Roi dit que ce n'est pas son affaire et que la cour trouvera bien le moyen d'assister à toutes les fêtes, dût-

73

elle faire chaque matin et chaque nuit le voyage de Paris.

La préparation dura deux longs mois. Le gros du travail, en dehors de la partie artistique, revint à Le Nôtre qui devait modifier le tracé de certaines allées, boucher quelques bassins secondaires, couvrir de branches les grands portiques en charpente installés par Le Vau, faire peindre les trophées en carton, hisser à l'orée de chaque allée les armes de France et de Navarre, faire fabriquer d'immenses vases que l'on remplirait de fleurs au dernier moment et, ce n'était pas le moindre souci, prévoir les candélabres, cierges et lustres destinés à éclairer les fêtes de nuit.

Louis XIV eût aimé offrir sa grande fête en inaugurant la grotte de Thétis mais, malgré les efforts des compagnons de Le Nôtre et des frères Francine, il fallait encore patienter pour étonner et ravir les grandes dames de la cour par les coquillages, les rocailles, les statues et les jeux d'eau fabuleux.

Louis venait de choisir l'emblème auquel son nom devait rester attaché : le Soleil, qui apparaissait déjà au frontispice de quelques bâtiments. Le Roi s'était prononcé au cours du dernier conseil :

« On choisit pour corps le Soleil qui, par la qualité unique de son éclat, par la lumière qu'il communique aux autres astres, est assurément la plus vive et la plus belle image d'un grand monarque. »

On ne s'étonna donc pas, le 7 mai 1664, de découvrir le parc décoré de soleils flamboyants peints sur des panneaux, sculptés dans la verdure, triomphant jusque dans les jeux d'eau.

Clémence avait suivi de près tous ces préparatifs. Elle avait, les jours précédents, accompagné son père qui tenait à vérifier le bon fonctionnement des bassins et des jets déjà en service, surtout ceux de la ménagerie qui était maintenant terminée et peuplée des animaux les plus rares.

« Faute de grotte, les invités mangeront des yeux les poules sultanes et les rhinocéros ! » avait lancé drôlement la naïade, ce qui avait beaucoup fait rire Jean de La Fontaine qui venait, dans son privé, découvrir les nouvelles créations de Le Nôtre et les derniers pensionnaires de la ménagerie. Il avait glissé à la jeune fille : « Il faut que je regarde bien les bêtes car j'ai l'intention d'écrire des fables où elles joueront le spectacle de notre temps… mais ne le dis à personne car c'est encore un secret ! »

– Vous allez assister à la fête ? demanda Clémence.

– Oui, sans trop me montrer au Roi, pour en raconter les mérites dans des vers bien entendu sublimes !

– Quelle chance vous avez ! Mon père y sera aussi. Il s'est fait tailler pour la circonstance un très bel habit. J'espère qu'il ne le tachera pas en tournant ses robinets ! J'ai voulu l'accompagner mais il n'a rien voulu savoir. Alors, je crois que j'irai seule, en cachette. Je connais tous les arbres, tous les massifs qui peuvent servir d'observatoire. Je n'ai malheureusement pas de robe pour me mêler à tous les gens qui seront, dit-on, plus de six cents. Le plus curieux, c'est que la plupart d'entre eux n'ont pas de couvert, ni au château ni en ville. Les laquais de M. de Guise et de M. d'Elbeuf cherchaient à louer une chambre et ma mère les a évincés en leur disant qu'il n'y avait pas de lits disponibles dans la maison et que, d'ailleurs, c'était au Roi de loger ses invités ! Pour vous c'est différent. Si vous n'avez pas de toit, demandez à mon père. Il vous aime bien et sera ravi de vous recevoir.

– C'est gentil mais je loge chez notre ami Le Nôtre.

Coup de chapeau de son astre au roi Louis ? Le temps qui avait menacé toute la semaine s'éclaircit le 7 au matin. À deux heures, le soleil étincelait sous les charmilles, inondait les parterres, faisait reluire les belles géométries de la cour de marbre. Depuis longtemps, Clémence, qui avait emprunté une culotte de son frère et s'était fait une tête de garçon, était à pied d'œuvre. Il circulait dans le parc tellement d'ouvriers, de laquais, de jardiniers, d'artistes de la danse et de la comédie qu'il lui avait été facile de passer inaperçue et de repérer le chêne touffu, un rescapé du jardin de Louis XIII, qui devait lui permettre d'assister de près et sans se faire voir à la fête qui s'annonçait merveilleuse.

Vers six heures du soir, Clémence, perchée sur son arbre, vit la cour arriver par petits groupes et se réunir au lieu prévu pour le déroulement de la première fête. C'était une sorte de carrefour dans la verdure que l'on appelait le « grand rond », là où se croisaient les quatre avenues flanquées pour la circonstance de portiques ornés des armes et des chiffres de Sa Majesté. Des bancs en forme d'amphithéâtre avaient été construits pour recevoir deux cents personnes et, déjà, Clémence s'amusait à regarder les robes de taffetas baleinées, les jaquettes et les jabots se disputer les places assises.

La jeune fille devait faire attention car, à l'arbre qui la supportait, étaient accrochées de grandes machines qui soutenaient elles-mêmes les chandeliers et les lustres garnis de flambeaux destinés à faire une lumière égale à celle du soleil lorsque celui-ci aurait disparu.

Enfin commença le défilé des chevaliers, les personnages de l'Arioste. Le Roi s'était réservé pour la première journée le rôle de Roger dans la parade et les jeux qui annonçaient le vrai spectacle.

Clémence se retint de ne pas imiter les dames qui applaudissaient le cortège. À la suite des pages, timbaliers et trompettes arriva le gigantesque char d'Apollon tiré par quatre chevaux menés par Millet, le cocher du Roi, qui portait les attributs du temps qui s'écoule. Suivaient les Douze Heures du jour et les Douze Signes du zodiaque. Des vers furent récités par les comédiens de

Molière et un grand jeu d'adresse, la course de bagues, commença[1].

Le Roi montait un superbe cheval dont le harnais éclatait d'or et d'argent. Sa Majesté était armée à la façon des Grecs. Comme ceux de sa quadrille, il portait une cuirasse d'argent couverte d'une riche broderie d'or et de diamants.

Clémence, en même temps que toutes les femmes présentes, essayait de distinguer le visage du Roi sous son casque couvert de plumes couleur de feu. Comme elles, elle remarqua sa grâce, sa beauté, son air franc et guerrier. Et, comme elles, elle envia la jolie Mlle de La Vallière qu'elle apercevait, entre les feuilles, assise juste derrière les deux reines. Guère plus âgée qu'elle, Louise était aimée du plus jeune et du plus beau des rois… Un instant, Clémence se prit à rêver, ce qui faillit entraîner une catastrophe : son pied posé sur une branche glissa et il s'en fallut de peu qu'elle ne chutât sur la piste où les chevaliers s'apprêtaient à s'élancer pour disputer la course.

Son cœur battait encore quand le Roi, qui s'était déjà fait admirer en plusieurs épreuves, laissa la victoire se décider entre d'autres chevaliers. Finalement, le duc de Guise, le marquis de Soyecourt et le marquis de La Vallière demeurèrent à la dispute. C'est ce dernier, frère de la jeune favorite, qui finalement gagna l'épée d'or enrichie de diamants que lui remit la Reine mère. Tous les yeux étaient alors fixés sur Anne d'Autriche. Il n'y avait pas si longtemps qu'une brouille l'avait un moment tenue éloignée de son fils à propos de sa liaison avec Mlle de La Vallière. Mais ce temps était révolu, Louis menait sa vie en monarque qui n'a de comptes à rendre à personne. La Reine mère honora de sa main le vainqueur choisi par son fils, non sans s'apercevoir, irritée,

---

1. Le cavalier, lancé au grand galop, doit enfiler l'extrémité de sa longue lance dans un anneau suspendu. Un jeu difficile auquel Louis XIV excellait.

que Louise de La Vallière, jusqu'alors mêlée à la troupe des filles d'honneur de Madame, était cette fois accompagnée de dames de qualité, dont la comtesse de Brancas, femme de son chevalier d'honneur.

La nuit venant, tous les laquais et hommes du jardin, grimpés sur des échelles, commencèrent à allumer les flambeaux et les bougies. Clémence, malgré son attention, fut surprise par le feu d'une torche brandie à quelques pouces de son visage. Elle poussa un cri et la tête d'un gamin d'une quinzaine d'années surgit dans les branchages. Heureusement, elle reconnut Lucas, le fils d'un fontainier, embauché comme aide à tout faire pour la durée des fêtes.

– Clémence ! balbutia-t-il. Que fais-tu dans cet arbre ? J'aurais pu te brûler.

– Chut ! Tu vois bien que j'assiste au spectacle ! Mais j'avoue que je commence à me fatiguer à faire le singe dans mon arbre.

– Et c'est dangereux ! Si l'arbre s'enflammait !

– Alors tu vas m'aider à descendre. Dans le noir personne ne s'apercevra de ma présence. Et je trouverai bien un endroit pour voir la suite de la fête !

– Et si je me fais prendre ?

– Tu feras comme un des braves chevaliers de *La Princesse d'Élide*. Tu diras que tu m'as sauvée d'un grand péril.

– Bon. Laisse-toi glisser jusqu'à l'échelle et descends derrière moi en te faisant toute petite. Arrivée en bas tu te débrouilleras car il faut que j'allume mes lumières.

Bientôt, Clémence se retrouva à l'abri derrière une haie. Elle n'avait qu'à chercher le poste d'observation idéal et à ménager à travers les jeunes pousses de la charmille une sorte de meurtrière qui lui permettrait de voir sans être vue.

Quand le grand rond fut inondé de lumière et que celui que l'on appelait « l'Orphée de nos jours », le grand Lully en personne, apparut à la tête de sa troupe,

Mlle de Francine était prête à assister, comme, en face d'elle, le Roi, les reines et Louise de La Vallière, à la grande première des fêtes versaillaises.

Au petit pas, à la cadence de leurs instruments, les musiciens s'approchèrent avant de se séparer en deux groupes, à droite la fameuse bande des violons, à gauche les flûtes et les mandolines. Ce furent les violons qui jouèrent à l'entrée des Quatre Saisons, montées sur un cheval de Galice pour le printemps, et pour les autres sur un éléphant, un chameau et un ours. Quarante valets et servantes habillés selon la saison qu'ils incarnaient suivaient chaque animal. Ils portaient sur la tête, à la manière orientale, des corbeilles chargées de mets et de fruits pour la collation. Pan et Diane arrivaient à leur tour avec une suite, porteurs des viandes de la ménagerie et de la chasse. Pan n'était autre que Molière qui récita des compliments en vers aux deux reines.

Une table fleurie en forme de U, préparée dans la pénombre, apparut alors au milieu d'une double haie de chandeliers peints de vert et d'argent allumés au dernier moment. Le Roi, Monsieur, les reines et les dames s'assirent selon un protocole dont ils connaissaient toutes les subtilités. Mlle de La Vallière n'était placée ni trop près ni trop loin du Roi mais, d'où elle était, elle pouvait l'apercevoir, et lui l'avait à portée de regard. Comme si les chandeliers ne suffisaient pas à éclairer cette scène de rêve, deux cents flambeaux de cire blanche tenus par des masques vinrent inonder de douce clarté la table et les invités du Roi. Derrière eux, tous les chevaliers, coiffés de leur casque couvert de plumes à leurs couleurs, étaient appuyés sur la barrière.

Clémence, dans sa cachette, ouvrait de grands yeux. Son père et Le Nôtre lui avaient souvent parlé de la cour mais elle ne l'avait jamais imaginée aussi débordante de magnificence. Comment l'aurait-elle pu, du reste, puisque les réjouissances de ce jour n'avaient pas de précédent ?

La jeune fille regardait les hôtes de la table royale picorer dans les plats d'argent des mets dont elle ne pouvait distinguer la nature. Seules les pyramides de fruits émergeaient de l'or du couvert et des fleurs qui parsemaient la nappe. Les invités qui n'étaient pas assis, c'est-à-dire tous les hommes, hormis le Roi et Monsieur, s'étaient répandus dans l'étoile des allées pour faire honneur aux buffets dressés dans les creux de verdure.

C'est lorsque Clémence commençait à se dire que voir manger les grands lui donnait faim qu'un bruit la fit sursauter. Elle se retourna et se trouva en face d'un garçon d'une vingtaine d'années, bien fait de sa personne, vêtu d'habits qui trahissaient sa qualité de gentilhomme et qui lui souriait.

— Ainsi, mademoiselle, vous regardez s'éveiller le plus fabuleux jardin du monde depuis celui d'Hadrien ? Vous avez raison, c'est un spectacle unique !

— Mais...

Surprise, embarrassée, elle finit par continuer :

— Comment, monsieur, avez-vous reconnu que j'étais une femme ? Mes culottes...

— ... ne sont pas les vôtres. Il n'y a qu'à regarder votre joli visage pour savoir que vous êtes une agréable jeune fille dont on devine mal, il est vrai, les raisons de son accoutrement. À propos, que faites-vous cachée derrière cette haie ?

— Vous l'avez dit à l'instant. Je regarde s'illuminer le plus beau jardin du monde. Et figurez-vous, monsieur, que c'est mon jardin. J'y passe ma vie, j'en connais tous les bosquets, toutes les allées et encore mieux toutes les fontaines.

— Vous m'intriguez, jolie demoiselle. Qui êtes-vous donc ?

– Et vous, monsieur ? Vous m'avez abordée sans même vous être présenté.

– Diable ! Seriez-vous aussi à cheval sur l'étiquette que les vieilles filles de la cour ? Mais vous avez raison. Je m'appelle Jean de Pérelle, fils cadet d'un gentilhomme du Berry ni pauvre ni aisé et présentement page dans la maison de M. de La Rochefoucauld.

– Celui dont les *Mémoires* viennent d'être publiés ?

– Non, je sers son fils, le prince de Marcillac. Mais vous connaissez l'œuvre de François de La Rochefoucauld ?

– Je ne l'ai pas lue mais notre ami Jean de La Fontaine en parle souvent.

– Jean de La Fontaine ?

– Oui. Figurez-vous que je connais beaucoup de gens célèbres. Je suis Clémence de Francine, fille du fontainier du Roi.

– Joli nom et beau métier. Il entre de la magie dans l'art de faire jaillir des bouquets d'eau là où on le souhaite… Vous savez, mademoiselle Clémence, que votre conversation est beaucoup plus agréable que celle que j'entretiens quotidiennement avec les dames de la cour, toutes coquettes et ennuyeuses ? Mais vous ne m'avez pas dit pourquoi vous êtes habillée en garçon d'écurie.

– Figurez-vous que le Roi ne m'a pas invitée et qu'un jupon n'est pas très pratique pour assister à un spectacle grimpée sur un arbre !

Ils éclatèrent de rire tous les deux puis il demanda :

– Vous n'avez pas faim ? Ne bougez pas, je vais aller nous chercher quelques friandises et, si vous le voulez bien, nous les partagerons dans le bosquet qui est derrière nous. J'espère ne pas tomber sur l'écuyer qui est censé me commander et qui se demanderait pourquoi, diable ! je vais souper dans les bois.

Clémence secoua un peu sa chevelure qui avait subi quelques dommages dans l'escalade du chêne et se repeigna tant bien que mal avec ses doigts. « Attirer l'attention d'un jeune et beau gentilhomme dans cette tenue d'épouvantail, c'est vraiment extraordinaire ! pensa-t-elle. Mais peut-être qu'après tout je suis jolie ! »

Elle respira un grand coup, comme lorsqu'elle avait longtemps couru ou nagé, et se laissa choir sur une pierre en se disant que la vie était une drôle de chose, plutôt agréable lorsque l'on savait profiter de ses bons côtés. Au fait, son page allait-il revenir ? N'avait-il pas été retenu par quelque belle jeune fille de son rang ? Ou par son écuyer ? Mais non, le page du prince de Marcillac arrivait, porteur de deux serviettes de table nouées comme des balluchons et visiblement pleines de victuailles.

– Voilà le premier service de l'Ondine de Versailles, dit-il en posant ses paquets dans l'herbe où les flambeaux laissaient s'effilocher quelques lueurs de la lumière royale.

Elle dénoua le premier nœud et libéra une assiette de fine porcelaine remplie de petits pâtés dorés encore tièdes et d'une tourte qu'il assura être faite de blanc de chapon. Dans l'autre paquet, une seconde assiette contenait différentes viandes posées sur une salade de pourpier.

Elle s'assit, jambes croisées. Il l'imita, au risque de tacher sa belle culotte de soie bleue, et ils commencèrent à dévorer.

– Je n'ai oublié qu'une chose, dit-il soudain. Nous allons mourir étouffés si nous ne buvons pas. Je vais aller quérir une carafe d'orangeade auprès du premier garçon chargé des boissons, c'est un ami de la maison qui fournit mon maître en vins et en eaux-de-vie.

– Alors, il commet des larcins ?

– Il faut vous dire, jeune beauté, que François de La Rochefoucauld – il porte le prénom de son père – est un proche du Roi à qui il parle avec la plus grande liberté. Ils ont exactement le même âge et se connaissent depuis toujours. Officier, il a été blessé en Flandre et le

Roi le loge au château, une marque d'amitié qui me vaut le plaisir de dormir sous les toits. Cela me prépare à ma future vie de soldat car je vais bientôt partir aux armées.

– Mais vous allez vous faire blesser vous aussi. Peut-être tuer... C'est horrible. Je ne veux pas qu'il vous arrive malheur !

Elle avait réagi spontanément aux propos du jeune homme et se rendit compte aussitôt qu'elle ne connaissait ce garçon que depuis quelques instants et que rien ne justifiait l'intérêt qu'elle lui portait.

Jean de Pérelle, un peu étonné mais flatté, sourit et partit en courant tandis qu'elle réfléchissait : « Ma fille, pensa-t-elle, tu as tort de te monter la tête. Ce garçon est aimable, beau et séduisant mais il n'est évidemment pas pour toi. Que tu lui plaises ne fait rien à l'affaire et ce n'est pas le " de " que la famille Francine s'acharne à attacher à son nom en vertu d'un titre de noblesse accordé par le grand-duc de Toscane à ses ancêtres qui fait de toi, ma petite fille, l'égal d'un gentilhomme lié à la grande lignée des La Rochefoucauld. Alors, attention. Fais ce que commande le père lorsqu'il essaie un nouveau jeu d'eau et qu'il craint que la pression, trop violente, ne fasse éclater les conduits : " Attention, gardez-vous. Un accident est toujours à craindre ! " » Mais, au fait, qu'avait-elle à craindre ? Lorsqu'il revint porteur de deux carafes, l'une d'orangeade, l'autre de vin de Bourgogne, elle se leva, alla au-devant de lui et dit :

– Monsieur de Pérelle, la nymphe des bassins de Versailles s'incline devant Votre Seigneurie, vous accueille dans ses jardins et accepte votre invitation à souper.

Ils rirent encore et c'est elle qui l'embrassa sur les deux joues lorsqu'il eut posé les flacons. Ils étaient deux enfants qui jouaient aux grands. Ils le savaient et savaient qu'ils étaient heureux à ce moment de la nuit fantastique qui prenait fin, à deux pas, aux sons des violons de M. Lully.

– Je vais devoir rejoindre la cour qui va quitter les jardins en s'entassant dans les carrosses pour regagner le château, s'éparpiller dans les villages ou rejoindre Paris. Tous reviendront demain matin. Et vous, petite Clémence ?

– Je vais essayer de trouver mon père qui va être bien étonné de me voir là. Je rentrerai avec lui.

– Partez avant que ne soient pillés les buffets, piétinés les restes succulents, éboulées les montagnes de fruits. C'est un spectacle désolant que les reliefs du festin livrés à qui se trouve là, les ouvriers qui vont démonter les installations et, surtout, les gens venus du dehors. Vous ne les voyez pas mais ils sont là, dans les bois, prêts à envahir le parc. Cela se passe ainsi à Saint-Germain et à Fontainebleau, cela se déroulera sûrement de la même façon à Versailles.

– Au revoir, mon page d'un soir, dit Clémence.

– Au revoir, ma nymphe. Est-ce que nous nous reverrons ? Viendrez-vous demain ?

– Non. Je ne le crois pas. Mes parents ne me laisseront sûrement pas sortir. Mais je suis dans le parc lorsque la cour n'y est pas. Peut-être viendrez-vous m'y rejoindre un jour. Je vous ferai visiter mon domaine. Pour vous, mon père, si je le lui demande, fera jouer les grandes eaux. Et nous irons à la ménagerie. Ce sera très agréable, vous verrez.

– Je viendrai. Mais, ce soir, me permettez-vous de vous embrasser ? Les jours prochains me seront plus doux.

Elle lui tendit ses lèvres. Ils restèrent enlacés un instant puis elle se dégagea et s'enfuit. Clémence ne savait pas marcher, c'est en courant qu'elle rejoignit son père près du grand bassin de l'Île enchantée.

Le lendemain, Clémence demeura sagement avec sa mère, toujours fâchée de sa fugue de la veille. Elle se consola en apprenant que la soirée s'était déroulée dans le théâtre de verdure aménagé non loin du grand rond. La troupe de Molière y avait interprété la suite de l'aventure de Roger dont, pour être honnête, elle avait trouvé le premier acte plutôt ennuyeux.

La soirée du 9 mai l'attirait beaucoup plus et elle se montra si aimante envers son père que celui-ci accepta finalement, malgré la réticence de Mme de Francine, de l'emmener avec lui. Le maître des fontaines royales avait en effet un rôle à jouer dans les artifices extraordinaires préparés par Vigarani. Les machines du Modénois occupaient la presque totalité du bassin des Cygnes[1] et c'était un spectacle fabuleux qui devait achever en beauté l'histoire d'Alcine et de Roger.

Cette fois, Clémence n'avait pas à se cacher. Toujours habillée en garçon, elle faisait partie des compagnons fontainiers. Son père lui avait même confié une mission : ouvrir à un signal la vanne commandant les fuseaux d'eau qui devaient, le temps d'une scène, entourer l'île installée au milieu du bassin. Au cours de l'après-midi, François de Francine, désirant être certain que sa fille était assez forte pour s'acquitter de sa tâche, avait demandé à Clémence de manœuvrer à deux mains la clé en forme de lyre qui commandait les jets d'eau, et l'essai s'était révélé probant : la jeune fille cachait une énergie peu commune dans ses bras minces.

Mêlée aux machinistes de Vigarani et de son père, Clémence avait passé une journée de rêve en assistant au montage des accessoires et des deux murs de tentures fournies par les tapisseries de la Couronne. C'étaient celles qui cachaient les coulisses du théâtre

---

1. Au moment de la fête de mai 1664, ce bassin était encore vide de toute décoration statuaire.

d'eau, là où elle se tiendrait tout à l'heure lorsque, la nuit tombée, les violons de la chambre du Roi annonceraient le début de la fête.

Une seule chose l'ennuyait : Jean de Pérelle la chercherait peut-être dans les arbres ou derrière les futaies mais il n'irait certes pas la découvrir parmi les acteurs et les monstres de carton peint qui attendaient leur tour d'aller emporter sur les eaux Mlle du Parc, Mlle de Brie et la jeune femme de Molière, les trois nymphes à la voix chantante qui iraient dire des vers à la louange de la Reine, mère du Roi. Mais, sans compter l'énorme robinet qu'il faudrait manœuvrer en temps voulu, son esprit était trop occupé pour qu'elle ne pense qu'à son page !

Elle ne l'aperçut qu'à la fin du spectacle, négligemment accoudé à la balustrade installée derrière la famille royale. Une femme, qu'elle trouva laide, était à ses côtés et elle se força à penser qu'il lui faisait peu de frais. Au contraire, son regard allait de la scène aux futaies. C'était sûrement elle qu'il cherchait.

Clémence avait maintenant consciencieusement ouvert et refermé la vanne du rideau de perles d'eau et elle n'avait rien d'autre à faire que de regarder celui qui ne pouvait la voir. Aller le retrouver ? C'était impossible dans cette tenue. Elle enrageait donc sans se soucier du ballet qui se déroulait devant le château fantastique d'Alcine toujours fièrement illuminé au milieu du bassin. Heureusement, un coup de tonnerre suivi d'éclairs marqua la fin des enchantements et elle ne put s'empêcher d'applaudir lorsque le palais de l'Île enchantée s'abîma dans un feu d'artifice extraordinaire. Les fusées multiformes et multicolores éclairèrent longtemps le ciel. Les dernières retombaient en chuintant dans l'eau du bassin maintenant désert. Là-bas, dans l'ombre des grands arbres, carrosses et calèches emportaient la cour. Son page y avait sûrement trouvé une place entre deux perruques poudrées et parfumées.

– Alors, es-tu contente ? lui demanda son père. Tu as été parfaite. Je te confirme fontainière du Roi.

Elle sourit mais elle avait envie de pleurer.

– Et demain ? s'enquit-elle.

– Demain, le Roi n'a pas besoin de nous. Il veut courre les têtes à l'allemande…

– Qu'est donc cette chasse ?

– Ce n'est pas une chasse mais un jeu de cavaliers qui consiste à piquer et à emporter à toute bride, successivement avec l'épée, la lance et la javeline, des têtes, fausses naturellement, de Turc, de Maure et de Méduse.

– Le plus grand roi du monde a tout de même de drôles de distractions ! s'exclama Clémence, qui ajouta *mezza voce* : Je me demande si mon page prend plaisir à ce genre d'amusements.

Son père avait entendu, sans comprendre ce qu'elle voulait dire :

– Que racontes-tu donc ?

Clémence était la fille préférée de François de Francine et une grande complicité les avait toujours rapprochés. Allait-elle lui mentir et inventer une fable qui le laisserait songeur ? Non. Si elle avait parlé spontanément, c'était que son inconscient lui conseillait de raconter au seul être qui pouvait la comprendre ce qui lui était arrivé. Après tout elle n'avait rien fait de mal et, si péché il y avait, elle irait dimanche se confesser ! Elle parla donc et son père l'écouta sans manifester de réprobation.

C'était plutôt un sentiment de surprise qu'il éprouvait. La surprise de découvrir que sa petite fille, sa nymphe si pure, si innocente, était devenue une grande fille, presque une femme, et qu'elle était amoureuse ou qu'elle croyait l'être. Il n'avait rien connu de tel avec ses deux filles aînées. Élisabeth-Madeleine venait de faire acte de profession comme religieuse dans le couvent de l'Annonciade du Saint-Esprit de Popincourt, et Catherine était dans une communauté de l'ordre de Fontevrault. Doucement, il fit asseoir Clémence à côté de lui, sur la banquette où tout à l'heure se tenait Mlle de Molière, c'est ainsi que l'on appelait la jeune femme du comédien.

— As-tu très envie de revoir ce jeune homme ? demanda-t-il.

— Oh oui ! mais cela ne sera pas facile. Il est page dans la maison de La Rochefoucauld, le jeune, qui est, paraît-il, un proche du Roi. Il doit bientôt servir dans son régiment. Si la guerre reprend, il se battra et je souffre d'avance de le savoir en danger.

— N'oublie pas tout de même, ma chérie, que tu ne connais ce jeune homme que depuis quelques heures. Lis donc le grand La Rochefoucauld. Tu y apprendras l'usage de la raison.

— Vous l'avez lu, mon père ? Je ne crois pas avoir vu ses ouvrages dans votre bibliothèque.

Embarrassé, il sourit :

— Non, je n'ai pas lu La Rochefoucauld, mais cela n'est pas indispensable pour comprendre qu'une petite fille de ton âge ne doit pas s'amouracher du premier page croisé dans les jardins de Versailles. Connais-tu au moins son nom ?

— Oui. Il se nomme Jean de Pérelle. Son père vit dans son château en Angoumois, le pays des La Rochefoucauld.

— Bonne noblesse ! Malheureusement, une Francine, si jolie soit-elle, ne fait pas le poids devant une grande famille.

— Mais, père, ne nous avez-vous pas toujours dit que notre famille toscane était noble ?

— Bien sûr mais il est difficile de faire rechercher à Florence les titres exigibles pour chaque génération. Nobles en Toscane, nous le sommes beaucoup moins en France. Dans tous les actes publics, nous sommes qualifiés d'écuyers. C'est quelque chose, mais peu au regard d'un duc de La Rochefoucauld qui se situe dans la hiérarchie nobiliaire juste après les princes du sang !

– Mais ce n'est pas le duc qui m'intéresse, c'est le page de son fils !

– Tu es têtue, ma fille, et je ne peux t'interdire de te promener dans le parc. Mais laisse-moi te dire que ce que tu as de plus précieux…

– C'est vous, mon père chéri !

– Petite rusée ! Ce que je veux dire, c'est que ta jeunesse, ton innocence, ta fraîcheur d'âme constituent ta richesse. Ne te ruine pas avant d'avoir vécu, ne compromets pas ton avenir pour un petit plaisir sans lendemain ! M'as-tu compris ?

– Oui, mon père. Vous pouvez me faire confiance.

– Hum !… En tout cas, que ton secret reste entre nous. Ta mère, si elle apprenait que tu as rencontré un homme et que tu en es heureuse, imaginerait je ne sais quoi et voudrait t'envoyer au couvent. Dois-tu revoir ce page avant qu'il ne s'illustre sur les champs de bataille ?

– Non, nous ne nous sommes rien promis, préférant laisser le hasard disposer à sa guise. D'ailleurs, je crois que les grandes fêtes sont terminées. Qu'a décidé le Roi pour demain ?

– Il y aura promenade à la ménagerie. Il veut montrer à la cour les nouveaux bâtiments et, surtout, les oiseaux rares qu'il vient de recevoir.

– Peut-être aurez-vous besoin d'une aide pour faire fuser vos fontaines à l'approche royale ? dit-elle d'un ton câlin.

– On verra, mais je te préviens que, pendant toute la durée de la visite, nous devrons demeurer invisibles. Si je cède à ta prière, ce qui n'est pas certain, tu n'auras aucune chance de rencontrer celui à qui tu penses.

– Sait-on jamais ! En attendant, mon père, ramenez-moi à la maison. Ces *Plaisirs de l'île enchantée* m'ont épuisée.

Le lendemain, Clémence déclencha les fontaines des cours de la ménagerie et, en trois tours de clé-lyre, fit jaillir à une hauteur prodigieuse le grand jet qui, emporté par le vent, s'en allait éparpiller ses gouttelettes très loin, du côté de la laiterie. Installés dans une chambre des communs, ils ne suivirent la visite royale qu'à travers les exclamations extasiées de la cour et lorsque François de Francine dit à Clémence qu'elle pouvait sortir et refermer toutes les vannes, l'assistance piaillante des élégantes et le troupeau compassé des courtisans s'étaient dissous dans la verdure. Elle regarda tristement disparaître les dernières calèches au bout de la grande allée et poussa un soupir résigné. Le hasard n'avait pas répondu à ses prières, aucune péripétie n'était venue modifier le cours des choses, elle n'avait pas rencontré Jean de Pérelle.

C'était comme si le Roi ne voulait pas que s'achève la fête à laquelle il avait tant rêvé et qui avait été un si franc succès. Les seules critiques venaient de courtisans qui n'avaient pu se loger, le petit château se prêtant mal au séjour des grandes foules. Ils enrageaient en disant que le Roi ne prenait aucun soin d'eux mais n'auraient pour rien au monde manqué le moindre divertissement.

Après une dernière course de bagues et une loterie de bijoux et d'argenterie dont la Reine remporta, selon le secret désir de Sa Majesté, le premier prix, un diamant gros comme le château, le Roi décida que M. Molière, qui avait ouvert les festivités, les clôturerait. En dehors de *La Princesse d'Élide,* Molière avait joué, dans le cadre des *Plaisirs de l'île enchantée*, *Les Fâcheux,* que le Roi était toujours content de voir représentés pour lui après qu'ils lui eurent été montrés par Fouquet au cours de la nuit de Vaux-le-Vicomte. Un autre jour on avait vu *Le Mariage forcé* mais l'événement était bien *Le Tartuffe,* dont ceux qui l'avaient découvert au cours de lectures privées, chez Ninon de Lenclos ou l'académicien Hubert de Montmort, affirmaient que la pièce était excellente mais qu'elle allait faire grincer bien des dents. C'était suffisant pour mobiliser tous les admirateurs de Molière et rassembler contre lui la coterie des jaloux, des envieux et des dévots prêts à combattre la pièce sans l'avoir vue. Pourtant les trois actes du *Tartuffe* remportèrent un triomphe, les protestataires, sans pour autant désarmer, s'étant effacés prudemment devant le contentement du Roi[1]. « Les ennuis viendront plus tard ! » dit Molière à La Fontaine venu le féliciter. Lorsque, le 14 mai, la cour partit pour Fontainebleau, il était au comble de la faveur royale.

---

1. La pièce jouée en 1664 comportait trois actes alors que trois ans plus tard elle en compte cinq dans la version jouée chez le prince de Condé, et toujours cinq dans celle de 1669. Les historiens ne peuvent dire si la première représentation de Versailles était une comédie complète en trois actes ou une pièce inachevée que Molière complétera et remaniera en 1669 pour donner la version que nous connaissons.

5

Clémence

Le Roi sitôt parti de Versailles avec sa cour, les deux reines et sa maîtresse, les travaux avaient repris. Il fallait d'abord remettre en état le château et le parc auxquels la foule des courtisans avait fait subir quelques dommages. Bloin, valet de chambre du Roi, s'était chargé avec diligence de ce travail d'intendance et, dès le 8 juin, il pouvait écrire à Colbert : « Tout est propre et bien meublé, sauf les deux pièces du vestibule où l'on a monté le théâtre. Il faut y placer des lambris neufs. La pose n'en est pas terminée et les peintres n'ont pu commencer leur travail. »

En fin de lettre, Bloin, qui savait que Colbert ne négligeait pas les détails et voulait tout connaître de la vie à Versailles, avait ajouté : « Je vous demande, monsieur, de bien vouloir penser à empêcher les belettes et les fouines de pénétrer dans la ménagerie. Je suggère de mettre du fil d'archal aux ouvertures d'écoulement des eaux. »

L'ordre revenu dans la maison, une nouvelle vague d'artistes prit possession des lieux avant que le Roi ne décide de revenir voir son cher château. Envoyé par Le Brun, le peintre Francisco-Maria Bourzon commença un grand ensemble de dix paysages pour le vestibule de la Reine mère, et l'ébéniste Armand, dépêché du faubourg Saint-Antoine, installa des estrades dans les chambres. Enfin, une série de meubles commandés depuis longtemps purent trouver leur place dans la chambre du Roi : deux cabinets de Martin Dufaux et des escabellons de chêne sculptés par Caffieri.

Le Roi n'avait pas oublié le potager de Vaux où un drôle de bonhomme nommé La Quintinie lui avait montré de magnifiques poires cultivées en espalier. C'était le dernier homme de Fouquet que Sa Majesté n'avait pas récupéré. Colbert fut chargé de l'informer qu'il était officiellement nommé jardinier du Roi et qu'il devait dans les plus brefs délais remettre en état de produire l'ancien potager de Louis XIII situé à l'orée du village[1].

Tout l'atelier de Vaux était maintenant reconstitué au service du roi de France, pour la plus grande joie des Le Brun, Le Nôtre et Le Vau, heureux de retrouver l'ami dont ils avaient pu apprécier chez Fouquet les connaissances et les qualités de cœur.

Une ombre obscurcissait pourtant le plaisir des retrouvailles. On venait d'apprendre que le procès du surintendant s'achevait de bien mauvaise manière pour l'accusé. La Fontaine et Mme de Sévigné, ses amis les plus fidèles, qui avaient suivi le procès en se cachant et en interrogeant secrètement des témoins, avaient fait à Molière et à Le Brun des récits très tristes, montrant que l'accusé se défendait avec un courage et une tranquillité admirables. La marquise avait écrit une lettre à M. de Pomponne, exilé, dont la copie circulait sous le manteau.

– Mme de Sévigné court de grands risques en disant avec courage ce qu'elle pense, dit un jour Le Nôtre à François de Francine en lui tendant une copie de la lettre.

1. Approximativement à l'emplacement où fut construit l'hôtel des Affaires étrangères, devenu aujourd'hui la bibliothèque municipale.

Elle n'était pas signée, le nom du destinataire n'apparaissait pas mais l'admirable tour d'écriture en trahissait l'auteur :

« Imaginez-vous que des dames m'ont proposé d'aller dans une maison qui regarde droit dans l'Arsenal, pour apercevoir notre pauvre ami. J'étais masquée, M. d'Artagnan était près de lui, cinquante mousquetaires derrière. Il paraissait assez rêveur. Pour moi, quand je l'ai aperçu, les jambes m'ont tremblé et le cœur m'a battu si fort que je n'en pouvais plus. En s'approchant pour le faire entrer dans son trou, M. d'Artagnan l'a poussé et lui a fait remarquer que nous étions là. Il nous a salués et pris cette mine riante que vous lui connaissez. Je ne crois pas qu'il m'ait reconnue mais je vous avoue que j'ai été étrangement saisie lorsque je l'ai vu entrer par cette petite porte. Ces jours-ci sont bien longs à passer et l'incertitude est une épouvantable chose. Je ne puis voir, ni souffrir, que les gens avec qui je puis parler du procès. »

– Il faut espérer que cette lettre ne tombera pas entre les mains de Colbert ! dit Le Nôtre.

– Je serais, moi, bien étonné que le lieutenant civil, ses commissaires et ses exempts n'en aient pas déjà saisi quelques copies ! répondit Francine, qui savait de quoi il parlait.

– Cela n'a pas tellement d'importance : Colbert n'ignore pas que la marquise est intouchable.

Les dernières heures du procès furent pénibles. Le Roi voulait la mort pour Fouquet mais les magistrats, rapporteurs et avocats firent honnêtement leur métier malgré les pressions. L'ancien surintendant sauva sa tête et fut condamné au bannissement et à la confiscation de ses biens. Un jugement que le Roi n'admit pas. Il y ajouta « qu'il pouvait y avoir grand péril à laisser Fouquet sortir du royaume, vu la connaissance remarquable qu'il avait des affaires les plus importantes de l'État, ce pourquoi il changeait la peine du bannissement en prison perpétuelle ».

L'arrivée de La Quintinie, c'était la branche de céleri dans la potée un peu fade de Versailles avec ses allées sablées et son odeur de peinture fraîche. C'était Virgile chez le Roi-Soleil, une fraction de nature vraie et fantaisiste dans la géométrie des parterres et l'alignement des bosquets. C'était aussi pour les amis l'assurance de goûter en même temps que le Roi les meilleurs légumes et les fruits les plus rares.

Comment fêter un homme aussi étroitement lié aux richesses nourricières de la terre autrement que par un festin ? Après une brève discussion, il fut décidé qu'il aurait lieu dans le jardin que se partageaient Le Nôtre et Francine à l'arrière de leurs maisons mitoyennes.

– Cela nous rappellera les soirées du Louvre chez Louis Lerambert, le sculpteur. Tu te souviens, c'était le fils du garde des Marbres et Figures antiques du Roi, dit Le Brun. Quelle chance nous avons eue de vivre notre enfance au milieu des antiquités du Louvre ! À propos, il faut que je commande à Louis quelques sculptures pour le parc.

– Le Roi s'est-il décidé à peupler ses bosquets ? demanda Le Nôtre.

– Oui, il a jugé qu'il était temps d'accueillir quelques hôtes de pierre. J'aurais préféré le marbre mais Colbert freine sur les dépenses. Le carrare sera pour plus tard.

Les deux amis, quand ils se retrouvaient, ne se lassaient pas de rappeler leurs souvenirs de jeunesse dans ces ateliers du Louvre où ils avaient découvert, chez le peintre Simon Vouet, l'amour de l'art et le respect du travail bien fait.

– Te souviens-tu du portrait du roi Louis XIII que tu avais dessiné à la plume alors que tu n'avais pas treize ans ? dit Le Nôtre. Tu étais plus précoce que moi. Très tôt, tu lisais les philosophes, tu m'expliquais Descartes. C'est je crois à travers lui que tu m'as inculqué mon aversion pour les « irrégularités de la nature »…

Le Brun se souvenait, rappelait le visage fiévreux d'André Charles Boulle qui, bien plus tard, faisait le tour des ateliers pour annoncer qu'il venait d'inventer un meuble à tiroirs beaucoup plus pratique que ces coffres de chêne ouvrant sur le dessus et où il fallait plonger pour chercher une chemise. Sa trouvaille, il la dessinait, l'agrémentait de décorations en bronze et disait : « On pourra l'appeler commode. »

Le Brun et Le Vau n'habitaient pas Versailles. Il fut donc convenu qu'ils viendraient loger chez leurs amis afin de n'être pas obligés de rentrer de nuit à Paris.

Françoise Le Nôtre et Madeleine de Francine furent chargées de s'occuper du repas. Issues toutes deux de la bourgeoisie, elles savaient diriger le personnel de cuisine, assez nombreux, que la situation des maris permettait d'employer. Clémence proposa d'aider mais les tâches ménagères ne lui plaisaient guère et sa mère préférait la savoir loin des fourneaux. On la pria seulement d'aller chercher fruits et légumes chez La Quintinie qui habitait avec sa femme et son fils une petite maison que le Roi lui avait donnée près du potager.

Clémence aimait bien le jardinier qui lui montrait en même temps qu'à son garçon, François-Hyérosme, la manière de réussir une greffe, d'enlever l'« écusson », de faire le tour des plantations, serpette à la main, de couper la petite branche qui rompait l'unité de l'espalier. Clémence ne se lassait pas d'écouter La Quintinie raconter comment il était devenu jardinier, lui qui, reçu avocat au Parlement, plaidait à Paris, fréquentait la société et n'avait jamais touché une bêche de sa vie :

— J'étais reçu dans la maison de Tambonneau, le président à la Cour des comptes, où sa charmante femme accueillait la plus importante compagnie de la cour et de la ville. La réputation de son salon était grande, digne, disait la chronique, de l'esprit de Tallemant des Réaux qui y avait ses habitudes.

– Mais le jardinage, dans tout cela ? demandait Clémence, impatiente.

– Il passe par la fonction de précepteur que je fus amené à remplir auprès de Michel-Antoine Tambonneau, le fils de mes hôtes. J'ai hésité avant d'accepter mais la maison était l'une des plus riches du faubourg Saint-Germain et elle avait été construite – par Le Vau, comme par hasard – au milieu d'un superbe jardin. Les plus beaux esprits du temps y devisaient autour des boulingrins avec les plus charmantes femmes et j'y effectuais moi-même avec mon élève de studieuses et agréables promenades. C'est là que j'ai commencé à étudier la botanique, à observer la vie des plantes, leurs transformations et leur reproduction. Le sieur Tambonneau, imbu des idées pédagogiques de Montaigne, voyait d'un bon œil l'éducation de son fils se développer au sein de la nature. Pour la compléter, il décida de nous envoyer effectuer un voyage dans le sud de la France et en Italie. Parcourir sans hâte ces pays qui recelaient les plus beaux jardins du monde, c'était mon rêve !

– Et vous les avez aimés, ces jardins ?

– Oh, oui ! À Montpellier nous nous sommes arrêtés longuement dans le jardin botanique, œuvre d'un précurseur, Richier de Belleval. Il avait été planté sur l'ordre du roi Henri IV à l'imitation de ceux de Pise, de Padoue, de Bologne. Puis nous avons passé la frontière pour admirer les modèles. Magnifiques ! C'est là que j'ai découvert la nature et la disposition d'un vrai potager, l'art de joindre l'utile plantation à l'agréable ordonnance du jardin et que j'ai retenu les leçons poétiques et scientifiques du grand Olivier de Serre qui nous avait précédés dans ce paradis.

– Vous êtes restés partis longtemps ?

– Six mois, un an, j'ai oublié. Ce que je sais c'est qu'à notre retour j'étais bien décidé à abandonner le droit et ses lassantes arguties. Seuls m'intéresseraient désormais l'étude et la poétique de la flore, la physiologie des plantes et le gouvernement des arbres.
– Et vous êtes resté chez les Tambonneau ?
– Où aurais-je été mieux ? Mon élève tenait à moi, je tenais à lui et surtout au jardin dont j'allais faire mon champ d'expériences et d'études. C'est là que, d'avocat-précepteur, je devins agronome !
– Quelle chance ! s'exclama Clémence.
– J'ai été d'abord fasciné par la manière dont fonctionnaient les racines. J'ai compris que c'était là l'essentiel puisque c'est dans la terre que les plantes puisent leurs sucs nourriciers. En plantant et en déterrant des plantes à intervalles réguliers, j'ai remarqué qu'un arbre ne se nourrit qu'à l'aide des radicelles qui renaissent après sa transplantation et non par les anciennes racines que l'on appelle le chevelu.
– Et vous êtes devenu le jardinier célèbre que s'arrachent les grands seigneurs et que le Roi lui-même appelle à son service ?
– Cela ne s'est pas passé aussi vite. Les bons légumes et les fruits dégustés à la table de Mme Tambonneau me firent connaître peu à peu. Ce sont les Condé et les Montausier qui, les premiers, ont fait appel à mes connaissances. La suite est venue toute seule, jusqu'à l'honneur d'être aujourd'hui nommé jardinier du Roi. Ah ! Je me suis marié. J'ai épousé Marguerite que tu connais. Un bon et bel amour, comme celui de deux plantes ! Je te souhaite le même...
La réception de Jean-Baptiste La Quintinie n'eut, on s'en doute, rien de commun avec celle des *Plaisirs de l'île enchantée*. Sur la longue planche couverte d'une nappe cachant les tréteaux, il n'y avait ni vaisselle d'or ni plats d'argent mais les verres étaient fins, les cuillers et les couteaux brillants, les serviettes immaculées. Les Le

Nôtre possédaient dans leur maison des Tuileries une très belle vaisselle et une argenterie digne des plus grandes familles mais, à Versailles, on vivait comme à la campagne, dans la simplicité. Aux deux bouts de la table, les fruits n'étaient pas amoncelés en pyramides impeccables mais, mûris à point, reposaient sur leurs feuilles au fond des corbeilles d'osier. Il n'y eut ni entrée à deux assiettes, ni plats de grands rôts, ni cascade d'entremets chauds et froids mais des pâtés aux truffes, un potage de chapon et un cochon de lait au Père Douillet, la spécialité de Françoise Le Nôtre qui en tenait la recette de sa mère, femme du gouverneur des pages de la grande écurie. La raison de l'appellation « Père Douillet » s'était perdue dans la nuit des temps mais Françoise disait qu'il s'agissait d'un ancêtre, cuisinier du prince de Conti.

Chez les Langlois, on avait toujours bien mangé et André Le Nôtre tenait à perpétuer chez lui la tradition de sa belle-famille. Le cochon de lait, on n'en cuisinait pas plus d'un par an et c'était toute une affaire. Il avait fallu en trouver un qui avait été tué la veille pour être le meilleur. On l'avait blanchi puis lardé en profondeur avec de bons gros lardons marinés en sel et en épices de toutes sortes. C'était là, disait Françoise, le secret de la préparation. Il avait fallu ensuite sortir la longue marmite de terre et y préparer un bouillon de cochon aromatisé, à la pincée près, de fines herbes, d'épices, de citron et, sur la fin, d'un peu de romarin et de laurier, « pas longtemps s'il vous plaît ! » avait recommandé Mme Le Nôtre. Elle-même avait ajouté la chopine de vin blanc de Bourgogne et le verre de bon verjus avant de plonger le cochon dans ce bain onctueux et parfumé qui embaumait la cuisine. Il y avait encore un secret dans la recette : la préparation de la sauce courte aigrelette garnie de ris de veau, de citron et de persil haché menu. La sauce, c'était l'apothéose de l'artiste, l'élixir subtil qui transcendait la recette et assurait le triomphe de Françoise. Refroidi doucement dans son court-bouillon et servi dans un grand bassin sur une serviette blanche, le cochon méritait une fois de plus son titre d'ami de l'homme.

– Le grand commun[1] prépare-t-il d'aussi bonne chère à notre roi ? demanda Clémence.

– Impossible ! décréta Françoise. Qui pourrait prendre autant de soin à la cuisson d'un cochon de lait ? Du reste, le Roi est un boulimique et je ne suis pas sûre qu'il ait le palais assez fin pour apprécier un tel chef-d'œuvre.

Le Vau s'était chargé des vins. Il possédait dans son hôtel de l'île Saint-Louis une cave dont la renommée avait franchi les frontières de la cour. Il avait apporté trois bouteilles de champagne venues des vignes de Versenay et tout le monde y fit honneur.

C'était le vin à la mode. La cour en faisait si grand cas qu'il fallait souvent freiner sa consommation afin que la table du Roi n'en manquât pas. On but aussi du volnay puisque le pays beaunois avait cette année-là bien donné et, parvenue à la fin du repas, l'assistance était gaie, pleine d'un bonheur rare qui ne trouve sa raison que dans l'amitié.

– Savez-vous pourquoi nous sommes si heureux ce soir ? demanda Francine.

Chacun, avec plus ou moins de bonheur, y alla de son argument mais c'est le fontainier qui eut le dernier mot :

– Le bonheur est indissociable du beau, et nous tous, autour de cette table, sommes des fabricants de beau. Lorsque nous nous retrouvons, il est normal que nous sublimions cette notion de joie dont nous essayons chaque jour d'imprégner nos œuvres…

François de Francine en était là de sa tirade à tiroirs dont la conclusion s'annonçait difficile quand Jean de

---

1. Offices et cuisines du Roi et de la famille royale.

La Fontaine fit son entrée. Il n'avait pu venir assister au repas pour des raisons que personne n'essaya de percer mais il avait tenu à venir témoigner son amitié à La Quintinie dont il se sentait proche, à bien des égards.

– Un ami m'a prêté son carrosse et je suis arrivé sans trop de mal de Saint-Germain.

– Avez-vous eu au moins le temps de souper ? demanda Mme Le Nôtre.

– Hélas non, mais j'ai plus soif que faim. Reste-t-il un peu de champagne ailleurs que dans cette bouteille vide qui me provoque ?

– Oui. Et il reste aussi de quoi nourrir tous les poètes de Paris. Installez-vous et ne me dites pas que mon cochon de lait n'est pas le meilleur que vous ayez jamais mangé.

La Fontaine était plus affamé qu'il n'avait bien voulu le dire. Il avala quatre pâtés et fit honneur aux restes du cochon qui trempaient dans la sauce et qui, selon la cuisinière, devaient être encore meilleurs. Il termina la dernière bouteille de champagne et affirma qu'il ne regrettait pas d'être venu saluer le bon La Quintinie, le Virgile de son temps :

– Alors, cher jardinier royal, que faites-vous du potager de Louis XIII laissé à moitié en friche ?

– Je le défriche ! Je fais élever des murets de maçonnerie pour y installer mes fruitiers en espalier, je fais venir des poiriers des pays de Loire, des pommiers de Normandie et des graines du monde entier. Il y a une chose, malheureusement, contre laquelle je ne peux rien : l'exiguïté du terrain. J'ai prévenu le Roi un jour où il est venu visiter mes premières plantations et il m'a dit de patienter, qu'un jour il me donnerait près du château une terre assez grande pour que je nourrisse toute la cour du 1er janvier au 31 décembre[1].

---

1. Ce jour viendra en effet, quinze ans plus tard !

– Il faut que je vienne bientôt voir votre jardin, poursuivit La Fontaine. C'est que nous avons les mêmes préoccupations terriennes. De tous les poètes de mon siècle je suis sans doute le seul que ma charge de maître des Eaux et Forêts a mêlé durant plus de vingt années aux réalités de la vie rustique. J'ai vu vivre les arbres, chacun selon sa loi, mais je n'ai su que chanter l'ombrage des bois. C'est notre cher La Quintinie qui en perce les mystères. À ma place de poète, je vais encore me rapprocher de lui en mettant en vers les fables d'Ésope et de Phèdre. Mais j'y ajouterai beaucoup : les bêtes m'ont fait tellement de confidences dans ma campagne de Château-Thierry…

La Fontaine, lorsqu'il commençait à parler, était intarissable. Il rappela les premiers contes et quelques fables qu'il avait offerts à Fouquet et qui n'avaient jamais été édités, versa quelques pleurs sur le vieil ami dont le procès avait été trafiqué et, brusquement, remarqua que l'air fraîchissait.

C'était vrai, tout le monde se réfugia dans le salon des Francine que Clémence venait d'illuminer de dizaines de grandes bougies que la *Fête des plaisirs de l'île enchantée* n'avait pas brûlées jusqu'à la bobèche. Un feu crépitait dans la cheminée. De quoi aurait-on pu parler, sinon de Versailles et des projets du Roi ?

Le Nôtre raconta qu'il avait écrit à Colbert pour lui dire qu'il surveillait l'élargissement de la chaussée de l'étang de Clagny, d'où venait toute l'eau des bassins du parc.

– Il va falloir bientôt en rechercher ailleurs, dit Francine. À force d'étendre le parc et de multiplier les jets et les fontaines, l'étang va finir par être asséché. La grotte et la laiterie vont pomper toutes mes réserves !

– À votre place, mon ami, je m'en occuperais dès à présent, commenta Le Vau, qui parlait toujours avec recherche et vouvoyait ses amis. Je ne vous vois pas annoncer au Roi que l'eau ne peut arriver jusqu'à sa grotte.

– Et que pensez-vous que je fais ? C'est mon grand souci et Colbert ne laisse pas passer une semaine sans me rappeler cette échéance difficile. Mes efforts portent sur une pompe plus puissante que celle qui dessert la ménagerie. De nombreux ouvriers travaillent, tant au pavillon du réservoir qu'au puits. Mais je dois dire que je ne pourrais rien faire sans Denis Jolly, le maître de la pompe du Pont-Neuf qui se montre un collaborateur indispensable[1].

– Et la fameuse grotte de Thétis ? demanda La Fontaine. Depuis le temps que l'on en parle…

– Écoutez ce bon Jean qui s'impatiente ! dit Le Vau. On croirait entendre le Roi ! Eh bien, rassurez-vous. On vient de poser les vases de bronze exécutés par Jean Magnière, Le Gendre et Tuby. La fonte de Denis Prévost est très réussie. Tiens, voilà un grand artiste !

– C'est lui qui livre les tuyaux de fonte, il est tout à fait compétent, approuva Francine. Quant à la grotte, en dehors des vases de bronze, la rocaille est terminée. Van Opstal, le sculpteur d'Anvers que Le Brun a fait venir, achève les décorations de la façade. Et l'orgue hydraulique qui imite le chant des oiseaux est arrivé de la maison d'un particulier de Montmorency qui en a fait cadeau au Roi. Il reste à Denis Jolly et à votre serviteur de le faire chanter ! Pauvre Jolly dont le Roi a dit qu'il ne connaissait personne qui fût plus long dans ses ouvrages !

– Et de vous, mon père, que dit-il ? demanda Clémence de son air mutin.

– Personne, petite insolente, n'a osé me le répéter, répondit François en riant. D'ailleurs le Roi a toujours

---

1. Denis Jolly, vieux fontainier de Paris, occupait une place privilégiée aux côtés de François Francine. Le Roi appréciait son talent et il recevait, pour ses travaux et la fourniture des conduites, jusqu'à cent mille livres par an.

raison. Ne sommes-nous pas tous, poètes, hommes de théâtre, architectes, peintres, fontainiers et jardiniers, les chantres de sa grandeur ? Il se sert de nous, surtout des gens de lettres, à des fins politiques…

– C'est vrai, dit La Fontaine. Nous sommes des faiseurs de renommée. Le Roi nous fait travailler, nous aide, verse à certains une pension dont Chapelain, prince des poètes officiels, dresse la liste. Ces pensions, offertes dans des bourses de soie, ne le sont pas à fonds perdus. Celui qui accepte s'engage tacitement à devenir trompette de la vertu du Roi. Le empereurs de Rome n'agissaient pas autrement. Richelieu a repris l'idée, imité, ô combien ! par notre cher Fouquet. Aujourd'hui, c'est à Louis XIV que nous prêtons nos talents !

On se sépara tard dans la nuit. Comme à la cour, les hommes, avant d'aller dormir, se partagèrent de bon appétit une collation préparée par la cuisine : un cuisseau de veau froid, des salades et des fruits. Clémence regagna sa chambre en soupirant. Elle aurait tant voulu que son page Jean eût assisté à cette réunion d'artistes et d'hommes d'esprit qui constituaient sa cour, à elle, assemblée qui valait bien celle des petits marquis qu'il fréquentait dans l'ombre de M. de La Rochefoucauld.

Les travaux de la grotte de Thétis avaient été durant toutes ces années les plus importants entrepris à Versailles. Le Roi y voyait la magnificence d'un hommage à Mlle de La Vallière et la fierté du premier chef-d'œuvre inspiré par sa jeune gloire. D'innombrables artistes, artisans et ouvriers continuaient d'y travailler et, parmi eux, Delaunay, le grand rocailleur de l'époque. Il avait utilisé des coquillages de toutes les couleurs, le corail, la nacre, les pétrifications pour représenter le soleil, le blason du Roi, des tritons, des sirènes, des dragons…

« La grotte doit avant tout sa beauté et son originalité à Delaunay », avait dit François de Francine, grand ordonnateur des travaux. Propos qui avait failli le fâcher avec Charles Perrault, lequel prétendait être l'instigateur du projet, ce qui d'ailleurs n'était pas faux. C'est lui qui avait eu l'idée de la somptueuse flatterie que Louis XIV devait recevoir dans cette fable de pierre, de bronze, de coquillages, de sculptures dont Apollon était le personnage principal. « C'est moi, affirmait Perrault, qui ai imaginé Apollon allant se coucher chez Thétis après avoir fait le tour de la Terre, pour représenter le Roi qui vient se reposer à Versailles après avoir fait du bien à tout le monde. » Tout cela n'avait d'autre conséquence que de nourrir les papotages de la cour.

Pour l'heure, la niche du milieu où les nymphes de Thétis devaient laver Apollon et le baigner, ainsi que celles des côtés réservées aux quatre chevaux du Soleil, étaient vides. Elles n'existaient que sur les dessins de Le Brun. Girardon et Regaudin les sculptaient dans la glaise et les moulaient dans le plâtre, en attendant de les réaliser un jour en marbre[1].

Ces travaux interminables, le Roi en suivait le déroulement presque au jour le jour. Et les nouvelles n'étaient pas toujours celles qu'il attendait. Un rapport n'avait pas annoncé à Colbert que la finition du réservoir était imminente qu'un autre arrivait pour dire que le plomb manquait et que Jolly avait dû aller à Paris pour essayer de s'en procurer. Le 22 décembre, le fontainier assurait que le précieux métal était arrivé au port Saint-Paul mais ce ne fut que le 26 février 1666 que les tables de plomb destinées à assurer l'étanchéité du réservoir purent être posées.

Le 27 avril, le Roi vint visiter Versailles. Il avait trouvé plaisir à voir l'avancement de l'Orangerie et sa ménagerie enfin terminée. Il avait contemplé les derniers animaux arrivés d'Afrique et s'était distrait à faire jouer les

---

1. L'ensemble sera terminé beaucoup plus tard. Les comptes des Bâtiments du Roi montrent que les plâtres furent payés aux artistes en 1672 et les statues de marbre en 1677.

robinets des jets d'eau. Le Vau et Francine, qui étaient à ses côtés, se disaient soulagés qu'il n'eût pas demandé à voir la grotte, sujet permanent de ses préoccupations, quand, au moment de monter en carrosse, il fit demi-tour et annonça qu'il voulait se rendre compte de l'état de Thétis et de son Soleil.

Lorsque le Roi constata tout ce qui restait encore à faire, son regard se rembrunit. Francine eut beau lui affirmer que l'eau serait dès le lendemain dans le réservoir, le Roi ne cacha pas son mécontentement. « Cette grotte ne sera donc jamais finie ! » s'écria-t-il. Pour Louis XIV, qui savait se maîtriser et n'élevait jamais la voix lorsqu'il faisait une observation, c'était la manifestation d'une grande colère, et lui qui, d'habitude, prenait congé courtoisement et même cordialement de ses artisans, les salua froidement. Qu'aurait été son humeur s'il avait su qu'en septembre les tuyaux crèveraient, que la hauteur d'eau dans le réservoir n'atteindrait pas quarante pouces et qu'une maladie de l'irremplaçable Jolly allait encore retarder la mise en eaux des fontaines de la grotte[1] ?

Clémence gardait toujours dans un coin de son cœur le souvenir de Jean de Pérelle. Plusieurs fois elle avait questionné des gens qui, à un titre ou un autre, fréquentaient la cour, mais personne n'avait pu lui donner des nouvelles du page du prince de Marcillac. Avait-il été à la guerre ? S'était-il couvert de gloire en se battant

---

1. Les comptes de la maison du Roi montrent que la grotte, en 1666, n'a pas fini de coûter cher aux finances du royaume. À titre d'exemples : 15 mars : à Antoine Barreau, charpentier, pour avoir fait des entailles dans les poutres du grand réservoir : 82 livres. 24 avril : à René Delalun pour son paiement de six poinçons, deux tiers de roches qu'il a fournies pour la grotte : 120 livres. 7 décembre : à Delaunay à compte des ouvrages de ciment et mastic pour la grotte : 600 livres.

sur le Rhin contre l'évêque de Munster, prélat belliqueux à la solde des Anglais ? Peut-être était-il mort alors qu'il brandissait son sabre à la tête du régiment ? Sans doute s'était-il plus simplement marié à une vieille fille laide, riche et titrée… Cette dernière éventualité ne plaisait pas à Clémence qui se forçait alors à penser à celui qui allait devenir son mari, « Charles de Barrieux, escuyer, seigneur du Plessis-Briard, conseiller et maistre d'hostel ordinaire du Roy, son lieutenant en la vennerye pour le loup et capitaine de la ville et chasteau de Corbeil ». Il avait fait remettre à M. de Francine par son frère Pierre la copie de ses titres, espérant que cette avalanche de charges déciderait le père et la mère à lui laisser épouser la jolie Clémence rencontrée lors d'une chasse royale où elle tenait le registre des invités. Celle-ci avait soigneusement recopié cette avantageuse liste d'honneurs que ses parents l'engageaient à épouser. De temps en temps, lorsqu'elle voulait oublier son page, elle la tirait de son corsage et la relisait en riant.

– C'est un beau parti pour une Francine, avait dit la mère.

Ce qui avait aussitôt fait réagir le père.

– Pour une Francine, pour une Francine… Notre nom ne vaudrait-il rien ? Je suis nommé écuyer dans les actes officiels, tout comme ce pseudo-seigneur du Plessis-Briard. D'abord où est-ce Le Plessis-Briard ? La Toscane est tout de même plus connue ! Je ne suis pas contre ce mariage mais je ne veux pas que l'on place devant moi ce chambellan de chasse à courre. Je préfère mon titre de fontainier du Roi à celui de louvetier. D'abord, le Roi, je peux, moi, lui parler quand je veux. Et il m'écoute. Ce Barrieux, lui, l'a-t-il seulement rencontré une seule fois ?

Mme Francine savait comment calmer son mari. Elle s'excusa en disant qu'elle n'avait jamais voulu éclipser la famille derrière ce monsieur qui, c'était bien vrai, ne les valait pas, ajoutant tout de même :

– N'empêche que c'est un beau parti. Clémence devrait être déjà mariée depuis longtemps et ce monsieur ferait, je crois, un mari fort convenable.

François, bougon, emmena sa fille à l'écart dans le jardin.

– Ce mariage n'a pas l'air de t'enthousiasmer, dit-il. Je sais bien que tu penses toujours à ton beau page mais la vie, sauf dans les jeux d'eau, n'est pas faite de mirages. Ce Charles, qui m'agace parce qu'il va t'enlever, n'est pas mal du tout de sa personne. Il n'est pas tout jeune mais il n'est pas vieux. Regarde cette malheureuse Françoise d'Aubigné, tu sais, l'amie de La Fontaine, qui a dû vivre toute sa jeunesse avec Scarron devenu infirme ?

– C'est vrai, il n'est ni laid ni bossu mais il n'a pas, hélas ! l'esprit de Scarron ! Ce qui me désespère, ce n'est pas tellement l'idée de vivre avec ce monsieur, c'est de devoir quitter la maison…

– Tu viendras nous voir souvent. Peut-être même que tu habiteras Versailles. Mais écoute quelque chose que tu n'oublieras pas mais que tu ne répéteras jamais. Je vais te rapporter un langage tenu jadis à sa fille par un père romain, un ancien Romain, bien sûr. « Sache, ma fille, lui dit-il, qu'une Romaine gagne sa liberté en se mariant. Elle ne choisit pas son mari mais, une fois mariée, si elle est intelligente et discrète, elle peut réussir à vivre la vie qui lui plaît. » C'est ce que je te souhaite, ma fille. Je ne te conseille naturellement pas de tromper ton mari, mais sait-on jamais… Imagine que le page, devenu lieutenant ou capitaine, reparaisse un jour… Allons, je fais un drôle de père. Si ta mère m'entendait, elle croirait que je suis devenu fou…

– J'avoue, mon père, que vous m'étonnez. Mais je n'oublierai pas, le cas échéant, les conseils du vieux Romain. Je crois qu'il faut que vous m'aimiez beaucoup pour me parler ainsi !

– En as-tu jamais douté, ma petite fille ? Tiens, demain, tu peux m'accompagner si tu le désires. Le Roi doit faire un tour de parc et il va falloir moduler les jeux d'eau au rythme de sa visite car les réservoirs sont loin d'être pleins et il n'est pas question d'ouvrir en même temps toutes les vannes.

– Il faudra les ouvrir juste avant son passage et les refermer tout de suite après ?

– Tu as tout compris.

– Je m'habille en garçon ?

– Non, mets une robe et fais en sorte que personne ne te voie.

Clémence rentra songeuse dans sa chambre, tourneboulée par tout ce qui venait de se passer : son mariage d'abord qui se précisait d'une manière angoissante, les propos inattendus de son père, et enfin le tour du parc le lendemain. Jamais son père ne l'avait emmenée lorsque le Roi devait être présent au château. Nul doute que cette fois il avait besoin de nombreux aides pour faire fonctionner son installation et, finalement, cela lui plaisait beaucoup. Son esprit allait de la clé-lyre, qu'il faudrait tourner au bon moment, au Roi qui marcherait lentement dans l'allée, bavardant peut-être avec Mlle de La Vallière. Soudain, il l'apercevrait, elle, l'Ondine, entre les branchages. Il s'arrêterait et demanderait très poliment : « Qui êtes-vous, belle enfant, comment vos doigts si fins peuvent-ils manœuvrer cet énorme robinet ? » Elle n'aurait pas peur du tout, le regarderait dans les yeux pour qu'il distingue la couleur verte des siens et répondrait en faisant une petite révérence : « Sire, je suis la fille du maître des eaux de Versailles, François de Francine. » « Francine, dirait-il, le merveilleux Francine qui fait vibrer mes jardins de ses eaux magiques ? Votre père me sert très dignement. J'en suis content au dernier point et lui en donnerai bientôt des marques. » Alors, elle lui ferait un beau sourire et il se tournerait vers Mlle de La Vallière en disant : « N'est-elle pas charmante, cette jeune fille ? Il nous en faudrait beaucoup comme elle à la cour. » Louise répondrait « Oui » sans enthousiasme puis il lui dirait au revoir, très galamment, en remettant son chapeau, car il se serait découvert pour lui parler…

La rêverie en resta là car on l'appelait pour souper. À table, sa mère lui demanda si elle pensait à son futur mari, car elle avait l'air absent. Après un temps de réflexion qui fit lever le nez à son père penché sur son potage de vermicelle, elle dit :

– Pas du tout, mère, je songeais au Roi que je vais rencontrer demain matin.

François de Francine se demanda s'il faisait bien d'emmener Clémence dans les jardins de Versailles. Avec cette diablesse d'Ondine qu'il adorait on pouvait s'attendre à tout. Si le Roi la remarquait, elle était bien capable de lui sauter au cou.

Clémence eut cette nuit-là un sommeil agité. Elle rêva que Charles de Barrieux la surprenait en train d'embrasser le lieutenant Jean de Pérelle dans la grotte de Thétis et que le Roi, passant là par hasard, calmait le mari jaloux et lui disait : « Venez, je vous emmène, charmante Ondine, et vais vous consoler. »

Clémence se réveilla à ce moment-là, se leva pour boire un peu d'eau et se dit en riant : « J'ai décidément trop d'hommes dans ma vie ! »

Le lendemain, les choses ne se passèrent pas comme Clémence les avait imaginées. Le Roi fit bien son tour de parc, mais sans autres accompagnateurs que Le Nôtre et Francine. Il sembla pressé en descendant de calèche et prêta peu d'attention aux modifications du paysage que lui signalaient les deux maîtres des jardins. Un peu plus loin, il remonta dans sa voiture et se fit conduire à la ménagerie, son lieu de prédilection. C'est près de là que se tenait Clémence, vers la laiterie. Suivant à la lettre les consignes de son père, elle usa du sifflet qu'il lui avait remis dès qu'elle entendit les premiers pas des chevaux. Commandées par des mains invisibles, les fontaines des pavillons et des cours de la ménagerie fusèrent en gerbes irisées. Quelques secondes plus tard, le sifflet du préposé posté à la sortie de la ménagerie ferait entendre à son intention deux coups brefs. Clémence les attendait en faisant bouffer sa robe et en redressant sa coiffure que le vent avait dérangée. Ce signal signifierait que leur auteur allait fermer les vannes des jets de la ménagerie et qu'elle devait aussitôt ouvrir la clé-lyre qui commandait les eaux de la laiterie. Un geste qui lui était maintenant familier et qu'elle exécuta avec autorité, guettant l'envolée d'une lance particulièrement puissante qui envoyait son eau à une hauteur prodigieuse et que le Roi aimait contempler.

Louis approchait, détendu mais toujours majestueux, en faisant sonner le bout doré de sa canne sur le pavement neuf. Lorsqu'il fut à dix pas, Clémence, ne tenant absolument pas compte des ordres de son père, sortit de son rideau de verdure. Son cœur battait. Il était impossible que le Roi ne la vît pas. Et pourtant... Le regard royal, au lieu de suivre logiquement la direction qui l'eût conduit vers le terre-plein où se tenait la jeune fille, s'éleva vers le ciel où se perdait le jet le plus haut du jardin. Le prince charmant n'avait pas vu la bergère. Il ne restait à Clémence qu'à refermer le robinet des rêves.

Tandis que le pavage des cours et la pose des bustes sur la façade d'entrée s'achevaient[1], le bourg commençait à prendre un nouvel aspect aux abords immédiats du château. Après avoir longuement réfléchi avec Colbert et Le Vau, le Roi avait décidé de vendre ou même de donner à certains courtisans des terrains situés de part et d'autre de l'allée médiane menant au château, à charge pour eux d'y édifier des hôtels tous uniformes,

1. Les bustes sont toujours en place sur leurs consoles.

en pierre et en brique, dans l'harmonie de l'habitation royale et selon les plans de Le Vau.

Il y avait quelques mois déjà que le Roi nourrissait l'idée de faire surgir une ville autour du château tellement remanié. Il savait qu'il s'agissait d'une œuvre de longue haleine et que chaque bâtiment devait être pensé dans la perspective de s'intégrer plus tard à un plan d'ensemble. Les courtisans se disputèrent ainsi les premières maisons jumelles, toutes construites perpendiculairement aux avenues, les façades donnant sur les cours. Seuls deux édifices importants, d'une architecture plus élaborée, avec des colonnes ioniques encadrant les portes, furent bâtis par la grâce du Roi dans la perspective même du château. Durant tout le temps de leur construction, la cour se perdit en conjectures sur l'identité des futurs voisins du Roi. Les langues allèrent bon train lorsque l'on apprit que l'un des hôtels serait celui de M. de Noailles, l'autre étant partagé entre Lauzun, le favori de la Grande Mademoiselle, et le marquis de Guitry[1].

À mesure que le temps passait, Louis XIV paraissait de plus en plus « envoûté par Versailles », comme disait Colbert que cette passion continuait d'effrayer. En dehors des affaires de l'État, son jardin et son château occupaient toutes les pensées du Roi. Il venait y passer la nuit une fois par semaine, s'y promenait plus souvent avant la chasse ou lorsqu'un goûter réunissait quelques privilégiés autour de la Reine. Il laissait alors Marie-Thérèse tenir le cercle et aimait aller retrouver Le Nôtre qui, au fil des travaux, devenait un confident, ou François de Francine, dont l'esprit vif et inventif l'amusait. C'est lui qui, un jour, proposa au Roi d'aménager dans le parc un divertissement pour les beaux jours :

---

1. Demeures éphémères. Elles seront détruites quand on bâtira à leur place les Grande et Petite Écuries.

– Sire, j'ai eu l'idée d'un jeu nouveau et suis sûr que les princes et les princesses raffoleront de mon chariot.
– De quoi s'agit-il ? D'une nouvelle voiture ?
– Non, Sire. Avec votre assentiment, mon jeu pourrait s'appeler la « ramasse ».
– Y aurait-il danger à se ramasser ? demanda le Roi en souriant.
– Juste une petite appréhension au début, uniquement pour faire frissonner les jolies dames sous la garde protectrice de leurs chevaliers servants.
– Allez-vous me dire de quoi il s'agit, monsieur de Francine ?
– Voilà, Sire. J'installe deux rails de bois dur sur des pentes montantes et descendantes et j'y fais glisser mon chariot joliment décoré et garni de sièges rembourrés. La descente assez raide donne au chariot la force de remonter une autre pente, et ainsi de suite jusqu'à l'arrivée au fond d'un vallon. J'ai repéré, en allant vers Satory, un endroit qui conviendrait[1].
– Va donc pour la « ramasse », mais s'il y a un accident je vous en rendrai responsable.

Ainsi naquit un jeu qui eut le mérite d'intéresser la cour durant de longues années. Une vingtaine de charpentiers travaillèrent deux mois à tailler et à fixer au sol les rails bien lisses, bien rabotés, sur lesquels devaient glisser les patins cirés de la « ramasse ». En fait il fallut construire plusieurs traîneaux car, si la descente était rapide, la remontée sur une piste d'herbe était longue. Francine savait qu'un chariot tout simple, en bois, aurait déplu. Si l'on voulait attirer les plus belles dames de la cour sur les banquettes du vertige, il fallait qu'elles fussent richement travaillées. Nicolas Masse, l'ébéniste qui avait participé à l'aménagement du château, fut

---

1. Le jeu avait une grande analogie avec ce que l'on appellera plus tard, sur les champs de foire, les « montagnes russes ».

donc chargé de sculpter la « ramasse », et le peintre Lenoir de la peindre et de la dorer.

L'inauguration de l'attraction donna lieu à une petite fête. Comme la piste était tracée assez loin du château, Madame organisa une collation. Plusieurs heures à l'avance, les haquenées de la grande écurie apportèrent sur place du linge, du pain, des fruits, du vin, des tasses, des couteaux, toute la vaisselle et, en dernier lieu, les différents plats conservés au chaud dans de grandes marmites capitonnées de laine.

Lorsque tout le monde fut rassemblé, François de Francine demanda qui voulait l'accompagner pour la première descente. Les braves tardèrent à se manifester, sauf Lauzun, toujours prêt à participer aux fantaisies de la vie. Dès que les deux hommes furent installés, on détacha le traîneau sur un signe de Francine et la « ramasse » s'élança vers une trouée de chênes verts. On vit reparaître le traîneau cent toises plus loin avant qu'il ne remonte une pente et ne disparaisse à nouveau. Mlle d'Alençon et M. de Guise demandèrent à constituer le deuxième équipage. D'autres suivirent et, dans les cris et les rires, la cour continua de se faire peur jusqu'au soir. L'absence du Roi avait été remarquée. On sut dans l'après-midi que le conseil avait duré et que Sa Majesté avait pris son repas avec Mlle de La Vallière, un peu souffrante[1].

En septembre 1665, avant l'arrivée des invités conviés à la chasse, le Roi abandonna son carrosse pour une « roulette[2] » et alla comme à son habitude

---

1. Quelques jours plus tard, Petit, représentant à Versailles de Colbert depuis le début des travaux, réclame « les plans et dessins d'un petit pavillon à construire vers Satory pour mettre à couvert le chariot de la " ramasse " ».

2. La « roulette » était une petite voiture à une place, tirée par un garde suisse, utilisée pour circuler aisément dans les jardins de Versailles.

visiter les chantiers. Hasard ou rencontre préparée, il se trouva, près de l'Orangerie, en face de Lorenzo Bernini auquel Le Nôtre faisait les honneurs de Versailles. Comme le visiteur se découvrait, le Roi l'imita puis dit avec la courtoisie qui lui était familière :

– Monsieur le Cavalier Bernin, couvrons-nous tous les deux. Votre immense renommée nous rend égaux dans ce lieu consacré à la beauté. Je n'ai pas encore eu le plaisir de m'entretenir avec vous depuis votre arrivée en France. Vous traite-t-on avec les égards dus au meilleur ambassadeur de votre pays ? M. Fréhart de Chantelou, le gentilhomme que j'ai désigné pour vous accompagner durant tout votre séjour, est-il assez attentif à vos besoins ?

– Que Votre Majesté se rassure. Je suis reçu chez vous comme un prince. M. de Colbert m'a montré comment il souhaitait faire du Louvre le plus beau des palais. Je compte lui présenter bientôt mes premiers dessins.

– Fort bien, Cavalier, continuez à visiter Versailles, enfin, ses jardins, en compagnie de M. Le Nôtre, leur créateur. Puis j'aurai l'honneur de vous rencontrer au château.

Gian Lorenzo Bernini était depuis de longues années un personnage considérable. Sa réputation d'architecte et de sculpteur était universelle. Il excellait aussi en peinture et était homme de lettres à ses heures. Une telle renommée n'avait pas laissé Colbert indifférent lorsque, devenu surintendant des Bâtiments, il s'était tout de suite préoccupé de l'achèvement du Louvre, décidé par Mazarin mais jamais entrepris. Colbert n'imaginait pas que Louis XIV puisse s'installer ailleurs que dans le vieux palais de la royauté après que celui-ci, restauré et embelli, eut atteint enfin la magnificence digne du grand règne qui commençait. Il obtint sans mal du Roi l'autorisation de faire appel à l'architecte italien dont les travaux à la basilique de Saint-Pierre de

Rome ne cessaient d'accroître le prestige, en particulier le grand escalier du Vatican et la colonnade de la place Saint-Pierre célèbres dans toute l'Europe.

Au début de 1664, Colbert avait donc chargé un émissaire à Rome de demander à Bernini un projet pour le Louvre. L'homme, comblé de faveurs par les différents papes qu'il avait vus se succéder au cours de sa vie, de Paul V qui l'avait fait chevalier à Alexandre VII qui lui avait confié l'achèvement de Saint-Pierre, n'accepta l'offre de Colbert qu'avec réticence et finit par lui envoyer le 24 juin un jeu de dessins et un mémoire explicatif. Le projet, hélas, fut mal accueilli à Paris, et le maître, irascible, reçut fort désagréablement l'émissaire venu lui faire part d'observations qu'il jugeait sans fondement. Il finit pourtant par accepter de présenter un nouveau projet et, comme il était difficile de discuter de si loin, Colbert proposa que le « Cavalier Bernin », comme on l'appelait en France, vienne à Paris. En août, Louis XIV lui écrivit une lettre louangeuse pour l'inviter en lui assurant une réception digne d'un souverain. Le marquis de Créqui, l'ambassadeur à Rome, se rendit chez Bernin afin de lui transmettre l'invitation du Roi, et le génie se laissa convaincre. C'est ainsi qu'il était arrivé à Paris en juin 1665, accompagné par Fréhart de Chantelou qui avait vécu en Italie et parlait fort bien la langue.

En attendant de retrouver le Roi, il avait suivi Le Nôtre jusqu'aux terrasses. Là, ils s'arrêtèrent, et le Français lui montra sur un plan les pentes, les descentes à pied et en carrosse qu'il était en train d'aménager. De là, ils gagnèrent le jardin des fleurs entouré de petites terrasses de deux pieds de haut ornées d'arbres en boule.

– Tout cela me semble magnifique, monsieur Le Nôtre. J'aime beaucoup cette descente qui mène, je pense, à l'Orangerie ?

– Oui, et je serai heureux de vous montrer ce bâtiment élégant, œuvre de votre confrère français Le Vau.

Il se révèle hélas ! déjà trop petit et le Roi envisage de le remplacer plus tard par une nouvelle orangerie.

À l'intérieur, le Cavalier Bernin mesura la largeur en faisant des enjambées puis s'intéressa à la voûte en terrasse où n'apparaissait aucune infiltration.

– La voûte vous étonne ? Elle est protégée de l'humidité par une toile enduite d'un mastic, un secret que m'a confié François de Francine.

– Le fontainier italien ?

– Oui, son père est venu de Toscane. Mais lui est fixé maintenant en France. Il a en charge tous les jeux d'eau du parc. C'est un véritable artiste !

– Sa renommée est grande, en effet. J'aurais plaisir à le rencontrer. Mais pour en revenir à l'Orangerie, telle qu'elle est, vous devriez la décorer pour en faire l'été un séjour agréable.

– Je ferai part au Roi de votre suggestion. Il est temps justement d'aller le retrouver avant le départ de la chasse.

Déjà les cavaliers enfourchaient leurs chevaux et les chiens piaffaient.

– Je vous reverrai, monsieur Bernini. Dites-moi seulement, en deux mots, ce que vous pensez de Versailles.

– Sire, tout ce que j'ai vu est galant et fort beau. Je m'étonne que Votre Majesté ne vienne ici qu'une fois par semaine.

– Je suis bien aise que Versailles vous plaise. Revenez, monsieur le Cavalier. Revenez…

Il éperonna son cheval et donna le signe du départ dans les aboiements des chiens et les cris des piqueurs.

– Votre roi a fière allure, dit le Bernin. J'aimerais beaucoup faire une statue équestre de lui. Pensez-vous qu'il acceptera de poser ?

– Interrogez donc M. de Colbert.

Ce soir-là, François de Francine rentra chez lui tout excité. Il regarda sa femme et Clémence qui cousaient pour préparer le trousseau de la fiancée et dit :

– Le Roi m'étonnera toujours. Figurez-vous qu'il a déclaré tout à l'heure que Versailles devait s'orner de beautés nouvelles. Il veut des statues partout, dans les allées, dans les bassins. Je trouve cela plutôt bien mais figurez-vous qu'il demande aussi que l'on puisse partout admirer des jeux d'eau ! Comme si depuis trois ans nous faisions autre chose que de faire surgir l'eau du sol pour l'envoyer se perdre dans les airs ! Je sais bien qu'il y a encore des bassins à sec et que Le Vau a construit des fontaines où l'eau ne coule pas, mais il faut du temps pour réaliser les rêves, même ceux d'un roi ! Il ne suffit pas de me nommer « intendant général des Eaux et Fontaines de France » pour que l'eau arrive là où on le souhaite.

– Ne vous énervez pas, mon père, dit Clémence en l'embrassant. L'impatience du Roi ne fera pas changer le cours des choses. Il sait bien que vous faites l'impossible pour le satisfaire.

– N'empêche qu'il me faut dès maintenant trouver de l'eau ! J'ai bien quelques idées mais il faudra dix ans pour les réaliser.

– Que le Roi gronde un peu et vous ne mettrez que deux ans ! Regardez plutôt le linge que brode ma mère. Quand je me dis que tous ces draps, toutes ces serviettes, toutes ces nappes me sont destinés, que je devrai les compter, les ranger, les entretenir, je me sens soudain vieillie de dix ans. Ce n'est pas en couchant avec son mari qu'une jeune fille, de nos jours, dit adieu à sa jeunesse, c'est en rassemblant tous les chiffons qu'elle emportera hors de la maison !

– Clémence, je vous interdis de parler de la sorte ! s'écria Mme Francine, horrifiée.

Quand elle ne tutoyait pas sa fille, c'était le signe d'une grande colère. Elle était assez intelligente pour comprendre que Clémence n'attendait pas de son mariage une grande félicité mais elle pensait qu'une jeune fille de bonne famille devait passer ce cap avec une élégante soumission.

– Mère, je m'emporte pour un oui ou pour un non, vous le savez bien. Là, c'est plutôt pour un oui, ajouta-t-elle en souriant en direction de son père. Mais il est vrai que me piquer les doigts en cousant cette toile matrimoniale m'exaspère. Ne m'en veuillez pas. L'essentiel n'est-il pas que j'épouse mon lourdaud ?

Sur ce dernier mot, elle s'échappa. Sa mère aurait bien été capable de la souffleter comme lorsqu'elle avait dix ans. Elle se réfugia dans sa chambre et se mit à penser à des choses qui eussent fait frémir Mme Francine si elle les avait connues.

Même son père ignorait que le matin même, alors qu'elle sifflait cachée dans les taillis pour prévenir de l'arrivée du Roi et déclencher les jets d'eau, Sa Majesté l'avait remarquée s'enfuyant en esquissant ces pas de danse qui étaient sa démarche ordinaire. Il l'avait remarquée, mais après ? Rien. Il avait continué son chemin en bavardant avec une dame qui pouvait bien être cette Mme de Sévigné dont parlait si souvent La Fontaine.

Il était maintenant admis que Clémence jouât son rôle de vigie d'eau douce, le matin, lorsque le Roi devait venir se promener dans son jardin. La semaine suivante, elle était à son poste et, comme la fois précédente, elle siffla et sauta en arrière pour se cacher d'autant plus vite que le Roi était accompagné de son père. Comment son pied nu, si habitué à sauter les ruisseaux et à escalader les murets, se prit-il dans une racine ? Elle ne sut l'expliquer. Le résultat fut qu'elle s'étala dans la verdure d'une pièce de lierre rampant et qu'elle poussa un petit cri. Le Roi l'entendit, s'arrêta et s'avança. Comme toujours lorsqu'il croisait une femme, il ôta son chapeau et demanda :

119

– Que faites-vous donc, mademoiselle, et que vous est-il arrivé ? N'êtes-vous pas blessée ?

– Non, Sire, balbutia Clémence. Votre Majesté est trop bonne. Je n'ai rien qu'une petite égratignure.

– C'est donc vous dont je vois les jupes s'envoler lorsque j'arrive. Vous devez être l'un de ceux qui préviennent de mon arrivée, de manière que les eaux fusent autour de moi et s'arrêtent lorsque je suis passé ? N'est-ce pas, monsieur de Francine ? Je n'ai jamais été dupe de votre subterfuge.

– Je n'ai jamais pensé que vous puissiez l'être, Sire, mais dans les jeux d'eau tout est apparence. Et mon rêve est qu'un jour toutes les eaux du parc puissent jaillir le temps de votre promenade.

– Et vous avez beaucoup de jeunes filles aussi agréables pour jalonner mon passage ?

– Non, Votre Majesté. Elle est la seule. Les autres sont des fontainiers.

– J'ai donc eu de la chance de la rencontrer. Mais qui êtes-vous donc, mademoiselle ?

Clémence, affolée, regarda son père qui fut bien obligé de répondre :

– C'est ma fille, Sire.

Et il crut bon devoir ajouter, pensant que cela donnerait du crédit à sa fille :

– Elle m'aide en attendant de se marier. En effet, elle est fiancée.

– Tiens donc. Et avec qui ?

– Charles de Barrieux, Sire.

– L'homme des chevaux et des chasses ? Je vois vaguement de qui il s'agit. Une aussi belle jeune fille aurait peut-être mérité mieux... Allez, venez, monsieur de Francine. Montrez-moi comment arrive l'eau au bassin des Tritons. Au revoir, mademoiselle. La prochaine fois, ne vous cachez pas de votre roi !

Clémence fit une révérence un peu gauche et s'esquiva. Pour une fois elle ne courait pas, n'escaladait pas les alignements de buis, ne dansait pas autour de la statue d'Apollon qui attendait au détour d'un massif de trouver sa place dans la grotte de Thétis. Elle réfléchissait à ce qui venait de se passer et se demandait si cette entrevue, favorisée par sa chute devant le Roi, pouvait avoir une suite, et laquelle. Mais le hasard avait-il vraiment joué un rôle dans la rencontre ? Honnêtement, elle devait convenir qu'un pas de côté joint à son agilité de chatte aurait pu lui permettre de se rattraper et d'éviter de tomber. Alors ? Alors, elle avait tout fait pour se faire remarquer par le Roi et il fallait laisser la destinée s'accomplir.

Rassérénée par cet examen de conscience indulgent, Clémence prit la direction du village. Arrivée à l'orme du principal carrefour où étaient affichées les armes de Sa Majesté depuis que Louis était devenu seigneur de Versailles, elle rencontra Jean de La Fontaine. Penché en avant, regardant les boucles de ses chaussures, il marchait lentement. Ses lèvres parfois bougeaient mais aucun son n'en sortait. Amusée, Clémence réveilla le poète de son songe :

– Alors, monsieur, sont-ce des vers que vous marmonnez ? Ne voulez-vous pas confier à votre Ondine préférée à quel sujet s'attachent vos pensées ?

La Fontaine s'arrêta et sourit :

– Voici la rencontre que j'espérais pour leur donner la fraîcheur et la jeunesse. Viens t'asseoir, Ondine, à côté de moi sur cette pierre et dis-moi comment se portent les massifs de M. Le Nôtre et les fontaines de ton noble père.

– Bien. Les allées s'allongent, les parterres s'organisent, et l'eau, bien que rare, peut alimenter les jets lorsque le Roi se trouve devant une fontaine.

– Passes-tu toujours tes journées dans le parc et te baignes-tu toute nue dans les bassins ? L'autre jour, chez le président de Lamoignon, je racontais tes exploits nautiques à Mme de Sévigné et à Bussy-Rabutin.

Ils étaient enchantés. Elle a dit qu'elle raconterait ton histoire dans une prochaine lettre à sa fille, Mme de Grignan. Quant au « rabutinage » qu'en tirera son libertin cousin[1], je n'ose y penser !

— Non, je suis sage maintenant. Mon père m'a promis des punitions terribles si je continuais à plonger dans ses bassins.

— Et tu as peur de lui ?

— Non, mais je dois faire attention car on va me marier.

— Te marier ? Avec qui, grands dieux ?

— Avec un monsieur qui s'appelle Charles de Barrieux.

— Connais pas.

— Les chevaux du Roi le connaissent. Il s'occupe d'eux.

— Et il passera de l'écurie dans ton lit ? Mais pourquoi diable tes parents veulent-ils te faire épouser ce maquignon ?

— C'est maman, elle a peur que je ne trouve pas de mari.

— Avec ton visage et ton corps à faire damner Bossuet en personne, cela m'étonnerait. Je vais parler à ton père. Et à Le Nôtre qui t'aime bien et qui a de l'influence sur lui.

— Le Roi disait justement ce matin à mon père qu'une aussi belle jeune fille que moi méritait mieux !

— Comment ? Le Roi est au courant ? Que vient-il faire dans cette histoire ?

Clémence raconta sa fonction lorsque le Roi était arrivé, sa chute et l'étonnement de Sa Majesté en découvrant que cette jeune sauvageonne était la fille de François de Francine.

---

1. Officier valeureux et homme de lettres. Sa plume attirera sur Bussy-Rabutin les foudres royales. Louis XIV brisera sa carrière et le fera enfermer à la Bastille avant de l'exiler dans son château bourguignon.

La Fontaine, qui connaissait le goût du Roi pour les jeunes femmes et ses frasques, que la Reine et Mlle de La Vallière faisaient mine d'ignorer, regarda Clémence et toussota.

– Qu'y a-t-il ? demanda-t-elle. Vous paraissez pensif ?

– Oui, je me demande tout simplement si tu n'as pas plu au Roi. Que t'a-t-il dit en te quittant ?

– « Au revoir, mademoiselle. La prochaine fois, ne vous cachez pas de votre roi. »

– Peut-être que cela ne veut rien dire mais qu'il ait parlé d'une « prochaine fois » me laisse perplexe. Le tout est de savoir si tu veux épouser ton cheval.

– Ah non, pas du tout !

– Alors, peut-être que le Roi te trouvera un mari à ta convenance. Cela s'est déjà vu !

– Vous croyez que je dois parler de tout cela à mon père ?

– Cela vaudrait mieux. Dis-lui, ainsi qu'à ta mère, que tu veux suivre le conseil du Roi et que tu ne veux plus épouser ton homme d'écurie. D'ailleurs je n'aime pas les chevaux, ils m'ont toujours fait peur ! ajouta-t-il en éclatant de rire.

Clémence était trop futée pour n'avoir pas pensé avant La Fontaine à l'attrait qu'elle exerçait peut-être sur le Roi mais ses chances, elle devait en convenir, étaient minces. Si elle ne pouvait plus influer sur la suite des événements, il lui était possible, en invoquant le Roi, de demander à ses parents d'annuler son mariage. C'est ce qu'elle fit, d'abord auprès de sa mère, soulevant un torrent de larmes et de questions lorsqu'elle lui annonça qu'elle avait parlé au Roi et que celui-ci la trouvait trop bien pour épouser Barrieux.

– Le Roi n'a-t-il pas toujours raison ? ajouta-t-elle, perfide. C'est ce que répète le père tous les jours.

– Et c'est lui qui te trouvera un mari, n'est-ce pas ?

– Pourquoi pas ?

Mme de Francine ne comprit pas ce qu'elle voulait dire et elle se retourna vers son mari qui arrivait. Clémence en profita pour monter dans sa chambre, laissant ses parents discuter entre eux de la surprenante matinée.

Lorsqu'elle revint, la maison était calme. Le père disait qu'il avait faim et Mme de Francine passait ses nerfs en invectivant ses deux domestiques.

– Puisque tu ne le souhaites pas, tu n'épouseras pas Charles de Barrieux, dit simplement François qui avait l'air soulagé.

– Il est vrai, ajouta Mme de Francine, que notre famille mérite une union plus compatible avec notre situation.

– C'est le Roi qui l'a dit le premier, répondit Clémence. Je suis heureuse que vous pensiez comme lui car ce mariage ne me tentait pas du tout.

6

Le Roi s'amuse

L'année 1665 s'annonçait bien : le Cavalier Bernin repartit dans son pays sans que ses projets pour le Louvre eussent été retenus mais avec la commande d'un portrait équestre du Roi qui avait eu la patience de poser trois fois pour lui ; les amours avec La Vallière se poursuivaient sans autre accroc qu'une éphémère liaison avec Catherine de Grammont, princesse de Monaco, dont les aventures ne se comptaient pas ; la mort de Philippe IV d'Espagne ouvrait une perspective politique. Devant le développement harmonieux de Versailles, Louis XIV pouvait, à vingt-sept ans, afficher sereinement l'emblème du Soleil au côté des armes de France.

Seule ombre aux folies juvéniles d'une cour vouée aux fêtes, aux amours et aux intrigues, la longue maladie de la Reine mère, atteinte d'un cancer depuis 1662. Ainsi, le cours frivole de la vie ordinaire se voyait attristé par le déploiement de l'appareil religieux et funèbre à chacune des crises que l'on croyait fatale.

En dehors de l'agitation de la cour et du temps consacré aux affaires du pays, le Roi ne perdait pas de vue les travaux de Versailles. À la fin de l'année, Charles Perrault, en sa qualité de contrôleur des Bâtiments du Roi, put enfin aviser Colbert que le grand travail de l'année, la pompe et la Tour d'eau, était enfin achevé et que Sa Majesté pourrait venir visiter l'installation quand bon lui semblerait.

Le 17 décembre, Le Vau et François de Francine se trouvaient donc devant la grande pompe de Clagny pour attendre le Roi que devaient escorter Colbert et quelques personnes de sa suite. Denis Jolly, si souvent critiqué pour ses retards, était là lui aussi.

Il faisait grand froid ce jour-là et, lorsque le carrosse s'arrêta, le cheval de flèche glissa sur le verglas. Un cheval attelé qui tombe, c'est toute une histoire. Pour le relever, au fouet et aux bras, il fallut l'aide des autres cochers et du personnel de la pompe. L'incident parut ennuyer le Roi, qui croyait aux présages. « J'espère, dit-il, que ce n'est pas de mauvais augure et que je vais voir enfin la pompe en action ! » Le Vau répondit qu'elle fonctionnait depuis la veille et le Roi entra dans le manège où quatre forts chevaux attelés en croix faisaient tourner un axe qui entraînait la chaîne à godets plongée dans l'étang. L'eau ainsi recueillie était remontée grâce à une nouvelle pompe jusqu'aux moulins dits de Clagny dans le grand réservoir d'où elle était distribuée vers les bassins du parc.

Le Roi regarda un moment tourner les chevaux, posa quelques questions et ôta son manteau pour monter l'étroit escalier de fer qui menait à la tour. La visite sembla le satisfaire et il félicita tout le monde puis, s'arrêtant devant François :

– Monsieur de Francine, votre charmante fille a-t-elle finalement épousé son rustaud ? demanda-t-il en souriant.

– Non, Sire. Votre Majesté nous en a dissuadés.

– Je crois que vous avez bien fait. Demandez-lui donc si elle accepterait d'être demoiselle d'honneur d'une dame de la cour. Je pense à Mme de Duras… Au revoir, monsieur de Francine. Prenez soin de vous !

Le fontainier resta un instant éberlué. Il essayait de comprendre ce que voulait dire le Roi quand il surprit une conversation qu'échangeaient à deux pas de lui Huygens et Colbert, qui avait invité le savant à venir voir l'installation hydraulique.

– Beau travail, disait Huygens, mais il n'était point nécessaire de faire monter l'eau sur cette tour. La pompe l'aurait portée aussi aisément de l'étang dans les réservoirs des fontaines, sans aucun entrepôt. La dépense de la tour est assurément inutile.

Ce n'étaient pas des choses qu'un constructeur aime entendre, d'autant que Francine s'était lui-même posé la question et ne s'était décidé pour la tour qu'après une longue discussion avec Jolly. Agacé, il s'approcha :

– Monsieur Huygens, j'admire vos travaux sur le calcul des probabilités et, en ce qui concerne la tour, il se peut que vous ayez raison, mais, quand il travaille pour le Roi dans un domaine qui lui est particulièrement cher, l'artisan de terrain se trouve contraint de prendre quelques assurances.

– C'est vrai, dit Colbert, et si M. Huygens voit juste, disons qu'il faut bien payer son apprentissage…

Francine, qui apprécia médiocrement cette conclusion, ne répondit pas et alla retrouver Le Vau.

Les dates des fêtes inaugurales des Grandes Eaux étaient déjà fixées quand, le 18 janvier 1666, la Reine mère reçut les derniers sacrements. Cette fois, la mort frappait pour de bon à la lourde porte sculptée de la chambre du Louvre. Anne d'Autriche fit venir le Roi, la Reine et Monsieur mais point Madame. Elle leur parla en particulier avant de tomber dans la torpeur qui précède souvent l'agonie. Ses deux fils et la Reine la veillèrent jusqu'au matin, appuyés sur la table d'argent placée contre le balustre du lit. Le soir du 19, la Reine sortit de son sommeil et demanda des coussins pour se relever et faire voir, comme Mme de Motteville le rapporta, « qu'après avoir fait toutes les actions d'une chrétienne, elle voulait aussi mourir avec la majesté d'une reine ».

La femme de chambre d'Anne d'Autriche, sa confidente aussi, témoin du désespoir du Roi, écrira plus tard dans ses *Mémoires* : « Louis ne put en supporter davantage, il s'effondra et on dut le transporter dans le cabinet de bains où il fallut lui jeter de l'eau sur le visage. Et voilà la dernière fois qu'il vit cette admirable mère qui l'avait tant aimé. »

Anne d'Autriche expira le 20 janvier vers quatre heures du matin. Le Roi pleura jusqu'au lever du jour. C'est le lendemain qu'il confia à la duchesse de Montausier : « J'ai la consolation de penser que je n'ai jamais désobéi à ma mère en rien de conséquent... Elle n'était pas seulement une grande reine ; elle mériterait d'être mise au rang des plus grands rois. »

La mort de Mazarin avait livré le pouvoir à Louis. Celle de sa mère le libérait de ses dernières chaînes. Anne d'Autriche disparue, il pouvait, Soleil, régner sans contrainte sur son ciel. Il le démontra sans attendre en « déclarant » sa maîtresse. Louise de La Vallière avait maintenant sa place parmi les grandes dames de la cour, auprès de la malheureuse reine obligée de l'accueillir. Quant au frère du Roi, il héritait du Palais-Royal, au cœur de ce Paris où il aimait vivre alors que Louis ne se plaisait qu'à Saint-Germain ou à Versailles.

Le Roi avait durant ces années rêvé d'une famille royale unie et majestueuse. Son comportement et les dissensions qui divisaient le couple de son frère ne menaient évidemment pas à cette harmonie. Et voilà que La Vallière était redevenue enceinte pour la deuxième fois, presque en même temps que la Reine ! La cour bruissait de toutes ces nouvelles, le Roi seul vivait sans paraître y prêter attention. Le Vau, qui fréquentait certaines personnes de l'entourage royal et aimait les commérages, racontait à ses amis les incidents les plus marquants, ceux qui obligeaient le Roi à intervenir :

– Figurez-vous que, l'autre jour, Marie-Thérèse a reproché durement à La Vallière de se présenter devant elle dans son état. Furieux, Sa Majesté a décidé, pour réparer l'affront, que Louise offrirait un souper aux principales dames de la cour. Madame a refusé d'y assister et le Roi, hors de lui, ne ménage pas les occasions d'attiser la discorde entre elle et Monsieur.

– Comme il doit être amusant de vivre à la cour, dit Clémence alors que le soir, au souper, son père rapportait les propos de Le Vau.

Francine dressa l'oreille. Il n'avait pas répété à sa fille la question du Roi et voilà qu'elle y répondait spontanément. Le père, lui, réfléchissait. Une Francine à la cour, c'était inattendu. Et anormal. Avec son pauvre titre florentin que les commissaires désignés pour la recherche des usurpateurs de noblesse refusaient d'entériner, la place de Clémence n'était pas auprès d'une grande dame de la cour. Mais le Roi avait tout pouvoir... La vraie question, qu'il évitait de se poser, c'était de savoir si le Roi-Soleil n'avait pas envie de placer dans son orbite une jolie petite planète, Ondine de surcroît. Et puis, si c'était vrai, était-il moins moral d'envoyer sa fille dans les bras du Roi que dans ceux d'un maître d'écurie ? D'autant que l'on disait que Louis mariait bien celles qui lui avaient donné discrètement quelques plaisirs. Finalement, il décida de parler à Clémence et à sa femme avant d'attendre sans trop y penser un événement qui, peut-être, ne se produirait jamais.

Le Roi du reste avait d'autres soucis avec les grossesses de sa femme et de sa maîtresse. Marie-Thérèse eut un accouchement difficile et celui de Louise se déroula si hâtivement qu'il ne dura que le temps de la messe royale ! Enfin, le Roi était père de deux filles, une petite princesse qui devait mourir à cinq ans et l'enfant naturelle dont il voulut assurer l'avenir en dépit de convenances qui, disait-il, ne le concernaient pas. La jeune Anne-Marie de Bourbon fut ainsi reconnue solennellement au Parlement, selon les règles édictées par Henri IV pour ses bâtards. Quant à Louise de La Vallière, elle devint duchesse. Tant d'honneurs étonnèrent le monde.

Ces affaires de famille réglées, le Roi s'intéressa à la guerre, poussé par toute la noblesse de France à laquelle huit ans de paix devenaient insupportables. L'idée de protéger le pays au nord et à l'est par quelques conquêtes n'était pas nouvelle mais la mort du roi d'Espagne et l'avènement de son fils, un pauvre malade, étaient une conjoncture exceptionnelle dont il fallait profiter. On prépara donc la guerre. Le jeune Louvois fit ses débuts de grand organisateur et Turenne mit au point sa stratégie d'une campagne contre les Flandres. Quand tout fut prêt, on trouva un prétexte. Le Roi exhuma des tiroirs de l'Histoire un « droit de dévolution » qui l'autorisait à exiger, au nom de sa femme dont la dot n'avait pas été payée, les Flandres, la Franche-Comté, le Brabant et le Luxembourg.

Le 8 mai 1667, Louis XIV se mit ainsi en campagne, sans même déclarer la guerre puisqu'il s'agissait de saisir des territoires appartenant à sa femme. La disproportion entre les effectifs espagnols des Flandres et ceux de la France était si grande que l'expédition ne pouvait être qu'une promenade militaire interrompue par quelques sièges, les villes étant seules défendues.

Le Roi ne connaissait pas grand-chose aux subtilités de la guerre. Avec sagesse, il laissa le maréchal d'Aumont, le maréchal de Créqui et Turenne prendre les villes les unes après les autres. Il se contenta de montrer sa bravoure en mêlant son plumail blanc aux soldats de tranchées alors que Monsieur faisait de son côté preuve de vaillance.

Cependant que Mme de Sévigné écrivait à sa fille : « Le Roi s'amuse à prendre les Flandres », Louis laissait à Turenne la direction des opérations et rejoignait pour quinze jours la cour à Compiègne. Compiègne, vieille ville royale, avec son château fort et son donjon du XIIe siècle, ne se prêtait guère au séjour de la cour. Le Roi l'avait choisie pour y loger ses proches parce qu'elle se situait sur la route du nord, non loin de cette Flandre où l'armée devait s'illustrer. Il y arriva triomphant, fêté par la Reine et les dames, montrant une grande gaieté entretenue par les courriers qui, chaque jour, lui apportaient des nouvelles agréables de la guerre. Les Espagnols ne résistaient plus qu'à Lille dont la chute était inévitable.

Pour célébrer ces succès, le Roi décida de présenter à la Reine les villes prises en son nom et la petite cour partit vers les champs de bataille, à l'exception de La Vallière, de nouveau enceinte. Le voyage, auquel participait la marquise de Montespan dont on remarquait depuis quelque temps l'assiduité auprès du Roi, fut marqué par de nombreux incidents, des roues brisées, des carrosses dans les fossés, mais cette confusion n'entama pas la bonne humeur de la cour qui arriva finalement à La Fère.

C'est là que surgit le lendemain une Louise pâle et amaigrie, rongée de jalousie car une bonne âme venait de lui ouvrir les yeux sur les agissements de Françoise Athénaïs de Montespan. La Reine, elle, en ignorait tout et c'est contre celle qu'elle croyait être sa seule rivale, Louise de La Vallière, qu'elle exerça sa colère en la voyant arriver. Elle interdit qu'on lui servît son dîner.

La Grande Mademoiselle racontera plus tard dans ses mémoires la scène tragi-comique mais néanmoins royale du lendemain :

« Quand Mme de La Vallière fut sur une hauteur d'où elle voyait l'armée, elle fit aller son carrosse à toutes brides à travers champs. La Reine l'aperçut et se mit dans une effroyable colère qui alerta le Roi. Celui-ci éperonna son cheval et arriva à hauteur du carrosse de la Reine qui le pressa extrêmement d'y entrer. Il ne le voulut pas, disant qu'il était crotté. Un peu plus tard, après que l'on eut mis pied à terre, le Roi fut un moment avec la Reine et s'en alla aussitôt chez Mme de La Vallière qui ne se montra pas ce soir-là. »

La blonde et opulente marquise de Montespan se montra elle aussi discrète, se promettant de continuer à tisser sa toile dès le lendemain. Après cette journée où les dames ne s'étaient pas ménagées, les langues allèrent bon train à la cour entassée dans deux petits châteaux de la place forte de La Fère. Les conversations tournèrent toute la soirée autour de la Montespan dont le manège n'avait échappé à personne. Elle voulait prendre auprès du Roi la place de Mme de La Vallière dont les plus perspicaces avaient deviné l'infortune. L'honneur que lui avait fait le Roi en la faisant duchesse et en reconnaissant son bâtard ne présageait-il pas une rupture ?

La grande question était de savoir si Mme de Montespan était déjà, ou non, la maîtresse du Roi. Certains prétendaient que Louis était devenu furtivement son amant à Compiègne, chez Mme de Montausier, mais aucune certitude n'était depuis venue confirmer la rumeur. On se contentait donc de rappeler combien la médiocre fortune de Montespan pesait sur son comportement. « Le destin de Gabrielle d'Estrées ou de Diane de Poitiers la fait rêver », dit quelqu'un. « N'oublions pas comment elle a su devenir l'amie de Monsieur, puis de la Reine qui admire, c'est un comble, sa dévotion et ses proclamations vertueuses », renchérit un autre.

La capitulation de Lille balaya l'atmosphère mauvaise qui pesait sur la cour. Le Roi avait chargé Vauban de construire une citadelle dans la capitale de la Flandre et décidé, au soulagement de tous, de regagner Saint-Germain où les bruits de La Fère se confirmèrent. La Vallière accoucha d'un fils, le comte de Vermandois, et dut accepter sa disgrâce. La Reine seule continua d'ignorer, ou de sembler ignorer, que Louis s'attardait de plus en plus souvent, jusqu'à une heure avancée, chez Mme de Montespan.

La guerre oubliée, le Roi reprit ses visites à Versailles et constata que ses maîtres d'œuvre avaient bien travaillé. Comme il l'avait ordonné, l'activité des travaux, maintenant centrée sur les effets d'eau, commençait à donner au parc la figure du rêve royal. Ce rêve, Louis XIV était fier de l'avoir réalisé. Car tout, des chambres du château dont il avait lui-même commandé la décoration à Le Brun au monumental bassin de Latone qui, à la place d'honneur, devant la terrasse, régissait toute l'ordonnance des jardins, c'était le choix du Roi, qui avait aussi minutieusement choisi la place des groupes et des statues dont les sujets mythologiques étaient en voie d'achèvement chez les sculpteurs. Et l'eau, qui faisait de François de Francine l'inventeur de l'année ? Le Roi avait commandé que l'on la fît jaillir des fontaines là où elle était absente. Il avait suivi le cheminement souterrain des tuyaux et parfois même réglé lui-même la hauteur des jets.

Ce jour-là, il était venu avec Perrault retrouver Francine devant la grotte de Thétis enfin achevée. Ou presque. Sa Majesté remarqua tout de suite que trois miroirs brisés n'avaient pas encore été remplacés.

– Je suis au courant, dit Perrault. Ils seront posés avant la fin de la semaine.

– Et les chandeliers commandés au sieur de Laulnay ? Verrons-nous un jour cette grotte enfin terminée, monsieur de Francine ?

– Sire, ces derniers détails vont être réglés. Je fais remarquer à Votre Majesté que tout le système hydraulique qui relève de ma compétence est en parfait état de fonctionnement. Si elle veut bien donner le signal, mon aide – c'est ma fille que vous connaissez – déclenchera les eaux.

– Ah, c'est vrai, votre charmante Ondine est toujours avec vous. Elle ne se montre pas aujourd'hui ? Faites donc marcher votre fontaine, y compris l'orgue, et dites à votre fille que le Roi désire la voir.

François de Francine leva un bras et la grande machine se mit en marche, dominée par un mythique soleil aux rayons d'or qui faisait face au Roi, immobile, comme recueilli. À toutes les encoignures couvertes de coquillages, l'eau se mit à jaillir, à remplir de grandes coquilles de marbre jaspé avant de s'épancher plus bas dans des conques de porphyre. Le Roi regarda Neptune, représenté dans l'enfoncement du haut de la grotte, verser par le col d'une urne une si grande quantité d'eau qu'elle formait une nappe de cristal agitée de remous. Partout des tritons et des néréides sertis dans la nacre et les coquillages lançaient l'eau à profusion jusqu'à une table de marbre rouge vite transformée en lac, lorsqu'un jet d'une grosseur et d'une hauteur prodigieuses monta jusqu'au sommet de la grotte avec tant d'impétuosité que l'on put croire qu'il allait en briser le plafond et sa mosaïque marine. De quatre endroits, six branches dorées croisaient leurs jets dans un brouillard surnaturel.

– Ce sera mieux lorsque les quatre chandeliers d'eau seront en place, dit le Roi à Francine. Quel dommage que Laulnay n'ait pu les livrer à temps !

Le fontainier sentit qu'il fallait ôter cette image négative de l'esprit du Roi et ranimer son intérêt. Il fit un signe et les orgues aquatiques mêlèrent aussitôt aux murmures de l'eau les chants d'une volière. À cause de l'écho parfaitement ménagé, les oiseaux paraissaient se répondre d'un côté à l'autre de la grotte.

Le Roi était heureux. Encore un projet, longuement médité, merveilleusement réalisé, qui devenait réalité.

– C'est très bien, dit-il. Je pense que les jours de fête on pourra placer à différents endroits des orangers et des festons de fleurs.

Clémence parut à ce moment, un peu mouillée par la brume des jets d'eau qu'elle n'avait pu éviter en sortant de la cache où se trouvaient les différentes vannes commandant le dispositif. Elle s'essuya le front de son avant-bras dans un geste charmant qui n'échappa pas au Roi.

– Voilà qui est gracieux, dit-il. Le Roi vous félicite, mademoiselle, d'avoir si bien orchestré le spectacle de Thétis. Il doit être bien agréable de veiller sur les trésors d'Amphitrite et d'apporter l'éclat de l'eau à ce décor magnifique mais un peu pétrifié. Accepteriez-vous de quitter votre royaume pour apporter à la cour l'éclat de votre jeunesse ? Mme de Duras est prête à vous prendre près d'elle comme demoiselle d'honneur. Et vous feriez un bien gracieux guide pour montrer à mes invités les chefs-d'œuvre d'eau de votre père.

Clémence crut que la grotte allait s'écrouler. Elle devint toute rouge, rata complètement la révérence qu'elle voulait faire et balbutia une phrase où le Roi, près d'éclater de rire, ne saisit que quelques mots : Majesté… honneur… la cour… noblesse… Il n'en comprit pas moins que c'était un acquiescement et dit que l'écuyer de Mme de Duras arrangerait les modalités de son départ avec ses parents.

Le Roi ayant pris congé, Clémence et son père regagnèrent à pied la maison familiale. François lui tenait la main, comme lorsqu'elle était encore une petite fille, et ils restèrent longtemps silencieux.

– Ce que tu cherchais arrive, n'est-ce pas ? dit enfin le père.

Des larmes coulèrent sur ses joues et elle répondit :

– Oui, je crois que j'ai tout fait pour cela, souvent inconsciemment, mais n'est-ce pas mieux tout de même qu'un mariage sans joie qui me réservait un avenir lugubre et que j'acceptais à contrecœur pour vous faire plaisir ?

– Rassure-toi, mon enfant. D'abord, conviens que je n'ai pas agi pour que le Roi ne te rencontre pas. Ce qui vient d'arriver montre que tu as de la volonté et un caractère solide qui te permettront d'entrer dans cette vie nouvelle dont tu ne connais que les facettes brillantes. Le monde où tu vas entrer est également fait d'ennui, de luttes, de bassesses... Je souhaite que tu y trouves aussi du bonheur.

Elle s'arrêta pour embrasser son père et dit :

– J'ai pensé à tout cela mais, sois tranquille, ce bonheur, je saurai le défendre !

Avant d'arriver, ils rencontrèrent Jean de La Fontaine qui allait rendre visite à Le Nôtre.

– Vous êtes mon ami, n'est-ce pas, monsieur de La Fontaine ? questionna Clémence.

Il la regarda, étonné.

– Naturellement, mon Ondine préférée. Pourquoi me demandes-tu cela ?

– Vous serez le premier à savoir que le Roi, à l'issue d'un essai des eaux de la grotte, m'a proposé de rejoindre la cour en qualité de demoiselle d'honneur de Mme de Duras.

– Et tu as accepté ?

– Oui. Cela me fait échapper à Charles de Barrieux. Et changer de vie et de milieu ne me déplaît pas.

– Alors, tout est bien. Prends seulement bien garde à toi.

– Je vous verrai à Saint-Germain ou à Versailles ?

– Oh, pas souvent. La cour me fuit et je fuis la cour. Je suis un poète, un esprit libre, indépendant, qui ne se plie pas facilement à l'ordre officiel. Quand je viens à la cour, c'est presque en fraude. Je ne suis pas interdit de séjour mais je sais que le Roi ne veut pas me rencontrer. Toujours cette vieille sympathie pour M. Fouquet... Mes amis ne vont pas non plus souvent là où est le Roi. Nous nous rencontrons dans la pénombre de demeures accueillantes, celles de Mme de Sévigné, de Mme de La

Fayette, du marquis de La Fare, de Mme de La Sablière. On n'y lit pas seulement *Le Mercure galant* et *La Gazette de France* mais Montaigne, Boccace, l'Arioste, Charron, bref, une littérature qui n'épouse pas l'opinion officielle. Molière nous y retrouve parfois, seulement son théâtre est celui du Roi et il doit se montrer habile pour sauvegarder l'existence de sa troupe. Mais je suis un intarissable bavard et je me demande pourquoi je te raconte tout cela. Si ! C'est pour te dire que si tu croises « la Tourterelle », c'est l'aimable surnom de Mme de La Sablière qui fait tout de même des apparitions à la cour, dis-lui que tu es mon amie. Elle te sera toujours secourable. Raconte-lui ton histoire, cela l'amusera, j'en suis sûr.

La destinée de Clémence tracée, les choses ne traînèrent pas. La semaine suivante, un carrosse aux armes de Duras emmenait la jeune fille vers Saint-Germain où, après l'excitation de la guerre, la cour languissait dans la torpeur d'une fin d'été chaude et brumeuse.

M. de Duras avait épousé la fille du duc de Ventadour peu de temps auparavant et la duchesse était encore une novice à la cour lorsqu'elle reçut Clémence.

– Je vais apprendre à vivre auprès du Roi en même temps que vous, dit-elle en l'embrassant gentiment.

Elle regarda la jeune fille plus curieuse qu'intimidée et ajouta :

– Vous êtes très jolie et votre présence sera remarquée. En attendant que ma couturière vous confectionne quelques robes, je vais vous donner deux des miennes que je ne porte pas souvent. Nous avons à peu près la même taille et je pense qu'elles vous iront. Mais, d'abord, racontez-moi votre histoire. Comment le Roi a-t-il été amené à vous recommander avec insistance auprès de mon mari pour me servir de demoiselle d'honneur ?

Clémence parla sans s'émouvoir, sans trop insister sur la noblesse florentine des Francine, minuscule en face de celle d'un duc. Elle resta discrète sur ses rencontres avec le Roi, attribuées au seul hasard, fut prolixe quant aux fréquentations flatteuses de son père et à l'affection que lui portaient Le Vau, Le Nôtre, La Fontaine et même le grand Molière qui, souvent, était venu souper dans la maison de Versailles.

– L'offre du Roi est venue au moment où je devais épouser quelqu'un que je n'aimais pas, une sorte d'homme de cheval employé à la Grande Écurie. Je le trouvais sans charme et vulgaire.

Mme de Duras rit et dit :

– Eh bien, mon enfant, ici les chevaux vont vous rattraper. M. de Duras, s'il déteste la courtisanerie, ce que le Roi lui pardonne, n'aime flatter que les chevaux. Il est, dit-on, le meilleur officier de cavalerie du royaume et s'est distingué à la guerre des Flandres. Il jouit, vous le verrez, d'une grande faveur à la cour.

Clémence remercia, dit son plaisir de découvrir le beau château de Saint-Germain et demanda si la cour allait y demeurer longtemps ou partir à Versailles.

– Hélas non ! Il semble que le Roi veuille en ce moment se détacher de Versailles. Les travaux d'agrandissement du château sont suspendus et il a décidé de s'installer au palais des Tuileries. Nous allons donc gagner Paris à la fin de la semaine, ce qui ne me déplaît pas. Je suis heureuse de retrouver notre hôtel du Marais.

Clémence était d'un heureux caractère, elle plut à la duchesse qui s'amusa de la voir s'appliquer à tenir un rôle tellement nouveau. Elle l'habilla pour la rendre présentable, ajusta les robes à sa taille qui était mince et demanda à la couturière d'enlever les baleines dont ses petits seins n'avaient nul besoin. « Ôtez également, dit-elle, les garnitures plissées de la jupe. Mlle de Francine est trop jeune pour porter de tels ornements. »

Tout cela plaisait énormément à la jeune fille qui chantait lorsque, le lendemain, Mme de Duras lui dit :

– Préparez-vous. Le Roi va en promenade vers les bassins et il souhaite être accompagné des dames. Vous n'aurez rien d'autre à faire qu'à marcher à mon côté et à veiller à ce que ma robe ne traîne pas par terre. Vous allez éveiller bien des curiosités, on va me poser mille questions. Les hommes, que votre jeunesse et votre beauté vont émoustiller, et les dames, qui ne voient jamais d'un bon œil arriver à la cour une jeunette, mignonne de surcroît. S'ils sont trop indiscrets, demandent d'où vous venez et pourquoi je vous ai choisie, je répondrai que c'est le Roi qui vous a placée et cela leur clouera le bec.

Cette entrée dans le cortège des suiveurs du trône intimidait tout de même la délurée Clémence. Elle ne pouvait s'empêcher de se demander par quel miracle elle se trouvait au milieu de ces gens qu'elle avait aperçus, naguère, à travers les feuillages de l'arbre sur lequel elle était juchée. Dans l'ensemble, elle les trouvait plutôt laids, traînant des mollets fatigués dans leurs bas de soie ou ramassant les premières feuilles mortes avec leur traîne. Quand ils ne rectifiaient pas l'équilibre de leur perruque, ils gardaient le regard vissé sur les plumes du chapeau du Roi, le seul qui fût couvert.

Sa Majesté marchait devant, plantant tous les deux pas sa longue canne à pommeau d'or dans les cailloux de l'allée. Il échangeait parfois quelques mots avec la dame qui marchait seule à côté de lui, mais semblait surtout s'intéresser au jardin, aux arbres, aux bassins. Blonde, bien en chair mais déliée, souriante mais l'œil froid, la femme, belle et élégante, accompagnait la conversation du Roi de quelque rire ou d'un geste d'éventail d'une grâce que l'on devinait étudiée.

– C'est Mme de Montespan, dit la duchesse à Clémence. Elle a complètement évincé la pauvre La Vallière.

– Celle-ci vient pourtant de mettre un enfant au monde. Elle reste donc à la cour ?

– Oui. Accablée d'honneurs, déclarée maîtresse en titre, elle est soumise au supplice. Délaissée mais présente, elle doit vivre aux côtés de sa rivale triomphante avec qui elle partage le même appartement. Elle est le témoin permanent d'une liaison qui la crucifie. Elles voyagent ensemble dans le carrosse de la Reine. On raconte qu'en rentrant de la chasse, le Roi va se changer chez Mme de La Vallière avant de gagner la chambre de la Montespan.

– Mais c'est abominable ! Comment imaginer de tels agissements de la part d'un homme si poli, de manières si douces ?

– Oui, le Roi, qui n'est pas un tyran, se comporte curieusement dans sa vie privée. Évitez d'y entrer, ma chérie, si vous le pouvez !

– Comment, dit Clémence, vous croyez que, peut-être…

– Je ne sais rien mais je ne peux m'empêcher de penser que si le Roi vous a remarquée et vous a fait venir à sa portée, c'est qu'il a une idée derrière la tête.

– Mais il est très épris de Mme de Montespan ?

– Cela ne l'empêche pas d'avoir des aventures. Alors, ma petite, si vous ne pouvez pas faire autrement, soyez une aventure mais ne devenez pas une liaison.

Le Roi s'était arrêté près de la cascade en rocaille où l'eau s'écoulait à peine dans les roches descellées. L'édifice avait beaucoup souffert des gelées de l'hiver et était dans un état assez pitoyable. Cette constatation le mit de mauvaise humeur et il se retourna pour chercher dans sa suite quelqu'un à qui il pût donner mission de faire réparer les dégâts. C'est alors qu'il aperçut Clémence auprès de Mme de Duras que son rang plaçait dans les promenades vers le milieu du groupe des courtisans. Il fixa un instant la frêle silhouette de Clémence et, plantant là Mme de Montespan, alla jusqu'à elle sous le regard ébahi de son monde. Il se découvrit, s'inclina d'abord devant la duchesse et s'adressa à la jeune fille :

– Eh bien, mademoiselle. J'avais raison de penser que votre place était à la cour. Vous l'enrichissez de votre jeune beauté et je vous en remercie. J'espère vous revoir bientôt. Ah ! J'ai vu votre père hier à Versailles. Il a fait des miracles pour mettre en eau les nouveaux bassins. Celui du rondeau n'a pas encore reçu son dragon mais le grand jet monte à une hauteur incroyable. M. de Francine était content car Colbert venait de lui signifier que la maintenue de ses titres de noblesse florentins avait été acceptée par lettres patentes et enregistrée au Parlement.

Tous les regards de la suite étaient fixés sur cette scène surprenante : l'aparté entre le Roi et une jeune personne éclatante de charme que l'on ne connaissait pas. On aperçut Clémence esquisser une révérence et le Roi la relever aussitôt. Enfin il la quitta et revint vers Mme de Montespan qui avait bien du mal à cacher sa mauvaise humeur en échangeant des futilités avec Mme de Guise.

Durant plusieurs jours, la nouvelle venue fut à la cour au centre de toutes les conversations. Sollicitée de toutes parts, la duchesse de Duras, que cette affaire amusait, entretint le mystère en disant que le Roi seul pouvait répondre aux questions que l'on se posait sur sa protégée. Lauzun finit pourtant par percer l'origine de la jolie demoiselle d'honneur. Beaucoup rirent en apprenant qu'elle était la fille d'un fontainier du Roi de petite noblesse italienne discutable, ancien lieutenant criminel en robe courte… Les plus avisés ou les plus prudents retinrent leur mépris, connaissant l'estime que le Roi portait aux artistes et aux ingénieurs qui l'aidaient à créer « son Versailles ».

Versailles. Sa Majesté souhaitait-elle vraiment quitter ce lieu qui, durant des années, avait été l'objet de toutes ses attentions ? Il était vrai qu'en dehors des ouvriers travaillant aux fontaines, les maçons de M. Le Vau avaient abandonné le château que l'on pouvait, Colbert le premier, considérer comme terminé. Mais le parc, avec ses terrasses, ses perspectives, ses bosquets, ses bassins, et maintenant ses statues, ne cessait de se développer. Le Nôtre et Francine continuaient l'œuvre commencée, et le Roi, s'il choisissait moins souvent Versailles comme lieu des divertissements de la cour, se rendait fréquemment sur place pour contempler son parc, ses jets d'eau et les bêtes de la ménagerie. Comme il l'avait dit à Clémence, le bassin du Grand Jet était achevé et la partie du jardin où il était creusé était en train de devenir somptueuse avec la création de l'allée d'Eau.

Le Roi commençait pourtant à s'ennuyer entre les Tuileries et Saint-Germain. Il entretenait de plus en plus souvent Colbert de l'avenir de Versailles, du château plus précisément.

– Versailles est trop petit, disait-il. Nous avons construit de nouveaux bâtiments, plutôt laids, pour loger les services et la cour. Et je ne peux pas offrir un toit à mes amis. La famille royale est de surcroît à l'étroit ! C'est le château lui-même qu'il faut agrandir. Je veux voir M. Le Vau !

Le mouvement d'humeur passé, Louis XIV reprenait Versailles en main. Pour agrandir le château, pour en faire un jour, l'idée commençait à faire son chemin, le lieu de la résidence royale et du gouvernement. Les plans succédèrent aux plans. Fallait-il surélever le vieux château ? Lui adjoindre des ailes, déborder sur le parc ? Ou bien, mesure extrême, démolir ce qui existait et construire un palais ?

Colbert entrevoyait avec consternation un nouveau gouffre où s'épuiseraient les finances publiques. Versailles ne lui avait jamais plu et ne lui plaisait toujours pas. Il réfléchit longtemps avant de mettre noir sur blanc l'examen critique des différents projets[1]. Ainsi écrit-il de sa petite écriture « serrée et rigoureuse » que connaissaient bien tous ceux qui avaient affaire au fils du modeste drapier de Reims, à l'enseigne du « Long vestu », devenu l'économe de la Nation[2].

PALAIS DE VERSAILLES – RAISONS GÉNÉRALES

Tout ce que l'on projette de faire n'est que rapetasserie qui ne sera jamais bien.

Quoyque l'on fasse les croisées et les arcades seront toujours petites, ne pouvant avoir au plus que 6 pieds 1/2 et elles devraient en avoir 9 ou 10. L'élévation du dedans de la cour sera de 60 pieds de hauteur et la cour n'aura que 28 toises de large sur 34 toises de longueur. Il n'y aura qu'une seule cour dans toute cette maison qui sera bien plus large que longue. Il n'y a aucune proportion gardée dans ces mesures.

Tout homme qui aura du goust pour l'architecture, et à présent et à l'avenir, trouvera que ce chasteau ressemblera à un petit homme qui aura de grands bras, une grosse teste, c'est-à-dire un monstre en bastimens.

Pour ces raisons, il semble que l'on devrait conclure de raser et faire une grande maison. Mais il n'y a que 52 toises de largeur entre les allées des deux parterres et 90 toises de longueur, et 90 toises entre l'allée du grand parterre et l'entrée de la demy-lune. Il est impossible de faire une grande maison dans cet espace. La grande pente des parterres ne permet pas d'estendre ni d'occuper

---

1. *Lettres, instructions et mémoires* de Colbert.
2. En même temps qu'il se penche sur les plus accablants problèmes du gouvernement, Colbert veille aux moindres choses. Il s'intéresse ainsi aux veaux élevés à Vincennes, à la cueillette des fruits dont on fera des confitures que l'on offrira à la Reine, aux poules et pigeons de Versailles. Il écrit même à Rome « pour avoir un mémoire de la manière dont on soigne les veaux de lait ».

davantage de terrain sans renverser tout et sans faire une dépense prodigieuse.

Il restera donc à prendre le party, ou de ne rien faire qui vaille en conservant ce qui est fait ou de ne rien faire que de petit en le rasant. En l'un et en l'autre, la mémoire éternelle qui restera du Roy par ce bastiment sera pitoyable. Il serait à souhaiter que le bastiment tombast quand le plaisir du Roy sera satisfait. (Prendre la résolution du Roy.)

Le Roi fut mécontent des observations de Colbert, se donna quelques mois pour réfléchir et prononça au conseil sa formule habituelle lorsqu'il ne voulait plus parler d'une affaire : « Je verrai. » Il avait d'ailleurs un autre sujet de préoccupation. Après les succès de l'armée dans les Flandres, Louis avait décidé de hâter un projet vieux d'un an : s'emparer de la Franche-Comté. Le prince de Condé, gouverneur de Bourgogne, était parti pour Dijon afin de préparer la campagne.

Loin des soucis versaillais, tout attentif au plan de bataille du Prince, le Roi avait quitté Saint-Germain le 2 février, sitôt après la messe. Le 7, il arrivait à Dijon pour apprendre que les événements s'étaient précipités et que Besançon était tombée sans combat, en même temps que Salins. Louis XIV était enchanté mais, sans l'avouer, un peu déçappointé que la France eût jusque-là vaincu sans péril. Au moment où il prenait la tête des armées, il ne pouvait s'empêcher d'espérer que les Comtois lui offriraient une certaine résistance qui mettrait en valeur son courage. Espoir vain : le Roi se présenta devant Dole, capitale de la province, qui capitula aussitôt. Ce triomphe fut porté cependant au crédit de sa gloire et c'est un roi heureux qui reprit, le 19 février, le chemin de Paris.

Le Roi rentré à Saint-Germain, après quelques jours de liesse, la France fit ses comptes. Au cours des deux campagnes, des villes étaient tombées, des provinces avaient été prises aux Espagnols sous prétexte de dévolution mais la France restait à la merci d'un accord anglo-néerlandais qui risquait de la priver de tous ses gains de 1667. L'heure des diplomates était donc venue. Pour vivre en paix il fallait abandonner de plein gré quelques conquêtes et les échanger contre des positions clés, susceptibles de verrouiller la frontière du nord. C'était l'idée du Roi mais il lui fallait d'abord arbitrer le différend qui opposait les militaires Louvois, Condé, Turenne, tentés de s'imposer par la force, aux ministres Tellier, Colbert et Lionne, partisans d'une solution pacifique. Louis XIV naturellement imposa ses vues et, le 15 avril, des préliminaires de paix étaient signés à Saint-Germain. La Franche-Comté, conquise intelligemment pour devenir monnaie d'échange, était en partie restituée à Charles II d'Espagne, tandis que la France conservait les places fortes du Nord et, surtout, la Flandre française avec Armentières, Tournai, Courtrai, Douai et Lille.

La paix une fois conclue le 2 mai à Aix-la-Chapelle, le Roi pouvait en toute quiétude revenir à ses passions : les femmes et Versailles, Versailles, où il avait décidé de donner une grande fête qui célébrerait la paix d'Aix-la-Chapelle et qui devrait dépasser dans tous les domaines les somptuosités des *Plaisirs de l'île enchantée*.

Louis XIV n'allait pas changer sous l'influence naissante de Mme de Montespan les habitudes libertines qui, depuis ses amours de jeunesse avec Marie Mancini, n'avaient cessé de lui permettre d'assumer à sa guise une sexualité toute royale. Il y avait la Reine, qu'il pensait respecter et ménager mais qui ne cessait d'essuyer des affronts ; il y avait la maîtresse en titre, liaison qu'il essayait d'entourer de mystère. Puis venaient les oiseaux de passage, remarqués ici et là. Il y en avait toujours un dans la volière royale mais, là, le secret était bien gardé grâce à la discrète complicité d'un Saint-

Aignan et au silencieux dévouement d'Alexandre Bontemps, premier valet de chambre ordinaire de Sa Majesté et intendant de Versailles. Mme de Sévigné, pourtant instruite de tout ce qui se passait à la cour, s'avoua un jour impuissante à dresser pour sa fille l'historique des liaisons du Roi. Elle hésitait sur l'accomplissement de son amour pour Mme de Soubise, citait avec prudence le nom de Mme de Ludres. Les autres, toutes les autres, demeuraient enfouies dans la mémoire de Bontemps, le seul homme qui, avec le président Rose son secrétaire particulier, connût tout du Roi et de sa vie privée. Le secret était d'autant plus difficile à percer que le Roi gardait au cours de la vie, pour toutes les femmes, la même attitude courtoise et amicale.

Clémence s'était vite habituée aux rituels de la cour, à ceux du moins qu'elle devait observer dans sa position le plus souvent effacée de demoiselle d'honneur. Mme de Duras était une femme agréable, jolie, qui avait gardé de son enfance passée dans la seigneurie limousine de son père la franchise et le bon sens paysans. Elle allait fort bien avec son mari, protégé de Turenne, déjà promis à trente-sept ans aux plus hautes destinées militaires et qui était connu à la cour pour son parler franc et la brutalité de ses propos, même en présence du Roi qui ne s'en offusquait pas. Marguerite de Duras s'était prise d'amitié pour la jeune fille dont la gaieté l'aidait à passer les moments de solitude. Elle lui avait offert de jolies robes et lui avait appris à s'habiller. Un jour, Clémence lui avait raconté comment elle avait vécu la fête des *Plaisirs de l'île enchantée* et sa rencontre avec Jean de Pérelle, le page du fils de La Rochefoucauld.

Marguerite avait beaucoup ri et dit qu'elle connaissait très bien François de La Rochefoucauld qui lui avait longtemps fait la cour.

– Vous aimez toujours votre page ? avait-elle demandé.

– Je ne sais pas mais il est sûr que je pense toujours à lui.

– Vous ne pouvez pas manquer de le rencontrer un jour. Peut-être au cours de la fête que le Roi va organiser à Versailles pour célébrer les victoires et le traité d'Aix-la-Chapelle.

– Je ne le souhaite pas, dit Clémence. J'aurais trop de peine s'il ne me reconnaissait pas.

– Qui sait, ma chère petite. Le hasard ne vous a pas trop mal servie jusqu'à maintenant !

La duchesse fut gênée, le lendemain, lorsqu'un émissaire vint la prévenir que Mlle de Francine devait se tenir prête à trois heures et que M. Bontemps passerait la chercher pour la conduire auprès du Roi. « Quel rôle me fait-on jouer ? se demanda-t-elle, songeuse. Cette enfant m'émeut par ses confidences et je dois aussitôt la préparer à devenir la maîtresse du Roi, car je sais bien ce qui attend ma gentille petite vierge dans l'orangerie de Saint-Germain où une chambre secrète, toujours fleurie, est à la disposition de Sa Majesté. Mais que faire, sinon obéir ? D'ailleurs, plusieurs signes me laissent à penser que Clémence sait depuis toujours à quoi s'en tenir sur l'intérêt que lui porte le Roi. N'a-t-elle pas un peu cherché ce qui lui arrive ? »

Avant de prévenir la jeune fille, elle décida de raconter l'affaire à son mari. Le duc éclata de rire.

– Ne faites donc pas cette tête d'enterrement, mon amie. Normalement, cette belle enfant aurait dû se faire dépuceler par un palefrenier des Écuries royales. N'est-il pas préférable que la chose se passe avec le Soleil ? Le Roi est jeune, beau et toute femme rêve de devenir sa maîtresse.

– Pas moi.

– Hum ! S'il vous l'avait proposé…

Elle demeura interloquée mais il poursuivit :

– … je n'aurais pas du tout apprécié ce choix et l'aurais dit hautement.

– Montespan a tenté de ne pas accepter le rôle du mari complaisant. Il a dû quitter la cour et se réfugier dans son château de Bonnefont après avoir passé quelques jours en prison[1].

– Si la belle Françoise Athénaïs n'avait pas tout fait pour assiéger le Roi, les choses ne se seraient pas passées ainsi !

Il fit quelques pas dans la pièce puis ajouta :

– Vous connaissez la petite mieux que moi mais je persiste à penser qu'elle a assez de jugeote pour tirer profit de la situation. Et puis, peut-être ne trouvera-t-elle pas l'aventure déplaisante ! Le Roi, dit-on, ne manque pas de talent !

– Mon ami, vous devenez vulgaire. Enfin, puisqu'il le faut, je vais faire ce qui ne me plaît pas du tout !

Le duc n'était pas loin de la vérité. Lorsque Mme de Duras, après bien des circonlocutions, annonça à Clémence qu'elle devait se faire belle parce que l'on allait venir la chercher pour la conduire auprès du Roi, la jeune fille ne manifesta aucune réticence. Elle ne pleura pas, ne rougit pas non plus. Elle dit simplement :

– Je m'attendais bien que cela arrive un jour. J'espère que ce sera un bon jour !

Marguerite n'eut donc pas à consoler sa demoiselle d'honneur et l'aida d'un cœur plus léger à se coiffer.

– Le Roi aime en vous la petite sauvageonne de ses fontaines. Il faut donc garder vos cheveux un peu fous et, surtout, ne pas vous transformer en petite duchesse enrubannée et frisée au petit fer. Je vais vous prêter cette robe qui vous portera bonheur. C'était celle des jours de fête à la campagne. Ma brute de mari l'a trouvée à son goût puisque c'est dans ses plis qu'il m'a remarquée. Je ne l'ai jamais regretté.

---

1. Le marquis de Montespan, retiré à Bonnefont, près d'Auch, fit célébrer en grande pompe et devant toute la famille les « funérailles » de sa femme. La sentence de séparation de corps n'interviendra qu'en 1676.

À trois heures, un valet vint prévenir qu'un carrosse venait d'arriver dans la cour. Mme de Duras embrassa Clémence, lui souhaita bonne chance et la regarda sortir en soupirant.

Le cocher attendait pour ouvrir la porte d'une voiture anonyme arrêtée au bas du perron. Un homme d'une quarantaine d'années, soigneusement mais discrètement vêtu, se trouvait à l'intérieur. Il esquissa un sourire rassurant et invita Clémence à prendre place à côté de lui.

– Bonjour, mademoiselle, dit-il d'une voix à peine cérémonieuse. Je suis Alexandre Bontemps, premier valet de chambre ordinaire du Roi. C'est sur son ordre que je viens vous chercher car il souhaite vous rencontrer en privé. Mon rôle se borne à vous conduire et à vous prier instamment de ne dévoiler à personne le but de ce petit voyage qui doit demeurer, quoi qu'il arrive, un secret entre Sa Majesté et vous. Même M. de Francine, votre père, que vous saluerez de ma part, ne doit rien en connaître. Je peux encore vous dire que le Roi saura récompenser votre discrétion[1].

– Mais le duc et la duchesse de Duras, eux, sont au courant ! objecta Clémence.

– Ils savent seulement que je suis venu vous chercher et ne solliciteront de vous aucune confidence. Puis-je dire à Sa Majesté que vous vous engagez à respecter ce petit secret ?

– Oui, murmura Clémence.

---

1. Le titre de premier maître d'hôtel ne correspondait en rien aux fonctions que peut exercer aujourd'hui le premier domestique dans une maison. Surtout lorsqu'il s'agissait d'un homme comme Bontemps qui, s'il servait le Roi, était d'abord son plus intime collaborateur. « C'est par lui que passaient tous les ordres et messages secrets, les audiences ignorées qu'il introduisait chez le Roi, les lettres cachées et tout ce qui était mystère » (*Mémoires* de Saint-Simon).

Avec adresse, elle engagea aussitôt la conversation sur Versailles, un sujet qui tenait à cœur au premier maître d'hôtel qui était aussi gouverneur du domaine où il avait l'entière administration des maisons et des chasses.

– On parle beaucoup des prochaines fêtes que le Roi va organiser à Versailles. Mon père est sur le qui-vive pour assurer le fonctionnement des nouvelles fontaines.

– Oui, ce sera sûrement un grand jour. Le Roi recommence à penser à Versailles comme aux premiers temps. Des travaux énormes vont être entrepris.

– Le bruit circule que le Roi envisage d'installer complètement la cour et les ministres à Versailles. Est-ce vrai ? Cela me ferait plaisir ! Je suis tellement attachée à ce parc !

– Tout est possible, mais Sa Majesté ne parle jamais de ce projet. Ainsi Versailles vous manque, comme à moi ! Vous voyez, nous sommes faits pour nous entendre. Parlez-moi donc de votre père dont le Roi apprécie le talent. Ne vient-il pas de lui confirmer ses titres toscans ?

Clémence aimait parler de sa famille. Elle raconta la vie mouvementée du grand-père puis celle de son père, elle parla de ses expéditions dans le parc, de ses promenades solitaires, de ses rencontres avec Molière et La Fontaine.

Quand elle eut fini, il dit d'un ton moqueur :
– Vous ne m'avez rien dit de vos baignades en tenue d'Ève dans les bassins...

Elle rougit et balbutia :
– Mais comment savez-vous cela ?
– Oh ! je sais beaucoup de choses.

Elle réfléchit et dit :
– J'espère que le Roi, lui, n'est pas au courant.
– Qui sait ce qu'ignore le Roi ? Mais rassurez-vous, petite Ondine – vous voyez je connais même votre sur-

nom –, le Roi, s'il apprenait vos ébats, en serait enchanté. L'idée lui viendrait même peut-être de garnir ses bassins de statues vivantes !

Ils rirent tous deux et se turent. Bontemps, qui ne tenait pas à engager la conversation plus avant, sommeilla ou fit semblant. Cependant, on approchait, et, Clémence avait beau faire la fanfaronne, son cœur battait à l'idée qu'elle allait bientôt se retrouver en face du plus grand Roi de la Terre.

À Saint-Germain, les gardes suisses de faction ouvrirent la grille et saluèrent le premier maître d'hôtel. Sans ralentir, le carrosse contourna le vieux château aux allures médiévales et prit l'allée qui menait à l'est vers le château Neuf, élégante bâtisse aussi claire que la première était sombre. Plus loin, derrière les grottes de Persée et d'Orphée, l'équipage s'arrêta devant une petite porte que l'on aurait pu supposer être celle d'une resserre à outils.

– Nous voilà arrivés à l'arrière de l'orangerie, dit Bontemps. Elle est beaucoup moins belle que celle de Versailles mais elle réserve des surprises. Patientez, s'il vous plaît, quelques instants dans la voiture. Je vais revenir vous chercher.

La jeune fille n'attendit guère. Bontemps ressortit et l'entraîna vivement vers la porte demeurée entrouverte.

– Maintenant, je vous laisse, dit-il. Asseyez-vous, le Roi va venir vous saluer.

Quand il eut disparu, Clémence se retrouva dans un petit cabinet sobrement meublé qui était visiblement le salon d'attente. Son cœur battait plus fort que jamais et, pour se détendre, elle se regarda dans un miroir de Venise accroché entre deux tableaux où batifolaient des amours, et remit un peu d'ordre dans sa coiffure, avec ses doigts, comme elle en avait l'habitude.

C'est dans cette occupation bien féminine que Louis la surprit.

– Je vous en prie, mademoiselle, continuez. Vos charmants bras levés ajoutent à votre grâce.

Toute rouge, elle se retourna et se trouva en face du Roi qui souriait comme nul autre lorsqu'il voulait plaire. Il était vêtu simplement, c'est-à-dire que sa jaquette n'était couverte ni de rubans, ni de galons d'or, ni de glands. Cintrée à la taille, elle mettait en valeur sa prestance tant vantée. Elle le trouva beau avant même d'avoir eu le temps d'admirer sa longue chevelure épaisse que les courtisans plus âgés imitaient en portant perruque.

Après l'avoir regardée, sans une insistance qui l'aurait gênée, le Roi lui prit les mains, les baisa et dit d'une voix douce les mots qui pouvaient la mettre en confiance :

– J'aurais préféré, mademoiselle de Francine, vous recevoir dans votre domaine, Versailles, mais j'aime aussi Saint-Germain. J'y suis né dans la chambre où mon père est mort. Je ne peux, hélas ! vous faire les honneurs du parc dont les admirables grottes et fontaines doivent beaucoup à M. de Francine et, surtout, à son père, le grand fontainier de Louis XIII. Mais peut-être accompagnerez-vous un jour Mme de Duras à l'une des fêtes que j'y organise. En attendant, ne demeurons pas dans cette antichambre, venez dans mon appartement privé. Rares sont ceux qui ont le privilège de le connaître.

Clémence remarqua qu'il avait dit « ceux » et s'en amusa en pensant qu'à part Bontemps, seules les femmes devaient le fréquenter. Elle avait maintenant retrouvé son calme et se sentait prête à suivre sa destinée dans la chambre fleurie de roses, somptueusement meublée et décorée, où le Roi l'entraînait aussi simplement que s'il lui avait fait visiter l'Orangerie ou la pompe de Clagny.

– Vous regardez le plafond ? demanda-t-il comme elle levait les yeux. Il est beau, n'est-ce pas ? C'est l'œuvre de Simon Vouet, un grand artiste disparu il y a une vingtaine d'années.

Clémence saisit une occasion d'étonner le Roi :

– Je sais, Majesté, M. Le Nôtre m'a souvent raconté que Simon Vouet lui avait donné au Louvre ses premières leçons de dessin. Mon père aussi l'a connu. « Il me relatait, me disait-il, ses voyages en Italie »...

– C'est vrai, j'oubliais que vous connaissiez mieux que moi mes artistes. Cela me plaît que vous sachiez parler de la beauté des choses. Mais savez-vous que j'ignore encore votre prénom ? Je ne connais qu'« Ondine »...

C'etait le premier signe d'intérêt personnel manifesté par le Roi.

– J'espère que Votre Majesté aimera aussi Clémence, dit-elle gracieusement.

– Clémence, mais c'est la vertu des princes ! L'un de nos grands auteurs, Corneille, n'a-t-il pas fait jouer *Cinna ou la Clémence d'Auguste* ? Clémence, le Roi aime ce nom !

Et c'est ainsi que, sous le signe du pardon, Clémence, l'Ondine de Versailles, abandonna sans protocole sa virginité au roi de France.

7

Jour de fête

1668 était une année de gloire. Gloire pour la France dont l'autorité grandissait en Europe après les campagnes de Flandre et de Franche-Comté, gloire pour le jeune roi qui, à trente ans, avait gagné la confiance de la nation, gloire pour Versailles transformé, embelli et maintenant entouré du plus beau parc de la Terre.

Tout le monde pensait que les artistes de Louis XIV avaient atteint une sorte de perfection et que le maître allait jouir tranquillement de ce bel et grand ensemble qu'il avait lui-même marqué de son génie. Colbert, le premier, pensait que son rapport avait convaincu le maître d'abandonner ses projets et se montrait réjoui de voir achevée la maison royale où il suffirait d'aller quelques jours par an pour assurer les réparations qui conviendraient.

Le « Grand Divertissement royal de Versailles » devint donc à Saint-Germain l'objet de l'attention générale. À la cour d'abord où chacun se prétendait dans le secret des dieux mais surtout chez ceux qui avaient reçu la charge d'organiser la fête. Le duc de Créqui, premier gentilhomme de la chambre, devait s'occuper de tout ce qui concernait la comédie ; le maréchal de Bellefonds avait la responsabilité des collations et du souper et Colbert, en qualité de surintendant des Bâtiments, de celle des constructions et du feu d'artifice.

C'est lui qui distribua les rôles entre Vigarani, chargé de monter la salle de comédie, Henry Gissey, dessinateur des Plaisirs du Roi, chargé de l'emplacement du souper, et Le Vau, à qui revenait la tâche de construire le salon du bal, de loin la plus importante car Louis, c'était la surprise, voulait cacher dans les frondaisons un salon de trente pieds fait de marbre et décoré de tapisseries. Les frères Francine et Jolly devaient naturellement prévoir et diriger les effets d'eau. Bien qu'il ne fût pas nommé, chacun savait qu'il fallait compter avec Le Brun, l'éminence grise du Roi pour toutes les questions artistiques.

La cour étant à Saint-Germain, les préparatifs purent être menés dans le secret. Le Roi lui-même savait peu de choses. Après avoir choisi les emplacements des jardins réservés à la fête, il avait laissé faire ses artistes en leur disant qu'ils n'avaient pas à se soucier des dépenses car ce qu'il voulait montrer aux Français et aux étrangers n'avait pas de prix[1].

Le Roi n'avait pas voulu renouveler l'expérience de 1664 où Versailles s'était révélé trop petit pour loger tous les invités. Il avait donc décidé que la fête du 18 juillet ne durerait qu'une journée, ou plutôt une nuit. Il vint ce jour-là de Saint-Germain pour dîner avec la Reine, le Dauphin, Monsieur et sa femme, Henriette d'Angleterre. Les autres membres de la cour arrivèrent durant l'après-midi. Les officiers du Roi les attendaient pour leur offrir des rafraîchissements dans le vestibule central du rez-de-chaussée et conduire les principales dames dans les appartements afin qu'elles puissent se reposer. Mme de Duras était l'une d'elles et sa demoiselle d'honneur la suivit afin de l'aider à se mettre à

---

1. Il en avait un tout de même : les sommes dépensées pour cette seule soirée s'élèvent à près de cent vingt mille livres, alors que celles mentionnées dans les comptes des Bâtiments du Roi pour l'ensemble des travaux de Versailles durant la même année sont de trois cent trente-sept mille livres.

l'aise. C'était la première fois que Clémence pénétrait à l'intérieur du château dont elle ne connaissait que le parc. Elle fut éblouie par les meubles, les tapis, les tapisseries et se dit qu'elle avait bien de la chance, un jour aussi important, de pouvoir partager la vie des grands. Verrait-elle le Roi ? Elle n'osa pas le demander à Mme de Duras qui d'ailleurs lui aurait répondu qu'elle n'en savait rien, les rencontres à Versailles, les jours de fête, étant le plus souvent l'effet du hasard.

Louis ne s'était pas manifesté depuis le jour où Bontemps était venu la chercher et Clémence ignorait s'il désirerait la revoir une autre fois. Elle se dit que, pour l'instant, il devait louvoyer, sourire aux lèvres sous sa fine moustache mais l'esprit tendu, entre la Reine qu'il regrettait de rendre malheureuse, Mme de Montespan, l'aimée qu'il retrouvait, disait-on, tous les soirs et la pauvre Louise de La Vallière. Une situation singulière dans laquelle elle, Clémence, ne jouait ou n'avait joué qu'un rôle minuscule, celui d'une « utilité » comme disaient les comédiens de Molière. Elle sourit à cette pensée et Mme de Duras lui demanda ce qui la rendait si gaie.

– Je ris en pensant que le Roi ne me reconnaîtra peut-être pas si nous nous croisons…

– Détrompez-vous. S'il vous rencontre, il vous saluera et échangera sûrement quelques mots avec vous. Peut-être même vous parlera-t-il de votre mariage…

– De mon mariage ?

– Je ne devrais pas vous le dire mais Sa Majesté désire vous marier. C'est de sa part un signe d'affection.

– Savez-vous, madame, qui il veut me donner pour mari ?

– Je crois qu'il n'en sait encore rien. Mais je suis sûr que ce ne sera pas un barbon cupide car il vous estime beaucoup, ainsi que votre père.

Clémence avait bien pensé que le Roi pourrait la marier. On en avait même parlé en famille. Mais le voulait-il vraiment ?

– Sa Majesté a bien d'autres chats à fouetter que s'intéresser à mon avenir, dit-elle. Enfin, il est permis de rêver…

– Le Roi ne vous a-t-il pas déjà fait rêver ? Pensez plutôt à la fête qui s'annonce et que, cette fois, vous ne verrez pas perchée sur un arbre.

Cette allusion à l'autre fête lui fit penser à son premier et chaste amour, à ce baiser échangé qui l'avait bien plus émue que l'étreinte royale.

– Il ne me déplairait pas que le Roi me choisisse M. de Pérelle pour mari. Je n'ai pas eu de nouvelles de lui depuis quatre ans… Si seulement je pouvais le revoir ce soir !

Le reste de l'après-midi passa très vite. Il fallut aider Mme de Duras à se rhabiller, la coiffer et aussi penser un peu à soi. « Ce soir, je veux être belle ! » se dit Clémence en relevant la tête.

Vers six heures, le Roi sortit de ses appartements, passa chercher la Reine et descendit sur le grand parterre à petits pas, car sa chaussure gauche lui blessait un peu le pied. Toute la cour attendait cette arrivée pour venir graviter autour du maître, attirée comme un essaim d'abeilles par l'or dont il était paré. Respectant l'ordre des préséances, courtisans et courtisanes s'approchaient plus ou moins du Soleil. Trop près, les nobles dont la qualité n'était pas suffisante se seraient brûlé les ailes, trop loin, ils seraient passés inaperçus. Cette vigilance qui obligeait chacun à apprécier la place qu'il devait occuper permettait en général à la cour de vivre sereinement. Il y avait des exceptions pour les vieux amis du Roi, ceux de l'enfance surtout, qui pouvaient se conduire librement. Duras était de ceux-là mais il n'abusait pas de son privilège et n'abordait le Roi que lorsqu'il avait quelque chose à lui dire. Pour l'instant, il bavardait sur la dernière marche du perron avec une dame encore svelte et élégante malgré son âge qui devait friser la soixantaine. C'était l'une des plus célèbres figures de l'assemblée, l'illustre Sapho, la précieuse de l'hôtel de Rambouillet, l'auteur de la « carte du Tendre » parue dans son roman *Clélie* : tout en conversant, Madeleine de Scudéry contemplait la foule à travers son face-à-main. Elle parlait comme elle écrivait :

– Regardez, mon cher, cette agréable multitude de belles personnes extraordinairement parées qui se répandent brusquement dans tous les jardins, à peu près comme une grande masse d'eaux retenues et resserrées qui s'épanchent tout d'un coup et qui inondent une grande étendue de pays[1].

Clémence se tenait à l'écart, non pas qu'elle fût intimidée, les écrivains elle connaissait, mais parce qu'elle savait que la demoiselle d'honneur d'une duchesse, même de haut degré, doit savoir se montrer discrète. D'un peu trop loin à son gré, elle apercevait le Roi et remarqua qu'il avait de plus en plus de mal à marcher. « Est-ce que le Soleil a le droit d'avoir mal aux pieds lorsqu'il reçoit la Terre ? » se demanda-t-elle en riant intérieurement. La réponse lui fut donnée par l'arrivée précipitée de Bontemps, porteur d'une autre paire de souliers de soie et d'un tabouret doré. Entouré par la Reine, Madame, la Montespan et une foule de courtisans compatissants, le grand Roi changea de souliers comme l'aurait fait un humble manouvrier. On n'applaudit pas lorsqu'il reprit sa marche vers la grotte de Thétis mais les regards saluèrent l'heureuse fin de la mésaventure.

1. Extrait de la dernière partie de *La Promenade de Versailles*.

Le Roi s'arrêta devant la grotte et contempla avec sa suite le « palais de Thétis » devenu, depuis les derniers travaux de 1667, la principale curiosité de Versailles. Elle avait sa place dans tous les divertissements et le Roi ne manquait jamais d'en faire valoir les beautés aux visiteurs étrangers. La cour en connaissait naturellement la moindre rocaille mais un murmure admiratif, que le Roi appréciait toujours, salua le concert des oiseaux lorsque l'orgue hydraulique se mit à jouer.

– J'ai une nouveauté à vous faire découvrir, dit le Roi en entraînant son monde le long du parterre de gazon, vers le rondeau du Dragon.

Chacun s'extasia devant les figures de plomb doré que l'on venait d'y installer et le flot des courtisans, qui grossissait à mesure que la journée s'avançait, suivit le Roi jusqu'au labyrinthe dont le centre formait une salle de verdure, à la jonction de cinq allées. Son tracé par Le Nôtre datait des débuts des travaux. Les arbres plantés alors avaient pris de l'ampleur et formaient d'épais bosquets. Le Roi, qui aimait parler de son jardin, expliqua aux invités qu'il avait de grands projets pour doter les bosquets de fontaines[1]. Ensuite, il invita tout le monde à pénétrer dans la salle de verdure où la collation avait été dressée. Le bassin du centre avait été dissimulé par une sorte de rocaille pentagonale d'où jaillissait un jet d'eau qui retombait loin dans la verdure. Autour, cinq buffets offraient les mets les plus succulents pouvant composer une collation. Chaque table était séparée de ses voisines par des vases qui contenaient des arbustes

---

1. Le labyrinthe fut, les années suivantes, orné de fontaines finement sculptées, illustrées chacune par une fable d'Ésope. Bien que les six premiers livres de l'œuvre d'Ésope mis en vers par Jean de La Fontaine eussent été publiés avec un énorme succès, ce fut Benserade, poète mineur, qui fut chargé d'en tirer les quatrains gravés sur chaque fontaine. Le mérite de notre grand fabuliste n'était pas apprécié à Versailles. Le labyrinthe fut entièrement détruit en 1774 lors de la replantation du parc.

chargés de fruits confits. L'un d'eux, en forme de montagne, offrait un choix de viandes froides ; un autre, en étagères, soutenait des vases précieux remplis de liqueurs variées ; un troisième était un palais de sucre et de massepains, deux autres encore des motifs composés de tous les desserts connus dans le monde. Des guirlandes de fleurs reliaient l'ensemble au mur circulaire de la salle composé de branches tressées par les jardiniers de La Quintinie.

Pour pénétrer dans ce paradis des saveurs, ou pour en sortir, on utilisait l'une des cinq allées miraculeusement bordées de petits arbres chargés de leurs vrais fruits. L'une était plantée de toutes les espèces de poiriers, les autres d'orangers du Portugal, d'abricotiers, de pêchers, de cerisiers et de groseilliers de Hollande. Depuis les buffets, lorsque l'on laissait son regard pénétrer dans l'une des allées, on découvrait une niche fleurie ornée des chiffres du Roi et de la statue d'une divinité. Le Roi pouvait être content : le « Grand Divertissement de Versailles » commençait dans l'enchantement.

Une heure auparavant, le duc de Gesvres, capitaine des gardes, avait donné l'ordre d'ouvrir les grilles du parc car le Roi voulait qu'il n'y eût personne qui ne prît part à la fête. Louis demeura un moment dans ce lieu de délices, demanda aux dames qui faisaient collation si la fête était à leur goût puis dit qu'il était temps d'abandonner les tables aux gens qui attendaient et qui étaient aussi ses invités. Tandis que la suite royale quittait la place par une autre allée que celle empruntée à l'aller, Clémence s'attarda à regarder l'empressement des pauvres qui démolissaient dans la confusion châteaux de massepains et montagnes de confitures. Certains courtisans riaient bruyamment à ce spectacle. Elle était attristée. Elle comprenait ceux qui se précipitaient pour profiter de l'aubaine mais avait honte pour ces beaux messieurs et ces dames élégantes, si imbus de leur « qualité », qui s'amusaient de voir les malheureux se disputer leurs restes.

Par faveur extraordinaire, les voitures avaient été autorisées à entrer dans le jardin. Elles stationnaient dans l'allée qui menait à Trianon, un petit village en bordure du parc, que le Roi venait d'acheter avec l'idée de le raser entièrement, y compris son église, pour y bâtir une nouvelle maison qui porterait le nom de « pavillon de Flore ». Il dit quelques mots à ce propos à Colbert qu'il pria de monter avec lui en calèche tandis que la Reine s'asseyait dans sa chaise à porteurs et que le reste de la cour se tassait dans les carrosses.

Longeant le mur du parc, le cortège atteignit le bassin des Cygnes d'où s'élançaient des bouquets de jets d'eau. Le Roi fit arrêter sa calèche et en descendit pour contempler le paysage.

– N'est-ce pas magnifique, monsieur de Colbert ? dit-il en montrant au bout de l'allée royale le château éclairé par le soleil couchant.

– Oui, Sire. Maintenant que votre splendide maison est achevée, vous allez pouvoir en profiter pleinement.

Le Roi regarda Colbert et n'ajouta rien. Il dit au cocher de suivre le chemin jalonné par les gardes suisses jusqu'à l'allée de traverse[1] barrée un peu plus loin par un rustique portique de branches. On s'attendait en le franchissant à trouver dans un lieu de verdure la salle de théâtre installée par Vigarani mais, surprise, l'intérieur était fait de matériaux nobles et les murs décorés jusqu'à trente pieds de hauteur par les plus belles tapisseries de la Couronne. Au-dessus, une corniche sculptée de fleurs de lys et de palmettes alternées encadrait le plafond tendu d'une toile à fond bleu royal semé de fleurs de lys d'or.

La Reine et Madame avaient retrouvé le Roi et la famille s'installa dans la première rangée de fauteuils

---

1. La future allée de Saturne.

brochés de soie écarlate. Mme de Montespan s'assit un peu plus loin, près de la duchesse de La Vallière, toutes deux entourées des plus hauts personnages de la cour. Mille deux cents personnes purent prendre place dans l'amphithéâtre dressé autour de la salle, un même nombre se pressa sur les bancs disposés au parterre qui, vu du haut, faisait penser à un pâturage de perruques[1].

La salle, avec ses tapisseries, sa scène ouverte entre des colonnes torses à chapiteaux ioniques et ses trente-deux lustres de cristal, constituait déjà, rideau fermé, un extraordinaire spectacle. Que dire lorsqu'il fut tiré sur un superbe jardin orné de canaux, de cascades et de la vue d'un lointain palais. Les jeux d'eau véritables mêlés aux décors peints étaient d'un effet saisissant. Le temps pour le maréchal de Bellefonds de faire servir une collation de fruits et pour Delaunay, l'intendant des Menus-Plaisirs, de distribuer les imprimés détaillant le programme présenté par Molière et Lully : une comédie, *George Dandin*, et un ballet, *Les Fêtes de l'Amour et de Bacchus*. Le succès s'affirma dès les premières scènes et les applaudissements redoublèrent lorsque la Béjart vint annoncer que, pour la première fois au monde, plus de cent danseurs allaient être présents ensemble sur la scène.

Clémence avait trouvé un tabouret proche de Mme de Duras, un peu de côté mais assez près de la scène pour jouir pleinement du spectacle de danse, si féerique qu'elle en pleurait presque d'émotion. Les scènes de la comédie qui s'intercalaient entre les ballets lui faisaient un autre effet. Ce George Dandin, riche paysan qui s'élevait au-dessus de sa condition en épou-

---

1. Le Roi, qui, au début de son règne, était fier de sa belle chevelure fournie, portait depuis peu perruque, comme tous les hommes de la suite royale. Deux cents perruquiers travaillaient à la cour pour satisfaire les commandes.

sant la fille d'un gentilhomme, n'était-ce pas sa propre histoire retournée ? Puis elle se dit qu'elle était folle, qu'elle n'était pas mariée et que son père n'était pas un paysan !

Son père. Clémence l'imagina soudain derrière la toile de fond en train de surveiller les jeux d'eau qui se succédaient sur la scène et pensa qu'il serait bien agréable de tout laisser en plan, Mme de Duras et sa perruque instable, son voisin le gros duc Potier de Tresmes, et même son siège qui, par hasard, la plaçait au rang des duchesses, pour courir le retrouver. Que n'aurait-elle pas donné pour pouvoir se glisser en coulisses et manœuvrer la clé-lyre qui faisait d'elle naguère une magicienne des eaux !

Le Roi aimait surprendre mais il voulait que, de la première collation au feu d'artifice final, l'étonnement fût progressif. Que réservait donc le souper, troisième bonheur annoncé ? Tandis que la nuit tombait, chacun se le demandait en gagnant à pied l'autre côté de l'allée royale d'où l'on apercevait à travers les frondaisons les lumières de la salle du festin. C'était un immense octogone de feuillée percé de huit arcades, orné de trophées et de bas-reliefs[1]. L'intérieur, une nouvelle fois, laissait l'arrivant pantois. Les effets d'eau et de lumière, d'abord, à chacun des angles formaient des sortes de cloches de cristal. Puis les fontaines nichées dans le plein cintre des arcades qui alimentaient par de petites lances des cascades, lesquelles, de coquille en coquille, menaient l'eau jusqu'à un dernier bassin encadré de fleurs.

Après être passés à la suite du Roi entre deux faunes dorés, les invités arrivèrent devant une grande niche où, sur des étagères également dorées, était exposée la plus belle vaisselle du Roi : plats, vases, urnes, bassins

---

1. L'éphémère salon octogonal était élevé au rond-point qui deviendra peu après le bassin de Flore.

d'argent ciselé. Au milieu du salon surgissait un grand rocher d'où Pégase s'envolait alors que sur ses flancs des figures en argent d'Apollon et des muses représentaient le Parnasse. Le Roi fut content que l'on eût pensé à montrer parmi ses trésors de hauts guéridons d'argent faits récemment aux Gobelins.

Autour du rocher, huit tables étaient dressées pour soixante-quatre couverts. Le Roi s'assit avec son frère, le dos tourné à la porte d'arrivée. Les six dames nommées pour manger avec eux prirent place sans tenir compte du rang. À gauche de l'entrée se trouvait la table de la Reine et des princesses. Six autres tables étaient présidées par la comtesse de Soissons, la princesse de Bade, Mme de Béthune, les maréchales de La Mothe, de Bellefonds, d'Humières, les duchesses de Créqui et de Montausier.

La duchesse de Duras était à la table de Mme de Créqui qu'elle détestait. Clémence, bien sûr, ne faisait pas partie des soixante-quatre privilégiés du salon octogonal. Cela lui convenait plutôt d'avoir le plaisir de se promener au-dehors en picorant dans les buffets réservés à la foule des courtisans. Elle alla faire un tour à la grotte de Thétis où trois tables de vingt-deux couverts accueillaient les ambassadeurs puis revint se mêler aux invités parmi lesquels elle espérait bien reconnaître un visage connu. Le Nôtre, Le Vau, La Quintinie, son père devaient être là. La Fontaine aussi, peut-être, à qui elle avait tellement de choses à raconter.

Alors qu'elle s'attardait devant un buffet pour se faire servir une assiette de volaille assaisonnée de truffes, elle remarqua sur sa gauche un gentilhomme qui la regardait avec insistance. Il lui fallut quelques instants pour être sûre qu'il s'agissait de Jean de Pérelle. Il avait bien changé, le petit page imberbe de l'*Île enchantée* ! Il lui parut plus grand, plus large d'épaules dans la jaquette de soie bleu et vert que le Roi avait mise à la mode depuis quelque temps. Surtout, une moustache très mince, la même que celle du souverain, barrait le bas de son visage et lui donnait un air sérieux qui, se dit-elle, lui allait bien.

Ils se dévisagèrent et se sourirent en même temps.

– J'espérais bien retrouver ici ma petite naïade, dit-il. J'ai appris que maintenant vous fréquentiez la cour...

– Moi, je vous ai attendu durant des mois, même des années. Je ne pouvais pas vous trouver mais vous, vous auriez pu... J'ai fini par vous oublier. Vous voyez, j'ai même eu du mal à vous reconnaître !

Elle avait dit cela un peu sèchement et il crut y deviner un certain reproche.

– Vous avez tort de m'en vouloir. J'ai passé ces quatre années à l'armée. J'ai participé à toutes les campagnes dans le régiment de mon maître et y ai gagné mes galons de lieutenant. Je sais que l'on dit à la cour que la Flandre et la Franche-Comté furent des guerres de dentelles. Seuls quelques coups de feu de complaisance furent échangés, dit-on. Alors je n'ai pas dû avoir de chance puisqu'une balle m'a traversé la cuisse et m'a obligé à me retirer de longs mois chez mon père. M'en voulez-vous encore ? Venez, nous allons essayer de trouver des sièges loin des buffets qui attirent les gens comme des cerises les étourneaux.

Elle fit oui de la tête et prit son bras, un peu honteuse de l'avoir peiné par la froideur de ses propos.

– Il est vrai, dit-elle, que je vous avais presque oublié mais me croirez-vous si je vous dis que je suis heureuse de vous revoir ?

– Je vous répondrai lorsque vous m'aurez raconté votre histoire. Elle m'intrigue. Vous vous rendez compte : je fais la connaissance d'une petite sauvageonne qui grimpe aux arbres pour apercevoir les belles dames de la cour et surprendre leurs occupations frivoles, je pars guerroyer quelque temps et retrouve ma pie voleuse empanachée au milieu des duchesses !

Elle rit et dit :

– Installons-nous ici, loin de la volière. Vous voulez savoir comment je suis devenue, à l'encontre de toutes les règles, demoiselle d'honneur de la duchesse de Duras ? C'est tout simple. Comme vous pour devenir officier, j'ai laissé pousser ma moustache !

Il éclata de rire et elle poursuivit :

– Ou plutôt j'ai rencontré celle du Roi dans la ménagerie en ouvrant les robinets des fontaines de mon père.

– Et il est tombé sous votre charme ! Cela ne m'étonne pas, c'est un homme de goût !

Il eut la délicatesse de ne pas lui poser la question qui lui venait à l'esprit et qui l'aurait mise mal à l'aise. Il dit simplement :

– Sa Majesté ne vous a pas mariée ? Il aime, sans souci des mésalliances, faire épouser de jeunes et jolies filles qui lui sont... sympathiques, par des gentilshommes de son entourage.

– Non, mais il compte le faire bientôt. En tout cas il a empêché que l'on ne me marie au chef des palefreniers de son écurie, un homme vulgaire qui ne me plaisait pas du tout. Je lui en suis reconnaissante. Et vous ? Il semble que vous soyez aussi demeuré célibataire ?

– Oui, figurez-vous que je n'ai pas trouvé la femme idéale et que, sans être riche, je n'ai pas besoin pour vivre d'épouser une dot.

– En ce qui me concerne, si le Roi me trouvait un fiancé, je préférerais qu'il dispose de quelque bien. On s'habitue vite, voyez-vous, à la vie frivole !

– Vous aimez vraiment cette existence de cour où paraître est devenu un mode de vie ?

– Oh ! Elle est amusante. Et puis, il y a tout de même, parmi les gens qui fréquentent la cour, des personnages attachants. Voyez la marquise de Sévigné ou Madeleine de Scudéry, et même Mme de Duras qui n'est pas idiote et qui lit tout ce qui se publie d'intéressant. Ce que j'aimerais, plus tard, c'est avoir un salon, recevoir chez moi les beaux esprits de l'époque... J'ai la chance d'en connaître quelques-uns, ils attireront les autres.

– Vous êtes vraiment une curieuse petite fille.

Il lui prit les mains, les caressa, tenta de l'attirer vers lui mais elle se retira :

– Non, mon beau lieutenant. Je me méfie. La dernière et seule fois où vous m'avez embrassée, je ne vous ai plus revu de quatre années ! D'ailleurs je dois retourner près de la duchesse qui doit se demander où je suis passée.

– Cet asservissement vous convient ?

– Et comment appelez-vous, monsieur, l'état du page ou du capitaine de M. le prince de Marcillac ?

– Touché ! dit-il en souriant. Je vois que l'Ondine des bassins de Versailles ne manque pas de caractère. Elle ira loin en nageant de cette manière ! Une question avant que vous ne vous envoliez. Puis-je me présenter chez la duchesse de Duras ?

– Je vous ai dit que la duchesse était une femme intelligente !

Elle déposa un baiser sur la joue de son page devenu un fier officier du Roi et s'enfuit vers l'octogone de verdure que le Roi venait de quitter et qu'abandonnaient maintenant les invités. Elle retrouva la duchesse qui lui confia en s'appuyant sur son bras :

– Maintenant il y a le bal et vous pouvez rester avec moi. Vous voyez, ma petite Clémence : je ne peux plus me passer de vous !

La soirée, c'était vrai, n'était pas finie. Le Roi, infatigable, avait pris l'allée qui menait vers le château. Il s'arrêta près d'un rond-point, en disant à la Reine que bientôt on creuserait là le bassin de Flore. À sa place s'élevait encore un palais octogonal mais le marbre, cette fois, y éclipsait la verdure devenue simple décoration. La salle de bal, conçue pour un soir par Le Vau comme si elle eût dû demeurer un siècle, était revêtue de porphyre et de brèche champenoise. Un portique de trente-deux pieds de haut marquait l'entrée. Il était couvert de fleurs, laissant prévoir que l'intérieur serait un gigantesque jardin. On y marchait dans les roses et les camélias, ces nouvelles fleurs que le père Camelli venait de rapporter des îles Philippines. Grottes, bassins, statues, thermes, rochers, jets d'eau, pilastres et arcades alternaient avec des massifs floraux et d'exquises guirlandes. On avait de la peine à repérer dans cette serre géante les endroits proposés à la danse.

Mme de Duras et Clémence se frayèrent un chemin dans la cohue pour gagner l'une des six tribunes en amphithéâtre destinées aux invités. Elles croisèrent Mlle de Scudéry, toujours enthousiaste, qui s'écriait : « Il n'y a point de palais au monde qui ait un salon si beau, si grand, si haut élevé, ni si superbe ! »

– Je crois, moi, dit Mme de Duras à Clémence, que Gissey[1] a entassé trop de merveilles les unes à côté des autres. Cela donne de l'ensemble un sentiment de lourdeur. Où est donc la fraîcheur des *Plaisirs de l'île enchantée* ? À vouloir faire trop bien[2]…

Finalement, cette dernière débauche de luxe, cette extraordinaire dépense d'argent dans ce palais où les invités, épuisés, dansèrent si peu n'ajouta pas grand-chose à la fête. Il eût été dommage qu'elle s'achevât sur une telle note mais le Roi, grand magicien des plaisirs, réservait encore une surprise à ses hôtes.

À leur sortie de la salle de bal, le Roi, la Reine, les membres de la cour et les ambassadeurs se trouvèrent plongés dans les ténèbres. C'est presque à tâtons que

---

1. Dessinateur et décorateur attaché aux divertissements royaux.
2. On retrouve dans les comptes les noms des sculpteurs ayant travaillé aux œuvres éphémères de la salle de bal : Houzeau, Van Opstal, Le Hongre et Lerambert, tous artistes de grand talent. Cette construction sera tout de même conservée quelque temps.

l'on marcha dans la direction du château. Sa Majesté souriait tout seul en pensant que cette procession dans l'obscurité constituait une excellente préparation à ce qui allait suivre.

Rien, à six heures, lorsque l'on avait quitté le château, ne pouvait laisser prévoir le travail que les ouvriers abattraient pendant que la fête se déroulait aux quatre coins du parc. La cour, en arrivant au pied du fer à cheval de Latone, derrière le château, trouva la terrasse métamorphosée. Toutes les fenêtres étaient illuminées et éclairaient les statues ; les rampes d'accès étaient bordées de vases fleuris tous différents ; l'allée royale était décorée sur toute sa longueur. On criait au miracle quand, soudain, un énorme bruit ébranla l'air. L'éclatement de boîtes d'artifice dura un moment, puis le ciel d'été s'illumina et, comme l'écrira plus tard Mlle de Scudéry, « on assista à un changement prodigieux et l'on peut dire que jamais nuit ne fut si parée et si brillante que celle-là. En effet, le palais fut vraiment le palais du Soleil, car il fut lumineux partout. La lumière était si intense que les ombres pouvaient à peine se cacher sous les bois verts qui sont à l'extrémité du parc ».

Outre les statues du palais et les vases fleuris des balustrades, les jardins d'en bas s'enflammèrent eux aussi. Jusqu'à présent, pourtant, le spectacle était fixe mais on s'était à peine habitué à cette grandiose illumination que mille aigrettes de toutes couleurs montèrent à l'assaut du ciel tandis que d'autres fusées partaient des rondeaux, des bassins, des fontaines, des bosquets. Les eaux de François de Francine jouaient naturellement leur rôle dans cette apothéose qui laissait les spectateurs figés d'admiration.

Une telle splendeur ne peut, hélas ! s'éterniser mais elle dura le temps d'imprimer dans les mémoires une image dont le merveilleux, on le savait bien, ne pourrait jamais se renouveler. C'était là une fin somptueuse pour la fête offerte par le Roi et chacun s'en retournait vers le château lorsque le ciel, demeuré sombre du côté de l'étang de Clagny, se remplit soudain d'éclairs accompagnés d'un fantastique bruit d'orage qui fit trembler la terre jusque Choisy-aux-Bœufs et Rocquencourt.

« Ce n'est pas fini, ce n'est pas fini ! » criait-on comme pour se persuader que la fête continuait. Le flux des spectateurs – des centaines de gens s'étaient maintenant mêlés à la cour – ramena tout le monde vers la grotte, le meilleur endroit pour assister au prodige. Aussitôt il sortit de la tour de la pompe une infinité de grosses fusées. Certaines, plus déliées, montaient très haut et traçaient dans le ciel les chiffres du Roi. C'est sur cette apparition de doubles L que s'acheva la fête du roi Louis de 1668, la plus belle, la plus réussie, qui devait s'inscrire pour des siècles dans la fabuleuse histoire de Versailles[1].

Le parc peu à peu se vida. La cour regagna les voitures et reprit le chemin de Saint-Germain. Dans le carrosse des Duras, le marquis s'assoupit aussitôt sur l'épaule de sa femme. Clémence, installée en face sur le strapontin, était épuisée mais radieuse. Mme de Duras remarqua les étincelles qui brillaient dans les yeux de la jeune fille.

– Vous êtes encore sous le charme de la fête, dit-elle. Il faut dire qu'elle a dépassé tout ce que l'on pouvait en attendre et votre bonheur fait plaisir à voir.

– Oh oui, madame, la soirée a été magnifique. Et puis…

---

1. Les comptes des Bâtiments du Roi pour l'année 1668 donnent pour les constructions, les décorations, les illuminations une dépense de 92 108 livres et 19 sols, à quoi s'ajoutent 44 148 livres 14 sols pour le chapitre particulier des habits des comédiens de Molière, ceux des danseurs, les bas, les gants, chaussures, gages des copistes de la musique, le paiement de dix dessins, sans compter le temps passé pour les répétitions à Saint-Germain, le pain, les verres, le vin et les bouteilles distribués pendant celles-ci et le jour de la représentation.

Clémence s'était tue, se disant que ses confidences n'allaient peut-être pas plaire à la marquise mais celle-ci, piquée par la curiosité, voulut savoir ce que sa demoiselle d'honneur hésitait à lui dire.

– Et puis quoi, mon enfant ? Que vous est-il arrivé entre les festins et les artifices ?

– J'ai revu Jean de Pérelle. Il est lieutenant et s'est battu comme un héros en Flandre et en Franche-Comté.

Mme de Duras sourit. Son mari lui avait raconté les campagnes sans péril mais elle ne voulut pas diminuer le prestige du jeune officier aux yeux de Clémence.

– Je me doutais que vous vous rencontreriez un jour. Alors, il vous a reconnue ? demanda-t-elle en riant.

– Oui, et je crois qu'il veut me revoir.

– Faites attention, Clémence. Je dois vous mettre en garde : le Roi ne vous mariera pas s'il apprend que vous tournez la tête à ses officiers.

– Et s'il me mariait à Jean de Pérelle ?

Il y avait naturellement longtemps que cette idée courait dans sa tête mais Clémence avait toujours hésité à en parler à Mme de Duras. Cette nuit, pourtant, l'occasion avait été trop belle pour la laisser passer.

– Vous ne perdez pas le nord, mademoiselle ! dit la duchesse. Mais sachez que le Roi n'aime pas que l'on lui dicte sa conduite, surtout lorsqu'il s'agit d'affaires privées. Alors, ne vous montez pas la tête. Je vais réfléchir et nous en reparlerons.

Deux mois s'étaient écoulés depuis la fête, les premières feuilles mortes tombaient sur les parterres, la température était clémente, le parc prenait sans se presser ses couleurs d'automne, les plus aimées des amoureux de Versailles. Jean de La Fontaine, en soupant avec ses amis Boileau et Racine à l'auberge du Mouton Blanc, à Auteuil, avait pris date pour leur lire un manuscrit et Racine proposé d'ajouter au plaisir des lettres celui d'une promenade à la campagne.

– Je conseille, avait dit Boileau, de partir tôt le matin et d'aller voir les derniers embellissements de Versailles.

Tous furent d'accord, d'autant que l'œuvre poétique de La Fontaine se référait souvent à la grotte de Thétis et aux jardins. Au dernier moment, l'aimable Chapelle se joignit au trio et il n'était pas onze heures quand la voiture qu'ils avaient louée déposa les amis sur la place en demi-lune, devant une balustrade de marbre et deux obélisques qui portaient l'emblème du Roi[1].

Boileau, qui s'était chargé d'obtenir un laissez-passer de Colbert, présenta le billet. Le lieutenant des gardes salua et souhaita la bienvenue aux écrivains :

– Le surintendant des Bâtiments du Roi m'a chargé de vous servir de guide durant votre visite, une tâche qui me fait grand honneur.

– Monsieur le capitaine des gardes, nous sommes honorés, dit La Fontaine.

Et il suggéra d'aller visiter la ménagerie avant le dîner.

– Tu veux voir si les lions et les loups ressemblent à ceux de tes fables, plaisanta Chapelle.

Après avoir vu les bêtes, en particulier une jeune girafe qui venait d'arriver du fin fond de l'Afrique et une famille de pélicans, ils firent un tour à l'Orangerie où la beauté des arbres rappela à Racine quelques couplets de sa façon qu'il ne put se retenir de réciter :

« Orangers, arbres que j'adore,
Que vos parfums me semblent doux !
Est-il dans l'empire de Flore
Rien d'agréable comme vous ? »

---

1. Molière ne fut pas de la partie. Il était brouillé avec Racine depuis Pâques de l'année précédente.

La Fontaine fit remarquer que les plus beaux oliviers venaient de Vaux-le-Vicomte. C'était une façon d'évoquer le souvenir de Fouquet et les bienfaits dont ils avaient tous profité. Les quatre amis cependant s'étaient levés de bonne heure et ils avaient faim. Ils arrêtèrent donc la visite le temps d'un repas à l'auberge des Trois Marches, l'un des petits hôtels de campagne qui s'étaient bâtis, proches du palais, pour la commodité des seigneurs de la cour.

En dehors des propos gais, de rigueur entre amis, le dîner se passa à parler de ce qu'ils avaient vu et du monarque qui avait rassemblé tant de beauté dans le vieux château de son père, transformé et agrandi en quelques années.

Ils retournèrent au palais et le lieutenant leur proposa de voir les dedans. Ils traversèrent l'avant-cour, la cour de marbre et pénétrèrent dans le vestibule, longue pièce que Molière eût reconnue s'il avait été là : il y donnait spectacle lorsqu'il plaisait au Roi que sa troupe jouât à Versailles[1].

Ils visitèrent l'appartement bas du Roi, montèrent par le grand escalier de marbre jaspé jusqu'aux appartements royaux et admirèrent le jardin des fleurs à travers les fenêtres. Du grand corridor la vue était encore plus belle, c'était le grand parc qui déroulait ses richesses : les parterres, les rondeaux, les jets multiples et, au-delà, un miroir d'eau qui s'enfonçait en droite ligne vers les bois.

– Les travaux d'agrandissement du canal vont commencer, dit le lieutenant. J'ai vu les plans, c'est une entreprise considérable qui va s'étendre sur plusieurs années.

---

1. Presque tout le répertoire de Molière a été joué à Versailles dans ce grand vestibule que l'on traverse encore de nos jours. Une partie des salles voisines étaient alors ouvertes. C'est dans le vestibule que Molière s'est amusé à placer la scène de *L'Impromptu.*

Passés dans les jardins, ils furent bientôt devant la grotte de Thétis et prièrent leur aimable guide de les y laisser jusqu'à ce que la chaleur fût adoucie. On leur apporta des sièges et leur billet venait de si bonne part que le capitaine ordonna de faire jouer les eaux afin de rendre le lieu plus frais. La Fontaine sortit alors son cahier et commença :

– Écoutez Poliphile vous conter les amours de Psyché et de Cupidon :

> « Le dieu que l'on nomme Amour n'est pas exempt
> [d'aimer ;
> À son flambeau quelquefois il se brûle
> Et si ses traits ont eu la force d'entamer
> Les cœurs de Pluton et d'Hercule,
> Il n'est point inconvénient
> Qu'étant aveugle, étourdi, téméraire,
> Il se blesse en les maniant ;
> Je ne vois rien qui ne se puisse faire :
> Témoin Psyché dont je veux vous conter
> La gloire et les malheurs chantés par Apulée.
> Cela vaut bien la peine d'écouter. »

La lecture dura longtemps dans la grotte. Prose et vers se succédèrent et menèrent à travers les amours de Psyché et d'Éros les quatre amis jusqu'à l'heure où ils purent jouir d'un de ces émouvants couchers de soleil fréquents à Versailles.

– Je vous prie, dit Racine, de considérer ce gris de lin, couleur d'aurore, cet orangé et surtout ce pourpre, qui environnent le roi des astres.

Sur le chemin du retour, ils s'arrêtèrent au Fer à Cheval et ne se lassèrent pas d'admirer la longue suite de beautés que l'on découvre du haut des rampes.

– Au risque de vous lasser, mes amis, je vais encore vous lire les vers que m'ont inspirés ces merveilles du grand jardin, annonça La Fontaine.

Il rouvrit son carnet :

> « Là dans des chars dorés, le prince avec sa cour
> Va goûter la fraîcheur sur le déclin du jour.
> L'un et l'autre Soleil, unique en son espèce,
> Étale aux regardants sa pompe et sa richesse.
> Phébus brille à l'envi du monarque françois ;
> On ne sait bien souvent à qui donner sa voix ;
> Tous deux sont pleins d'éclat et de rayonnante gloire. »

La lune aussi était à son plein. Les voyageurs et leur cocher décidèrent de se fier à elle pour regagner Paris.

Les poètes ne savaient pas qu'ils ne reverraient jamais le Versailles qu'ils venaient d'admirer dans l'automne naissant. Le Roi, en effet, s'était décidé à transformer sans attendre le château pour l'agrandir et permettre à ses proches d'y séjourner. Il avait aussi pris le parti de laisser debout l'agréable maison qu'il avait refaite et à laquelle l'attachait, plus que le souvenir de son père, celui des plaisirs de son début de règne.

Colbert, encore une fois, tenta de persuader le Roi qu'il n'était pas raisonnable de conserver une bâtisse dont l'aspect n'avait aucune proportion, ni aucun rapport, avec les dernières constructions. Rembarré, il fit une dernière tentative en déléguant Charles Perrault dont le Roi appréciait le travail à la direction des Bâtiments, charge qu'il devait à Colbert.

– Je supplie Votre Majesté de considérer le plan que mon frère Claude a dressé, dit ce dernier. Après la démolition, vous pourrez, ainsi qu'il l'a dessiné, achever le palais du même ordre que les bâtiments nouveaux.

Le Roi ne jeta même pas un regard au dessin. Il le repoussa d'un geste et dit d'une voix forte où perçait la colère :

– Très bien, faites ce qu'il vous plaira ; mais si vous abattez le petit château, je le ferai rebâtir tel qu'il est et sans y rien changer !

Ces paroles mettaient un terme aux discussions. Elles raffermirent tout le château et rendirent ses fondements inébranlables[1].

Avant de faire demander par Colbert de nouveaux plans à Le Vau et à plusieurs autres architectes de la cour, le Roi rédigea à leur intention le détail de ses volontés. Tout le nouveau Versailles était dans ces instructions qui, est-il besoin de le dire, furent suivies à la lettre :

« Le Roi veut que la cour soit propre, qu'il y ait une fontaine dans le milieu, et que les carrosses n'y entrent point. Que du milieu de la cour les quatre vues soient percées, celle de l'entrée par le milieu qui sera vide ; celle de la face du jardin par les arcades de la galerie basse ; celle des deux côtés par des vestibules percés. La face sur cour, deux grands pavillons ; dans celui de gauche la chapelle et l'escalier. La symétrie des deux pavillons de même.

« Dans le bas du corps de logis à droite, l'appartement des bains composé de quatre pièces. Un petit appartement du côté de la cour. Du côté de l'escalier, à gauche, deux petits appartements. Dans le grand corps de logis à gauche, les appartements pour les enfants de France.

« En haut, le grand appartement du Roi : salle, antichambre, grande chambre, grand cabinet. Sur la cour, petit appartement. De l'escalier, il faut entrer dans les deux appartements ; du côté de la Reine, son grand

---

1. D'après les *Mémoires* de Charles Perrault (manuscrit de la Bibliothèque nationale).

appartement sur les jardins ; une chambre et une garde-robe sur la cour, pour son appartement de commodité. Le reste, un appartement pour Monseigneur le Dauphin.

« Un étage carré dans l'attique, pour y faire quantité d'appartements dont quatre à six doivent être composés d'antichambre, chambre, garde-robe et cabinet et les autres de chambre et cabinet seulement. Observer de mettre le plus d'escaliers qu'il se pourra pour dégager ces appartements d'en haut. Observer que les appartements du Roi aient aussi leurs dégagements. La galerie sur la face doit avoir un salon dans le milieu, s'il est possible[1]. »

Colbert n'avait pas obtenu gain de cause mais, maintenant que le Roi s'était décidé à conserver sa chère cour de marbre et la vieille maison de Louis XIII avec sa façade de brique et de pierre blanche, il allait, en grand commis et en serviteur fidèle, tout faire pour que réussisse le projet qu'il avait longtemps combattu.

Dès la fin de l'automne, les grands travaux commençaient. Ils ne concernaient pas seulement l'« enveloppe » du vieux château. Le parc allait être aussi durant des années livré aux terrassiers. D'abord, il s'agissait de poursuivre le creusement amorcé du Grand Canal au-delà de la grille fermant les jardins derrière le bassin des Cygnes. Le rôle de miroir d'eau que jouait ce dernier dans la conception générale du parc allait être dévolu au canal dont l'ampleur supposait des années de travaux[2].

---

1. L'idée de la Grande Galerie est déjà lancée. Abandonnée lors des premiers travaux au profit d'une terrasse, elle sera reprise au temps de Mansart (galerie des Glaces).
2. La croix, telle qu'elle existe, qui reliera approximativement Trianon à la Ménagerie, ne sera amorcée que plus tard.

Le Roi attachait une grande importance à cette entreprise depuis qu'il avait reçu les tableaux de son armée navale qu'avait peints Jean-Baptiste de La Rose, un ami de Mignard. L'idée lui vint de pouvoir contempler concrètement, depuis la terrasse du château, quelques échantillons de navires, et d'autres qui puissent servir à la promenade, à l'exemple de Tibère et de ses trirèmes de plaisance sur le lac de Nemi.

C'est donc tout le domaine qui se trouvait transformé en un gigantesque chantier. À Trianon, le hameau acheté par le Roi était presque entièrement rasé et l'ancienne église venait à son tour d'être abattue, travail de peu d'importance puisqu'il n'avait coûté au Trésor que cent soixante-dix livres (payées le 12 septembre à Mazereau « pour avoir démoly l'église et avoir entoisé le moislon »). Il en allait autrement du château lui-même dont la transformation nécessitait une refonte complète du terrain. Tandis que l'on comblait les fossés de Louis XIII, que l'on nivelait l'espace autour de la future bâtisse à force de remblais pour pouvoir agrandir la cour Royale, que l'on montait des murs de soutien, les maçons attaquèrent la fondation du mur de la grande façade sur le parterre.

À la fin de l'année, Colbert rédigeait le « mémoire de ce qui est à faire pour les bâtiments en l'année 1669 ». C'était plutôt une simple note jetée sur le papier :

« Voir l'état des plans et ce qui est à faire pour achever le tout, les plans, dessins, élévations du nouveau bâtiment... Commencer à faire les dessins et résoudre tous les dedans pour donner l'ordre, dès à présent, aux marbres et autres ornements qui seront nécessaires... Continuer à faire travailler promptement à tous les ornements des fontaines, ensemble de l'allée d'Eau. »

Ainsi, alors que l'on en était à creuser les fondations, Colbert pensait à commander les décorations des nouveaux bâtiments. De leur côté, Le Nôtre continuait à agrandir le damier de son parc et Francine multipliait ses jeux d'eau. Le Roi était naturellement tenu au courant du déroulement des travaux. Quelques mois plus tard, il pouvait lire avec satisfaction le dernier rapport de Colbert :

« L'ouvrage a beaucoup avancé. Le mur de face du côté du Parterre à fleurs est à 19 pieds de hauteur et celui du côté de la Grotte à 20 pieds. Le mur de pierre dure en arcade qui doit porter la terrasse est à 13 pieds. Les sieurs Cliquin et Charpentier font préparer les chemins pour faire voiturer en diligence le bois du premier plancher que l'on commencera à lever la semaine prochaine. Nous avons 566 ouvriers qui travaillent ici, savoir : 7 appareilleurs, 8 piqueurs, 142 tailleurs de pierre, 118 limousins et 291 manœuvres[1]. »

---

1. Ces chiffres ne concernaient que les travaux de maçonnerie. En trois ans la seule dépense de la maçonnerie atteindra un million trois cent cinquante mille livres. Les limousins étaient des maçons (ainsi nommés parce que la profession était en majorité limousine).

8

La demoiselle d'honneur

Clémence attendait toujours que le Roi lui trouvât un mari. Elle crut que c'était chose faite le jour où Mme de Duras la prévint que M. Bontemps passerait la prendre le lendemain pour la conduire auprès du Roi.

– Croyez-vous, madame, que c'est pour m'annoncer que l'on va me marier ? demanda-t-elle.

Mme de Duras sourit :

– Je n'en sais rien du tout. Mais puisque vous allez rencontrer le Roi, pourquoi ne pas le lui demander ?

– Oh, je n'oserai jamais…

– Je ne vous savais pas aussi timide, mademoiselle de Francine. Il est bon parfois de rappeler aux grands leurs promesses.

La curiosité et l'inquiétude de la première fois avaient disparu, elle prit donc place avec aplomb dans le carrosse auprès de Bontemps :

– M'emmenez-vous, monsieur, au même endroit que l'autre jour ?

– Oui, le Roi vous y attend.

Bontemps n'était pas bavard, c'était pour lui une nécessité professionnelle. Il ne répondit que par monosyllabes aux questions de Clémence qui, lassée, se cala dans le fond de la voiture et ne prononça plus un mot jusqu'à l'arrivée à Saint-Germain. Quand il lui dit : « Mademoiselle, nous sommes arrivés », elle retrouva la parole pour lui montrer que l'on lui devait quelques égards :

– Soyez assez aimable, monsieur, pour m'aider à descendre. La marche est haute et je ne voudrais pas me présenter devant Sa Majesté souffrant d'une entorse à la cheville.

Bontemps, un peu étonné, répondit par un « En effet ! » qui ne voulait rien dire mais laissait percer un certain agacement. « Cette petite, pensa-t-il, se croit tout permis parce que le Roi l'a remarquée. » Puis, radouci, il se dit en lui tendant une main qu'elle était vraiment belle et qu'elle irait loin si on la laissait voler dans la compagnie des oiseaux de cour.

Comme l'autre fois, le Roi ne la fit pas attendre dans l'antichambre et la pria galamment d'entrer chez lui. Il était toujours touché par sa grâce, et surpris par son assurance. Il en avait connu, des filles apeurées qui tremblaient et parfois pleuraient lorsqu'elles arrivaient devant lui. Dire que Clémence était détendue serait exagéré mais elle n'avait pas de grand effort à faire pour affronter crânement la situation peu banale. Cette attitude plaisait au Roi et lui donnait envie d'en savoir plus sur l'enfant des fontaines qui lui faisait oublier la servilité habituelle des gens de cour.

Elle s'apprêtait à se dévêtir quand le Roi la pria de s'asseoir.

– Bavardons un moment, mademoiselle de Francine. Votre séjour chez la duchesse de Duras est-il agréable ? Vous entendez-vous avec le duc ? D'humeur rugueuse, c'est un fort honnête homme doublé d'un grand soldat. Il finira maréchal, sûrement...

– Sire, je me plais beaucoup chez la duchesse qui est très bonne pour moi. Je ne sais comment vous remercier d'avoir permis mon entrée dans sa maison.

Le ton était un peu cavalier mais le Roi s'en accommoda de bonne grâce :

— Vous savez très bien me remercier, mademoiselle, et je suis sensible à votre charmante spontanéité. C'est une qualité si rare à la cour… C'est sans doute ma faute si l'on me craint mais est-ce qu'un grand roi peut gouverner sans imposer sa loi ? Me trouvez-vous si terrible ?

— Non, Sire. Votre Majesté m'est toujours apparue comme un homme qui doit souvent être obligé d'être sévère mais qui sait aussi être doux et courtois.

Tandis que Louis, détendu, parlait maintenant du château et des travaux prodigieux qu'il entreprenait, Clémence pensa que c'était peut-être le moment d'oser :

— Puis-je poser une question à Votre Majesté ? dit-elle.

— Certes, mon enfant, j'y répondrai volontiers si elle est de bon aloi.

Elle se pinça le dos de la main et se lança :

— Mme de Duras m'a confié l'autre jour que Votre Majesté songeait à me marier. Dois-je la croire ?

Le Roi soupira :

— Je ne sais pas qui a été raconter cela à Mme de Duras mais je n'ai pas pour habitude de rendre publiques ce genre d'intentions.

Clémence crut qu'elle avait fait un faux pas et se mordait la langue d'avoir parlé. Mais le Roi reprit :

— Par amitié pour votre père et aussi par amitié pour vous, c'est une chose que je ferais avec plaisir. Mais pour un mariage, il faut être deux et je ne veux pas vous donner à n'importe qui. Je pourrais certes demander à M. de Colbert de vous trouver un homme dans les affaires, comme il l'a déjà fait pour des veuves de gentilshommes, mais cela ne me plaît guère. Vous méritez mieux.

Il y eut un instant de silence. Le Roi semblait réfléchir et Clémence se demandait si elle pouvait aller jusqu'à faire allusion à Jean de Pérelle. Finalement elle se décida :

– Sire, je dois confesser à Votre Majesté que j'ai fait, lors des *Plaisirs de l'île enchantée*, la connaissance d'un jeune page. Nous avons échangé un baiser et je ne l'ai pas revu jusqu'à la magnifique fête du mois de juillet. Il m'a demandé s'il pouvait se présenter chez Mme de Duras mais il n'est pas encore venu...

– Et c'est lui que vous voudriez épouser ? D'abord, de qui s'agit-il ?

– Il était page de M. le prince de Marcillac.

– De François de La Rochefoucauld ? C'est l'un de mes plus vieux amis, l'un des rares à qui je ne fais pas peur. Mais ce n'est pas lui que vous souhaitez épouser, c'est son ancien page. Comment s'appelle ce jeune homme ?

– Jean de Pérelle. Il s'est vaillamment battu en Flandre et en Franche-Comté.

– Je me souviens qu'il m'a été présenté par le prince de Marcillac. C'est un beau parti, ne trouvez-vous pas ?

Clémence baissa les yeux et ne répondit pas. Du reste, qu'aurait-elle pu répondre au Roi que son aveu paraissait courroucer.

– Alors, mademoiselle, vous voulez que je vous marie mais c'est vous qui choisissez votre époux ? Et monsieur de Pérelle, que dit-il de ce mariage qui serait, je pense que vous vous en rendez compte, une mésalliance ?

– Nous n'avons jamais parlé de mariage entre nous. D'ailleurs nous nous sommes vus si peu. Quelques heures seulement...

– Eh bien, mademoiselle de Francine, si le hasard vous fait le rencontrer à nouveau, commencez par lui demander s'il a envie de vous épouser. Maintenant, un cocher va vous reconduire chez Mme de Duras à qui je vous prie de transmettre mon souvenir. Je vous souhaite le bonsoir.

Le Roi lui ouvrit la porte de l'antichambre et s'en retourna.

Elle pleura durant tout le trajet, se reprochant sa maladresse. L'entretien, qui avait si bien commencé, s'était terminé par un au revoir glacial. « À vouloir forcer le destin, j'ai enrayé la mécanique de ma vie qui marchait si bien ! Cela montre, murmura-t-elle entre deux cahots, que je suis une sotte et que j'ai encore beaucoup à apprendre ! »

Mme de Duras, que les affaires de cœur de sa demoiselle de compagnie distrayaient, avait attendu son retour en relisant *La Princesse de Montpensier*. Elle aimait bien le livre de Mme de La Fayette qui avait si excellemment analysé les faiblesses du cœur humain. La marquise achevait le récit des retrouvailles de Guise et de l'héroïne : « Quoi qu'ils ne se fussent point parlé depuis si longtemps, ils se trouvèrent pourtant accoutumés ensemble et leurs cœurs se remirent aisément dans un chemin qui ne leur était pas inconnu. » Ce passage lui faisait penser aux rencontres de Clémence et de Jean de Pérelle. Qu'allait-il advenir de cet amour à peine déclaré ? Elle se promit d'en raconter l'histoire à son amie la marquise de Sablé qui avait eu la chance de fréquenter l'hôtel de Rambouillet et qui en avait conservé le goût de la casuistique amoureuse. Elle en était là de ses réflexions lorsque celle qui en était l'objet entra dans le salon. Mme de Duras remarqua tout de suite l'air consterné de Clémence, d'habitude si enjouée :

– Qu'avez-vous, ma chère petite ? Votre visite à Saint-Germain ne semble pas vous avoir apporté le bonheur. Si cela vous soulage de m'en parler, faites-le, mais je comprendrais très bien que vous souhaitiez garder le silence.

Clémence se jeta dans les bras de Marguerite de Duras et se mit à pleurer. Quand elle fut calmée, elle dit :

– J'ai fâché le Roi. Il m'a, dès mon arrivée, parlé avec douceur et amitié, il a dit qu'il aimait ma spontanéité et m'a mise en confiance. Alors je lui ai dit pour mon mariage…

– Vous lui avez demandé, comme je vous l'avais conseillé, s'il entrait dans ses intentions de vous trouver un mari. Et cela lui a déplu ?

– Non, pas vraiment. Le Roi m'a dit que pour se marier il fallait être deux, qu'il ne voulait pas me donner à n'importe qui et que je devais être patiente.

Mme de Duras sourit :

– Il n'y a rien de tragique dans cette réponse. Le Roi est moins pressé que vous, cela se comprend…

– Oui, mais j'ai commis l'imprudence de mettre en avant le nom de Jean de Pérelle et de lui faire comprendre que c'était lui que je souhaitais épouser. Ces propos l'ont contrarié et cela a été pire lorsque j'ai dû lui dire qu'il n'avait jamais été question de mariage entre nous. Il m'a alors congédiée sans m'avoir… approchée, en me disant simplement de vous transmettre son souvenir. Je suis une sotte dont l'avenir est désormais gâché.

Mme de Duras soupira :

– Mais non, cela s'arrangera d'une manière ou d'une autre. Il est vrai que le Roi est susceptible, mais je comprends qu'il ait mal accepté que vous lui demandiez de jouer, en quelque sorte, un rôle d'entremetteur. Entre vous trouver un mari et commander à celui que vous avez choisi de vous épouser, il y a une différence ! Vous devez, je pense, le comprendre.

– Je comprends et je regrette. Quand on a le privilège de parler au roi de France, il est impardonnable d'être maladroit. Et je sais que j'ai commis une grosse bévue.

– Essayez maintenant d'oublier cette fâcheuse journée. Je ne crois pas que le Roi vous en tiendra rigueur. J'y pense, il y a longtemps que vous n'avez rendu visite à votre famille. Ne voulez-vous pas que je vous fasse conduire à Versailles pour y passer quelques jours ?

C'est par un bel après-midi d'été que Clémence retrouva la maison familiale, dans le vieux quartier de Versailles qui changeait aussi vite que les saisons. Tous les terrains vacants étaient maintenant achetés, soit par le Roi, soit par des membres de la cour qui voulaient posséder un pied-à-terre proche du château. Elle renvoya vite le carrosse aux armes des Duras pour ne pas donner l'impression aux voisins de jouer les duchesses et trouva sa mère en train de broder à l'ombre du gros cerisier. Par un heureux hasard, sa sœur Marie-Madeleine, qui avait épousé deux ans auparavant le chevalier de Varville, était venue ce jour-là rendre visite à sa mère. Elle avait beaucoup de mal à faire tenir tranquille son bébé, un nouveau François, qui rampait sur la pelouse pour atteindre le bassin, bien modeste à côté de ceux que son grand-père construisait à Versailles pour le Roi.

Vite, Clémence monta dans sa chambre pour se changer et retrouver l'une de ses vieilles robes qu'elle enfila avec volupté. Elle bavarda avec sa mère et sa sœur, fut heureuse d'apprendre que les Le Nôtre devaient venir souper et que vraisemblablement Boileau et La Fontaine seraient de la fête. Puis, elle ne résista pas à l'envie qui la tenaillait depuis son arrivée :

– Je vais faire un tour au château, il paraît qu'on le reconstruit de fond en comble.

Dans ses sandales de corde et sa tunique flottant sur les hanches, elle retrouva ses sensations de vierge des fontaines. Il ne lui fallut qu'un quart d'heure pour atteindre l'Orangerie et se rendre compte de l'ampleur des travaux entrepris. Des centaines d'ouvriers formaient un essaim autour du vieux château dont la façade sur le jardin disparaissait dans l'embarras des échafaudages. Des charrois de pierres arrivaient, on déchargeait du bois, des hommes couverts de plâtre s'agrippaient aux échelles. Elle contempla ce théâtre du travail installé sur la même scène que celle de la grande fête du Roi. Le Roi… C'était lui qui était derrière ce prodigieux bouleversement, lui qui faisait se multiplier les allées, les bosquets, les parterres, lui qui ordonnait aux fontainiers de faire jaillir l'eau du marbre des statues… Et c'était ce dieu vivant qu'elle, fragile Ondine, avait offensé en pensant pouvoir lui parler comme à un être ordinaire !

« Le Roi, non, n'est pas un être ordinaire ! » murmura-t-elle en s'élançant dans son domaine de verdure, vers la nouvelle allée d'Eau à laquelle travaillait son père.

Son père, elle espérait pouvoir le rejoindre du côté du bassin du Dragon où, selon sa mère, il surveillait la création d'une nouvelle décoration d'hydraulique et d'art dont le nom était déjà trouvé. « Ce sera l'allée d'Eau », avait dit le Roi en donnant son approbation au projet de Le Nôtre et de Claude Perrault.

Arrivée au Dragon, elle se guida sur la tranchée où des ouvriers enfouissaient de lourds tuyaux de fonte. Certains apportaient les tronçons de la conduite, d'autres les soudaient bout à bout. Elle avait toujours aimé voir travailler les fontainiers quand, avec patience et précision, ils enduisaient les jonctions de plomb fondu par couches successives. Le plomb bouillonnait à côté dans une vaste marmite posée sur un trépied au-dessus d'un feu d'enfer. Il s'en dégageait une odeur que l'on disait nocive mais que Clémence trouvait enivrante. Tous les ouvriers connaissaient l'Ondine et ils arrêtèrent un instant leur travail pour lui demander des nouvelles de la cour. Les Francine n'avaient rien dit du départ de Clémence mais tout Versailles était au courant.

– On est contents de te revoir dans le parc, dit André, l'un des plus anciens compagnons de François. Tes éclats de rire nous manquent. Tu as bien fait de reprendre ta robe de fontaine pour venir nous voir. Je ne suis pas sûr que l'on t'aimerait habillée en dentelles !

Clémence rit, l'embrassa et demanda où était son père.

– Je vais lui faire une surprise, il ne sait pas que je suis là !

– Tu le trouveras au fond du bassin que l'on est en train de vider car la gelée de l'hiver a fait éclater beaucoup de figures.

Elle surprit François qui discutait avec le vieux Denis que l'on appelait « le poète » depuis que l'on savait qu'il racontait en vers la fabuleuse histoire des fontaines de Versailles.

– Père, s'écria-t-elle en le rejoignant et en se jetant dans ses bras. Tu ne peux pas savoir combien je suis heureuse de retrouver mon jardin et mes bassins ! Viens m'expliquer ce que vous êtes en train de faire. Il paraît, m'a dit maman, que c'est une allée d'eau ?

François l'entraîna jusqu'à un banc de pierre et regarda sa fille :

– Je te trouve bien pâlotte. Es-tu heureuse chez les Duras ? La duchesse est-elle gentille avec toi ? Si cela ne va pas, il faut me le dire et revenir à la maison.

Clémence sourit et rassura son père :

– Mais non, tout va bien. Mme de Duras est très bonne et j'aime ma nouvelle vie.

– Et le Roi ? L'as-tu revu depuis qu'il t'a placée à la cour ? A-t-il toujours l'intention de te marier ?

– Je le croyais mais n'en suis plus si sûre.

Elle éclata de rire et ajouta :

– S'il ne le fait pas, il faudra me trouver un mari. Mais pas le monsieur des écuries qui d'ailleurs, lui, doit avoir trouvé une femme.

– Oui, la fille des Amblard.

– Mais elle est laide ! Il doit vraiment me regretter ! Mais parlons d'autre chose, veux-tu ? Tiens, j'ai une envie folle de tourner une clé-lyre et de faire jaillir un grand jet !

– Ah ! Je retrouve mon Ondine ! Viens, allons au parterre bas. Tu feras cracher de l'eau aux tritons et aux sirènes de la grande couronne. J'espère que tu as gardé ta force herculéenne ?

La clé évasait son cuivre doré un peu plus loin dans le gazon. Clémence se planta devant elle, les jambes légèrement écartées, et empoigna les deux manchons.

– J'y vais ? demanda-t-elle.

– Que l'eau monte au ciel pour le Roi ! répondit François, heureux de reprendre, pour sa petite fille, l'ordre traditionnel des fontainiers.

Lentement, Clémence ouvrit la vanne et, quelques secondes plus tard, l'eau fusa dans le bassin. Ravie, elle regarda les jets se mélanger en vapeur irisée.

– C'est beau ! murmura-t-elle.

François vit qu'elle pleurait. Il essuya ses larmes avec son mouchoir comme lorsqu'elle était petite.

– Calme les tritons, dit-il, et viens, je vais te raconter l'allée d'Eau.

Elle se blottit contre son épaule et écouta :

– C'est une histoire un peu longue car les travaux sont compliqués et ne seront pas terminés avant l'an prochain. L'allée d'Eau sera, d'abord, bordée de cent vases de cuivre contenant des ifs et des sapins. Le Roi a dit lorsque nous lui avons soumis le projet : « Mettez donc des enfants, il n'y a que des dieux dans le parc. » Alors, tout au long de la descente, s'intercaleront quatorze petites fontaines soutenues chacune par un groupe d'enfants en bronze doré. Les sculpteurs ont commencé à travailler sur ces quatorze groupes. Le Gros a déjà fait un ensemble ravissant : trois angelots qui portent un bassin rempli de toutes sortes de fruits. Je compte élever à la tête de l'allée une cascade dominée par un bassin à jeux d'eau, le bassin du bain des nymphes et une pyramide[1].

---

1. L'allée d'Eau est le plus souvent appelée de nos jours l'allée des Marmousets.

– Cela va être superbe ! s'écria Clémence. Je suis émue en constatant que toutes ces fontaines merveilleuses disséminées dans le parc, je t'ai vu les créer ! Quelle chance d'avoir un père comme toi !

François embrassa tendrement sa fille et ils regagnèrent la maison en parlant un peu de tout, de la mère qui s'ennuyait après le départ des enfants, des idées du Roi qui inquiétaient et dont on devait toujours reconnaître qu'elles étaient bonnes, de Le Vau qui se dépensait trop et qui était fatigué…

Le souper, finalement, fut servi dans le jardin de Le Nôtre. Les deux maîtresses de maison avaient chacune fait préparer des plats différents à leurs serviteurs et, lorsque l'on se mit à table, elles purent assurer les convives qu'ils ne mourraient pas de faim. Aux maisonnées de Le Nôtre et de Francine, s'ajoutaient Pierre, le frère de François, sa femme Marie-Louise et leur fils Jean-Nicolas âgé de six ans. Jean de La Fontaine avait dit qu'il viendrait mais, comme d'habitude, il n'était pas arrivé lorsque le valet des Francine apporta le premier service, deux grands plats chargés de tout ce que l'on peut faire avec un cochon – saucisses, jambons, pâtés, rillons, boudins – et de diverses salades.

Les invités de la soirée se connaissaient tous. Amis de longue date de Le Nôtre, Boileau et Racine étaient des habitués des lieux. Jean-Baptiste La Quintinie était un voisin. Seul le sculpteur Étienne Le Hongre venait pour la première fois. Il avait été reçu académicien sur présentation d'une statue que Le Brun admirait : une sainte Madeleine pulpeuse et pathétique qui lui avait ouvert les portes du grand chantier de Versailles. Lui aussi travaillait à l'allée d'Eau. Il avait apporté, pour le montrer à ses hôtes, le dessin du groupe qui en était encore au stade du modelage : une jeune fille et les deux amours qui l'entouraient soutenaient ensemble une corbeille pleine de fleurs. Boileau fit remarquer que la jeune fille ressemblait à Clémence, compliment qui lui fit plaisir.

– En quoi seront faits ces motifs enfantins ? demanda Madeleine de Francine que les explications sur les eaux de Versailles assommaient mais qui se piquait de s'intéresser aux sculptures.

– Dans cet alliage de plomb et d'étain utilisé déjà pour les fontaines et que l'on repeint de temps en temps en couleur de bronze doré, répondit Le Hongre. Le Roi compte les refondre plus tard en bronze véritable.

La Fontaine arriva enfin à table, en même temps que le second service composé de différents potages[1]. On lui fit l'accueil qui convenait à un incorrigible retardataire en se demandant quelle excuse il allait cette fois inventer, jeu où le fabuliste excellait. Il raconta que le cocher du carrosse que lui avait prêté la princesse de Conti était si éméché qu'il n'avait pu empêcher ses chevaux de s'arrêter dans un champ d'avoine. Philosophe, il en avait profité pour écrire quelques vers. « Vous les entendrez tout à l'heure en mangeant les fruits magnifiques qu'a apportés notre bon ami La Quintinie. J'ai aperçu la corbeille en arrivant. »

Le potage préparé chez Mme Le Nôtre était composé de deux oisons, de quatre poulets garnis de béatilles et servis avec une délicate purée de pois verts ; celui de Madeleine de Francine, de grives au bouillon brun servies sur croûtes.

Il était difficile de parler en faisant honneur à de tels chefs-d'œuvre, aussi parla-t-on fort peu avant l'arrivée des douceurs et des fruits. Puis les langues se délièrent. Jean-Baptiste La Quintinie, après avoir été félicité pour

---

1. Au XVIIe siècle, le mot « potage » n'avait pas le même sens que de nos jours. On nommait ainsi de grands plats de viandes, de poissons ou de volailles bouillis avec des légumes. Boileau, dans la *Satire III* écrit : « ... Cependant on apporte un potage/Un coq y paraissait en pompeux équipage... »

ses poires juteuses, raconta que le Roi venait souvent dans son potager, parfois unique but du voyage à Versailles :

– Il aime faire, comme il dit, « le tour du jardin » et me pose mille questions sur les arbres fruitiers, les légumes, les fleurs. Un jour il m'a demandé de lui montrer comment on greffait un rosier et s'est piqué à une épine en voulant essayer d'insérer un greffon. Il a ri et s'est essuyé avec une dentelle. Je peux dire que j'ai vu le sang du Roi couler. Eh bien, il est rouge comme celui de tout le monde ! Il me demande aussi souvent si M. Colbert me transmet bien les plants nouveaux qu'il réclame, sur son ordre, à nos ambassadeurs. Ne riez pas, il m'a dit qu'un jour il me conférerait la noblesse. Je l'ai chaleureusement remercié en lui disant que je préférerais, en priorité, une terre plus vaste pour cultiver ses fruits et ses légumes. Cette réponse l'a amusé et il m'a dit que j'aurais les deux car il était toujours dans ses intentions d'avoir un nouveau potager, bien plus grand que celui de son père.

Jean Racine, lui, parla de sa nouvelle œuvre :

– Mes deux pièces, *La Thébaïde* et *Alexandre,* n'ont obtenu qu'un modeste succès, et voilà qu'*Andromaque* me hisse au zénith !

– C'est parce qu'elle est meilleure, tout simplement, dit Boileau. Tu mets en scène l'amour-passion comme on ne l'avait jamais fait.

On en vint naturellement au château et au parc :

– Il paraît que nous ne reconnaîtrons plus le Versailles de notre récente visite ? dit Boileau.

Nul autre que Le Nôtre et Francine ne pouvait mieux lui répondre. On se rafraîchit en imaginant ce que serait l'allée d'Eau, et Le Hongre, qui n'avait encore rien dit, parla avec enthousiasme de son métier.

Clémence écoutait, ravie, l'intelligence en liberté. Plusieurs fois elle eut envie d'intervenir dans la conversation mais elle se retint, de peur de paraître sotte face à ces hommes qui passaient leur vie à créer la beauté ou à exalter les lumières de la langue française. C'est La Fontaine qui lui donna la parole :

– Et si notre Ondine, surgie pour nous des hôtels du faubourg Saint-Germain comme Vénus de l'écume de la mer, nous parlait de la cour ? Je suis sûr qu'elle a des choses à nous raconter.

– D'abord, mon cher oncle (depuis toujours elle appelait le poète « mon oncle »), je ne vis pas à la cour. Je ne m'en rapproche que durant les fêtes, ces moments de folie où les gens ne se montrent pas sous leur vrai jour. Je suis sûre, tout de même, qu'une année parmi les courtisans ne vaut pas une soirée comme celle-ci. Je suis ce soir heureuse comme je ne l'ai pas été depuis longtemps.

– Et le Roi que tu as subjugué en ouvrant devant lui un rideau tissé dans de la poussière d'eau, le vois-tu souvent ?

Elle sourit.

– Jamais, monsieur de La Fontaine. Et je vous trouve bien indiscret !

– Oui ou non, va-t-il te marier ? Cela seul nous intéresse. Pas par curiosité mais parce que nous t'aimons et te voulons heureuse.

– Je pense que oui et, dès que je connaîtrai l'heureux homme, je vous ferai connaître son nom.

Cela était dit sur un ton badin mais les questions du fabuliste la troublaient.

– C'est assez parlé de moi. Récitez-nous plutôt les vers que vous a inspirés l'appétit des chevaux de Mme de Conti.

– Ces vers n'ont rien de chevalin et ne font pas une fable. On pourrait peut-être les dédier à notre ami, le grand artiste des jeux d'eau, François de Francine. Et pourquoi pas à ma chère et piquante Ondine ?

Il commença :

« Il donne au liquide cristal
Plus de cent formes différentes,
Et le met tantôt en canal
Tantôt en beautés jaillissantes.
On le voit souvent par degrés
Tomber à flots précipités ;
Sur des glacis il fait qu'il roule
Et qu'il bouillonne en autres lieux :
Parfois il dort, parfois il coule,
Et toujours il charme les yeux. »

On applaudit. François demanda à garder le papier sur lequel les vers étaient tracés et Boileau se livra à son exercice favori, la satire, se gaussant de Chapelain, de Quinault, des embarras des rues de Paris et de l'Académie…

Les heures passant, on se sépara. Les hôtes venus de Paris trouvèrent un toit chez leurs amis versaillais. Pour la première fois depuis longtemps, cette nuit-là, l'Ondine fit de beaux rêves.

Cinq jours plus tard, Clémence pensa qu'il était temps de retrouver l'hôtel de Duras, la duchesse, et de reprendre auprès d'elle sa fonction de demoiselle d'honneur. Son père, qui la reconduisait, avait quitté son vêtement de chantier et était très élégant dans l'habit que lui avait confectionné Gascoud, tailleur habile qui venait de s'installer à Versailles mais n'avait guère de pratique, les courtisans fuyant le parc transformé en chantier boueux. « Le jour où la cour viendra avec le Roi vivre complètement à Versailles, je serai un homme riche », disait-il. En attendant, il devait se contenter de vêtir les marchands, les hommes de robe et quelques gentilshommes et artistes demeurés versaillais.

– Ne m'habillez surtout pas en courtisan ! avait recommandé François. Pas d'énormes rabats ni de cordons à houppes. Encore moins de canons avec des lingeries. Tenez, si vous voulez un modèle, pensez à M. Colbert. C'est l'homme de la juste mesure, un actif qui doit faire plus de voyages, d'écritures et de rapports que de ronds de jambe !

M. de Francine était donc habillé de noir avec pour tout ornement un jabot et des poignets de dentelle – c'était la mode des grands commis – pour raccompagner Clémence qui tenait à le présenter à Mme de Duras. Le fontainier s'était fait un peu tirer l'oreille, disant qu'il n'avait rien à faire chez les duchesses et qu'il avait trop de travail en retard, mais il avait finalement accepté, curieux de connaître la grande dame à laquelle sa fille était attachée.

La duchesse reçut François de Francine avec les égards qu'elle aurait eus pour un duc ou un ministre.

– Je suis très heureuse de connaître le père de Clémence, qui n'est pas pour moi une simple demoiselle d'honneur mais une amie dont j'ai peine à me passer. Je m'en suis aperçue durant les quelques jours où elle a été absente. Je suis aussi honorée par la visite du maître des eaux de Versailles. Tout le monde, à la cour, voudrait avoir le privilège de vous connaître, monsieur de Francine. Le Roi, savez-vous, vous a en son estime, comme M. Le Nôtre. Il aime tant son jardin qu'il vous place tous deux devant M. Le Vau qui, pourtant, réalise de grandes et belles choses.

Confus mais ravi de cet éloge un peu poussé, François trouva les mots qui convenaient pour remercier Mme de Duras qui poursuivit :

– Puisque j'ai la chance de vous avoir près de moi, monsieur le fontainier, parlez-moi, s'il vous plaît, de la magie de votre art. Comment réussissez-vous à alimenter toutes ces gueules de dragons, ces gorges de chérubins, cet Olympe d'antiques ? On dit pourtant qu'il n'y avait pas le moindre filet d'eau à Versailles avant que le Roi ne décide d'en faire le royaume des ondes ?

François connaissait sur le bout du doigt le discours initiatique et poétique qu'il réservait à ceux qui lui demandaient de raconter son art. Empruntant des vers à son ami La Fontaine, citant Boileau et rapportant même quelques propos tenus par le Roi, il devenait lyrique et ses phrases coulaient comme ses fontaines. Mme de Duras, conquise, obtint la promesse qu'il lui ferait visiter un jour les installations aquatiques versaillaises. M. de Francine reprit la route de fort bonne humeur, content de savoir qu'une femme d'esprit, au goût si sûr, instruisait sa fille à la vie du grand monde.

Lorsqu'il fut parti, Mme de Duras appela Clémence et lui fit mille compliments sur son père avant de lui dire qu'elle avait une grande nouvelle à lui apprendre :

– J'ai bien cru que votre page ne donnerait pas signe de vie. Eh bien, il s'est présenté durant votre absence et j'ai pu bavarder avec lui ! Laissez-moi vous dire qu'il semble paré de toutes les qualités. Cela n'est pas une référence tant les hommes savent simuler leurs sentiments, mais je l'ai trouvé sincère quand il m'a dit avoir eu beaucoup de plaisir à vous retrouver et qu'il aimerait vous connaître davantage. Il partait le lendemain conduire dans le Soissonnais je ne sais quel contingent de chevaux d'artillerie, ah ! les chevaux, ce qu'ils peuvent m'agacer ! et m'a demandé la permission de repasser la semaine prochaine.

La duchesse s'attendait à une explosion de joie de la part de sa jeune protégée mais celle-ci dit simplement : « Je crois que j'aurai, moi aussi, du plaisir à le revoir. » Elle avait tant rêvé à son page qu'elle s'était juré de ne plus se faire d'illusions sur ses sentiments et de laisser faire le temps.

On ne savait pas grand-chose chez les ingénieurs et les architectes versaillais sur un ouvrage colossal que le Roi avait entrepris à près de deux mille lieues de là, dans les terres du Languedoc. Lorsqu'ici on parlait du « canal », il ne pouvait s'agir que de la vaste pièce d'eau que des centaines d'ouvriers terrassiers creusaient, jour après jour, dans l'axe du château et des jardins. Dans le Sud, entre Toulouse et le seuil de Naurouze, le « Grand Canal » était celui qui devait un jour établir la jonction entre les deux mers, l'Océane et la Méditerranée. Une gageure, une folie, qui avait autrefois fait rêver Henri IV et François Ier mais ne s'était jamais traduite par le moindre coup de pioche. Louis XIV, lui, avait osé entreprendre un combat contre la nature qui paraissait impossible à l'Europe entière.

Depuis l'édit royal de 1666, acte de naissance du canal, plus de deux mille hommes creusaient, chargeaient, transportaient la terre à l'aide de pioches, de pelles, de paniers et de brouettes[1]. L'ingénieur Pierre Paul de Riquet, qui avait conçu le projet, obtenu la protection de Colbert et finalement décidé le Roi, venait de publier un premier communiqué de victoire : le creusement de la section Naurouze-Toulouse était terminé, la navigation pourrait y assurer bientôt le transport des marchandises.

François de Francine était fasciné par ce chantier lointain dont Charles Perrault lui avait parlé un jour et il avait écrit à son confrère Riquet pour lui poser quelques questions sur la manière dont il avait réalisé l'acheminement des eaux. C'était la réponse qu'il lisait ce soir-là à Le Vau, intéressé lui aussi par ces travaux, les plus importants jamais entrepris en France et même en Europe. En regard, ceux qu'il dirigeait à Versailles paraissaient légers. Il écouta donc son ami avec beaucoup d'attention : « ... Grâce à l'aide de M. Colbert et à l'assentiment royal, les arguments économiques, straté-

---

1. Ils seront plus de cinq mille en février 1669, huit mille en mai, dont sept mille hommes et mille femmes, presque dix mille à Noël.

giques et financiers l'ont emporté. Les pays aquitain et languedocien pourront collaborer et gagner un nouveau port, Sète. Surtout, le détroit de Gibraltar, lieu de tous les dangers, ne sera plus un passage obligé pour tous les bateaux français. Pour répondre à vos questions, j'ai bénéficié de l'invention hollandaise de l'écluse à double porte. Ma connaissance des lieux et des eaux m'a permis d'utiliser le terrain, de capter les ruisseaux en tenant compte de la ligne de partage des eaux et d'alimenter le premier tronçon de l'ouvrage. Terminé, celui-ci comprendra vingt bassins, étangs et aqueducs, soixante-deux écluses dont certaines doubles, triples et même quadruples, sans compter les grands lacs artificiels de Castelnaudary, de Naurouze et de Saint-Ferréol.

« Bien que mes travaux aient peu de rapport avec ceux que vous menez dans la région de Versailles, je vous invite à venir visiter nos chantiers. Vous serez le bienvenu dans notre beau pays de Gascogne[1]. »

– De quelle longueur sera le canal ? demanda Le Vau.

– Plus de six cents lieues. Cela fait rêver, n'est-ce pas ? L'invitation de M. Riquet me tente beaucoup. Si j'obtenais de Colbert l'autorisation de quitter Versailles durant un mois, je crois que je me laisserais tenter. En attendant, si vous n'êtes pas pressé de rentrer à Paris, venez souper à la maison. Nous pourrons parler tranquillement de nos travaux futurs avec Le Nôtre.

À quoi s'intéressa ce soir-là le triumvirat versaillais ? Au Grand Canal, bien sûr, le sien, celui auquel le Roi accordait bien plus d'attention qu'à son pari méridional qui relevait plus de la politique que de la passion.

– Nous allons avoir à nous occuper d'une autre question. Le Roi me fait demander avec insistance les plans

---

1. L'Unesco vient de classer le canal du Midi « patrimoine mondial de l'humanité ». L'État, son propriétaire, a décidé de son côté des travaux de réhabilitation qui ont été achevés fin 1998.

de la petite demeure de plaisance qu'il a décidé de construire à une demi-lieue du château, sur l'emplacement de l'ancien village de Trianon. Il y pense depuis le jour où il a acheté celui-ci. Il veut, m'a écrit Colbert, « un but de promenade, commode pour passer quelques heures du jour pendant le chaud de l'été ». Ce projet vous concerne naturellement : autour de cette petite maison, il va falloir des jardins et des fontaines.

– Quand les travaux doivent-ils commencer, et surtout quand doivent-ils être terminés ? demanda Le Nôtre.

– Cela, c'est la surprise : le Roi veut voir son Trianon achevé au printemps.

– Mais c'est impossible, nous sommes en septembre ! se récrièrent Le Nôtre et Francine.

– Mes amis, on dirait que vous n'avez jamais travaillé pour le Roi. Le mot « impossible » n'existe pas pour lui. Et c'est moi qui aurai le plus de mal à le satisfaire. Vous, Le Nôtre, vous arriverez toujours à dessiner vos allées et à y replanter de beaux arbres. Francine enterrera son tuyau de deux lieues et trouvera bien le moyen d'y faire couler de l'eau. Moi, il faut que je bâtisse ! Je crois, mes amis, que nous allons avoir un hiver bien occupé !

– Et que je n'irai pas en Gascogne ! conclut François alors que le valet apportait sur la table un cuissot de chevreuil rôti.

– J'ai moi-même surveillé la marinade. Le chevreuil y prend du goût depuis une semaine, dit Madeleine. J'espère que vous allez aimer !

– Pour boire vous aurez du volnay. Le pays beaunois a bien donné et j'en ai fait venir un tonneau, ajouta François en allant chercher l'une des bouteilles qui trônaient sur le buffet.

C'était jeudi, la duchesse de Duras recevait compagnie dans son hôtel du faubourg Saint-Germain. Elle avait depuis longtemps rêvé de réunir chez elle, à l'exemple de Mme de La Fayette ou de Mme de Sablé, les beaux esprits de son temps. Mais attirer dans son salon un Furetière, un Ménage, un Molière ou Madeleine de Scudéry qui venait de publier avec un énorme succès le dixième tome de sa *Clélie* n'était pas chose facile quand on n'avait soi-même rien écrit. Clémence l'avait décidée en lui affirmant que si elle le leur demandait, La Fontaine, Boileau et même peut-être Molière se rendraient à son invitation : « Vous savez, ils viennent souvent manger à la maison », avait-elle dit. Par ailleurs, Mme de Duras connaissait assez la marquise de Sévigné pour la prier de venir chez elle boire un chocolat.

Clémence était donc allée en carrosse faire le tour de ses amis et, à part Molière retenu par les répétitions de *George Dandin*, tous avaient accepté.

La situation était tout de même insolite :

– Est-ce ma demoiselle d'honneur ou moi qui reçoit ? avait dit en riant la duchesse tandis qu'elles attendaient les invités.

– C'est vous, madame. Moi, je recevrai mes amis chez mes parents, le jour de mon mariage !

L'arrivée de Mme de Sévigné mit fin à leurs rires. Comme Mme de Duras lui présentait Clémence, elle l'arrêta :

– C'est inutile. Tout le monde à la cour connaît la délicieuse effrontée des bassins de Versailles. Je vais rarement à Saint-Germain mais, chaque fois, il y a quelqu'un qui parle d'elle. Vous-même, chère Marguerite, ne fréquentez guère la cour.

– Mon mari est un sauvage. Il déteste s'habiller en oiseau pour tourner autour du Soleil. Personnellement, je n'aime pas beaucoup Saint-Germain. Je crois que nous nous rencontrerons plus souvent lorsque le nouveau Versailles nous aura été montré.

Miracle : Jean de La Fontaine arriva à l'heure. Il faut dire que le cocher de Mme de Duras était allé le chercher à Auteuil en même temps que Boileau. Le fabuliste était à la mode et l'on parla du labyrinthe pour se moquer de Benserade et de la médiocrité de ses vers.

– Pourquoi diable avoir été chercher ce monsieur pour traduire Ésope alors que le succès de vos fables fait le plaisir des libraires ? demanda Mme de Sévigné.

– Fouquet, madame, Fouquet ! Le Roi ne me pardonnera jamais, je crois, la fidélité que j'ai manifestée à son surintendant.

– Mais moi aussi j'ai défendu Fouquet ! Je n'ai jamais caché que je trouvais odieuse la manière dont on avait mené son procès, et le Roi ne paraît pas m'en tenir rigueur.

– Vous êtes une femme, marquise, et n'avez pas de faveur particulière à attendre de lui. Il n'en est pas de même pour nous autres, écrivains ou artistes, que le Roi entend utiliser au gré de sa politique et de son prestige qu'il identifie à celui du royaume. Nous faisons sa renommée et il nous accorde des pensions sans lesquelles il nous serait difficile de vivre. Le Roi nous attache avec des fils d'or, nous fait académiciens pour que nous chantions sa louange !… Pourquoi pas après tout ! Je ne sais ce que j'aurais fait si Chapelain et Colbert m'avaient inscrit sur leur liste de pensionnés. Je me réjouis pourtant de n'y point figurer. Avec l'irréductible Chapelle, avec La Bruyère émigré chez les Condé, je reste un indépendant qui fait bon usage de sa disgrâce ! Ce qui ne m'empêche pas d'entretenir des liens d'amitié avec mes vieux complices Racine, Molière et mon cher Boileau.

Boileau, qui avait préféré demeurer muet, souriait à l'ami, peut-être envié à cet instant. Il dit simplement :

– L'inconfort n'est pas forcément le lot de ceux qui préfèrent se distinguer du commun.

On parla ensuite tout naturellement de la vie littéraire et artistique cantonnée à l'écart de la cour. Chez Mme du Plessis-Guénégaud, par exemple, qui réunissait la fine fleur des fidèles du surintendant à l'hôtel de Nevers. Il avait fallu que Fouquet marquât l'époque pour qu'après sa condamnation son nom revînt si souvent, chez ses ennemis comme chez ses amis.

— Savez-vous que Fouquet a failli mourir à Pignerol ? dit Mme de Sévigné. La foudre, tombée sur le magasin des poudres, a abattu le sinistre donjon, il y a eu des victimes et notre ami ne s'en est sorti que par miracle. D'autre part, d'Artagnan n'a pas voulu demeurer geôlier dans la prison noire perdue dans les neiges du Piémont. Le Roi a accepté sa démission et il est remplacé par Cinq-Mars. Enfin, pour clore la chronique, Louvois vient d'autoriser quelques livres et un dictionnaire de rimes ! Je ne sais pas s'il a demandé l'autorisation au Roi, qui demeure inflexible. Ah ! je ne sais qui m'envoie chaque mois de nouveaux libelles. Voici le dernier qui, paraît-il, court les rues de Paris.

Elle lut de sa jolie voix restée flûtée comme celle d'une jeune fille :

« Le petit écureuil est pour toujours en cage.
Le lézard[1], plus rusé, joue mieux son personnage,
Mais le plus fin de tous est un vilain serpent[2]
Qui s'abaissant s'élève et s'avance en rampant. »

Avec discrétion, Clémence avait participé à la conversation. Mme de Sévigné lui avait posé beaucoup de questions sur son père et le métier de fontainier. C'était un sujet qui ne l'embarrassait pas. À cinq heures, la marquise donna le signal du départ et la voiture reconduisit Boileau et La Fontaine à Auteuil où ils avaient rendez-vous avec Ménage et Racine. Lorsque le bruit des roues sur le pavé de la cour cessa, Mme de Duras poussa un « Ouf ! » de soulagement et embrassa Clémence.

1. Le chancelier Le Tellier, grand accusateur de Fouquet.
2. Colbert.

– Je crois que j'ai encore beaucoup à faire pour que mes réunions atteignent le brillant de celles de Mme de La Fayette ! dit-elle en riant. Enfin, grâce à vous, ma petite Clémence, j'ai réalisé un vieux rêve et mon après-midi n'a pas été un fiasco. Quant à recommencer…

À l'exemple de Néron au temps de la Maison dorée, Louis XIV creusait, remuait la terre, arasait les collines, entaillait la nature. Il creusait dans le Midi le canal des Deux-Mers, il creusait à Versailles le Grand Canal, il creusait le sol vers Trianon pour y enfouir des conduites d'eau. Pendant ce temps Le Vau construisait le Palais-Neuf et incrustait avec bonheur le Petit Château, si cher au Roi, dans les nouvelles ailes. C'est alors que l'on s'aperçut que les briques de Louis XIII s'alliaient parfaitement au goût nouveau de l'architecture française. Le Vau, par un tour de force, juxtaposait une création grandiose, deux ailes d'une rectitude horizontale à triple étage, à la maison de chasse bâtie quarante ans auparavant.

À l'hôtel de Duras, la vie continuait, tranquille. Le duc accompagnait le Roi parti visiter son haras de Saint-Léger, la duchesse attendait son premier enfant et Clémence prenait chaque jour une importance de plus en plus grande dans l'intimité de sa maîtresse. On parlait rarement du Roi, peu du capitaine de Pérelle qui ne s'était pas manifesté depuis sa visite. Clémence, se mentant à elle-même, prétendait qu'elle avait tiré un trait sur cette aventure qui, en fait, n'avait jamais commencé. Ce jour-là, cependant, au cours du dîner qu'elles partageaient sur une petite table, dans les appartements de la duchesse, Marguerite de Duras s'aventura dans une conversation qui surprit la jeune fille :

– Vous savez, ma petite Clémence, que l'état de grossesse donne aux femmes une certaine faculté de prescience. Faut-il le croire ? Je n'en sais rien mais, à deux reprises, une fois en rêve et une seconde fois ce matin, j'ai vu une voiture s'arrêter dans la cour et un officier en descendre. Je peux vous dire qu'il avait la taille et l'allure de Jean de Pérelle. C'est curieux, n'est-ce pas ?

— Madame la duchesse accorde de l'importance à ce genre de prémonitions ? demanda Clémence qui s'arrêta de manger ses asperges, les premières envoyées par le jardinier du château languedocien.

— Un peu. Dans ma famille on a toujours dit que je possédais un don de prédiction. Ne m'en veuillez pas, pourtant, si cette fois les augures me trompent.

Clémence ne sut pas si la duchesse avait été prévenue et lui avait joué cette petite comédie ou si elle était vraiment douée de prescience mais, une heure plus tard, un carrosse s'arrêtait en bas du perron. Elle tressaillit et regarda Mme de Duras qui dit :

— Allez donc voir de quoi il s'agit. Ce ne peut être le duc, qui ne doit rentrer que demain.

Clémence courut à la fenêtre :

— C'est lui, c'est Jean de Pérelle, murmura-t-elle d'une voix blanche.

— Bon ! Je suis contente de ne m'être point trompée, mais ne faites pas cette tête. Allez dans le cabinet, je vais recevoir le capitaine et, dans un instant, quand vous le verrez, souriez, mademoiselle de Francine. Souriez !

Le maître d'hôtel introduisit peu après Jean de Pérelle qui salua la duchesse galamment. « Comme l'aurait fait le Roi », pensa Clémence qui n'avait pu s'empêcher de glisser un regard par la porte entrouverte.

— Alors, monsieur, comment s'est passée cette mission ? Vos chevaux sont-ils arrivés à bon port ? C'est drôle, cette question, j'ai bien dû la poser dix fois à mon mari !

Elle rit. Le lieutenant répondit que le duc ne devait pas souvent s'intéresser à une manœuvre aussi subalterne et s'excusa de ne pas s'être présenté plus tôt ainsi qu'il l'avait promis :

– Le Roi préparerait une guerre prochaine que cela ne m'étonnerait pas. On s'affaire dans tous les régiments, à commencer par celui du prince de Marcillac qui doit renoncer à fréquenter la cour.

– Cela me fait penser qu'il y a un moment que je ne me suis rendue à Saint-Germain. Je ne voudrais pas fâcher le Roi !

– Vous devez naturellement vous acquitter des obligations de votre rang. Ce n'est pas le cas du modeste comte que je suis.

– N'en croyez rien, monsieur. Le Roi a une mémoire extraordinaire et si vous lui avez été présenté, comme je le pense, il vous demandera, la prochaine fois que vous le croiserez, pourquoi on ne vous voit pas plus souvent à la cour.

« Le lieutenant n'est tout de même pas venu pour échanger des propos aussi dénués d'intérêt. Quand vont-ils se décider à parler de moi ? » s'interrogea Clémence, impatiente, derrière sa porte.

C'est Mme de Duras qui lança prudemment l'entretien sérieux :

– Vous souhaitez toujours, j'imagine, rencontrer Mlle de Francine ? Cette fois, elle est là et j'ose croire que vous serez bien accueilli. Je vais vous laisser seul avec elle mais je dois vous dire que ma demoiselle d'honneur ne fait pas partie de ces filles faciles que l'on rencontre trop souvent à la cour.

– Madame, vous me feriez injure en pensant que c'est là la considération que je lui porte. Je vais tout vous avouer : je n'ai rencontré cette jeune fille que deux fois, dans d'inhabituelles circonstances, et, comme je n'ai cessé de penser à elle, j'ai eu envie de la connaître mieux. Tel est le but de ma visite.

– Je n'attendais pas d'autre réponse de vous, mon cher comte. Eh bien, si vous voulez la voir, poussez cette porte, elle est dans mon cabinet. Je vous reverrai tout à l'heure…

Clémence n'eut que le temps de quitter son observatoire et de s'asseoir sur une chaise en prenant l'attitude la plus naturelle qu'elle put. Elle était pourtant rouge d'émotion et son cœur battait la chamade lorsqu'il s'avança pour la saluer. Elle se leva, lui lança un « Bonjour, monsieur l'officier ! » qui se voulait primesautier et l'invita à prendre place à ses côtés sur un canapé.

Ils se regardèrent en silence puis il demanda brusquement :

– Que pensez-vous de moi, Clémence ?… Non, ne réfléchissez pas, répondez-moi ce qui vous vient à l'esprit.

– Vous m'avez manqué.

Avec Jean, elle ne trichait pas. Sa réponse avait été spontanée. En trois mots, elle avait tout dit et se rendait compte qu'elle avait touché son farouche guerrier. Elle retira la main qu'il venait de lui saisir et ajouta :

– Maintenant, c'est à vous de me dire ce que vous pensez de celle qui n'est plus la petite sauvageonne des *Plaisirs de l'île enchantée*.

– C'est pourtant elle qui m'a séduit. Mais la demoiselle d'aujourd'hui, avec sa jolie robe et ses cheveux bien coiffés, me plaît tout autant.

– Alors, pourquoi ce silence ? Je vous ai tant attendu !

– Le métier, les obligations, la crainte aussi que vous ne vouliez plus me revoir…

– La troisième raison est bien facile, monsieur. Oublions-la, et disons que les aléas de la vie nous ont privés l'un de l'autre trop longtemps.

Elle éclata de rire et se dit que le moment difficile des retrouvailles passé, ils se reconnaissaient joyeux et insouciants comme à la première heure. Clémence avait souvent pensé à cette rencontre. Femme de tête et tête bien faite, elle avait élaboré les phrases qu'elle dirait pour arriver à la seule vraie question : celle du mariage. Et maintenant qu'elle se trouvait devant lui, prévenant, soucieux de plaire, si loin de l'idée que l'on pouvait se faire d'un jeune officier ambitieux, bref, parfait, elle n'osait pas aborder l'avenir. Elle finit tout de même par dire, après lui avoir donné ses deux mains qu'il caressait en la regardant, les mots qui convenaient :

– Et demain, Jean ? Qu'allons-nous faire ? Attendre durant des mois d'épisodiques rencontres ? Je ne crois pas que j'en serai capable.

Il sourit, serra ses mains un peu plus et dit :

– Que peuvent bien faire un jeune lieutenant et une adorable demoiselle d'honneur qui s'aiment et ont envie de ne plus se quitter ?

– Je connais la réponse : se marier. Mais est-ce possible ? Vous êtes officier et, à ce titre, appartenez au Roi, vous êtes de vieille noblesse et les plus beaux partis s'offrent à vous. Peut-être même êtes-vous riche, mais ce dernier point m'est indifférent. Et moi, bien que le Roi m'appelle mademoiselle de Francine et qu'il ait confirmé les lettres de petite noblesse, florentines de surcroît, de mon père, je sais bien que nos titres ne pèsent pas lourd et appellent facilement à la moquerie dans votre monde.

– Taisez-vous donc, petite sotte. Primo, je ne suis ni prince ni duc. Secundo, je sers le Roi mais ne lui appartiens pas. Tertio, je ne suis pas riche. Alors, voulez-vous devenir comtesse, mademoiselle de Francine ?

Pour toute réponse, elle se mit à pleurer, ce qui obligea le jeune officier à la prendre dans ses bras pour sécher ses larmes sous de tendres baisers.

Mme de Duras, qui se morfondait devant sa tapisserie, impatiente de connaître la conclusion d'une affaire dans laquelle elle s'était tant investie, finit par se lever. Elle frappa deux coups si discrets à la porte qu'elle seule les entendit et entra dans le cabinet. Elle contempla, heureuse, Clémence et Jean enlacés.

– Alors, les amoureux ? Je vois que cette fois vous ne vous êtes pas manqués. Où en êtes-vous de vos projets ?

– Madame, je vais vous enlever votre demoiselle d'honneur. Elle accepte de devenir ma femme.

Marguerite de Duras respira. C'était une femme de cœur et elle avait vraiment beaucoup d'affection pour Clémence. Elle s'assit à leurs côtés et dit :

– Monsieur de Pérelle, ne devez-vous pas demander au Roi la permission de vous marier ?

– C'est l'usage pour un officier qu'il connaît mais rien ne m'oblige à passer outre à un avis défavorable, si c'était le cas.

– Oui, et votre carrière serait finie. C'est ridicule. Il vous faut absolument convaincre le Roi. Vous devez cependant apprendre certaines choses que Clémence ne vous a sans doute pas dites. Sa Majesté, après avoir placé chez moi Mlle de Francine, a émis le désir de la marier. Remarquez qu'il ne s'est jamais manifesté à cet égard. Mais voudra-t-il abandonner son projet ? Voudra-t-il vous donner sa pupille ? Je n'en sais rien.

Jean n'écoutait plus. Ses sourcils s'étaient froncés. Le soldat réapparaissait sous les traits de l'homme du monde bien élevé.

– Vous voyez donc souvent le Roi ? demanda-t-il brusquement à Clémence. Je vous félicite de ce rare privilège.

– Je l'ai vu deux fois depuis notre dernière rencontre à Versailles ! Est-ce trop ?

Elle avait répondu sèchement, vexée et aussi accablée par le sort qui s'acharnait contre son bonheur. Jean perçut le désarroi sous l'irritation et s'excusa. Mme de Duras intervint, souriante :

– Je vous expliquerai, Jean, mais de grâce, ne vous fâchez pas comme de vieux époux !
– Je vais demander conseil au prince de Marcillac. Il est, je ne sais pas si je vous l'ai déjà dit, ami d'enfance du Roi. S'il accepte de lui parler, nous sommes sauvés. Et il acceptera !

9

La comtesse de Pérelle

Depuis les Valois, les rois de France vivaient souvent en nomades. D'un château à l'autre, les déménageurs royaux transportaient meubles, tapisseries, vaisselle et trésors d'argent. Le Roi s'installait dans des appartements le plus souvent vieux et sans confort. La cour suivait, les valets sortaient des carrosses literie de fortune, ustensiles, coffres à vêtements et transformaient comme ils le pouvaient les pièces dévolues à leurs maîtres en campements royaux.

Cet automne de 1669, le Roi avait décidé de passer quelques jours, ou plus, à Chambord, dont il aimait le château qu'avait commencé de construire son aïeul François Ier et qu'avaient achevé Henri II, Charles IX et Henri III. Arrivé au bord du Cosson, il avait fait arrêter sa voiture et avait hoché la tête devant le fantastique édifice qui dominait de sa masse démesurée l'immense clairière ouverte dans la forêt.

– Venez voir, madame, dit-il à la Reine, ce délirant et sublime palais que personne n'oserait construire aujourd'hui. Les biches et les cerfs batifolent autour de ces terrasses à tourelles, pignons, clochetons et cheminées ouvragées. C'est dans un château de fées et de chevaliers que la cour va vivre ces beaux jours d'automne. Il n'y a qu'à Versailles que l'on pourrait être mieux, mais Versailles n'est pas habitable en ce moment.

La Reine, qui n'était jamais venue à Chambord, descendit, regarda le fabuleux spectacle et dit :
– Voici vraiment de belles pierres et le fouillis de la toiture est étonnant. Mais que nous allons y être mal logés !

Le Roi n'écoutait pas. Il n'imaginait que le gibier qui sortirait le lendemain des fourrés et qu'il poursuivrait à cheval…

Le lendemain, c'était le 15 septembre. D'autres nomades vinrent se joindre aux vagabonds dorés de la cour. Roulottes et carrosses bourrés pénétrèrent par la porte royale et la troupe de M. Molière s'égailla dans la cour d'honneur.

Aux plaisirs de la chasse, Sa Majesté avait voulu ajouter ceux du théâtre et de la musique. Molière était le comédien choyé du Roi. Ses deux dernières pièces, *L'Avare* et *Le Tartuffe*, avaient enchanté Sa Majesté qui voulait « une nouvelle comédie, avec musique et danses, pour distraire les dames qui risquaient de s'ennuyer entre la terrasse aux cheminées sculptées et l'escalier monumental dont les deux hélices ne se rencontrent pas ». Comme Molière avait dit qu'il n'avait pas de nouvelle pièce à présenter, le Roi lui avait répondu qu'il n'avait qu'à venir à Chambord et en écrire une. « Monsieur Lully viendra également pour composer la musique des ballets et des symphonies qui accompagneront le spectacle », avait-il ajouté.

Tandis que le Roi chassait, que les dames promenaient leurs atours sur les terrasses ensoleillées, s'arrêtaient pour bavarder, échangeaient les derniers potins et s'accordaient pour trouver ennuyeux ce séjour dans une nature certes magnifique, mais si éloignée de Paris, Molière s'était retiré dans une pièce où une imposante cheminée prenait toute la place. Il écrivait sur son cahier couvert de toile noire, l'histoire qu'il venait d'imaginer, celle de Julie, une jeune bourgeoise qui aime un jeune homme, Éraste, mais que son père destine à un gentilhomme limousin, M. de Pourceaugnac. De son côté, Jean-Baptiste Lully, son violon à portée de main, égrenait rondes et croches sur les portées. Il en avait rempli des feuillets de papier à musique depuis le jour où il avait été engagé chez la duchesse de Montausier pour lui donner des leçons d'italien, avant de devenir le maître de musique de la Grande Mademoiselle qui l'appelait son « grand baladin ».

Le Roi voulait distraire la cour ? Molière et Lully allaient composer une comédie-ballet, genre qui plaisait particulièrement à Sa Majesté. Les arts s'y mêleraient dans un rythme rapide : comédie, musique, danse, décors et costumes extravagants, surtout celui de Pourceaugnac, tout annonçait une superbe farce, burlesque mais pleine de verve et de pétulance.

Mme de Duras, qui s'était juré de mener à son terme le mariage de sa protégée, avait pensé que le déplacement d'une cour réduite à Chambord constituait une occasion favorable à ses desseins. À la grande surprise de son mari, elle annonça qu'elle souhaitait découvrir ce château royal dont on vantait la surprenante beauté et qu'elle voulait y accompagner la cour.

– Le Roi sera sensible à votre présence, mon cher mari. Et puis, dans mon état vous ne pouvez rien me refuser.

– Très bien, Marguerite, partez avec votre demoiselle d'honneur. Je crois que je préfère chevaucher en compagnie d'un de mes officiers, qui sera heureux de faire ce voyage. J'en profiterai pour m'arrêter chez mon cousin Godefroy.

C'est ainsi que deux carrosses de la maison de Duras, l'un qui transportait la duchesse et Clémence, l'autre un valet et les bagages, se retrouvèrent sur la route de Fontainebleau à la suite de cinq ou six voitures qui prenaient le même chemin pour se rendre à Chambord. Certaines les dépassaient, d'autres se laissaient doubler et, chaque fois, on échangeait une politesse à l'aide d'un mouchoir. Marguerite désignait les voyageurs par leur nom à l'intention de Clémence que ce voyage enchantait malgré l'angoisse qui la saisissait lorsqu'elle pensait qu'elle n'éviterait pas de rencontrer le Roi.

— Par moments vous semblez assombrie, dit la duchesse. Qu'est-ce qui vous tracasse ? Il fait beau, nous allons découvrir le plus somptueux des châteaux royaux et, ma foi, quitter Paris accablé de chaleur me semble une situation plutôt agréable.

— Tout cela est vrai, madame, mais je crains de me trouver en présence du Roi.

La duchesse éclata de rire.

— Mais, ma petite, c'est pour que vous rencontriez Sa Majesté que j'ai décidé de suivre la cour à Chambord ! J'espère que votre capitaine fantôme sera là, lui aussi, et que nous pourrons enfin régler cette histoire de mariage qui s'éternise trop à mon goût.

— Vous pensez obtenir la permission du Roi ?

— Oui, mademoiselle. S'il ne donne pas son consentement à Chambord, là où il sera content de ses chasses et déchargé en partie des affaires, vous pourrez dire adieu au page de vos rêves.

— Vous croyez donc, madame, que j'ai une chance ?

— Si je ne le croyais pas, nous ne serions pas là, à fêter du mouchoir comme maintenant le brave mais ennuyeux duc de La Ferté, et mon pauvre mari ne crèverait pas son cheval dans la poussière des routes. Heureusement, cela l'amuse !

Le voyage s'avérait épuisant et Mme de Duras éprouva plusieurs malaises qui affolèrent Clémence. Marguerite la rassurait :

— Je suis trop loin du terme pour craindre un accident. Et dans ma famille, les femmes accouchent comme elles brodent un tapis !

La caravane des gens huppés arriva enfin à destination. Sans faire vraiment la course, les cochers avaient poussé les bêtes afin que leurs maîtres arrivent avant que les meilleures chambres ne soient occupées. Les Duras avaient hérité d'un appartement au deuxième étage, bien situé sur la forêt, et Clémence, tout à côté, d'un minuscule cabinet meublé d'un lit et d'une chaise.

Elle sourit en pensant à sa grande chambre de Versailles que son père avait fait décorer par ses amis, les ébénistes du faubourg Saint-Antoine. Mais cette incommodité lui était bien égale. Elle prit juste le temps de se repeigner et de se passer sur le visage un mouchoir mouillé de l'eau de lavande dont Mme de Duras lui avait offert un flacon, et rejoignit sa maîtresse.

La duchesse, fatiguée, s'était allongée.

– Aidez-moi, s'il vous plaît, murmura-t-elle, à enlever cette jupe et cette criarde[1] qui m'engoncent.

Libérée aussi de son corsage, elle poussa un soupir de soulagement et fit signe à Clémence de s'asseoir.

– Le duc doit être à la chasse. Je comprends maintenant pourquoi il est venu à cheval. C'est grâce à l'avance qu'il a prise que nous sommes correctement logés. J'ai la chance d'avoir un mari attentionné, je sais qu'il se fait beaucoup de souci pour l'enfant. Sous son allure brutale, il cache un cœur d'or... Et vous, Clémence, comment le trouvez-vous ?

Interloquée, la jeune fille s'embrouilla :

– Monsieur le duc... Comment puis-je vous répondre ? C'est un homme...

– Un homme comment ? demanda Marguerite, amusée.

– Beau et fort ! finit-elle par dire.

– Est-il gentil avec vous ?

– Très gentil, madame.

Marguerite de Duras mit fin au questionnaire sans dire sa pensée : « Gentil... J'espère qu'il ne le deviendra pas trop... »

---

1. Jupon raide porté sous la jupe.

Un nombre réduit de courtisans avaient accompagné le Roi à Chambord et l'étiquette qui réglait la vie royale à Saint-Germain, comme plus tard à Versailles lorsque le Roi s'y installerait, se trouvait fort assouplie. La disposition des lieux ne permettait pas au jeu des préséances de se dérouler selon les règles que Louis XIV avait fixées afin de marquer chaque moment de sa vie. Par exemple, la cérémonie du lever de Sa Majesté et l'entrée hiérarchisée des courtisans était peu compatible avec les départs à l'aube pour la chasse. Les habitudes de la cour ne survivaient le plus souvent que par la promenade des dames sur la terrasse et le Roi ne s'y rendait que rarement. Ce n'est que le soir, lors des séances de musique, de danse ou de théâtre, que le rang et les prérogatives de chacun étaient strictement observés.

Mme de Duras, étant donné son état, ne se levait pas de bonne heure et la matinée était déjà avancée lorsqu'elle rejoignait, suivie de Clémence, les dames éparpillées sur la terrasse au gré des sympathies et des servitudes.

Ce matin-là, elle s'était jointe à un groupe où l'élégance de Mme de Montespan se remarquait. La nouvelle maîtresse du Roi n'avait pas attendu longtemps pour se distinguer du reste des princesses, duchesses et marquises. Un peu plus loin, Mme de La Vallière paraissait étriquée dans sa tristesse. Elle n'avait pas souhaité venir à Chambord mais le Roi avait exigé sa présence. Toutes les femmes le savaient et se montraient pleines d'égards, même la Montespan, pour la pauvre délaissée. Chacun se demandait combien de temps encore le Roi imposerait sa présence à la cour.

Clémence, elle, bavardait avec les autres demoiselles d'honneur. Toutes étaient bien nées et servaient des dames du plus haut rang. Elles l'avaient bien un peu dédaignée au début mais sa tranquille franchise avait conquis les plus revêches et elles l'avaient admise dans leur cercle. Avec Mlle d'Hémonville, attachée à la duchesse de Beauvilliers, elle était il est vrai la seule à pouvoir parler d'autre chose que de colifichets et des derniers potins. Clémence arrivait même à intéresser la noblesse en fleur en racontant sa vie auprès des hommes illustres qu'elle connaissait, en récitant quelque fable de La Fontaine ou en rapportant un bon mot de Boileau. Grâce aux nouvelles qu'elles glanaient chez leurs maîtres et qu'elles échangeaient, les demoiselles en savaient plus qu'eux sur les uns et les autres. C'est Mlle de Vertamont, qui servait chez la marquise de Florensac, dite « la plus belle femme de France », qui apprit à Clémence que le Roi viendrait saluer les dames avant le dîner. Elle pâlit, s'éloigna pour cacher son émoi, eut un instant l'idée de demander à Mme de Duras la permission de se retirer dans sa chambre, puis se reprit. Depuis qu'elle était petite, elle avait l'habitude, dans les situations difficiles, de se parler à elle-même et cela l'avait souvent aidée.

« Ma fille, pensa-t-elle, tu as toujours fait face aux embarras de la vie, tu portes le nom de Francine et le Roi ne t'a pas fait peur dans des circonstances plus personnelles. Alors, retrouve ton calme, respire fort et attends tranquillement les événements. N'importe comment, ce n'est pas toi qui vas décider de leur déroulement. Ou le Roi te voit, te reconnaît et te parle, ou il passe devant toi en détournant la tête. Tu n'as rien d'autre à faire qu'à dire " Oui, Sire " s'il t'adresse la parole. »

Un quart d'heure plus tard, l'assemblée à laquelle s'étaient joints de nombreux hommes fut comme remuée par une houle. Dans un bruit de soie froissée et d'épées entrechoquées, les groupes se diluèrent et chacun prit une place, celle de son rang, dans la double file formée à dix pas de la porte qui menait à la terrasse. Le deuxième maître d'hôtel venait d'annoncer : « Le

Roi ! » Et le Roi arrivait, de son pas souple et régulier, ce pas que tant de courtisans avaient tenté de copier sans jamais y parvenir. À la hauteur de la double haie bariolée des plus riches tissus de la Terre, il ralentit et commença à saluer ses sujets d'un mouvement de la tête ou de la main encore gantée pour la chasse. Chaque geste était aussitôt analysé par l'assemblée, le signe décodé, et la durée de son arrêt devant quelqu'un mesurée. Être distingué par le Roi était un privilège qui entraînait joie et jalousie. Ainsi Sa Majesté ne surprit-elle personne en s'inclinant devant la Reine, Mme de Montespan et Mme de La Vallière mais les trois mots qu'il confia à la duchesse de Duras étonnèrent tout le monde. Que cachait cette marque de faveur ? Une idée baroque traversa l'esprit de Clémence qui avait vu la scène de loin : et si la raison de cet aparté était son mariage ?

Le Roi continua sa marche de politesse et approcha des derniers rangs, ceux des filles d'honneur. Le cœur serré, Clémence attendait lorsqu'elle sentit un doigt lui effleurer l'épaule. Elle se retourna et découvrit Jean de Pérelle qui se tenait derrière elle depuis un moment. Elle voulut parler mais aucun son ne sortit de sa bouche. C'était mieux ainsi car une conversation à deux pas du Roi eût été malséant.

Bientôt, le Roi arriva à leur hauteur. Laissant à nouveau la cour stupéfaite, il salua Clémence en souriant et s'adressa à Jean :

– Monsieur de Pérelle, vous vous êtes bravement conduit durant la dernière campagne. Vous m'avez si bien servi que je ne doute pas que vous ne me serviez encore mieux à l'avenir, s'il est possible. J'ai donc plaisir à vous annoncer que j'ai signé hier votre brevet de capitaine.

Jean rougit comme un collégien.

– Sire, dit-il, vous êtes trop bon. Ma distinction me surprend et me comble de fierté. Votre Majesté peut être sûre que je continuerai à la servir de tout mon cœur de soldat.

Le Roi le regarda quelques secondes dans les yeux puis ajouta, d'un air cette fois sévère :

– Capitaine, vous désobéiriez à votre roi si vous n'épousiez pas Mlle de Francine dont j'apprécie la grâce et l'esprit. Elle est de plus la fille d'un ami et une Ondine qui sait faire jaillir les grandes eaux dans mes jardins.

– Sire, vous m'accablez de bienfaits. Je n'ai nulle envie de vous désobéir. J'épouserai Mlle de Francine.

Clémence vivait dans un rêve. Elle devinait tous les yeux de la cour fixés sur elle et ne savait plus ce qui était vrai ou faux dans les minutes qu'elle venait de vivre. Le Roi mit fin à son désarroi en lui demandant d'approcher :

– Mademoiselle, permettez à votre roi de vous souhaiter le bonheur que vous méritez. Comptez que, comme vous, j'ai oublié le passé et que je vous doterai.

Le Roi salua encore, et repartit vers la porte qui menait au salon où son dîner allait lui être servi.

Clémence, qui n'était pas encore remise de l'événement prodigieux qui bouleversait sa vie, quitta Jean et courut vers Mme de Duras à toutes jambes, sans se soucier des convenances, en relevant sa jupe comme elle le faisait dans le parc de Versailles. Devant la duchesse, elle s'effondra et tomba en pleurs dans ses bras, au milieu des courtisans curieux qui flairaient quelque mystère et s'interrogeaient sur les circonstances qui mêlaient le Roi à l'existence de cette petite intrigante sans titre.

– Allons, remettez-vous, mademoiselle de Francine, dit Marguerite. J'ai cru comprendre que Sa Majesté vous a dit de bonnes choses, celles que vous attendiez. Séchez vos larmes : on ne pleure pas longtemps de bonheur ! Je suis heureuse que les choses se terminent selon vos désirs, je peux dire nos désirs, car j'ai aidé comme je l'ai pu le destin.

– Je le sais, madame. J'ai deviné que c'était vous qui aviez arrangé tous les actes de cette comédie, heureusement vraie. Je vous dois tellement de choses que je ne sais si ma vie sera assez longue pour vous marquer ma reconnaissance.

Mme de Duras rit en tendant son mouchoir de dentelle à Clémence.

– Attention, mademoiselle l'Ondine. Voilà que vous parlez comme une courtisane rompue à l'usage de l'amphigouri ! Vous allez vivre le moins souvent possible, je l'espère, avec des gens devenus, sans qu'ils s'en rendent compte, des marionnettes privées de toute spontanéité. Ne les imitez pas. Gardez les manières et le langage qui plaisent à tous ceux que vous rencontrez. Même au Roi ! Il n'y a qu'une chose qui me chagrine dans cette histoire : c'est que je vais vous perdre !

Les chasses terminées à Chambord, le Roi revint très vite à Saint-Germain et à Paris où les ministres avaient gardé dans leurs tiroirs de nombreux dossiers qui ne pouvaient être réglés sans l'avis du prince. Ainsi le Roi eut-il à s'occuper de la création du port franc de Marseille, de l'établissement de la Compagnie du Nord, de l'édit sur les classes de la marine alors que Colbert devenait officiellement secrétaire d'État et signait son grand édit sur la qualité des draps et toiles. Entre-temps, Louis de Bourbon, comte de Vermandois, le troisième enfant né des amours du Roi et de Louise de La Vallière, était légitimé et fait, à deux ans, amiral de France[1].

Et Versailles ? Le Roi n'oubliait pas son cher château. Une fois par semaine, au moins, il se rendait sur place pour voir si les travaux avançaient. Des travaux, il en

---

1. Par cette surprenante nomination, le Roi s'évitait de nommer un remplaçant à la charge du duc de Beaufort, décédé, et pouvait confier la responsabilité de la Royale à Colbert.

existait partout, au château lui-même où l'on achevait le Grand Escalier et la décoration, dans le bassin du Dragon où l'on dorait les groupes de plomb, sur les « grands balcons » où s'installait l'Olympe avec les figures d'Iris, de Junon, de Vulcain... dans le parc, enfin, où se poursuivaient les plantations d'arbres. Ces arbres, il en arrivait de partout, déjà adultes, prêts à être transplantés pour élargir la Grande Allée ou former de nouveaux bosquets. Ormes et tilleuls venaient de la forêt de Compiègne, hêtres et charmes de la Normandie, les chênes verts du Dauphiné. La France entière meublait le plus beau parc du monde et Mme de Sévigné pouvait rencontrer sur la route d'étranges convois : « des forêts toutes venues et touffues que l'on apporte à Versailles ». Mais ce qui attirait surtout le Roi c'était la construction du Trianon qui s'achevait, un plaisir secret offert à la duchesse de Montespan dont les amours avec le prince étaient au zénith.

Déjà, on revêtait de carreaux de faïence l'édifice principal et les quatre petits pavillons conçus par Le Vau. Leur nom s'imposa tout de suite : ce fut pour le Roi comme pour tout le monde le « Trianon de porcelaine[1] ».

Tous les artistes de Versailles avaient travaillé ou travaillaient pour le château-cadeau. Le Nôtre avait dessiné les jardins qui étaient déjà couverts de fleurs grâce au talent du jardinier-fleuriste Le Bouteux. De Paris, on venait voir sa surprenante trouvaille : une orangerie en pleine terre protégée par des vitrages, les « couverts des orangers » que l'on pouvait démonter au printemps et remonter au seuil de l'hiver. Arbres et plantes du Midi entoureraient ainsi toute l'année le bijou de porcelaine. Avant même d'être achevé, le jardin extraordinaire du sieur Le Bouteux était célèbre dans toutes les grandes capitales. Un gazetier allemand révélait ainsi que le jardi-

---

1. On ne faisait pas à l'époque de différence entre la faïence et la porcelaine. C'est une chance : « Trianon de faïence » eût sonné moins joliment aux oreilles.

nier du roi de France réunissait en abondance des jasmins d'Espagne, des tulipes, des anémones, des giroflées doubles et « neuf mille oignons, tant narcisses de Constantinople que jacinthes et autres fleurs ».

Jamais le Roi n'aurait pu imaginer une maison sans effets d'eau. Aussi un réservoir avait-il été construit au nord de l'enclos et des moulins établis pour alimenter les quatre bassins du parterre et le rondeau du centre. Les génies des cascades versaillaises – les frères Francine et le fontainier Denis Jolly – avaient acquis une telle habileté que ce fut presque un jeu d'amener une nouvelle fois l'eau là où il n'y en avait pas.

Au printemps, tout était fini, les menuiseries étaient recouvertes d'une peinture imitant la porcelaine, de même que les grilles, les bancs et les vases du jardin. Le Roi put inviter la Reine à venir découvrir le Trianon sorti de terre en une année pour les grands yeux bleus de Mme de Montespan. Tout de suite, le joyau fut utilisé pour ce pour quoi il avait été créé : les collations. Sur les plans, Le Vau avait écrit de sa main la destination de chaque pavillon. Ceux de l'entrée étaient réservés à gauche « pour les entremets », à droite « pour travailler les confitures ». Dans les deux autres étaient deux grandes cuisines : « pièce pour les potages » et « pièce pour les entrées et hors-d'œuvre ». Enfin, l'autre pavillon abritait cinq salles : « pièce pour dresser le fruit », « pour la table des princes et des seigneurs », « pour la table de la desserte », « pour faire le rost » et « pour le buffet ». Quant au pavillon central, il comprenait un grand salon donnant sur le parterre et deux appartements dont la décoration de stuc imitait naturellement la porcelaine.

La duchesse de Montespan était comblée, le Roi satisfait du nouveau bijou accroché au revers droit du parc et la Reine tout de même contente que le nouveau Trianon lui fût officiellement dédié.

Si les militaires préparaient la guerre, ils ne la faisaient pas et le pays vivait en paix, ce qui n'était pas si courant. Le nouveau capitaine de Pérelle et sa fiancée n'avaient pas à craindre d'être séparés et pouvaient penser à leur mariage. C'était un mariage qui ne répondait pas aux normes et aux traditions du temps où l'opinion publique, dans toutes les classes de la société, pesait et soupesait le bien-fondé des unions. Sans constituer vraiment une mésalliance, il aurait dû susciter des railleries, des commentaires peu amènes. Mais la cour, toujours prête à s'indigner, était bien obligée d'admettre que le mariage du comte de Pérelle ne pouvait être scandaleux puisque le Roi l'avait légitimé, que la duchesse de Duras en était l'instigatrice discrète et que Mlle de Francine n'était pas n'importe qui. Après tout, un acte de noblesse étrangère, même modeste, pouvait être pris en compte, surtout lorsque le Roi disait que François de Francine était son ami.

La mort du père de Jean, deux mois auparavant, permettait de prévoir une date rapprochée pour un mariage simple et discret. Le notaire de Versailles n'eut pas de mal à rédiger le contrat. Ce n'était pas une « union de sacs d'argent[1] ». Le comte, en dehors de son titre, de son château et de terres peu exploitées, n'apportait pas une fortune au nouveau foyer. La famille Francine, qui avait de nombreux enfants à doter, non plus. Le Roi, par bonheur, se montra généreux. Il accorda à la mariée une dot de quarante-cinq mille livres. C'était à peu près le montant que pouvait, par exemple, espérer de sa future femme un conseiller à la Cour des aides.

---

1. L'expression est d'Antoine Furetière, auteur d'un excellent *Dictionnaire* et du *Roman bourgeois*. Il était l'ami de Boileau et de La Fontaine.

François de Francine profita d'une visite du Roi aux nouvelles fontaines du Trianon de porcelaine pour formuler une requête :

– Sire, vos bontés pour ma famille sont tellement immenses que j'ose à peine vous demander la permission de célébrer, lors d'une fête familiale, le mariage du comte de Pérelle et de ma fille au potager royal. Mon ami La Quintinie, qui aime beaucoup Clémence, nous accueillerait volontiers, si vous le permettiez.

Le Roi ne prononça pas son fameux « Je verrai ! » qui était presque toujours une fin de non-recevoir :

– Monsieur de Francine, je suis heureux de vous témoigner en même temps la considération que j'ai pour vous et l'envie de faire plaisir à votre fille et au capitaine de Pérelle. Le choix du potager me paraît excellent. Il fait partie du château et il me plaît que ce mariage d'amour soit fêté sous son aile et sa protection. Mais ne me mangez pas toutes mes poires !

Voici comment la naïade des jardins de Versailles devint comtesse au royaume de Pomone où le retour des saisons et la maturation des fruits ont toujours figuré l'image de la fidélité.

Le matin, le curé de la vieille église du village[1], dédiée à saint Julien de Brioude, avait béni l'union en présence d'une grande foule. Clémence était très populaire et tous les fontainiers avaient tenu à venir féliciter la mariée, rayonnante dans la robe que lui avait offerte Mme de Duras. Jamais la petite église n'avait abrité autant de grands personnages. Outre la duchesse, les curieux se nommaient François de La Rochefoucauld, prince de Marcillac, témoin du marié, Jean de La Fontaine, Boileau, André Le Nôtre, Le Vau, La Quintinie... Charles Perrault, que l'on n'attendait pas, était là lui aussi, et sa

---

1. La vieille église subsista quelques années après la disparition du village en 1673. Elle sera reconstruite près de l'étang de Clagny puis, en 1684, Jules Hardouin-Mansart la remplacera par une église plus importante, Notre-Dame, qui sera paroisse royale.

présence flatta François de Francine car le collaborateur de Colbert n'était pas un intime. Après une halte à la maison de la mariée où Mme de Francine offrit des rafraîchissements, la noce gagna en cortège le potager que La Quintinie avait fait embellir de guirlandes de roses cueillies dans le jardin de fleurs du palais.

— Comtesse, un aveu, glissa Jean à l'oreille de Clémence. Je préfère cette simple et charmante décoration aux débauches d'ornements du « Grand Divertissement royal ».

Elle sourit, heureuse. Ce soir, elle ne dormirait ni dans la maison paternelle ni à l'hôtel de Duras mais dans le pavillon d'Auteuil que François de Marcillac prêtait à son ancien page.

— Savez-vous, dit-elle, que nous allons habiter à deux pas de chez Boileau-Despréaux et de La Fontaine ? Je vous emmènerai à l'auberge du Mouton Blanc où nous rencontrerons mes amis écrivains. Ce n'est pas table royale mais on y dévore du talent !

La fête fut aussi réussie que l'on l'espérait. Les dames avaient préparé des buffets chargés de tous les rôts, de tous les hors-d'œuvre, de toutes les entrées et naturellement de tous les fruits imaginables. C'était peut-être plus simple mais meilleur que chez le Roi. Mme de Duras en fit la remarque.

— Il ne manque qu'un feu d'artifice pour ce soir, dit Boileau.

— C'est vrai, mais vous allez avoir une autre surprise, répondit Clémence.

Peu après, elle eut un aparté avec son père et courut jusqu'à un petit bosquet d'althæas. Là, dissimulée, elle fit le geste auquel elle devait peut-être son bonheur : elle tourna lentement une clé-lyre cachée dans les giroflées et transforma en un superbe éventail d'eaux cristallines le jet chétif du bassin installé au centre du jardin. C'était le bouquet de la mariée offert par les fontainiers de Versailles.

10

Le Trianon de porcelaine

Versailles, c'était le château transformé par Le Vau, c'était le parc sans cesse agrandi et embelli par Le Nôtre, c'était la féerie des eaux créée par Francine. C'était aussi un bourg médiocre et sans grâce[1] qui, malgré les pavillons symétriques bâtis sur la place et les deux bâtiments de communs construits par Le Vau du côté de l'entrée, n'était pas digne de son nom devenu symbole de la grandeur royale. Les princes et la cour, le Roi lui-même se plaignaient du manque de place lorsque l'on venait à Versailles plus d'une journée.

Il y avait longtemps que l'idée d'agrandir la ville en même temps que le palais était venue au Roi quand il décida de commencer l'édification du Grand Versailles.

Dès 1671, un vaste hôtel surgit entre les vieilles maisons, celui de la surintendance des Bâtiments destiné aux services de Colbert, et bientôt un deuxième pour la Chancellerie. Peu après, le Roi posait la première pierre d'un couvent destiné aux religieux récollets qu'il avait en estime. Mais sa grande idée restait de développer officiellement l'aide aux particuliers afin qu'ils bâtissent eux-mêmes. C'est ainsi que Louis XIV signa un édit considéré comme la charte de la fondation de la ville :

---

1. Aujourd'hui, sensiblement le quartier dit du « Vieux Versailles ».

« Sa Majesté ayant en sa particulière recommandation le bourg de Versailles, souhaitant de le rendre plus florissant et fréquenté qu'il se pourra, Elle a décidé de faire don des places à toutes personnes qui voudront bâtir depuis la Pompe dudit Versailles jusqu'à la ferme de Clagny, avec exemption du logement par craie èsdits bâtiments pendant dix années[1]. »

La « Nouvelle Ville », c'était désormais l'affaire de Colbert qui pouvait ouvrir sous ce nom un chapitre dans les comptes. Très vite on pava les rues, on planta des ormes dans les allées les plus larges, on modifia les croisements et les maisons sortirent de terre. Les gens de la noblesse furent les premiers à demander des terrains à bâtir, d'abord parce que c'était faire sa cour que de souscrire aux désirs du Roi, ensuite parce que tout le monde était persuadé que le Roi s'installerait un jour définitivement à Versailles.

Côté parc, le temps des statues était venu. Suivant les directives du Roi, Le Brun ornait les façades, les bosquets, les allées et les rondeaux de dieux, de génies, de néréides, de tritons et d'animaux marins. Le Brun, lui aussi, avait été un homme de Fouquet. De 1658 à 1662, il avait travaillé à Vaux. Bon peintre, dessinateur remarquable, il s'était révélé comme un fastueux ordonnateur de fêtes, un décorateur hors pair capable d'intervenir dans tous les domaines, ébénisterie, sculpture, tapisserie. Louis XIV ne pouvait ignorer un tel talent. Dès 1662, il lui octroya des lettres de noblesse et, deux années plus tard, le nomma directeur et garde général du cabinet des tableaux, le confirma son premier peintre et lui confia toute l'administration de l'art français qui allait s'engager, de Versailles aux ateliers du Louvre, de Saint-Germain aux Gobelins, sur une voie nouvelle, laquelle deviendrait le style Louis XIV. Le Roi

---

[1]. Deux ans plus tard, le Roi achètera tout ce qui ne lui appartient pas aux propriétaires pour le démolir et faire des terres à bâtir.

tenait Le Brun en haute estime, appréciait son inimitable talent. Peut-être aussi se rappelait-il que sa mère était apparentée à la famille des Le Bé qui avaient enseigné l'écriture à Louis XIII, puis à lui-même.

Si les noms de Le Brun, Le Vau, Le Nôtre, Francine étaient connus – La Fontaine dans son *Songe de Vaux* les avait déjà honorés, Mlle de Scudéry, Félibien et les gazetiers louaient leur talent –, les admirables sculpteurs qui peuplaient le parc de Versailles de leurs œuvres demeuraient, eux, quasiment ignorés. Sa Majesté, Colbert et Le Brun, eux, les connaissaient. Ils s'appelaient Marsy, Le Conte, Le Gros, Le Hongre, Houzeau, Tubi... Et quand le Roi, en campagne, écrivait de la Hollande à Colbert pour lui demander : « Où en sont les masques des clefs des croisées du rez-de-chaussée ? » il savait que c'étaient Desjardins et Magnier qui travaillaient à ceux du parterre nord et priait de ne pas manquer de les presser[1].

Une autre entreprise préoccupait le Roi : le Grand Canal. En même temps que l'on avait allongé les deux bouts, les terrassiers avaient creusé un long bras qui le traversait à angle droit un peu avant son milieu et reliait les abords du Trianon de porcelaine à ceux de la Ménagerie. Mille huit cents mètres de longueur dans un sens, mille cinq cents dans l'autre et une soixantaine de mètres de largeur, cela représentait une nappe jugée suffisante pour faire voguer les navires de toute sorte dont rêvait le Roi depuis longtemps. Malheureusement, un défaut auquel personne n'avait pensé retardait ce projet : le canal fuyait et l'eau, si précieuse, s'infiltrait dans le sol sans qu'il soit question de la récupérer.

C'est pour discuter de ce grave inconvénient que six hommes s'étaient réunis auprès du canal ce matin-là. Il

---

[1]. Aujourd'hui encore, les critiques sont incapables d'attribuer à leurs auteurs la plupart des statues de Versailles.

y avait Le Nôtre, Le Vau et les frères Francine auxquels s'étaient joints Louis Chauvin, entrepreneur de terrassement, et Isaye le Jeune, marchand et transporteur de terre.

– C'est grave, dit Le Vau. On pourra renforcer la maçonnerie du fond et des bords tant que l'on voudra, on ne pourra éviter que des fissures ne se reproduisent.

– Chaque hiver sera fatal aux mortiers les mieux composés, surenchérit Le Nôtre. Il est désolant de constater que tout le mal que s'est donné Francine pour alimenter le canal avec les eaux récupérées des bassins du jardin est inutile.

– Le Roi ne va pas apprécier ! lança Pierre, le frère de François de Francine. Est-il au courant ?

– J'ai prévenu Colbert, dit Le Nôtre. Je pense qu'il a attendu pour annoncer la mauvaise nouvelle au Roi que nous ayons débattu de l'affaire et proposé un remède. Songez, mes amis, que le canal a déjà coûté plus d'un million de livres !

François de Francine ne disait rien. L'eau, il l'imaginait aussi bien sous terre qu'il la voyait en surface. Cela faisait des jours que son cerveau lui renvoyait des images de gouttelettes se frayant un passage dans les profondeurs du canal vers des fissures qui les engloutissaient. En même temps, il voyait le niveau baisser lentement mais sûrement sur la planche repère du canal.

À ce moment, la pluie qui menaçait depuis l'aube se mit à tomber et tout le monde chercha un abri dans la baraque des jardiniers qui replantaient les ormes de l'allée. François, au risque de se faire tremper, demeura au-dehors, les yeux fixés sur une couche de glaise provenant des travaux. Puis il retrouva ses amis qui se moquèrent.

– Vous aimez tant l'eau que regarder tomber la pluie semble vous donner du contentement, commenta Le Vau.

– Si vous n'avez pas peur de mouiller vos jaquettes, messieurs, venez voir une seconde ce morceau de glaise qui retenait mon attention.

Chauvin, que son métier obligeait à ne pas craindre une ondée, annonça qu'il allait voir. François le suivit. Ils regardèrent un court instant la plaque de boue et rentrèrent se mettre à l'abri.

– Alors ? demanda Le Nôtre.

Chauvin répondit qu'il n'avait rien remarqué d'intéressant, et Francine s'exclama :

– Vous avez des yeux et ne voulez rien voir !

Puis il éclata de rire comme un gamin qui vient de faire une bonne farce :

– Mes amis, prenez-moi si vous le voulez pour un fou, mais je crois avoir trouvé la clé de notre problème.

– Comment ? dirent-ils de concert.

– Si vous m'accompagnez une minute, j'explique tout.

Cette fois, personne n'hésita. On connaissait François et l'on savait que, s'il s'avançait ainsi, c'était qu'il avait vraiment découvert quelque chose. Ils firent cercle autour de la fameuse glaise et le fontainier parla :

– Regardez l'eau qui tombe sur l'herbe, que fait-elle ?

– Ben, elle entre dans le sol ! dit Isaye le Jeune, le marchand de terre.

– Et sur la terre apportée au pied des arbres par les jardiniers ?

– Elle est bien sûr absorbée par cette terre.

– Bon. Regardez maintenant ce que fait l'eau qui tombe sur la glaise. Que devient-elle ?

– Elle ne pénètre pas dans le sol. Elle glisse ! dit Le Nôtre. Et je vois où vous voulez en venir. Je ne sais pas si votre idée sera la bonne mais je vous tire mon chapeau.

– Voilà. La glaise n'absorbe pas l'eau. Elle est douée aussi de souplesse et je ne pense pas que le gel puisse lui causer dommage. C'est pourquoi je vous propose de faire un essai sur une petite partie du canal que nous allons isoler et vider. Nous recouvrirons la maçonnerie existante, fond et bords, d'une bonne couche de terre glaise et observerons ce qui arrivera. Si le niveau ne baisse pas, nous aurons gagné et pourrons rendre étanche la totalité du canal[1].

— Mon cher, vous sauvez le canal ! s'exclama Le Nôtre. Et lorsque l'on sait combien le Roi y tient, ce n'est pas rien.

— Ne nous réjouissons pas trop vite ! Mon idée n'est peut-être pas aussi extraordinaire qu'il y paraît...

— En tout cas, il faut en informer tout de suite Colbert, dit Le Nôtre. Rentrons, si vous le voulez. Nous n'avons plus rien à faire ici et il convient de rédiger le rapport que nous allons lui envoyer.

La réponse de Colbert ne se fit pas attendre, et Petit, qui surveillait les travaux en son nom, pouvait lui écrire une semaine après : « J'ai exactement thoisé la quantité de glaise employée au canal et la quantité qu'il reste à employer. 58 ouvriers et 14 tombereaux sont présentement employés auxdits ouvrages. »

Six mois plus tard, à l'exception de travaux d'embellissement qui dureraient encore des années — les deux rampes pour descendre de la terrasse du château sur le bord de l'eau ne seraient terminées qu'en 1678 —, le canal était prêt à accueillir la flottille du Roi.

Dès lors, Versailles vit naître, au cœur de son jardin, une singulière nouveauté : un chantier de construction marine et une véritable corporation de matelots qui s'installèrent, avec femmes et enfants, non loin du canal.

---

1. Aujourd'hui encore, les fontainiers de Versailles vous diront que le Grand Canal est protégé par une couche de glaise dont on surveille l'étanchéité tous les cinq ans, lorsqu'on le vide pour le nettoyer.

L'idée du Roi était, à l'origine, de rassembler des modèles de bateaux curieux et en usage dans les provinces. Cela commença par des barques venues des côtes de Provence et des embarcations normandes, en attendant que les charpentiers de Lorient et de Rochefort aient eu le temps de construire et d'armer des modèles réduits de vaisseaux et de galères en service dans la flotte royale que Colbert était en train de hisser au premier rang[1].

Signe que la flottille avait désormais sa place à Versailles, un chapitre comptable particulier lui était consacré dans les « comptes ». On pouvait ainsi lire, à la date du 11 mars 1669 : « Au Sire Chauvin pour payement de pareille somme par luy déboursée, sçavoir 120 livres pour les courriers qui ont esté envoyéz à Rouen par M. de Beaufort pour faire venir les basteaus pour le service du Roy à Versailles et 250 livres pour une chaloupe biscayenne achetée pour 270 livres. À Henry, tapissier pour tendelets des petites chaloupes et brigantins : 92 livres. Au sieur Berger marchand pour 35 aunes de frange d'or et d'argent et pour 25 glands d'or et d'argent de Boulogne et pour 6 carreaux qu'il a fournis pour les tendelets des chaloupes et brigantins : 885 livres. »

Peu après, « le Grand Vaisseau » faisait son apparition dans les comptes. Le Roy, menuisier, touchait 3 100 livres, Mazeline, le sculpteur, 2 000 livres, et Ballon, « pour parfait payement de la despence pour la construction du " Grand vaisseau " : 9.486 liv. 16 s. 11 d[2] ».

Le Roi était aussi fier de son canal que naguère de la grotte de Thétis. L'ambassadeur vénitien Michieli, en visite officielle en France, eut ainsi droit à une prome-

---

1. Entre 1661 et 1675, la France construisit trente-trois vaisseaux et trente galères.
2. Extrait des comptes de la maison du Roi où plus de dix pages sont consacrées pour une année aux dépenses engagées pour la flottille du canal.

nade à bord d'une chaloupe dorée à l'or fin et capitonnée de velours cramoisi. Les remerciements et les éloges qu'il adressa au Roi n'étaient pas seulement diplomatiques.

– Sire, dit-il, vous m'avez fait admirer l'une des œuvres les plus merveilleuses. Puis-je me permettre de vous dire que pour fendre l'eau des canaux, rien n'est plus approprié que nos gondoles vénitiennes ?

– Je l'admets volontiers, répondit le Roi avec un gracieux et courtois sourire. Je compte du reste en faire la dépense et chargerai mon ambassade auprès de la sérénissime République d'en acquérir une ou deux.

C'est le Sénat de Venise qui décida la construction de deux gondoles, du modèle le plus riche, pour en faire hommage au roi de France qui avait aidé la République, sans grand succès d'ailleurs, à défendre Candie contre les Turcs.

La flotte versaillaise s'enrichit ainsi de deux magnifiques gondoles aussi bien décorées que celle du doge et de quatre gondoliers expérimentés, doués d'une voix qui allait longtemps faire les délices de la cour. Le Roi les garda en effet à son service avec des gages annuels de mille deux cents livres, outre les gratifications. Une maison leur fut réservée, ils firent venir leur famille et on appela désormais la partie du parc où ils résidaient « la Petite Venise ». *Gondola, gondola...* La fête pouvait commencer sur le Grand Canal.

Seule dans la maison d'Auteuil, Clémence était morose. Elle venait de terminer la lecture de *L'Histoire amoureuse des Gaules,* le roman libertin de Bussy-Rabutin dont le succès était à la mesure du scandale qu'il avait causé. Elle avait rencontré plusieurs fois Bussy chez La Fontaine. C'était un brillant causeur qui rapportait avec verve les dévergondages de certaines dames de la cour. Encouragé par ses amis, il s'en était inspiré pour écrire une suite de nouvelles qu'il ne destinait pas à la publication. Seuls ses proches devaient s'en divertir et c'est ce qui se serait produit sans l'enthousiasme indiscret de Mme de La Baume qui en distribua d'abord des copies puis les fit imprimer.

Clémence s'était bien amusée et avait reconnu sans difficulté les personnages que dissimulaient des pseudonymes : le duc et la duchesse de Châtillon, Mme d'Olonne et même la marquise de Sévigné, cousine de Bussy. Maintenant qu'elle venait de refermer l'ouvrage que Boileau lui avait prêté, elle ressentait comme un malaise. Non pas que les histoires racontées l'eussent offusquée mais elles donnaient une image de la cour qui lui était désagréable. Le talent de Bussy, son art de conter, de manier l'ironie en faisaient finalement un moraliste subtil. Les débauches qu'il montrait étaient toujours tempérées par l'esprit et l'intelligence et ses portraits révélaient une grande connaissance de l'âme féminine. Ainsi, Clémence avait recopié sur le journal qu'elle tenait quotidiennement depuis son mariage un passage sur les femmes qui l'avait émue :

« ... Il y a plus d'imprudence que de malice dans leur conduite. La plupart ne pensent pas, quand on leur parle d'amour, qu'elles doivent jamais aimer. Cependant, elles vont plus loin qu'elles ne pensent ; elles font les choses comme si elles devaient toujours être cruelles, dont elles se repentent fort lorsqu'elles sont devenues plus humaines. »

Pouvait-elle s'identifier aux rouées que Bussy-Rabutin peignait d'une manière peu flatteuse ? Ses six premiers mois de mariage la laissaient insatisfaite, elle s'en rendait compte. Tout allait bien lorsque Jean était là mais le capitaine devait souvent rejoindre l'état-major du régiment du prince de Marcillac qui s'organisait et manœuvrait dans la région de Lille. Seule dans cette maison agréable mais qui n'était pas la sienne, elle s'ennuyait et, n'eût été la proximité de l'hôtel de

Boileau-Despréaux où elle trouvait refuge auprès des gens les plus intelligents de Paris, elle aurait rejoint la maison paternelle et ses habitudes de jeune fille.

Ce jour-là, sa lecture y était pour quelque chose, elle en était venue à se demander si elle aimait son mari et si elle avait bien fait de se marier. Ces pensées négatives disparurent heureusement tout de suite. Quelqu'un entrait dans le petit jardin et faisait tinter la clochette de la porte. C'était, visite totalement inattendue, Mme de Duras qui avait été réconforter une amie malade et qui, se trouvant tout près de la maison des Pérelle, avait décidé d'aller surprendre son ancienne demoiselle d'honneur.

— Vous êtes bien pâlotte, ma chérie, dit-elle en embrassant Clémence. Où est votre mine réjouie de naïade ?

— C'est justement ma vie de naïade qui me manque. Et mon beau parc de Versailles !

— Pourquoi ne venez-vous pas me voir plus souvent ? Cela fait des semaines que je vous espère. Et pourquoi, lorsque vous êtes seule, car c'est bien là où le bât blesse, n'est-ce pas ? ne faites-vous pas une apparition à la cour ? Le Roi m'a demandé l'autre jour si vous étiez toujours amoureuse du comte.

— Je n'aime pas beaucoup Saint-Germain et ignore quand la cour est à Versailles. Et puis, Jean m'a promis d'acheter une voiture mais, pour l'instant, je dois mendier pour que l'on m'en prête une.

— Et vous voilà isolée à la campagne. Quelle tristesse ! Eh bien, le Roi se rend à Versailles pour quelques jours la semaine prochaine. Je ne comptais pas y aller mais, si vous le voulez bien, je passerai vous chercher et nous irons toutes les deux. Le duc naturellement dresse des chevaux dans je ne sais quel lointain haras... Le château est paraît-il plein de gravois mais le Trianon de porcelaine est délicieux et les bateaux commencent à naviguer sur le canal. L'ennui, c'est le logement. Le château est sens dessus dessous avec tous les travaux et il n'y aura sûrement pas de place pour nous.

– Peut-être accepterez-vous de loger chez mes parents ? La maison est grande et ils seront très fiers de vous recevoir.

– Quelle bonne idée ! Je vais faire des jaloux parmi tous ceux qui seront obligés de rentrer chaque soir à Paris ou à Saint-Germain ! Je me réjouis à la pensée de vous retrouver, ma chère Clémence.

– Et moi, je suis heureuse d'abandonner pour quelques jours cette maison qui suinte l'ennui. Mais vous ne m'avez pas encore donné des nouvelles du petit comte. Comment va Philippe ?

– Oh, très bien ! Une bonne nourrice, venue de la propriété, s'occupe de lui. À trois mois, il est déjà remuant et donne de la voix comme un cocher. Je crains malheureusement, ajouta-t-elle en riant, qu'il ne tienne de son père !

Clémence pria son valet de préparer du chocolat et elles bavardèrent jusqu'au soir. La duchesse posa mille questions et s'en retourna un peu accablée. Sa protégée ne nageait pas dans la joie. Elle n'avait qu'un valet pour la servir et entretenir la maison. Le comte et la comtesse de Pérelle ne roulaient pas sur l'or, encore moins en carrosse. Elle se demanda si l'amour sans l'argent pouvait suffire au bonheur et si elle avait bien fait d'organiser ce mariage.

La cour venait de quitter le Louvre définitivement. Saint-Germain, et un peu Versailles, allaient se partager la présence royale. Lorsque, vers la fin du mois de juin, Mme de Duras et Clémence arrivèrent, le château était en effervescence, plongé dans la stupéfaction et la tristesse : on venait d'apprendre que la duchesse d'Orléans se mourait à Saint-Cloud après avoir bu un verre d'eau de chicorée. Comme son ménage était au plus mal,

Monsieur la persécutant afin qu'elle obtienne du Roi le retour de son mignon, le chevalier de Lorraine, le bruit qu'il s'agissait d'un empoisonnement se répandit aussitôt. Le frère du Roi avait-il vraiment assassiné ou fait assassiner par ses favoris sa femme Henriette d'Angleterre[1] ? Tandis que la rumeur enflait, la cour se rua dans les carrosses pour suivre le Roi et gagner Saint-Cloud.

– Je crois que je dois y aller, dit Mme de Duras. Venez, nous allons suivre la meute. J'aimais bien Madame... Enfin, elle n'est pas encore morte, la malheureuse, et j'espère que l'on a exagéré son mal et que les médecins vont la tirer de ce mauvais pas. Quant à l'empoisonnement, je n'y crois pas. La Grande Mademoiselle disait tout à l'heure qu'elle était passée hier à Versailles et qu'elle s'en était retournée en pleurs « semblable à une morte habillée ».

Clémence ne connaissait pas grand-chose des manières de la cour, aussi n'était-elle pas fâchée d'y être introduite par une dame importante telle que la duchesse à un moment quasi historique. De plus, elle n'était jamais allée à Saint-Cloud et elle fut éblouie par l'ancien château des Gondi qui dominait la Seine de ses toits brisés à la Mansart et par les jardins où les eaux fusaient de partout, comme à Versailles.

Les pourvoyeurs de nouvelles ne manquaient pas parmi les groupes de courtisans désœuvrés qui erraient de bosquets en salons. Par Anne de Gonzague, que l'on appelait la princesse Palatine, amie chère de Marguerite de Duras, elles apprirent que le Roi était auprès de Madame et que, ne doutant pas d'une issue fatale, il venait de demander les sacrements.

---

1. L'affaire ne fut jamais éclaircie mais l'accusation, reprise par Saint-Simon et la Palatine, n'est pas retenue par les historiens. Le fait que le Roi, qui aimait beaucoup sa belle-sœur, n'ait en rien changé son attitude envers son frère constitue un démenti sérieux aux rumeurs.

L'après-midi avançait et les groupes se disloquaient dans les allées où l'on n'avait plus rien à apprendre.

– Ma chère Clémence, dit Mme de Duras, à part le Roi, j'ai vu tous les gens que je voulais voir, eux m'ont vue et je crois que nous pouvons rentrer. Paris n'est pas loin mais, si nous dormons à Versailles, nous pourrons dès le matin aller aux nouvelles. Vos parents accepteront-ils de m'héberger encore une fois ?

– Naturellement. Je les ai fait prévenir et ils nous attendent.

Un souper léger était préparé. La duchesse y fit honneur et l'on parla jusque tard dans la soirée du triste sort de Madame, des bruits qui circulaient sur son empoisonnement et aussi des travaux de Versailles, du Trianon de porcelaine et des nouveaux jeux d'eau installés par François de Francine.

Le lendemain, elles retrouvèrent la cour revenue à Versailles et apprirent qu'Henriette d'Angleterre s'était éteinte au petit matin, « ainsi que l'herbe des champs », dira Bossuet dans son *Oraison funèbre*. Le Roi, prévenu aussitôt, avait beaucoup pleuré. Pas au point de perdre son sang-froid cependant, puisque, après son souper, il avait mandé la Grande Mademoiselle pour lui offrir de devenir sa belle-sœur :

– Ma cousine, voilà une place vacante. La voulez-vous prendre[1] ?

Ainsi, au Grand Siècle, les événements tragiques finissaient souvent par un mot que l'Histoire n'oublierait pas.

---

1. Mademoiselle refusa « la place vacante ». À quarante-trois ans elle aimait Lauzun et demanda au Roi la permission de l'épouser. Louis XIV, qui voyait mal l'immense fortune de sa belle-sœur filer entre les mains de l'insatiable et peu scrupuleux Lauzun, refusa.

Les deux amies en surent davantage un peu plus tard par Mme de La Fayette, proche de Madame dont elle avait suivi les derniers instants.

Henriette d'Angleterre avait souffert atrocement d'un mal de côté et son premier médecin, M. Esprit, dit que c'était une colique et lui donna les remèdes qui convenaient à de semblables maux. Monsieur était devant son lit et elle lui dit qu'elle allait mourir. Puis elle l'embrassa et lui dit avec une grande douceur : « Hélas ! Monsieur, vous ne m'aimez plus il y a longtemps ; mais cela est injuste : je ne vous ai jamais manqué. » Puis elle dit que l'on regardât l'eau qu'elle avait bue car c'était du poison. Monsieur demanda que l'on donnât de cette eau à un chien et que l'on allât quérir du contrepoison et de l'huile. Sainte-Foy, premier valet de chambre de Monsieur, lui apporta de la poudre de vipère. L'agitation de ces remèdes fut plus propre à lui faire du mal qu'à la guérir. Vallot, médecin du Roi, arriva et conféra avec M. Esprit avant de confirmer à Monsieur qu'il n'y avait pas de danger. La malheureuse qui avait pris tant de remèdes et à qui on venait de donner du bouillon sentait ses douleurs augmenter et répétait qu'elle allait mourir. Le Roi, que M. de Créqui avait prévenu, voulut la venir voir. Il s'agenouilla à son chevet. Elle lui dit qu'il perdait la plus véritable servante qu'il aurait jamais.

La mort seule lui fit abandonner le crucifix qu'elle embrassa jusqu'au dernier moment. Madame expira à deux heures du matin, neuf heures après avoir commencé à se trouver mal. Bossuet pouvait commencer à rédiger son chef-d'œuvre, l'oraison qui, plus que l'histoire de sa vie, rendrait éternellement célèbre Henriette d'Angleterre.

Madame était morte mais déjà la vie du château reprenait. Le Roi ne s'étant pas montré, sa cour éparpillait dans les allées et les bosquets des habits et des robes prévus pour un usage plus frivole. Deux objets, surtout, attiraient les redingotes de brocatelle, les jupes à falbalas et les feutres empanachés : le Grand Canal où ramaient quelques matelots et le Trianon de porcelaine qui brillait comme une opaline chinoise au milieu des roses.

Si l'on parlait de quelqu'un en admirant les orangers du sieur Le Bouteux, ce n'était pas de la défunte mais de la Montespan pour qui Le Vau et François d'Orbay avaient construit le Trianon en moins d'une saison. L'occasion était trop belle d'évoquer l'accouchement de la maîtresse du Roi. Quelques semaines auparavant, dans une semi-clandestinité, elle avait donné naissance à un premier enfant, Louis-Auguste[1], et l'on s'était interrogé sur l'endroit où l'enfant était élevé. Comme, à la cour, aucun secret ne pouvait résister aux indiscrets, on sut bientôt qu'il avait été confié à la veuve du poète Scarron.

À trente-cinq ans, Françoise d'Aubigné avait derrière elle une vie aventureuse, tumultueuse, débordante de tourments et de malheurs. Enfant abandonnée, recueillie par une tante chez qui elle gardait les dindons, reprise par ses parents qui émigrèrent avec elle à la Guadeloupe et finalement placée chez les ursulines, elle devait devenir, à seize ans, en pleine beauté, l'épouse de l'écrivain burlesque Paul Scarron, l'auteur du *Roman comique*, qui en avait quarante-deux et était infirme. Le monde se rappelait comment la jeune femme s'était tirée de cette situation périlleuse, acceptée pour fuir le couvent. Malgré l'impécuniosité permanente du ménage, elle avait créé autour de son mari, célèbre mais disgracié, un cercle de poètes, de gens à la mode, d'échotiers, de seigneurs libertins et avait réussi à faire

[1]. Le futur duc du Maine qui sera légitimé le 20 décembre 1673.

du petit hôtel du Marais, où le couple habitait, l'un des endroits les plus recherchés du Paris de l'esprit.

À la mort de Scarron, la jolie veuve avait vingt-quatre ans et se retrouvait criblée de dettes, pauvre, mais riche de relations. Quelques grandes dames s'apitoyèrent, la Reine mère lui fit assurer une pension de deux mille livres, ce qui lui permit de retrouver une vie sociale et de renouer des relations avec les seigneurs qui avaient fréquenté sa maison. Le marquis de Villarceaux se prit de passion pour elle et le maréchal d'Albret goûtait sa compagnie. Fut-elle leur maîtresse ? Le monde en fut persuadé, à commencer sans doute par Mme de Montespan, cousine du maréchal, qui rencontra chez lui la jolie veuve, alors plutôt joyeuse.

Depuis que l'on savait qu'elle avait été choisie pour cacher et éduquer l'enfant du Roi, Mme Scarron était devenue à la cour, où elle n'apparaissait naturellement pas, un intarissable sujet de conversation.

Madame vite oubliée, on parlait ce matin-là à Versailles de Mme de Montespan et de la veuve Scarron. On guettait la première qui avait coutume de faire une promenade dans la matinée mais la maîtresse du Roi ne se montra pas. Les mauvaises langues dirent qu'elle partageait tellement de choses avec Sa Majesté qu'elle pouvait bien partager ses deuils. En tout cas, le séjour à Versailles, qui devait être une fête, était manqué. Le Roi venait de regagner Saint-Germain, les carrosses des courtisans quittaient un à un le château.

– Je crois que nous n'avons plus rien à faire ici, dit Mme de Duras à Clémence. Pour votre entrée à la cour vous n'aurez pas eu de chance.

– Mais j'ai appris beaucoup de choses ! D'abord que les grands de ce monde meurent comme les laboureurs, dans la souffrance et la solitude. Ensuite que l'on ne les pleure pas plus longtemps.

– Que voilà une bien amère réflexion, madame de Pérelle ! Rentrons vite à Paris et faites-moi découvrir, comme vous me l'aviez promis, cette auberge d'Auteuil où l'on rencontre M. Racine et où votre ami La Fontaine récite ses dernières fables.

Il était déjà tard quand les dames arrivèrent à Auteuil mais, avant de gagner l'auberge, elles décidèrent de s'arrêter chez Clémence pour effacer sur leur visage les traces du voyage, se repoudrer et mettre un manteau car il commençait à faire frais. Une surprise les y attendait. Dans le salon, installé au coin du feu, les bottes posées sur la barre de la cheminée, le capitaine Jean de Pérelle lisait le livre que Clémence avait laissé ouvert sur le guéridon. Il se leva d'un bond à l'entrée des deux femmes, se précipita sur la duchesse et lui fit compliment en lui baisant la main. Puis il ouvrit les bras à Clémence en disant :

— Je vous attends depuis une heure, je me demandais où vous étiez passée.

— Mon mari, répondit Clémence, moi, cela fait des semaines que j'attends votre venue ! N'empêche que je suis bien aise de vous revoir.

— Ma femme, je vous avais prévenue : être épouse d'officier n'est pas une situation de boutiquière. Elle ne peut s'attendre à avoir tous les jours son mari à portée de regard. Mme de Duras, elle, le sait bien. Cela ne l'empêche pas d'être heureuse et de faire des enfants comme toutes les femmes.

— Jean a raison, dit la duchesse, mais il oublie que vous êtes jeunes mariés, ce qui n'est plus mon cas. Enfin, très chère, le temps passant, vous verrez qu'il est souvent reposant d'avoir un mari lointain.

— Cela lui permet de voir son amant !

Clémence avait lancé cette phrase dangereuse sans réfléchir et, pour se reprendre, elle embrassa tendrement son mari en disant :

– Mais je n'ai pas d'amant ! Si tes absences me pèsent, c'est parce que je t'aime !

Mme de Duras éclata de rire pour détendre l'atmosphère.

– Mais moi non plus je n'ai pas d'amant ! Je crois d'ailleurs qu'il est tard et que nous devons aller à l'auberge du Mouton Blanc. Nous n'avons pas dîné, allons au moins souper. Avec un homme ce sera d'ailleurs plus convenable.

Jean, philosophe, dit en souriant qu'il lui serait égal que sa femme prît un amant mais qu'il le tuerait.

Il y avait peu de monde au Mouton Blanc. Boileau et La Fontaine n'occupaient pas leur place habituelle. Clémence, qui voulait présenter ses amis à sa bienfaitrice, était déçue. Enfin, elle aperçut au fond de la salle un mangeur solitaire qui lisait un cahier posé à côté de lui en grignotant une cuisse de poulet. Ce n'était que Molière ! Elle se précipita pour embrasser l'illustre poète, pamphlétaire et acteur, puis fit signe à Jean et à Mme de Duras d'approcher. Le comédien parut content que l'on vienne troubler sa solitude et fit maints compliments à la duchesse, qui avait vu ou lu ses pièces, et à Jean, heureux mari d'une jeune femme aussi belle qu'intelligente. Puis il pria les arrivants de s'asseoir à sa table.

La conversation porta d'abord sur la grande affaire du moment, la mort de Madame, et Molière se dit scandalisé que les faux dévots de la cour, ceux sans doute qui avaient fait interdire son *Tartuffe*, osent accuser Philippe d'Orléans d'empoisonnement.

– Ma troupe lui a appartenu, dit-il, et je jure que c'est un homme bon et loyal, absolument incapable d'un tel acte.

Puis, comme c'est le cas chaque fois qu'un homme de théâtre célèbre se trouve en compagnie, on l'écouta parler de son art. Ce n'était du reste pas la conversation du « convoyeur de chevaux », comme Clémence appelait son mari lorsqu'elle était en colère, qui aurait pu rivaliser avec les propos du brillant et impertinent comédien.

– Alors, Clémence, commença-t-il, maintenant que tu es mariée, peut-on toujours t'appeler « l'Ondine » ? Ce nom te va si bien que le Roi te nomme ainsi, paraît-il, lorsqu'il parle de toi.

Elle rougit, Mme de Duras toussota et le capitaine ne comprit rien à se qui se passait. On était vraiment dans une comédie, et Molière, qui aurait pu en être l'auteur, parla opportunément de la seule chose qui finalement l'intéressait : son métier et les malheurs qui le poursuivaient.

– Une bonne nouvelle, tout de même, est survenue ces temps derniers : la bienveillance du Roi a triomphé de mes ennemis et *Tartuffe* est à nouveau autorisé. Mais il en aura fallu du temps pour me rendre justice ! Voyez-vous, mes amis, cette histoire m'a miné et je me remets mal de la maladie de poitrine qui m'a saisi il y a deux ans. Vous vous rendez compte : j'ai dû fermer le théâtre durant trois semaines ! Vois-tu, l'Ondine, je vieillis triste et solitaire. Racine m'a trahi, Lully m'a trahi…

– Quel pessimisme ! Armande est à vos côtés. Et vous avez beaucoup d'amis.

– Oui, c'est vrai, Armande est toujours là. Notre vie conjugale a connu bien des traverses mais elle demeure ma bonne compagne. Hélas, le premier fils qu'elle m'a donné, dont le Roi avait accepté d'être le parrain, est mort ! En fin de compte, le plaisir de ma vie, mon luxe, c'est ma maison d'Auteuil…

– Mais vos pièces ont obtenu des succès énormes, dit Mme de Duras. Vous êtes fêté à la cour, le Roi ne cesse de vous manifester son attachement. Vos œuvres plaisent…

– C'est la moindre des choses. Je voudrais bien savoir si la grande règle de toutes les règles n'est pas de plaire et si une pièce qui a atteint son but n'a pas suivi un bon chemin.

Puis, tout à coup, il changea de sujet :

– Avez-vous vu *Amphitryon* ? C'est ma meilleure pièce ! Mais on l'a peu jouée depuis sa création en 69.

Mme de Duras l'avait vue et le visage de Molière s'épanouit.

– Tant mieux ! Et qu'en avez-vous pensé ?

La duchesse était fine et elle se tira bien de l'épreuve périlleuse que représente la réponse à un auteur qui sollicite votre avis sur son œuvre :

– J'ai beaucoup apprécié la manière dont vous avez manié l'art, la grâce et l'humour. Vous posez beaucoup de questions dans votre pièce. Par exemple, si j'ai bonne mémoire : « Comment aime-t-on quand on est une jeune épouse, fervente, pure et de bonne naissance ? » ou : « Un mari, même fort épris, ressemble-t-il à un amant ? »...

– Qu'en pensez-vous, Clémence ? demanda Jean, qui n'avait pas encore dit grand-chose.

– Je vous le dirai ce soir, répondit-elle en souriant.

– À la cour, certaines personnes ont cru voir dans votre pièce des allusions aux amours du Roi avec Mme de Montespan, continua la duchesse.

– Que voulez-vous, les amours, qu'elles soient mythologiques, royales, bourgeoises ou populaires, sont toujours les mêmes. Si nous vivions sous l'Empire romain, on aurait dit que je visais Néron et Poppée.

On se sépara à regret. Mme de Duras partit pour Paris enchantée de sa soirée. Elle avait rencontré le grand Molière et vu en montant dans son carrosse Clémence et Jean rentrer chez eux tendrement enlacés.

Jean de Pérelle avait gardé de sa jeunesse paysanne la sérénité des collines de Verteuil, parfois rompue par de violents emportements. Cette antinomie, alliée à une grande bravoure, servait le soldat mais ne facilitait pas sa vie conjugale avec une femme de caractère, peu encline à jouer les femmes dociles. Heureusement, ils s'aimaient et ne vivaient pas toujours ensemble, le capitaine étant plus souvent dans son régiment qu'à la maison. Après quelques affrontements pénibles, un *modus vivendi* s'était établi et Mme de Duras, qui se sentait responsable de leur union, trouvait, pour finir, que le ménage, qui ressemblait au sien à bien des points de vue, ne marchait pas si mal et ne serait pas en danger tant que Clémence ne s'amouracherait pas d'un des beaux esprits qu'elle fréquentait au Mouton Blanc.

Le début de l'année 1672 ne fut guère propice aux amours des protégés de la duchesse. Les préparatifs de guerre s'étaient accélérés dans tous les régiments et Jean de Pérelle ne put, en trois mois, faire qu'une chevauchée jusqu'à Auteuil où il ne resta que quatre jours. L'imminence du conflit rendait Clémence anxieuse et elle avait reçu son guerrier avec les attentions et le courage d'une Spartiate à la veille des Thermopyles. Elle avait beau se dire que la guerre n'était pas très dangereuse et que l'armée de la France était de loin la plus puissante, elle avait peur pour son page, elle avait peur pour son amour qui se révélait plus fort qu'elle ne l'avait cru.

Elle n'avait pas eu de nouvelles de Jean depuis des semaines lorsque, le 6 avril, le Roi déclara la guerre aux Provinces-Unies. Les raisons de cet acte demeuraient obscures. Le Roi se contenta dans un mémoire destiné à Pellisson, qu'il venait de nommer historiographe de ses succès, d'invoquer « l'ingratitude et la vanité insupportables des Hollandais ».

Tandis que les troupes se mettaient en mouvement, que le capitaine de Pérelle se voyait attribuer un commandement plus important que celui réservé à son grade, le Roi donnait pouvoir à la Reine pour « commander en son absence dans le royaume » et s'arrachait aux bras de Mme de Montespan.

Après quatre ans de préparatifs et l'exemple de la guerre de 1668, le Roi était persuadé de ne courir aucun risque. Il partit cependant fâché à cause d'une petite fronde des maréchaux censés obéir à Turenne, lui-même sous les ordres de Condé, et Condé prenant, pour la forme, les ordres de Monsieur. Les mécontents étaient Créqui, Bellefonds et Humières, qui, poussés par le vieux Gramont, ne voulaient pas recevoir d'ordres de Turenne[1].

Le fougueux Condé proposa de lancer sa cavalerie sur Amsterdam, de prendre les écluses et d'occuper les États-Généraux. Prudent, le Roi préféra une entrée en guerre plus solennelle. Il passa ses troupes en revue à Charleroi et avança tranquillement le long des rives de la Meuse, soucieux de ne pas ajouter à une déconvenue qui l'irritait fort. Le Roi venait d'apprendre en effet que les flottes française et anglaise, commandées par le comte d'Estrées et Duquesne, ne s'étaient guère montrées brillantes à Solbay, face aux soixante-quinze navires de ligne hollandais sous les ordres du célèbre amiral Ruyter.

Il convenait donc de passer le Rhin avec panache. Ce fameux passage du Rhin, magnifié par Boileau et peint par Van der Meulen, faillit pourtant mal tourner. Il s'agissait en fait d'un gué mal défendu, à Tolhuys, que l'armée aurait franchi facilement si le jeune Longueville, ivre de gloire et surtout d'alcool, n'avait tué un homme sans arme alors que l'ennemi s'enfuyait. L'aventure, de guerrière, devint théâtrale : le dernier des Hollandais en déroute voulant venger son compagnon reprit une arme et tua Longueville. L'affaire aurait pu en rester là mais Condé, voyant son neveu tomber,

---

1. Le Roi, comme l'a écrit Mme de Sévigné, « les envoya planter des choux à la campagne ».

abandonna son poste de commandement et se précipita sur le Hollandais qui le mit en joue. D'un geste, l'illustre soldat fit dévier l'arme qui, lui fracassant le poignet, lui causa la première et dernière blessure de sa carrière. Turenne dut venir le suppléer tandis que le Roi, installé avec Louvois sur la berge, se plaignait de sa « grandeur qui l'attache au rivage[1] ».

La bataille du Rhin était tout de même gagnée. Les mousquetades hollandaises n'avaient fait que quelques blessés, la route d'Amsterdam et de Muyden où se trouvaient les écluses était ouverte. Places et forteresses s'effondrèrent les unes après les autres. En vingt jours, l'armée du Roi s'empara de quarante villes.

Le soir tombait sur Muyden, verrou de la Hollande envahie et dernier recours des assiégés. Poussés au désespoir, les Hollandais venaient de prendre une décision, suicidaire selon certains, calculée selon les autres. Ils avaient ouvert les écluses et les eaux du Zuiderzee se répandaient inexorablement sur la plaine basse. Du haut du poste avancé français, deux hommes regardaient en devisant la lente montée des eaux boueuses. C'étaient le prince de Marcillac et le capitaine de Pérelle.

– Louvois, avec sa morgue et son ambition, va coûter très cher au Roi et à la France, dit le premier. Si Condé avait pu lancer comme il le voulait six mille cavaliers à l'assaut de Muyden, la guerre serait finie et nous n'assisterions pas à ce désastre.

– Mais la cavalerie française a tout de même attaqué !

– Oui, mais seulement avec quatre mille dragons placés sous les ordres d'un chef médiocre imposé par Louvois, sans doute pour le dédommager du fait qu'il est l'amant de sa femme !

---

1. Selon Boileau.

— C'est le marquis de Rochefort ? demanda Pérelle.

— Oui. Peut-être ne l'a-t-on pas mis au courant de l'importance de sa mission. En tout cas, il ne l'a pas accomplie avec acharnement. Quelques-uns de ses hommes, entrés à Muyden, s'en étant fait déloger, il a renoncé sans combattre davantage. Il est intéressant de voir comment un petit fait, apparemment sans importance, peut changer le destin des nations. Parce que Rochefort a manqué d'un peu d'audace, les Hollandais, face au danger, vont mettre en Guillaume d'Orange leurs espoirs désespérés. Le petit-fils de Guillaume le Taciturne n'a que vingt-deux ans mais il sera un ennemi terrible !

— Nous n'allons tout de même pas nous faire battre par les Hollandais ?

— Non, seulement la guerre risque de s'éterniser. En rompant les digues, ils nous empêchent de poursuivre notre avance. Mais parlons de choses moins tragiques. Votre épouse va bien ? Vous avez des nouvelles ?

— Pas depuis le début des hostilités, mais je la sais très affectée par mon départ aux armées.

— Sans vouloir être indiscret, vous êtes heureux ?

— Oui, mais je m'aperçois de la difficulté, pour un officier sans fortune, de faire une carrière et de fonder un foyer.

— Ne vous faites donc pas de souci. Le Roi vous tient en haute estime – je crois que j'y suis pour quelque chose –, et il veillera sur votre avancement. Je suis sûr qu'avant peu il vous donnera un guidon[1] avant de vous nommer colonel. Et vous verrez qu'à un grade élevé, l'armée a de bons côtés.

À ce moment, les eaux se mirent à monter dangereusement et le prince de Marcillac ordonna le repli de ses troupes. Son analyse, hélas ! était juste. L'heure de Guil-

---

1. Le guidon était l'étendard des dragons. Celui chargé de le porter au combat était le troisième officier du régiment, une distinction très enviée.

laume d'Orange était venue. Nommé peu après Stathouder de la République et doté du commandement suprême, il fit crever de nouvelles digues, rejeta l'offre tardive de Louis XIV d'entamer des pourparlers et se posa en rival du grand roi. Durant les trente années que durera sa vie, la France n'aura pas de pire ennemi. En attendant, la guerre-promenade s'étant transformée en guerre de position dans les marécages, Pellisson et Boileau n'avaient plus d'exploits royaux à exalter et le Roi rentra à Saint-Germain, s'estimant satisfait d'avoir pris quarante villes en trois semaines.

La mort de Le Vau, survenue quelques semaines auparavant, avait été douloureusement ressentie par ses amis. Le Nôtre pleurait le complice qui avait participé avec lui à l'aventure de Vaux avant de bâtir à Versailles la maison du Roi-Soleil. François de Francine, de son côté, regrettait celui qui avait construit les bassins et les fontaines où il avait fait jaillir ses jets de cristal, ses ombelles de gouttelettes et ses éventails irisés.

La peine des amis était d'autant plus vive que l'on avait appris, le lendemain de sa mort, que celui qui avait travaillé, mis à part le Roi, pour tous les grands noms de France, qui avait construit cent vingt maisons, quarante-sept hôtels particuliers et douze châteaux laissait pour plus de six cent mille livres d'effets impayés dans la province du Nivernais où il était devenu seigneur de Beaumont-la-Ferrière. Par quelle aberration le premier architecte du Roi était-il devenu, à soixante lieues de Paris, propriétaire d'une manufacture de fer-blanc et de canons pour la marine ? Homme d'affaires déplorable, il avait dépensé dans son entreprise tout son bien, celui de sa famille et celui de ses créanciers. Sa veuve et ses deux filles, habituées à vivre dans l'opulence, avaient dû renoncer à la succession et quitter l'hôtel de Longueville où la famille habitait.

Le Roi avait eu des mots gentils en apprenant la mort de son architecte mais, inquiet, avait aussitôt demandé à Colbert si d'Orbay, son adjoint, était capable de terminer le Grand Escalier. D'Orbay était capable. En rentrant de Hollande, c'est lui qu'il retrouva à Versailles, à la tête de vingt-deux mille hommes et de six cents chevaux, une autre armée, pacifique celle-là, qui continuait de remuer la terre, de planter, de bâtir et de décorer car tel était le bon plaisir du Roi.

En Hollande, le Roi avait laissé le commandement au duc de Luxembourg qui ne pouvait plus guère qu'assiéger les villes épargnées par l'inondation. Le régiment de Marcillac était rentré en France et c'est le bras en écharpe que le capitaine de Pérelle, blessé légèrement lors d'un des derniers engagements, avait retrouvé la maison d'Auteuil. L'accueil du héros avait été à la mesure de son exploit. Clémence l'avait soigné avec amour, avait invité ses amis à entendre son récit, l'avait conduit chez Mme de Duras qui avait pleuré en embrassant le rescapé du Rhin et de Muyden. Remise de son émotion, elle avait déclaré qu'il fallait absolument que Jean se montre à la cour.

– Le Roi y sera sensible, avait-elle ajouté. Et puis, il faut que Clémence rencontre des gens. Elle s'est morfondue dans cette maison qui est bien triste sans vous, mon cher Jean !

– Elle a ses amis pour voisins et je pense qu'ils l'ont aidée à supporter la solitude.

– Oui, je les ai vus, dit Clémence, mais leur compagnie devient un peu pesante lorsque l'on les croise trop souvent. À part La Fontaine, je trouve qu'ils sont trop portés à louanger le Roi. Boileau, si fin dans ses *Satires*, m'agace par son envie d'être bien en cour. Je lui en ai fait la réflexion et il m'a dit que Juvénal ne manquait jamais une occasion de glorifier César. Et il a ajouté : « Comme moi il était pensionné ! »

– Bon, dit Mme de Duras que cette conversation mettant le Roi en cause irritait, je vous emmène tous les deux à Versailles la semaine prochaine. Le Roi y séjournera quelques jours pour s'occuper de ses travaux.

– Mais il paraît que château et parc sont pleins de gravats ?

– Rassurez-vous. Quand le Roi annonce sa visite, on balaie les allées ! J'abuse, mais vos parents pourront-ils me recevoir ?

– Mais oui ! Mon père rêve de vous montrer la dernière création qu'il a réalisée avec Le Nôtre : la salle des Festins, ou du Conseil. C'est une clairière arrangée un peu en labyrinthe où, par beau temps, les dames et les courtisans pourront échanger des politesses au milieu des jeux d'eau compliqués de huit bassins et de soixante-treize jets. Nous lui demanderons aussi de faire fonctionner son installation du Trianon de porcelaine. Il en est très fier. Si personne ne meurt ce jour-là à la cour et s'il fait beau, ce sera agréable.

La guerre, malgré les énormes dépenses qu'elle occasionnait, n'avait pas ralenti les travaux de Versailles. François d'Orbay, élève de Le Vau et héritier de ses idées, poursuivait la grande œuvre. Les plans de Le Vau le guidaient. Naturellement sous le contrôle de Colbert qui, depuis le petit « château de cartes », n'avait cessé d'être le relais attentif des pensées du Roi. Le sieur Petit avait été longtemps son « œil » à Versailles, certains disaient son espion. Un ingénieur, Philippe Le Fèvre, venait de le remplacer dans les fonctions de contrôleur.

Au-dessus de cet état-major, le Roi régnait une fois de plus. Où qu'il soit, à Saint-Germain, à Saint-Cloud ou à la guerre, les rapports de Colbert lui parvenaient chaque semaine, plus souvent en cas de nécessité. La plupart du temps, des plans, des dessins étaient joints aux rapports afin qu'il puisse choisir. Le courrier du château revenait le lendemain par messager à l'hôtel Colbert avec, en marge, l'avis du Roi, des annotations, des mots d'encouragement ou d'impatience : « Je suis satisfait de ce que vous me mandez de Versailles. Faites que l'on ne se relâche point, et parlez toujours aux ouvriers de mon retour. »

Le Roi était si passionné que les rapports trop brefs l'énervaient. Il voulait tout savoir, se souvenait de tout et exigeait des détails. Cela allait des orangers du Trianon au remplacement d'un jardinier, en passant par l'installation du chantier naval, l'aménagement des étangs, la réparation des robinets ou l'ajustage des soupapes des fontaines. Parfois, Colbert hésitait. Un jour, il écrivit : « Je supplie Votre Majesté de me faire savoir si mes relations lui sembleront trop courtes ou trop longues, afin de suivre en cela comme en toutes choses ses volontés. » En réponse, le Roi avait écrit dans la marge : « De longues. Le détail de tout. »

Comme l'a dit Pierre de Nolhac, le grand historien de Versailles, « on ne sait ce qu'il faut le plus admirer, de la précision de la mémoire chez le Prince, gardée intacte dans la vie des camps, ou de l'activité infatigable du ministre, qui trouve le temps de rédiger ses moindres ordres, de les préciser, d'en assurer l'exacte exécution, et qui remet continuellement sous ses yeux, parmi les innombrables affaires de l'État, chaque appartement, chaque bosquet, chaque fontaine de Versailles ».

En dehors de la finition des décorations extérieures, c'est-à-dire la pose des dernières statues, les figures, les masques, les bas-reliefs, on travaillait au Palais-Neuf que le Roi avait hâte de pouvoir habiter. À Colbert qui lui écrivait à Sainte-Menehould où il se trouvait : « Le Labyrinthe, le Marais, la Cérès, les groupes du Théâtre et de la cour des Fontaines (la cour de Marbre), et les six pièces du grand appartement de Votre Majesté sont pratiquement achevés », le Roi répondit avec quelques indications sur les serrures de portes : « Je serai bien aise de trouver mon grand logement à Versailles en état d'être meublé[1]. »

À ces travaux s'associait maintenant une véritable colonie italienne. François de Francine, qui n'avait rien oublié de ses origines, avait retrouvé chez les gondoliers vénitiens un peu de la gaieté du pays mais deux artistes des Gobelins, qui venaient d'être appelés à Versailles, lui rappelaient encore mieux Rome et Florence. Ils avaient le même âge, trente-cinq ans, et étaient venus à Paris à l'instigation de Mazarin. Le premier s'appelait Filippo Caffieri, le second Domenico Cucci. Tous deux s'étaient mariés en France, le premier à une cousine de Le Brun, le second à la fille d'un peintre du Louvre. À Versailles, les deux familles étaient souvent les hôtes des Francine et leur présence mettait de l'animation dans la maison devenue un peu triste depuis le départ de Clémence. C'était l'occasion, les hommes mettant la main à la pâte, de retrouver dans les assiettes la saveur des plats italiens.

Le Roi, pour se détendre des fatigues et des soucis du conflit qui s'éternisait en Hollande, avait convié des membres de la cour, triés sur le volet, à venir admirer les récents agencements du château et les embellissements que Le Nôtre avait réalisés dans le parc. Comme toujours, depuis le début de la création des jardins, les agrandissements qui reculaient les limites du domaine, et obligeaient à reconstruire les murs d'enceinte, engendraient de nouveaux bassins, de nouvelles fontaines, de nouveaux jeux d'eau. Le Roi avait donc beaucoup de belles choses à montrer, c'était l'un de ses bons plaisirs.

Les ducs étaient bien évidemment conviés au déplacement de Versailles et Mme de Duras avait assez d'entregent pour se faire accompagner du comte et de

---

[1]. Les lettres de Colbert ont été presque intégralement conservées.

la comtesse de Pérelle dont la venue, d'ailleurs, s'expliquait puisque c'était chez les parents de Clémence que la duchesse devait séjourner. Les contraintes de la vie militaire avaient empêché le capitaine de vraiment connaître ses beaux-parents et ceux-ci accueillirent en prince celui qui s'était illustré à la guerre et avait fait de leur fille une comtesse. Par chance, Jean de Pérelle, qui avait cantonné près du chantier du canal du Midi, s'intéressait aux problèmes hydrographiques et était ravi d'écouter Francine raconter l'aventure des eaux de Versailles et de lui poser des questions.

– Le Roi, m'a dit mon épouse, prend beaucoup d'intérêt à vos travaux. En perçoit-il toutes les difficultés dans un site où l'eau est absente ?

François était trop heureux d'enfourcher son cheval de bataille.

– Sa Majesté en sait presque autant que moi sur l'aménagement des eaux ! Les embarras où celles-ci nous plongent sont son principal souci. Elle n'a jamais eu à Versailles de plus graves difficultés à surmonter !

– Le Roi, si j'en juge par ses ordonnances à l'armée, doit être très exigeant ?

– Oui. Ses exigences sont grandes et il faut les satisfaire. Depuis les jeux d'eau de Vaux-le-Vicomte, c'est pour lui une question d'amour-propre. Maintenant, ce sont les fontaines du prince de Condé qui le chatouillent, si vous permettez cette expression peu respectueuse. À Chantilly, le cousin du Roi, qui dispose d'une rivière, a non seulement un parterre d'eau et un canal mais ses fontaines sont abondantes, même si elles sont moins savantes et raffinées que les nôtres.

– Et qu'allez-vous faire si le Roi en augmente encore le nombre ?

– Pour l'heure, Sa Majesté doit, comme moi, se contenter de puiser l'eau de l'étang de Clagny et d'aménager des pompes de plus en plus puissantes.

– M. Riquet, le constructeur du canal du Midi, n'a pas d'idée sur ce problème ?

– Oh si ! Il a proposé d'amener à Versailles une portion de la rivière Loire mais l'étude des nivellements a montré l'inanité de ce projet. Une autre idée est examinée : envoyer l'eau de la rivière Eure par un aqueduc. Il reste encore l'eau de la Seine. À mon sens, c'est d'elle que viendra la fin de nos soucis. En attendant, Colbert m'a transmis la copie d'une lettre du Roi annonçant le séjour auquel vous êtes invités. Tenez, je l'ai sur moi, lisez.

Pérelle lut tout haut, pour la duchesse et pour Clémence qui assistaient à l'entretien :

« Il faut faire en sorte que les pompes de Versailles aillent si bien, surtout celle du réservoir d'en haut, que, lorsque j'arriverai, je les trouve en l'état de ne pas me donner de chagrin en se rompant à tout moment. »

– Vont-elles tenir ? demanda en riant le capitaine.

– J'en ai mis une nouvelle en service avec huit chevaux. Prévenu de ce perfectionnement, le Roi a répondu : « Je serai très aise en arrivant de trouver Versailles en l'état que vous me mandez. Si la nouvelle pompe jette 120 pouces d'eau, cela sera admirable. »

La duchesse, que ces affaires d'eau ne passionnaient pas, changea de conversation :

– Le Roi arrive tard ce soir. Nous irons demain à sa messe.

Clémence avait fermé les yeux, levé les bras et s'était récriée :

– Assister à la messe du Roi ? Moi qui ne mets les pieds au château lorsqu'il y séjourne que par votre bonté ! Madame, ce n'est pas ma place ! Faites-moi la grâce de m'autoriser à ne pas vous y accompagner.

– Clémence, ne soyez pas stupide. Il ne fallait pas épouser un gentilhomme si vous ne vouliez pas suivre un certain rituel, qui peut surprendre sans doute, mais qui répond aux exigences de la fonction royale fort attachée à la religion. Je pense, en outre, qu'il est intéressant pour une jeune femme comme vous d'assister à la messe du Roi. Vous verrez, c'est un moment doublement divin où en célébrant la gloire de Dieu on chante aussi celle du Roi.

La jeune comtesse n'avait ni la force ni l'envie de résister à la maîtresse femme qui entourait sa formation de tant de soin. Elle répondit donc qu'elle viendrait avec son mari.

— Bien. Vous mettrez votre long manteau, des gants et une mantille de dentelle noire. Si vous n'en avez pas, je vous en prêterai une.

— Je ne connais pas la nouvelle chapelle, dit Pérelle. Il paraît qu'elle a encore changé de place ?

— Oui, pour la troisième fois en dix ans. Il est de surcroît étrange que ce lieu si important de la vie de la cour ne soit encore que provisoire. On construit des appartements, on bâtit des maisons mais aucun des projets d'une grande chapelle – il y en a déjà eu au moins trois – ne voit le jour[1].

Le lendemain, Clémence, le cœur un peu battant, alla donc à la messe royale en apportant une bougie allumée comme tous les assistants. La chapelle, toujours une improvisation, ainsi que l'avait annoncé Mme de Duras, n'était qu'une grande pièce du Vieux Château située de plain-pied avec les appartements du Roi d'où celui-ci gagnait la tribune qui dominait de quelques pieds la salle tendue de tapisseries[2].

Clémence fut surprise de ne pas voir de sièges.

— On se tient debout ou à genoux à même le marbre, dit Mme de Duras. Moi, en qualité de duchesse, j'ai

---

1. La grande et riche chapelle que l'on connaît n'a été achevée qu'en 1710. Durant presque tout le règne de Louis XIV, la messe du Roi a été célébrée quotidiennement dans un lieu provisoire.
2. Le Roi ne descendait que les jours où il communiait, six ou sept fois l'an, et aux jours de grandes cérémonies. Un trône lui était alors réservé près de l'autel.

droit à un « carreau », l'un des petits coussins bleus que vous voyez devant l'autel. Faites bien attention de ne pas éteindre votre bougie, vous ne pourriez pas lire votre missel. Installez-vous, je vous laisse…

Tandis que la duchesse gagnait son coussin, Clémence, serrée entre son mari et une vieille marquise, attendit, bougeoir à la main, l'arrivée du Roi. Enfin, on entendit les cent-suisses[1] battre tambour et on devina dans l'étrange pénombre des bougies que le Roi et sa famille avaient pris place dans la tribune.

Le prêtre commença sa messe basse, et les musiciens, qui avaient eux aussi apporté leur bougie, lancèrent les notes du premier motet qui dura jusqu'à l'élévation. Alors, un second motet fut chanté par trois belles voix de basse. Clémence glissa à son mari qu'elle avait des fourmis dans les jambes. Heureusement, tout le chœur entonna le *Domine salvum*. La messe était finie. Elle avait duré une demi-heure.

Tout le monde se retrouva dehors, Mme de Duras rejoignit les jeunes Pérelle et demanda :

– Alors ? N'était-ce pas beau et émouvant ?

Clémence avait trouvé l'office royal plutôt long et ennuyeux, la fumée des bougies lui laissait les yeux rouges mais elle répondit qu'elle était heureuse d'avoir partagé ce moment de cérémonielle piété. Le Roi, souhaitant se montrer à ses invités, n'avait pas regagné ses appartements par l'intérieur. Comme il le faisait souvent, il se mêlait à « la sortie de messe », moment privilégié où, en principe, lui parlait qui voulait.

– Venez, nous allons voir le Roi ! dit Mme de Duras en entraînant Clémence et Jean vers l'endroit où elle jugeait qu'il serait le plus abordable.

Elle ajouta :

---

1. Garde du « dedans » créée par Louis XIII, sentinelles vigilantes assurant la sûreté du Roi. Trente autres compagnies constituaient la garde du « dehors ».

– Il est juste que le capitaine soit félicité par celui à qui il offre sa vie sur les champs de bataille !

Jean de Pérelle, qui n'avait pas pour habitude de se mettre en avant, trouvait la duchesse un peu grandiloquente mais il se dit qu'après tout la reconnaissance d'un Roi n'était pas négligeable et que son avancement arrangerait bien des difficultés, à commencer par celles de son ménage. Clémence, elle, comme toutes les fois qu'elle savait qu'elle allait devoir croiser le regard du Roi, tremblait un peu sous son manteau pourtant trop épais pour la saison.

Louis, dans son « grand habit » de messe, avait reçu quelques placets aussitôt transmis au capitaine des gardes et s'avançait vers le lieu stratégique choisi par Mme de Duras qui se tenait souriante entre ses deux protégés. C'est naturellement Clémence, plus belle que jamais, qu'il aperçut en premier et c'est à la duchesse qu'il adressa d'abord son compliment :

– Enfin, madame, je vous vois à la cour ! Vous savez que j'en ai grand agrément. Et comme vous avez bien fait d'amener le capitaine de Pérelle.

Se tournant vers lui, il ajouta :

– Je parlais de vous hier avec mon ami Marcillac. Il vous aime et veille sur votre carrière. Quant à moi, vous m'avez très dignement servi en Hollande. J'en suis content au dernier point et je vous en donnerai bientôt des marques.

Intimidé, le brave remerciait comme il pouvait mais, déjà, le Roi interrogeait Clémence :

– Alors, madame de Pérelle ? Vous savez que vous êtes ma protégée et que vous serez toujours la bienvenue dans ce Versailles qui est un peu à nous deux. C'est notre secret. J'espère que vous êtes heureuse avec un époux dont vous pouvez être fière. Si un jour le destin vous fâchait, venez me le dire. Je pense que je vous reverrai tantôt lors de la visite du parc. Vous verrez : votre père a bien travaillé !

Le conciliabule s'était prolongé et, encore une fois, Clémence, avec sa beauté du diable et sa façon d'accaparer l'attention du Roi, faisait des jaloux dans les rangs courtisans qui se reformèrent l'après-midi autour du Trianon où une collation était servie.

Le bijou de porcelaine offert à Mme de Montespan brillait maintenant de tous ses feux. Il jouissait même du bénéfice d'être à peu près le seul point du domaine sans travaux, sans échafaudages et sans ce plâtre horrible qui, répandu un peu partout sur le sol, brûlait la semelle des chaussures.

Chacun parlait de la réussite du jardin, de l'élégance des bâtiments, de la beauté des pièces d'eau. Une nouvelle mode était née chez les grands et chez les moins grands. Pour être au goût du jour, il convenait de posséder un « trianon » dans le fond de son parc. Certains étaient fiers de le montrer, d'autres se contentaient de faire savoir qu'ils possédaient le leur. Aucune de ces maisons jardinières ne pouvait naturellement rivaliser avec le charme, la grâce et la richesse du pavillon de Versailles. Mais n'était-ce pas faire preuve de révérence que d'imiter le Roi ?

Sa Majesté, accompagnée de la Reine, rejoignit les courtisans dans une roulette et le couple royal passa, groupe après groupe, sans souci de hiérarchie, la revue des présents, le Roi saluant les dames d'un large coup de chapeau et les hommes d'une aimable parole, en n'omettant jamais de citer le titre et le nom de chacun. Mme la duchesse de Duras ni le couple des Pérelle n'eurent droit à un égard particulier. Devant eux, le Roi ne s'arrêta qu'un instant, demandant seulement à Clémence si elle aimait la musique. La bande des seize petits violons, installée au milieu des orangers, entamait en effet un air de Lully.

Sur l'invitation du Roi, on regagna bientôt le château.

– Je vous supplie, mesdames, d'excuser l'incommodité causée par les travaux et de prendre garde où vous posez les pieds. Je veux vous montrer ce que ma famille appelle l'appartement des bains. Sa décoration n'est pas complètement terminée mais vous pourrez déjà juger d'un travail qui a mérité mon grand contentement.

La veille de l'arrivée du Roi, les pavés de la terrasse principale avaient été lavés, les tas de sable camouflés, les gravats enlevés mais les échafaudages, côté ouest, demeuraient en place jusqu'au-dessus des balcons où l'on installait de grandes statues. Ces squelettes de bois montraient que Versailles était encore, et pour longtemps, un chantier.

La cour se reforma en admirant le parterre d'eau qui ouvrait la perspective sur les jardins. On s'aperçut alors que Mme de Montespan avait rejoint le groupe des courtisans tandis que la Reine gagnait discrètement son nouvel appartement à l'étage. On entendit une voix qui pouvait être celle de Lauzun dire : « Échange de reines sur l'échiquier. » Les plus subtils comprirent qu'il s'agissait des carreaux de marbre blancs et noirs qui couvraient la terrasse.

« Monsieur Le Brun, grand artisan de ces travaux, commentera la visite », avait dit le Roi. C'est donc Charles Le Brun qui fit entrer les premiers visiteurs dans le vestibule qui débouchait sur une cour intérieure entourée de huit colonnes doriques. Le premier peintre du Roi, en fait le maître de tous les artistes qui travaillaient pour Sa Majesté, fit remarquer qu'il s'agissait d'un marbre jaspé de blanc et de rouge venu de Dinan et du pays de Liège.

– Le salon suivant, continua-t-il, est appelé la salle ionique à cause des douze colonnes de cet ordre qui soutiennent la corniche. Remarquez la variété des marbres, la qualité des sculptures et des peintures consacrées à Diane.

On passa ensuite dans la grande pièce située à l'angle du château. C'était le « cabinet octogone », à cause de sa forme. Un bas-relief de Tubi ornait la cheminée à côté d'un tableau de Houasse représentant la métamorphose de Daphné.

– Le Roi, dit Le Brun, a décidé de confier cette pièce aux meilleurs sculpteurs. Dès maintenant ils travaillent sur douze figures de jeunes hommes de bronze doré qui représenteront les mois de l'année.

Le salon suivant était la fameuse « chambre des Bains » qui avait donné son nom à tout l'appartement. Quatre colonnes de marbre violet, une alcôve pour placer un lit, un meuble pour disposer les objets de toilette et un grand miroir de bronze décoré par des ouvrages d'orfèvrerie laissaient à la pièce un caractère de relative simplicité. On se baignait dans la pièce voisine où le sol était recouvert des plus beaux marbres de Rance. Une grande piscine, œuvre des marbriers des Bâtiments, occupait une partie de la pièce. On pouvait s'y baigner à plusieurs.

– Mme de Montespan l'utilise souvent, précisa Le Brun[1].

Clémence ouvrait de grands yeux en découvrant la richesse des appartements de la famille royale et la majesté de ce château dont elle ne connaissait que les jardins. Guidée par Mme de Duras, elle se familiarisait pourtant avec le rituel qui réglait les gestes de ces gens de cour qu'elle découvrait en se mêlant à eux. Il lui semblait que l'on commençait à la connaître, que l'on ne la regardait plus avec cet air méprisant qui, sans l'atteindre profondément, l'agaçait.

---

1. Le cabinet des Bains sera sans cesse remanié sous le règne de Louis XIV avant d'être démoli. Il ne reste nulle trace des chefs-d'œuvre qui le décoraient. La grande baignoire de marbre, un moment recouverte par une estrade, sera plus tard transportée dans la maison de l'Ermitage où Mme de Pompadour l'utilisera comme bassin de jardin.

Le soir, malgré la fraîcheur du temps, il y eut un souper servi autour de la grotte de Thétis. Les mets disposés sur les buffets de rocaille étaient variés et dignes de la table du Roi mais les dames, trop légèrement vêtues, ne tardèrent pas à éternuer et à disparaître les unes après les autres pour aller se réchauffer dans le palais où la température n'était guère plus clémente. Beaucoup regagnèrent simplement leur carrosse. Finalement, le Roi et la Reine donnèrent le signal du repli et l'on annonça un concert dans la galerie basse. Comme pour le théâtre, des tréteaux avaient été montés au fond de la pièce et Lully, toujours lui, dirigea cette fois la bande des vingt-quatre grands violons. La Reine n'avait pas reparu et Mme de Montespan trônait, non loin du Roi, au milieu de courtisans attentionnés et flagorneurs. Au bout d'une demi-heure, Mme de Duras dit que le moment était venu de se retirer et son carrosse la ramena avec Clémence et son mari chez les Francine. Lorsqu'ils arrivèrent, la maison était illuminée et un air de mandoline les accueillit. François se précipita :

– Madame la duchesse, vous paraissez gelée ! Venez boire un vin chaud et manger un peu de ce jambon de Crémone que Caffieri a apporté. Car ce soir nous fêtons avec nos amis italiens la fin de la sculpture du Grand Escalier. C'est un chef-d'œuvre !

La duchesse se laissa convaincre et s'assit sans façon à la grande table d'où fusaient les rires et les couplets de l'Italie.

Clémence se pencha pour dire à Jean de Pérelle :

– Avouez, mon mari chéri, que c'est plus drôle que chez le Roi !

11

Le boulet de Turenne

Auteuil était en deuil, le théâtre était en deuil, l'amour et l'amitié étaient en deuil : Jean-Baptiste Poquelin, dit Molière, venait de mourir. La nouvelle s'était vite répandue dans le village et, tôt le matin de ce 18 février, Clémence l'avait apprise. Pour l'instant, elle pleurait, seule dans sa chambre, car le capitaine était parti la veille porter un message du Roi au maréchal de Luxembourg toujours en Hollande avec son armée.

Elle avait beau se dire qu'elle avait vingt-sept ans, qu'elle était une dame établie et raisonnable, Clémence pleurait comme une petite fille qui vit son premier deuil. Molière n'était pas un intime comme Le Nôtre ou La Fontaine mais il faisait partie de la grande famille qui, depuis Fouquet, rassemblait le peuple artiste de l'Europe.

Clémence séchait encore ses larmes quand Boileau entra dans la pièce. Elle se jeta dans ses bras et demanda s'il savait comment Molière était mort. Boileau le savait car Armande Béjart s'était arrêtée chez lui en se rendant à Saint-Germain :

– Elle est venue prendre le curé d'Auteuil et tous deux sont partis se jeter aux pieds du Roi pour l'implorer d'obtenir du clergé un enterrement religieux.

– Molière n'a pas reçu le saint sacrement ?

– Non. La servante ne put ramener un prêtre qu'à la troisième démarche à Saint-Eustache et il arriva trop tard pour recevoir de la bouche du mourant la renonciation au métier d'acteur, condition pour que l'Église accorde les sacrements et l'enterrement religieux à un comédien. Armande est persuadée que l'Église s'est arrangée pour faire payer son *Tartuffe* à Molière. Tout cela ne se serait pas produit si Poquelin était mort à Auteuil...

– Il est mort à Paris ?

– Oui, sur la scène de son théâtre où il jouait la troisième représentation du *Malade imaginaire* !

– Nous lui avions promis, Jean et moi, un soir, d'aller voir sa nouvelle comédie... Il nous avait alors paru faible et éprouvé. Il avait écrit sa pièce pour la cour où le Roi lui demandait de venir jouer chaque année à l'occasion de Carnaval. Mais Lully, devenu par jalousie et par sottise son ennemi, a circonvenu le Roi qui n'a rien demandé à Molière. L'affront était d'autant plus grave qu'il mettait en cause l'existence de la compagnie.

– Je sais. Il a dû compter sur les seules représentations en ville pour couvrir les frais de décors et de costumes. Armande m'a confié que son mal a alors empiré, qu'il s'est mis à cracher du sang. Pourtant il a répondu à ses proches qui, effrayés de son état, le suppliaient de faire relâche : « Vous n'y pensez pas. Cinquante pauvres gens attendent après la recette pour manger ! » Alors, il a joué *Le Malade imaginaire* une fois, deux fois. À la troisième il s'est affaissé dans son fauteuil de faux malade, une convulsion a tordu son visage et la pièce a été arrêtée. Conduit à son domicile parisien, proche du théâtre, il a été emporté très vite par une violente hémoptysie. Voilà tout ce que je sais, ma pauvre amie. Il faut maintenant attendre le retour d'Armande pour connaître la réponse du Roi.

La disparition dramatique de celui qui avait diverti la France durant la première décennie de son règne toucha le prince : il exigea qu'un minimum de liturgie chrétienne accompagne l'enterrement que suivirent les amis et les deux religieuses quêteuses de carême que Molière hébergeait et qui l'avaient assisté jusqu'à la fin.

La mort de Molière était-elle un mauvais présage pour l'année qui commençait ? Elle s'ajoutait à la disparition de Madame, à l'effacement de La Vallière et, surtout, à l'accroissement du pouvoir de Louvois qui, jour après jour, prenait un peu plus le pas sur Colbert. Le règne prenait une nouvelle tournure.

Les retombées glorieuses des succès militaires qui, jusque-là, avaient tant souri à Louis XIV s'estompaient avec l'enlisement en Hollande. Luxembourg, rageur, se vengeait d'un hivernage pénible en dévastant le pays. Cette féroce politique d'exactions qu'encourageait Louvois, nouveau chef de guerre, se poursuivait à l'insu du Roi. Lorsqu'il en fut averti, il était trop tard, le mal était fait. Les peuples, jusque-là admiratifs d'une France victorieuse et de son jeune Roi, s'en détournèrent, à commencer par les princes d'Allemagne et surtout par l'Angleterre, alliée ombrageuse, secouée par une grave crise religieuse. Le « plus grand roi du monde » se trouvait brusquement en face d'une coalition naissante, une situation détestable.

L'hiver, donc, avait été rude et, le printemps venu, le Roi pensa qu'il était grand temps de redorer son blason et, pourquoi pas, de remporter en personne et avec panache une victoire. Tandis que le prince de Condé rassemblait les dernières troupes qui avaient hiverné en Hollande pour aller contenir sur la route de Paris les soixante mille hommes de Guillaume d'Orange, que Turenne rejoignait l'Est où les Impériaux et le duc de Lorraine menaçaient l'Alsace, le Roi quittait Saint-Germain en grand apparat, emmenant comme s'il s'agissait d'une partie de campagne la Reine, Mme de Montespan, enceinte, et... Louise de La Vallière, suiveuse mélancolique.

Jusqu'à Tournai, le peuple ébahi regarda passer la caravane royale, ses gardes à cheval, ses carrosses dorés et ses fourgons. Dans la capitale du Hainaut, Athénaïs, cruellement secouée depuis Saint-Germain, accoucha prématurément d'une fille.

Louis XIV laissa les dames en sûreté dans la citadelle de Vauban et, quittant les rives de l'Escaut, gagna Courtrai, une autre place forte donnée à la France par le traité d'Aix-la-Chapelle. Là, suivi de ses historiens et de ses poètes, il se mit à la tête de l'armée.

Le 12 juin, le Roi était aux portes de Maastricht et déployait ses soldats pour investir la ville. Vauban était à ses côtés et il lui conseilla de se servir de lignes parallèles, une tactique d'ingénieurs italiens qui avait permis aux Turcs de s'emparer de Candie. Le Roi ne pouvait risquer un échec qui, dans les circonstances du moment, eût nui gravement à son prestige. « Alors, il recommanda une grande prudence. Il se montra plus exact et plus laborieux qu'il ne l'avait été encore[1]. » Cette sagesse extrême fit-elle bon effet chez une nation qui aimait les victoires acquises par bravoure et sans crainte du péril ? En France, il y aura des mauvaises langues qui la lui reprocheront : nul ne lui demandait de conduire lui-même l'armée mais, s'il choisissait de gagner une réputation de guerrier et de héros, il ne devait pas retarder les occasions de forcer la victoire. Cela dit, Maastricht se rendit après treize jours de siège. C'était une victoire que, hélas ! Luxembourg ne put prolonger en Hollande : Naarden reprise par le prince d'Orange, il reçut l'ordre du Roi de se replier.

Maastricht n'avait rien résolu et la situation de la France restait précaire. Après l'entrée en guerre de l'Autriche et de l'Espagne aux côtés de la Hollande,

---

1. Voltaire.

la France, abandonnée par l'Angleterre et ses alliés allemands de Cologne, de Munster, de Mayence, devait faire face à une véritable coalition alors qu'à l'intérieur les provinces épuisées par les dépenses de guerre étaient au bord de la révolte.

Mais le Roi était Soleil et, s'il éprouvait des angoisses, il continuait de briller et ne laissait rien paraître de son inquiétude. Sa prudence faisait douter ? Eh bien, il défierait le sort ! Pour commencer, il fit frapper les premières monnaies portant l'inscription « Ludovicus Magnus » et veilla à ce que la cour continue de vivre dans la magnificence. Mieux, il ordonna de ne pas ralentir les travaux de Versailles. C'était l'époque où François de Francine et ses fontainiers terminaient le Théâtre d'eau tout en dotant le Marais d'inventions hydrauliques dont la mode venait des villas d'Italie. Ces jeux d'eau compliqués plaisaient au Roi et chacun faisait assaut d'imagination pour soumettre l'idée originale qui serait mise en valeur par Francine. Mme de Montespan eut la sienne qui fut naturellement retenue. Elle avait imaginé un arbre dont les feuilles lanceraient de fins jets au milieu d'un petit marais planté de roseaux ruisselants, le tout en bronze. La fantaisie fut coûteuse, moins onéreuse pourtant que l'armement d'un nouveau régiment.

Le printemps aiguisait chez le Roi les désirs guerriers. Celui de 1674 l'incita une nouvelle fois à partir en campagne. Les combats dans le Zuiderzee et aux frontières ne lui étant plus favorables, il choisit d'augmenter, au détriment de l'Espagne, le royaume d'une province qui lui avait échappé en 1672 : la Bourgogne, où l'on parlait le français.

Le Roi laissa cette fois les femmes à Saint-Germain et partit retrouver l'armée non loin de Besançon, la ville qu'il s'était juré de prendre en premier. Il avait acquis à

Maastricht une certaine science de l'investissement et, toujours avec le concours discret mais efficace de Vauban, il s'empara de la ville en mai avant de prendre Dole, alors capitale de la Franche-Comté. Pendant ce temps, le maréchal de Navailles s'emparait de Gray, le duc de La Feuillade, de Salins, et le duc de Duras, du fort de Joux. La Comté devenait française pour toujours et la gloire du conquérant illustrée à jamais par les couleurs éclatantes du peintre Van der Meulen qui, son carnet de croquis à la main, avait accompagné le Roi durant toute la campagne[1].

C'était pourtant un soldat de métier, le vicomte de Turenne, qui allait en cette année 1674 illustrer le mieux la gloire des armées. Il se battra si bien sur le Rhin et en Lorraine que le Roi le mandera à la cour afin qu'il se repose.

Ce retour aux ivresses de la victoire valait bien une grande fête et c'est à Versailles, enfin débarrassé de ses échafaudages et de ses maçons, qu'elle se déroulerait.

Le palais était terminé, du moins tout le monde le croyait, et le nombre déjà considérable de bosquets et de fontaines ne semblait plus devoir être augmenté. La cour eut tout loisir d'en découvrir les beautés durant l'été, du 30 juin à la fin octobre. Jamais encore le Roi n'avait séjourné aussi longtemps dans son cher Versailles et, pour la première fois, il n'avait pas à mesurer la durée des réjouissances qu'il offrait. La fête de 1674 serait donc la plus longue, elle durerait six jours, espacés du 4 juillet au 31 août. Ainsi en avait décidé le Roi, pour son bon plaisir.

Clémence avait abandonné la maison d'Auteuil et avait retrouvé sa chambre de jeune fille afin de pouvoir facilement se mêler à la cour quand elle le désirait. Mme de Duras, elle, était logée au château. C'était un

---

1. Le Louvre possède quinze tableaux des campagnes de Louis XIV, dont *Le Siège de Besançon* et *Vue de Lille assiégée*.

honneur que se disputaient princes et ducs, mais un honneur chèrement payé puisqu'il fallait accepter l'étroitesse et l'inconfort d'un appartement relégué sous les combles, bien décoré toutefois car le Roi avait décrété que tous ses invités devaient être meublés.

Jean de Pérelle ne pouvait assister aux réjouissances de la cour, festoyer autour de la fontaine de la cour de Marbre, écouter Lully sous les ombrages du Trianon ni applaudir l'*Iphigénie* de Racine. Il était aux armées comme le duc de Duras car la lutte entre le Grand Condé et Guillaume d'Orange se poursuivait. Clémence était triste, et son plaisir perdu lorsqu'elle pensait à son mari qui, pour la première fois, ne la guidait pas dans le brouhaha des grandes fêtes de Versailles. Heureusement, Mme de Duras était là, qui lui répétait qu'elle partageait les mêmes angoisses mais qu'il fallait vivre et être courageuse comme l'étaient Jean et son mari.

Le 4 juillet au soir, lorsque commença la première grande fête, Clémence avait réussi à oublier un moment l'absent et se mêlait avec son amie à la gaieté de la cour. Le bruit circula que le Roi venait de quitter ses appartements et qu'il se rendait au Marais. Comme un essaim d'abeilles les courtisans s'envolèrent vers le jeu d'eau inventé par Mme de Montespan, et dont Francine venait de déclencher les jets qui s'irisaient en se croisant dans la tiédeur de l'été. Le marais de la favorite était entouré de festons fleuris et d'orangers, les tables de marbre et de gazon décorées de jattes de porcelaine emplies de fruits confits et de douceurs. Caché par des orangers apportés des jardins du Trianon, Lully dirigeait un orchestre de violons et de hautbois dont les notes se mêlaient au bruit des eaux. Au bras de Mme de Duras, Clémence se laissait envahir par le charme du jardin où flottait l'odeur des fleurs et prenait plaisir à la conversation des gens qui venaient saluer la duchesse. Beaucoup ne manquaient pas d'esprit. Mme de La Fayette, qui fréquentait peu la cour, était là. Elle donna à la duchesse des nouvelles de son cher ami La Rochefoucauld.

– Malgré mon insistance, il n'a pas voulu venir. Il dit qu'il n'a pas désarmé la méfiance du Roi et qu'il n'a rien à faire chez lui[1]. Sa santé est heureusement meilleure. Il continue de composer de belles pensées au coin du feu et fait les beaux jours de l'hôtel de Nevers. Vous devriez, chère amie, venir chez la comtesse du Plessis-Guénégaud. Et vous aussi, madame de Pérelle. Vieilles dames, nous avons besoin de rajeunir notre entourage.

– Mme de La Fayette connaît mon nom ? demanda-t-elle, étonnée, lorsqu'elle se fut éloignée.

– Mais oui, on vous connaît dans les cercles fréquentés par les gens d'esprit. Votre histoire est assez inouïe pour les intéresser. Marie-Madeleine a raison, on vous accueillera partout où l'intelligence prime la sottise et la flagornerie.

– Je me rendrai volontiers à l'hôtel de Nevers si c'est pour vous accompagner.

– C'est entendu. Nous irons ensemble.

Henri d'Harcourt, qui rentrait de la campagne d'Alsace sous M. de Turenne, s'arrêta peu après :

– Je regrette que votre mari ne soit pas revenu comme moi respirer l'air de Versailles, mais il va bien. Il a eu l'honneur de prendre le fort de Joux sous la bannière du Roi.

La plupart des gentilshommes qui approchaient Mme de Duras portaient, comme un uniforme, le même justaucorps. Clémence s'en étonna.

– Quand le Roi veut privilégier certains de ses courtisans, il leur délivre un brevet qui les autorise à revêtir un habit bleu doublé de rouge avec des broderies d'or et d'argent. C'est le justaucorps à brevet dont le nombre demeure limité.

– Mais je n'ai jamais vu le duc habillé de la sorte.

---

1. Le duc de La Rochefoucauld avait jadis rejoint la Fronde.

– M. de Duras a le brevet mais cet habit somptueux coûte une fortune, au moins douze cents livres. Le sien est défraîchi et il se refuse d'en commander un autre à son tailleur. Si Jean continue de faire une belle campagne, le Roi le distinguera sûrement. Et vous verrez comme votre mari sera beau en bleu-rouge !

Vers huit heures, le Roi et la Reine dirent qu'il était temps de rejoindre le château pour le spectacle et tout le monde les suivit. Le palais était illuminé et la scène occupait le dallage de la cour de Marbre. Elle était bordée de caisses d'orangers et de vasques fleuries, la toile de fond représentait une perspective de huit colonnes supportant un balcon doré. Le jet de la fontaine avait été réduit afin que le bruit de l'eau ne couvre pas la voix des comédiens et les enchaînements du sieur de Lully. Ce soir-là, on jouait *Alceste*, la dernière tragédie musicale de Quinault, un genre nouveau, prisé du Roi, sur des sujets le plus souvent mythologiques.

Leurs Majestés donnèrent le signe des applaudissements puis rentrèrent à l'intérieur du château pour prendre le souper du médianoche. La cour pouvait disposer et aller se restaurer où bon lui semblerait. Clémence emmena Mme de Duras dans la maison familiale qui devenait un peu la sienne et où une collation les attendait.

La seconde journée de la fête était fixée au mercredi 11. Mme de Duras se demanda si elle allait rester à Versailles où concerts et promenades occuperaient, certes, les courtisans mais deviendraient lassants. Finalement, elle décida de rentrer à Paris retrouver le confort de son hôtel et sa lingère qui remettrait ses toilettes en état. Clémence en profita pour retrouver, elle aussi, sa maison d'Auteuil et ses amis. Les somptueux buffets de Versailles, toujours les mêmes, lui donnaient envie d'un dîner joyeux au Mouton Blanc où, en se régalant d'une fricassée de pieds de porc, elle raconterait drôlement, à sa façon, la fête royale à La Fontaine tandis que Boileau, selon son habitude, se moquerait de Quinault. Et puis, peut-être qu'un messager aurait déposé à Auteuil une lettre de son mari...

Le carrosse de la duchesse de Duras ramena les deux femmes à Versailles la veille de la deuxième journée consacrée à Trianon. Celle-ci aurait été agréable si le temps avait été clément mais, vers le milieu de la journée, un violent orage avait saccagé le décor de verdure où devait se faire entendre l'*Églogue de Versailles* composé pour la circonstance par Lully et l'inévitable Quinault. La représentation se déroula dans la crainte d'une nouvelle averse et c'est sans grand enthousiasme que Clémence et Marguerite de Duras suivirent la foule jusqu'à la pelouse de la salle du Conseil, éclairée par cent cinquante lustres accrochés aux arbres que le vent secouait dangereusement.

La troisième journée, heureusement, bénéficia d'un soleil radieux et il faisait doux lorsque, dans la soirée, la cour fit honneur à la collation donnée à la Ménagerie. C'était le début, bien classique, d'une extraordinaire soirée. Le Grand Canal était à deux pas et, le long de la rive, gondoles et bateaux, superbement parés, attendaient les invités du Roi. Clémence et Mme de Duras eurent la chance de pouvoir embarquer sur l'une des gondoles suivie, comme toute l'armada, par un brigantin rempli de musiciens. Les embarcations allaient, venaient, de la Ménagerie au Trianon, de l'embarcadère principal situé près du bassin d'Apollon à la demi-lune de l'autre extrémité.

– C'est là que je rêve de construire un haut belvédère entouré de colonnades et de statues, dit Le Brun qui partageait la gondole de Clémence.

Clémence, qu'il connaissait depuis toujours et qu'il avait embrassée en lui disant de venir le voir aux Gobelins.

– En attendant, venez donc dîner ou souper un jour au château Francine, avait répondu Clémence. Mon père se plaint de ne plus vous voir !

– Dis-lui que je viendrai. Mais si tu savais comme le Roi use mon temps ! Je n'ai pas une seconde de libre et, souvent, je m'endors sur un dessin en cours. Enfin, je ne me plains pas... Tu sais, je pense souvent à Molière. Je ne peux oublier la dernière nuit de Vaux... Tu ne peux pas savoir combien je suis heureux que le Roi ait décidé de faire jouer ce soir *Le Malade imaginaire* !

C'est en effet Molière qui attendait la cour devant la grotte de Thétis transformée en théâtre. Le Roi ne donnait jamais les raisons de ses choix mais on pouvait penser que celui de la dernière pièce de l'auteur qui l'avait tellement enchanté tout le temps où il avait vécu n'était pas un hasard. Le roi de France avait voulu rendre hommage à un autre roi qui était mort nu au pied de ses triomphes.

– J'avais promis à Molière que j'irais voir sa pièce mais il est mort avant que je ne puisse le faire, dit Clémence à Mme de Duras. Je sens que je vais pleurer en voyant un autre acteur installé dans son fauteuil !

Le Malade imaginaire fut applaudi par le Roi et la cour, Clémence pleura pour de bon et soupira :

– Il ne manque ce soir que Molière !

Elle ajouta :

– C'est tout de même une drôle d'idée d'avoir choisi pour jouer cette comédie bourgeoise le décor baroque de la grotte de Thétis !

Comme un artiste qui présente ses œuvres, le Roi tenait à mettre en valeur au cours de ses fêtes tous les aspects de sa création. Il changeait donc chaque fois le lieu des réjouissances.

Le 28 juillet, il avait choisi pour décor le Théâtre d'eau que venaient de terminer Francine et Vigarani. Cela aurait pu être un magnifique ensemble hydraulique comme il en existait aux quatre coins du parc mais c'était vraiment un théâtre où les perspectives fuyantes de jets d'eau verticaux et de cyprès dressaient le décor d'un fond de scène mouvant qui s'évadait au-delà des frondaisons.

Au jour tombant, la collation fut servie sur les degrés de gazon de l'amphithéâtre. L'instant était féerique et champêtre. Clémence, qui avait reçu la veille une lettre de son capitaine, était heureuse. Avec Mme de Duras et quelques amis de celle-ci, parmi lesquels Mme de Motteville qui avait toujours mille anecdotes à raconter sur la reine Anne d'Autriche dont elle avait été la femme de chambre, elle admira les effets d'eau jusqu'à l'entrée de la nuit.

Cela parut surprenant à tout le monde mais ce n'est pas au Théâtre d'eau qu'était prévu le spectacle du jour dont on disait grand bien avant même d'en avoir entendu une seule note. La garde des cent-suisses faisait la haie le long de l'allée du Dragon jusqu'au pied de la Tour d'eau où Le Nôtre avait créé un théâtre d'ordre corinthien dans un fabuleux décor de verdure : une surprise car, la veille encore, il n'y avait rien à cette place. C'est là, dans la douceur de la nuit, que Lully dirigea, en indiquant la mesure à l'aide d'un rouleau de papier à musique, *Les Fêtes de l'Amour et de Bacchus*[1].

À la fin de la représentation, les membres de la cour suivirent comme ils le purent Leurs Majestés montées en calèche pour faire le tour du Petit Parc heureusement jalonné de porteurs de flambeaux. La suite du Roi, la plupart des femmes en boitillant, remonta du bassin d'Apollon au Parterre d'eau. Là, les plus fatigués purent s'asseoir dans l'herbe pour admirer le feu d'artifice tiré sur le canal. Le Roi n'aimait pas terminer une fête dans le ciel en flammes et c'est dans la cour de Marbre, superbement illuminée, que fut servi le souper du médianoche. L'éclairage des façades toutes blanches

---

1. Au XVIIe siècle, les chefs d'orchestre n'utilisaient pas de baguette mais souvent un rouleau de partitions.

du château, la musique, la tiédeur de la nuit mangèrent lentement les minutes et les heures. Ce n'est que sur les deux heures que le Roi se retira.

Versailles et ses magiciens se reposèrent jusqu'au 18 août, date de la dernière fête qui s'annonçait grandiose. Mais la gloire rampante d'une cour comblée d'artifices était bien peu de chose à côté de celle qui se gagnait et se perdait sur le champ de bataille.

En effet, tandis que le Roi distrayait ses courtisans, la guerre continuait de faire rage en Flandre. « Une bataille se prépare du côté de Charleroi », avait écrit à Clémence deux semaines auparavant le capitaine de Pérelle. Tout le monde savait à Versailles que la guerre se poursuivait dans le Nord mais personne, à part le Roi, certains ministres et quelques maréchaux, ne pouvait imaginer, dans le climat des fêtes, que les combats devenaient, au fil des jours, un véritable carnage.

Par le faste de la dernière journée, le Roi voulait-il donner le change ou déjouer le sort ? Malgré les nouvelles décevantes du front, il ne changea rien au programme des réjouissances. Seule allusion à la bataille meurtrière, M. de Gourville, envoyé par Condé, présenta au Roi devant la cour assemblée cent sept drapeaux et étendards pris à l'ennemi lors de la bataille de Seneffe. Puis on collationna au milieu du grand bosquet situé entre l'allée de Bacchus et l'allée Royale avant d'assister à la représentation du dernier ouvrage de Racine, *Iphigénie*, sur la scène montée dans l'Orangerie.

Le soir tombé, tout le monde rejoignit le départ du canal où Le Brun avait composé un extraordinaire monument en forme d'obélisque surmonté d'un soleil, à la gloire du Roi. Un embrasement d'artifice détruisit le tout comme pour marquer la fin des mémorables journées, mais le Roi réservait une ultime surprise à ses invités. Vigarani avait ponctué de lumières les lignes grandioses de l'allée Royale et des parterres ainsi que le tour du Grand Canal décoré toutes les dix toises de figures, de monstres marins et de termes. À la tête du canal, deux chevaux de feu encadraient une pyramide de lumière.

Leurs Majestés admirèrent un long moment le spectacle puis montèrent avec la cour en gondole pour aller découvrir à l'autre extrémité du canal un gigantesque palais de lumières colorées dressé sur des rochers.

Dans sa gondole, André Félibien, le talentueux critique d'art et historien, prenait des notes pour relater un peu plus tard dans un fascicule les grandes heures des fêtes de Versailles, tâche que lui avait confiée le Roi. L'académicien deviendra lyrique pour décrire la fin de la dernière journée :

« Dans le profond silence de la nuit, on entendait les violons qui suivaient le vaisseau de Sa Majesté. Le son de ces instruments semblait donner la vie à toutes les figures... Pendant que les vaisseaux voguaient avec lenteur, l'on entrevoyait l'eau qui blanchissait tout autour, et les rames qui la battaient mollement et par coups mesurés, marquaient comme des sillons d'argent sur la surface obscure des canaux... Et les grandes pièces d'eau, éclairées seulement par les figures lumineuses, ressemblaient à de grands salons enrichis et parés d'une architecture de statues d'une beauté jusqu'alors inconnue et au-dessus de ce que l'esprit humain peut concevoir. »

Le grand Pierre Corneille rappellera mieux, en vers, le souvenir de ces fêtes qui lui apparaissaient comme le délassement d'un guerrier entre deux victoires :

« Mon Prince en use ainsi ; ses fêtes de Versailles
Lui servent de prélude à gagner des batailles,
Et d'un plaisir pompeux l'éclat rejaillissant
Dissipe vos projets en le divertissant.
Muses, l'aviez-vous cru ?...
Aviez-vous deviné que ce parc lumineux,
Ces belles nuits sans ombre, avec leurs jours d'applique,
Préparaient à vos chants un objet héroïque ? »

La littérature de fête était plus facile à illustrer que celle de la guerre où les feux n'illuminaient pas les bassins mais tuaient sur les champs de bataille. Le prince de Condé, donné vainqueur de la célèbre bataille de Seneffe que ni lui ni le prince d'Orange n'avaient en fait remportée, comptait dans son armée le nombre énorme de sept mille morts et cinq mille prisonniers. Chez l'ennemi, les pertes avaient été à peu près égales.

Cette tuerie inutile fut néanmoins sacrée victoire des deux côtés. À Versailles on rendit grâce à Dieu d'un triomphe illusoire, à Auteuil d'un retour espéré. Le capitaine de Pérelle était en effet sorti sain et sauf de l'hécatombe de Seneffe et avait retrouvé Clémence dans leur maison de la campagne parisienne. Elle avait dû insister pour lui arracher quelques détails sur le déroulement du combat tant il lui répugnait de transformer en exploit le fait d'être revenu vivant de l'enfer. Il eut pourtant son heure de gloire lorsque le Roi le pria de venir à Saint-Germain pour recevoir ses félicitations en même temps que quelques autres officiers, dont le duc de Duras. La duchesse était ravie de voir célébrés en même temps son mari et son protégé. C'est dans son carrosse que les deux couples rejoignirent la cour au début de septembre.

– Madame, dit le Roi à Mme de Duras, votre mari s'est encore illustré.

Puis au duc :

– Monsieur le capitaine des gardes du corps, seriez-vous bien aise d'être nommé gouverneur de Besançon et de la province de Franche-Comté ?

Le duc remercia le Roi et la duchesse essuya une larme lorsque Sa Majesté poursuivit :

– Vous méritez cette distinction, pourtant une autre promotion ne tardera pas et elle fera plaisir, j'en suis sûr, à… la maréchale.

– Sire, c'est trop pour une seule journée ! dit Mme de Duras. Votre bonté nous comble.

Duras, toujours franc, souvent brutal, même en face du Roi, fit une réponse inattendue :

— Je remercie Votre Majesté mais ma conscience me pousse à vous déclarer que mon frère cadet, M. de Lorge, mérite mieux que moi cette dignité.

Le Roi rit :

— Rassurez-vous, son tour viendra. Je tiens votre frère en haute estime. Et maintenant, je m'adresse au capitaine de Pérelle présent comme d'habitude à vos côtés. L'amitié est une belle chose, vous semblez inséparables depuis le jour où j'ai donné Mlle de Francine à la duchesse comme demoiselle d'honneur.

Il sourit à Clémence et continua :

— Monsieur de Pérelle, vous savez que j'apprécie votre service. Vous n'offrez à votre Roi que des satisfactions. En attendant de figurer dans une prochaine promotion, je vous accorde le justaucorps à brevet. Cela vous donne, vous le savez, le droit d'entrer chez le Roi à toute heure.

Jean remercia encore et Clémence se retint pour ne pas dire au Roi que son valeureux mari n'avait pas les moyens de payer une fortune à un tailleur pour une tenue difficile à porter sur les champs de bataille, qu'il fréquentait plus assidûment que la cour.

À la fin de la collation offerte sur la terrasse du château, les Duras et les Pérelle eurent la surprise de voir venir vers eux Mme de Montespan, souriante :

— Ma chère Marguerite, il faut donc une guerre pour vous rencontrer à la cour ! Et vous, madame de Pérelle, vous savez que le Roi apprécie votre grâce. Faites-lui donc plus souvent l'hommage de votre jeunesse ! Mais ce sont les hommes qui aujourd'hui sont à l'honneur. Je sais, cher duc, que le Roi vous a donné le gouvernement de la Franche-Comté. Je m'en réjouis mais, hélas ! on vous verra encore moins souvent ! Quant à vous, capitaine, le justaucorps à brevet vous ira bien. Mais faites attention, madame, votre mari va avoir les plus belles femmes de la cour pendues à ses basques !

Là, Clémence n'y tint plus :

– La question ne se posera pas, madame, car, malheureusement, le justaucorps bleu est trop onéreux pour la bourse d'un jeune officier.

Mme de Montespan était une femme intelligente. Elle comprit l'embarras où la bienveillance du Roi plongeait ce couple sympathique dont l'histoire demeurait dans toutes les mémoires.

– Je vous demande pardon, dit-elle. Il est vraiment fâcheux que la solde d'un capitaine ne lui permette pas d'honorer une distinction royale. Enfin, avec ou sans habit bleu, venez plus souvent à la cour. Sachez que vous y avez une amie.

Quand elle se fut éloignée, Jean blâma sérieusement sa femme :

– Qu'est-ce qu'il vous a pris d'étaler notre gêne devant la maîtresse du Roi ? Pourquoi m'humilier ainsi ? Je sais que je n'ai pas de fortune et qu'il ne m'est pas possible de vous offrir la vie que je voudrais. Mais c'est cette incapacité qui m'est insupportable et non le fait de ne pouvoir endosser ce ridicule vêtement de courtisan.

– Allons, dit Mme de Duras, ne vous disputez pas pour une sottise. Je trouve que Clémence a eu raison de dire la vérité. Il est bon de rappeler à ceux qui ont trop d'argent que certains en manquent. D'ailleurs, Mme de Montespan n'en a pas été offusquée. Je la connais, elle va réfléchir et je ne serais pas étonnée que M. de Pérelle se voie attribuer dans quelque temps une pension pour le remercier de sa vaillance.

En Flandre, la bataille de Seneffe avait laissé des traces chez le prince d'Orange comme chez les Français. Sans que l'on puisse dire si l'accalmie durerait longtemps, la rémission était venue avec l'hiver. Il n'en allait pas de même à l'Est où le vicomte de Turenne, avec une petite armée, réussissait à contenir les Impériaux et le duc de Lorraine. On se racontait à la cour la mésaventure de l'électeur de Brandebourg, que l'on appelait le Grand Électeur, surpris à Colmar par Turenne alors qu'il se mettait à table avec ses généraux. Ils n'eurent que le temps de s'échapper à travers la campagne pleine de fuyards. Peu après, le maréchal général des armées du Roi défaisait l'infanterie ennemie à Turckheim. Une armée forte de soixante-dix mille hommes était vaincue et dispersée. Les généraux de l'Empire obligés de repasser le Rhin, l'Alsace restait au Roi.

À Saint-Germain, la gloire de Turenne, déjà immense, se trouva encore accrue lorsque l'on apprit qu'il avait mené à la victoire ses troupes inférieures en nombre, et cela en dépit d'ordres réitérés de Louvois donnés au nom du Roi. Résister au tout-puissant secrétaire d'État à la Guerre constituait un exploit ! Turenne avait pourtant, outre les amis de Louvois, des détracteurs qui lui reprochaient le malheur des peuples causé par ses soldats en pays conquis. Ils avaient en effet, après la bataille de Sintzheim, mis à feu et à sang le Palatinat. En Alsace, ils avaient brûlé les fours et les récoltes pour empêcher les ennemis de subsister et les cavaliers avaient ravagé la Lorraine. À ces accusations, Turenne répondait qu'il aimait mieux être appelé le père de ses soldats que de peuples qui, selon les droits de la guerre, sont toujours sacrifiés. Il ajoutait, ce qui était plus évident, que les soixante-dix mille Allemands auraient fait beaucoup plus de mal à l'Alsace, à la Lorraine et au Palatinat s'il ne les avait pas empêchés d'entrer en France.

Turenne continuait donc à progresser en Allemagne. La tâche semblait aisée lorsque le Conseil de Vienne, conscient de la nullité des princes qui menaient ses armées au désastre, en confia le commandement au général Montecuccoli, le légendaire tacticien qui avait arrêté la fortune de Louis XIV après la conquête des provinces de Hollande. Grand stratège, Montecuccoli était le seul digne d'être opposé à Turenne. Dès lors, il n'y eut pratiquement plus de combats mais une curieuse guerre de mouvement où l'un observait l'autre dans ses déplacements, jugeait le choix de ses cantonnements et devinait ses plans en fonction de l'attitude qu'il aurait prise s'il avait été à sa place. La ruse et la patience remplaçaient l'agressivité dans l'attente d'une situation favorable à l'inévitable choc.

La guerre devenait donc un art entre les deux maîtres également géniaux. Jean de Pérelle en discutait avec ses amis officiers revenus de Flandre. Comme eux, il rongeait son frein dans l'inactivité d'Auteuil ou de Saint-Germain où il se rendait plus souvent depuis que le Roi lui avait dit qu'il souhaitait sa présence. C'est lors d'une de ces visites à la cour qu'il osa demander au Roi, comme son brevet l'y autorisait, la permission de rejoindre l'armée de Turenne.

– Pensez donc plutôt à votre gentille épouse, répondit Louis. Vous avez assez payé de votre bravoure pour jouir d'un peu de repos. Enfin, si vous tenez vraiment à aller gagner une promotion dans les rangs de mon cousin, parlez-en au duc de Lorge qui est actuellement parmi nous et va bientôt retourner près de son frère. Dites-lui que c'est le Roi qui vous envoie. Mais réfléchissez tout de même à ce que je vous ai dit.

Malgré l'opposition farouche de Clémence, Jean de Pérelle rejoignit l'armée du vicomte de Turenne dans le carrosse de Lorge qui lui avait offert de voyager en sa compagnie et avait promis de le faire intégrer dans l'état-major du grand homme qui avait déjà choisi, dans le secret, l'endroit où il en découdrait avec son rival.

Jean roulait vers son destin tandis que Clémence, qui avait maîtrisé sa peine et sa colère, devisait avec Mme de Duras et son amie Mme de Sévigné sous les ombrages de Versailles où le Roi se rendait maintenant fréquemment depuis que l'état de son château le permettait.

– Notre pauvre Clémence a été très triste de voir son mari, le capitaine de Pérelle, repartir se battre, dit la duchesse de Duras. Il veut vivre une victoire près du vicomte.

– Oh, je le comprends ! J'écrivais ce matin à Bussy pour lui demander ce qu'il pensait de nos heureux succès et de la belle action qu'a faite M. de Turenne en faisant repasser le Rhin aux ennemis. Il est vrai que cette fin de campagne nous met dans un grand repos, et donne à la cour une belle disposition pour les plaisirs[1].

Clémence retint la réplique qui lui venait aux lèvres pour stigmatiser l'inconsciente marquise qui osait parler de plaisirs devant celle qui ne pensait qu'aux dangers courus par son mari. Elle préféra prendre congé et aller s'asseoir un peu plus loin, au bord du Parterre d'eau.

Jean de Pérelle rejoignit l'état-major de Turenne à Offenburg, dans le pays de Bade, et il fut tout de suite frappé par l'adoration que les soldats portaient à leur chef. Celui-ci reçut Pérelle poliment mais sans enthousiasme. « C'est bon, dit-il, vous me suivrez en qualité d'officier de liaison. » Jean n'en demandait pas plus.

Le lendemain, il apprit que le maréchal avait trouvé l'occasion d'attaquer non loin de là, près d'Achern. Le combat où allaient se jouer la gloire de la France et celle du plus valeureux de ses soldats était donc imminent. Pourtant, personne dans le camp ne semblait s'agiter. Les soldats de Turenne étaient si aguerris, si habitués aux déplacements inattendus et si disciplinés que l'approche de la bataille ne les impressionnait pas. Ils riaient, jouaient aux dés, bavardaient comme ils le faisaient depuis trois mois lorsque avait commencé le jeu subtil entre les deux seigneurs de la guerre.

---

1. Lettre de la marquise de Sévigné du 20 janvier 1675.

Jean de Pérelle s'ennuyait plutôt dans ce cantonnement où il ne se passait rien et où il ne connaissait personne. Il fut heureux lorsque, au matin du 27 juillet, une estafette vint le prévenir que le maréchal allait partir en reconnaissance pour choisir les places où serait déployée l'artillerie et qu'il était désigné pour l'accompagner. Jean enfila en hâte sa vareuse, attacha son sabre et rejoignit le petit groupe qui s'était formé autour de Turenne. Montecuccoli avait-il flairé le projet français ? Soudain, alors qu'aucun coup de feu n'avait été tiré de part et d'autre depuis des semaines, les canons ennemis se mirent à tonner sporadiquement, sans que l'on sache où se situaient les points de chute des boulets.

– Le feld-maréchal se réveille, dit simplement Turenne. Dépêchons-nous d'aller mettre en place nos canons pour attaquer demain à l'aube.

Le silence était revenu. C'est à peine si quelques fumées à l'horizon indiquaient que l'on avait tiré là-bas. Le groupe de commandement et les officiers d'artillerie arrivèrent à la lisière d'un petit bois et Turenne expliqua que deux canons seulement devaient y être installés pour servir de leurre mais que le gros de l'artillerie se tiendrait plus loin, en retrait d'une petite crête. Il montrait du doigt l'endroit stratégique lorsque, soudain, un coup de canon, un seul, fit vibrer la campagne. Il y eut tout de suite après un sifflement. Il annonçait l'inconcevable : le maréchal, touché de plein fouet par le boulet, gisait mort sur le sol. À son côté, Jean, atteint par le même projectile, gémissait de douleur près de Saint-Hilaire dont le bras avait été emporté. Comme on le secourait, ce dernier murmura : « Ce n'est pas moi, c'est ce grand homme qu'il faut pleurer ! »

Jean rendit l'âme tandis que l'on le ramenait au camp sur une civière[1].

1. On apprit plus tard que le canonnier impérial qui avait mis fin aux exploits du plus grand chef de guerre de son temps s'appelait Koch. Il avait tiré au hasard pour essayer son canon.

L'annonce de la mort de Turenne bouleversa la cour. Le Roi, qui pleurait facilement, essuya quelques larmes et prit les décisions qui convenaient. Au Palatinat, le boulet perdu avait en effet changé le sort des armes : Montecuccoli, longtemps retenu par l'habileté du maréchal, avait passé le Rhin dès qu'il avait su qu'il n'avait plus à craindre son grand rival. Il rencontra bientôt une partie de l'armée française, désemparée par la mort de son chef. Le lieutenant général de Lorge avait la tâche délicate de battre en retraite tout en bloquant le plus longtemps possible l'avance de l'ennemi en Alsace. À Saint-Germain, le Roi ne perdait pas son temps. Il crut que seul Condé pouvait rendre la confiance aux troupes et arrêter l'envahisseur. Il avait raison, le prince réussit sa dernière campagne avant de se retirer chez lui à Chantilly. Le Roi avait perdu Turenne et Condé mais il lui restait de nombreux excellents officiers formés par eux. Il lui restait aussi Louvois, dont la prévoyance en matière militaire était inappréciable, pour continuer la guerre contre l'Empire, l'Espagne et la Hollande.

C'est un émissaire du Roi, le comte de Limbourg, qui reçut la pénible mission d'aller annoncer à Clémence que son mari avait été tué par le même boulet qui avait emporté le maréchal de Turenne. Elle fut courageuse comme une femme de soldat et ne s'effondra en larmes qu'après le départ du messager. Celui-ci lui avait transmis les affectueux regrets du Roi qui, par ailleurs, la priait de venir le voir le plus tôt qu'elle le pourrait car il avait beaucoup de choses à lui dire.

À la cour, on guettait les nouvelles de l'Est et la mort de Pérelle, connue un peu après celle de Turenne, plongea beaucoup de gens dans l'affliction. Mme de Montespan écrivit une lettre pleine d'amitié à Clémence pour la consoler et lui dire que le Roi ne l'oubliait pas dans son malheur. Mme de Sévigné trempa sa plume pour l'assurer qu'elle avait en sa personne une amie. Quant à Mme de Duras, qui venait de rejoindre le duc dans son gouvernement, elle annonça qu'elle précipitait son retour à Paris afin d'aider « sa petite sœur », comme elle appelait souvent Clémence.

En tout cas, le retour du corps du maréchal suscitait sur la route une profonde émotion qui trouvait son écho à la cour. Mme de Sévigné écrivait à son cousin Bussy-Rabutin : « Le corps du maréchal est ramené de l'armée du Rhin au milieu d'une foule désolée. Partout où passe cette illustre bière, ce sont des cris, des pleurs, des presses, des processions qui ont obligé à marcher et arriver de nuit. »

On fit certes moins attention aux cercueils d'officiers morts sur le Rhin qui suivirent la même route un peu plus tard, dont celui d'un jeune capitaine fauché au prélude de sa gloire.

En attendant les obsèques, Clémence préféra abandonner la maison d'Auteuil trop pleine de souvenirs et se réfugier dans sa famille à Versailles. Pour l'Ondine devenue comtesse, une troisième vie commençait, celle d'une veuve, belle et pleine d'esprit, à la cour du Roi-Soleil.

Dans l'immédiat, Clémence fut soulagée que le château, en l'absence du Roi fixé à ce moment à Saint-Germain, soit vide de courtisans, occupé seulement par les artisans chargés de l'entretien et les sculpteurs italiens qui finissaient le Grand Escalier et posaient les dernières serrures. Quant au parc, elle le retrouvait à la fois semblable et différent de celui de sa jeunesse. Le calme, les odeurs, le chant des oiseaux l'enveloppaient comme autrefois dans un voile d'abandon et d'oubli, mais elle ne pouvait faire abstraction des changements qui avaient transformé le vieux jardin un peu sauvage en espaces organisés, en allées rectilignes, en carrefours géométriques où pointaient vers le ciel les jeux d'eau. Elle s'y promenait des journées entières, souvent en compagnie de son père, toujours à l'affût d'une dégradation ou d'une fuite susceptible d'endommager le réseau compliqué des tuyaux, certains déjà vieux, qui s'étiraient, se rejoignaient, se croisaient sous les gazons de M. Le Nôtre.

– Dans mon parc, je ne pense à rien, disait-elle à l'intendant des Eaux et Fontaines – c'était maintenant le titre du sieur de Francine. J'évite seulement les lieux où j'ai rencontré mon mari, sauf quand je veux me recueillir et pleurer mon amour.

C'étaient des propos qui plongeaient François dans la peine. Il entraînait alors Clémence vers un bassin et lui demandait de faire jouer les eaux à sa guise. Elle oubliait son malheur, manœuvrait les vannes comme naguère et demandait si c'était réussi. Après, elle montrait ses mains aux ongles cassés et disait en souriant : « Ce matin, j'ai passé une heure à les polir ! »

En dehors de son père, Clémence avait retrouvé le seul être qui pouvait l'aider. C'était La Quintinie, qui installait le nouveau potager tant de fois promis par le Roi. Homme tranquille, il était si proche de la nature qu'il vivait les jours et les saisons comme ses plantes. S'il parlait doucement, c'était sûrement pour ne pas troubler leur croissance. Pour l'heure, il ne disait aucun des mots convenus censés aider celui qui vient de perdre un être cher mais entraînait Clémence devant ses poiriers plantés en espalier, lui expliquait l'éclosion des bourgeons ou bien lui demandait de l'aider à semer les radis qui ouvriraient l'appétit du Roi sitôt qu'apparaîtrait sous le bouquet de quelques feuilles râpeuses la petite calotte rose de leur boule vernissée. Il pouvait parler des heures des radis, des asperges ou des poires de curé. Et quand Clémence se lavait les mains dans la fontaine après ce tour de jardin enchanté, il lui disait en souriant : « Tu vois, ma chérie, le jardinage lie les yeux à la terre et l'esprit aux racines des plantes ! »

Par la volonté du Roi, Turenne reposait maintenant dans le caveau de la basilique de Saint-Denis réservé aux Bourbons. Fléchier avait prononcé à Saint-Eustache l'oraison funèbre du « très haut et très puissant prince Henri de La Tour d'Auvergne, maréchal général des camps et armées du Roi, colonel général de la cavalerie, gouverneur du Haut et Bas Limousin ». On pleura dans la nef en écoutant le panégyrique de « l'homme qui portait la gloire de sa nation jusqu'aux extrémités de la terre »… Avant de « mourir enseveli dans son triomphe ».

Le corps du capitaine de Pérelle fut remis peu de temps après à sa veuve. C'est le prince de Marcillac qui l'accompagna jusqu'à Versailles où Clémence avait exigé qu'il soit inhumé après une cérémonie émouvante à la vieille église Saint-Julien. Tous les amis de Clémence étaient présents ainsi que de nombreux officiers. Un détachement des cent-suisses en grande tenue, veste rouge vif galonnée d'or, porteurs du drapeau blanc fleurdelisé de la Compagnie générale, rendit les honneurs au nom du Roi représenté par le maréchal de Créqui et le maréchal de Duras, fraîchement promu. Mme de Duras était là, naturellement, ainsi que plusieurs dames de la cour. En attendant que Clémence fasse ériger un monument dans le nouveau cimetière de Versailles, la bière fut déposée dans la crypte de Saint-Julien confiée aux prières des lazaristes.

La journée avait été si pénible pour Clémence que l'on dut la reconduire en voiture. Le soir, elle était prostrée, seule, entre son père et sa mère, quand quelqu'un frappa à la porte. C'était Jean de La Fontaine qui dit simplement :

– Peut-être as-tu besoin de moi, petite Ondine ? Je suis venu te tenir la main et te raconter quelques histoires.

Elle sourit tristement :

– Bien sûr que j'ai besoin de vous. Asseyez-vous et parlez-moi comme lorsque j'étais petite fille. Votre second livre de fables vient d'être édité. Je ne l'ai pas encore lu mais récitez-m'en une, pour moi, pour moi toute seule.

Mme de Francine fit servir un bouillon chaud et rallumer le feu dans la cheminée car il commençait à faire frais. Et La Fontaine commença en la regardant :

– Écoute, Ondine, la fin de ma fable *Les Deux Amis*. Elle est écrite pour toi et, si tu le veux bien, pour ton vieux parrain :

« Qu'un ami véritable est une douce chose !
Il cherche vos besoins au fond de votre cœur ;
Il vous épargne la pudeur
De les lui découvrir vous-même.
Un songe, un rien, tout lui fait peur,
Quand il s'agit de ce qu'il aime. »

Longtemps dans le soir, le chat Grippe-Fromage, Ronge-Maille le Rat, dame Belette au long corsage et Triste-Oiseau le Hibou hantèrent la maison de la Fontainière du Roi qui s'endormit loin des hommes et de leurs folies.

12

Louis le Grand

Clémence n'attachait pas d'importance aux manifestations conformistes qui entourent habituellement le malheur. Si elle s'abstint durant deux mois de paraître à la cour, c'est simplement parce qu'elle n'en avait pas envie. Son deuil, elle le vivait entre sa maison, le parc et le jardin de son ami La Quintinie. Cependant, Mme de Duras lui ayant une nouvelle fois fait part du désir du Roi de la rencontrer, elle se décida et profita d'un séjour de la cour à Versailles pour l'accompagner au château. Il n'y était plus question de fêtes extraordinaires mais d'une vie quotidienne assez monotone dans les endroits préférés du Roi. Les abords du Grand Canal étant maintenant aménagés et la flotte, enrichie de nombreux bateaux – brigantins, chaloupes et gondoles –, le lac en croix était le lieu de prédilection pour les promenades royales. C'est à l'embarcadère qu'elle aperçut le Roi qui s'apprêtait à monter à bord du « Grand Vaisseau », embarcation maîtresse de la flottille que des charpentiers avaient construite sur place. Clémence n'allait évidemment pas se précipiter sur le Roi. C'est Mme de Duras qui alla le prévenir. Alors, il se retourna, vit Clémence et revint sur ses pas pour la saluer d'une large envolée de chapeau :

– Madame de Pérelle, j'espère que l'on vous a transmis les condoléances de votre roi. Ma peine est encore grande d'avoir perdu un officier admirable à l'orée de sa carrière. De plus, il était votre mari, et cela ajoute encore à mes regrets. Je suis bien aise de vous revoir et je vous prie de vous joindre à moi lors de ma promenade. Vous allez faire connaissance avec mon plus beau bâtiment. Sa décoration est vraiment admirable et je ne sais qui il faut le plus féliciter, des architectes, des sculpteurs, des doreurs… Venez, je vous prie, prendre place à la poupe, près de moi. J'ai à vous parler.

La Reine, Mme de Montespan et Monsieur s'installèrent un peu plus loin sur les coussins de brocart bleu et admirèrent, à l'invitation du Roi, le nouveau pavillon de damas blanc, brodé à double face et qui portait les armes royales. « Il mesure douze pieds de large et dix-huit pieds de long ! » précisa le Roi qui, ensuite, recommanda à l'attention de ses invités les vingt-trois flammes de taffetas blanc et bleu accrochées au grand mât. Les voiles étaient hissées mais le vent, absent. Ce furent donc les galériens maures que le Roi avait fait acheter en Afrique qui emmenèrent à la rame, sur les eaux de Versailles, le vaisseau amiral.

Dès que le navire se fut éloigné un peu du bord, le Roi se tourna vers Clémence :

– Avant la mort de votre mari, Mme de Montespan m'avait fait part de vos difficultés et il était dans mon intention d'accorder une rente, bien méritée, à celui qui était l'un de mes meilleurs capitaines. Je n'ai, hélas ! pas eu le temps de réaliser mon projet. Eh bien, c'est sa veuve qui en bénéficiera ! Je tiens beaucoup à ce que vous puissiez mener à la cour, dont vous êtes dorénavant membre à part entière, une existence décente. Le brevet accordé au capitaine de Pérelle lui permettait de venir chez le Roi à toute heure. Ce privilège vous reste, madame la Fontainière du Roi, puisque c'est sous ce nom que l'on parle de vous autour de moi. Je compte vous voir souvent. Mme de Montespan vous aime et veillera sur vous.

Clémence craignait cette visite obligée mais la courtoisie du Roi, la douceur de son accueil et l'élégance dont il accompagnait ses bienfaits l'aidèrent à accepter la cour où elle ne s'était jamais sentie à l'aise. Mieux, elle trouva que les gens, jusque-là plutôt dédaigneux, lui témoignaient de la sympathie, les femmes, mais aussi les hommes. Ainsi, le duc de La Rochefoucauld, qu'elle ne connaissait pas, se détourna-t-il pour la saluer malgré l'accès de goutte qui lui rendait la marche difficile :

– Madame, je me permets de vous dire que je prends respectueusement part à votre tristesse. J'ai connu votre mari qui fut page chez mon fils, M. de Marcillac. C'était un homme de valeur. Comme tout le monde ici, je connais votre histoire et je vous admire.

– Moins que moi, monsieur, pour la dernière édition de vos *Maximes*. Elles m'ont aidée à vivre l'insupportable.

Quand Clémence retrouva Mme de Duras, le soir, à l'ambigu proposé à la cour dans le grand salon de la Ménagerie, elle était, certes, fatiguée par la tension qu'elle avait endurée dans la journée, mais elle n'était pas triste :

– Je crois que j'ai bien fait de venir, dit-elle à son amie. Puisque la cour devient pour moi un centre d'existence, autant constater qu'elle ne présente pas que des inconvénients. Ce soir, j'ai décidé, non pas d'oublier Jean, mais de revivre en me disant que c'est le conseil qu'il me donnerait s'il le pouvait.

Marguerite de Duras l'embrassa.

– Que voilà une sage résolution ! Vous avez raison : à trente ans vous êtes plus belle que jamais, la cour vous est ouverte, ce qui n'est tout de même pas rien, et le Roi vous protège. C'est pourtant un essaim bruyant où certaines guêpes piquent volontiers. Il faut s'en méfier. Mais vous connaissez tout cela et je suis sûre que vous serez prudente et, surtout, que vous saurez vous méfier des flatteurs. Car, veuve et séduisante, vous allez être très courtisée !

Clémence avait encore beaucoup à apprendre pour devenir une vraie courtisane. Elle était avant tout soucieuse d'être informée de ce qui se tramait sous les ors des appartements et les frondaisons des bosquets de M. Le Nôtre. Comme les planètes autour du Soleil, les nouvelles gravitaient autour du Roi, à commencer par celles qui touchaient à ses amours, à ses enfants, à ses maîtresses. Certaines, vite connues, couraient les groupes et les coteries ; d'autres, qui demeuraient plus ou moins longtemps le secret de quelques-uns, n'étaient pas forcément les plus importantes. Ainsi Clémence apprit-elle rapidement que Louise de La Vallière, mourant de jalousie, suivait les conseils de Bossuet, son directeur de conscience, et demandait la permission de se retirer dans un couvent. Cette prière, aboutissement d'un long calvaire, suivait la présentation de Mlle de Blois, sa fille et celle du Roi. Elle avait enchanté la cour et charmé le père qui rechignait à laisser son premier amour le quitter, fût-ce pour rejoindre Dieu. Finalement, il accepta à contrecœur et, le 19 avril, la duchesse de La Vallière prit congé du Roi. Seuls les proches assistèrent aux adieux mais le récit de la scène n'était plus le lendemain un secret pour personne. Mme de Duras la joua pour Clémence presque comme au théâtre :
– Louise, dont le malheur avait touché les âmes les plus endurcies s'agenouilla devant le Roi qui la releva aussitôt en pleurant. Quelle attitude allait-elle prendre devant la Reine ? La duchesse de La Vallière fut sublime : elle se prosterna et implora le pardon de Marie-Thérèse qui, elle aussi, se mit à pleurer. Contagion émotive ou témoignage d'affection ? Toute l'assis-

tance éclata en sanglots, à commencer par Mme de Montespan !

– Y a-t-il souvent à la cour des scènes aussi théâtrales où l'on joue Racine en vérité ? demanda Clémence, peu édifiée par ce récit.

– Demain, ma chère, venez donc au carmel de la rue Saint-Jacques.

– Le Roi y sera ?

– Non, il part à la guerre au petit matin. C'est des mains de la Reine que la duchesse de La Vallière, sous le nom de Louise de la Miséricorde, recevra le voile noir des carmélites.

Clémence ne jugea pas nécessaire d'assister à ce curieux spectacle mais elle en écouta le récit par la Palatine qui aimait broder sur les ménages du Roi :

– Quand Louise eut pris le voile devant la cour assemblée derrière la grille, Bourdaloue, le prédicateur, trouva des mots qui firent trembler. Montrant les barreaux de la clôture à travers lesquels on distinguait la frêle silhouette de notre amie, il cria presque cette phrase terrible que j'ai retenue : « Quelque satisfaction que vous paraissiez avoir eue en cette vie, vous êtes les misérables, et quelque souffrance que vous remarquiez dans leur profession, les religieuses sont les plus heureuses ! » J'ai cru m'évanouir comme beaucoup d'autres dames !

En fréquentant plus assidûment la cour, où elle s'était fait des amies, Clémence découvrit peu à peu la face cachée de l'entourage royal. Elle croyait la veuve Scarron confite en dévotion, toute consacrée dans la discrétion et l'effacement à l'enseignement des enfants du Roi. Elle fut surprise d'apprendre qu'elle n'avait cessé d'être ambitieuse et qu'elle jouait, selon des proches bien renseignés, un subtil jeu de séduction auprès du Roi.

Les trois enfants de Mme de Montespan ayant été reconnus, la clandestinité de leur éducation, qui ne satisfaisait pas le Roi, n'avait plus de raison d'être et

Mme Françoise de Scarron put s'installer à Saint-Germain, poursuivre sa tâche au sein de la cour et rencontrer le Roi dans l'intimité chaque fois qu'il venait voir ses légitimés. Des relations tendres et secrètes s'établirent-elles entre eux à ce moment ? Connaissant la fougue amoureuse du Roi à l'époque, nombreux furent ceux qui le crurent. La petite-fille d'Agrippa d'Aubigné avait trente-huit ans. Elle avait été belle, elle l'était encore et on pouvait lui prêter la volonté cachée de séduire.

Bientôt aucun courtisan rompu aux finesses du métier ne se hasarda, même en privé, à parler de la « veuve Scarron ». Couverte d'honneurs par le Roi, elle venait d'acquérir, grâce à un don généreux, la terre de Maintenon. L'ancienne protégée du marquis de Villarceaux avait du même coup trouvé un nom digne de sa situation à la cour : oublié le poète infirme, elle était Mme de Maintenon. Personne pourtant ne pouvait imaginer qu'elle porterait ce nom si haut, pas même Mme de Montespan qui avait tardé à s'inquiéter mais dont la jalousie commençait à poindre.

Lorsque Clémence en avait assez de côtoyer ce monde qui la divertissait mais n'était devenu le sien que par le jeu de circonstances incroyables, elle allait se rafraîchir l'esprit auprès de Jean-Baptiste La Quintinie qui échafaudait non sans peine les plans du « nouveau potager », comme on appelait maintenant, en ville et à la cour, le grand carré inculte acheté par le Roi pour y cultiver ses poireaux. Le futur éden des fruits et légumes n'était encore qu'un immense chantier, ainsi que La Quintinie l'expliquait ce matin-là au Roi dans le vieux potager de Louis XIII qui continuait à nourrir la cour :

– Alors, monsieur La Quintinie, votre nouveau jardin avance-t-il ?

– Sire, je préfère ne pas y conduire Votre Majesté. Elle ne verrait que huit hectares de boue et des centaines d'ouvriers qui poussent des brouettes. Ma tâche est difficile. Je suis obligé de faire un potager dans des terres qui sont de la nature de celles que l'on ne voudrait trouver nulle part. Il m'est impossible de trouver d'excellente terre dans le voisinage pour remplacer cette boue. Nous nous contenterons qu'elle soit passablement bonne. Dans l'instant, les cent-suisses creusent un grand bassin à proximité. Le sable sorti comble mon cloaque. Après, il faudra de la bonne terre et des quantités de fumier à épandre dessus.

Comme dans toutes ses entreprises, le Roi voulait tout savoir :

– Et où la trouverez-vous, cette bonne terre ?

– Pour l'avoir promptement, nous irons la chercher à l'endroit le plus proche, sur la montagne de Satory. J'en ai flairé une poignée et je trouve qu'elle a une manière de franche odeur[1].

– Je vous fais entièrement confiance, monsieur La Quintinie, et j'ai plaisir à vous apprendre que j'ai signé ce matin un brevet qui vous fait don d'un terrain sis au nouveau potager et où, selon le bon plaisir du Roi, vous pourrez faire bâtir votre maison. Portez-vous bien.

Clémence arriva peu après :

– Le Roi vous a rendu visite. J'ai aperçu son carrosse qui repartait. Il se passionne toujours pour son jardin ?

– Plus que jamais. Non seulement il m'a dit des choses agréables mais il m'a annoncé qu'il me faisait don d'une maison à construire dans l'enceinte du nouveau potager. L'ennui, c'est que je ne sais pas si j'arriverai un jour à faire pousser une carotte dans le bourbier que l'on m'a octroyé ! En attendant, viens, tu vas

---

[1]. Les phrases de La Quintinie sont extraites de son ouvrage : *Instructions pour les jardins fruitiers et potagers*.

emporter un panier de « Gros-Blanquet » et de « Bourdon » qui sont mûres à point.

– Qu'est-ce que c'est que ces bêtes-là ? demanda Clémence.

– C'est toi la bête, ignorante ! Ce sont des poires, les meilleures naturellement !

La vie filait ainsi, un peu décousue, entre la musique de Lully, les repas fins de médianoche et les bruits qui, de bouche à oreille, circulaient dans les salons et les allées du parc. Un jour c'était la scène d'une rare violence qui avait opposé Mme de Montespan et Mme de Maintenon, un autre le clergé qui, profitant de l'austère piété de la seconde, voulait mettre fin aux désordres de la cour et neutraliser par un jeu habile la mauvaise influence de la favorite sur le Roi. On raconta qu'Athénaïs, très pieuse elle aussi, s'était vu refuser l'absolution par un prêtre de Versailles, l'abbé Lécuyer, et que Bossuet s'était mêlé de l'affaire pour donner raison au curé.

Il y avait du vrai dans ces bruits de confessionnal qui réveillèrent, chez le Roi comme chez sa maîtresse, la terreur d'un enfer qui, à l'aube des Lumières, n'épargnait personne, pas même le Roi de droit divin. Le fait est que Mme de Montespan quitta la cour et se retira à Vaugirard pour pleurer, prier, jeûner. Le Roi, lui aussi, montra une grande ferveur et pensa qu'il ferait bien, également, de s'éloigner en allant à la guerre.

La situation militaire, stabilisée mais fragile depuis que Condé, jetant ses derniers feux, avait obligé Montecuccoli à repasser le Rhin, n'était pas brillante et le Roi dut se contenter d'une banale visite d'inspection. Il souhaitait un beau siège, épisode de guerre qu'il affectionnait, mais il n'y avait pas de ville à prendre. Alors, il s'en revint à Saint-Germain, Mme de Montespan elle aussi. Sous l'œil vigilant de l'Église et de Mme de Maintenon en embuscade, la vie de cour reprit, entre le désir charnel, la piété et la crainte épisodique de la damnation. Athénaïs retrouva sa superbe. Reine en second à Saint-

Germain et à Versailles, elle voulut son château, pour elle et ses enfants « légitimés ». Elle l'obtint du Roi. Lepautre fut chargé de bâtir le domaine de Clagny.

La comtesse de Pérelle, entrée à la cour presque par effraction, y tenait maintenant une place enviable. Sa naissance médiocre ne la mettait en compétition avec aucune dame titrée. Elle ne devait son crédit qu'au bon plaisir du Roi mais cela valait tous les quartiers de noblesse dans la mesure où elle ne briguait pas un tabouret au souper de Sa Majesté. Quand elle occupait une place sans rapport avec son rang, c'était parce que le Roi l'en avait priée, une faveur qui, comme le jugement de Dieu, ne pouvait prêter à critique.

Jamais Clémence n'aurait pu imaginer qu'elle posséderait un jour un carrosse, deux femmes de chambre, un cocher et un laquais. Le Roi, en effet, avait tenu parole et la pension qui lui était allouée lui permettait de vivre largement. La voiture, surtout, lui semblait un luxe inappréciable. Elle n'était tributaire de personne, pouvait se rendre quand elle le voulait chez Mme de Duras lorsqu'elle était à Paris, aller retrouver ses amis au Mouton Blanc et, naturellement, aller à Saint-Germain. L'ouverture du testament de son mari n'avait pas réservé de bonnes surprises : le château de famille, en très mauvais état, était gagé et l'inventaire des biens de Jean de Pérelle, déficitaire. Elle avait donc renoncé à la succession. Le capitaine lui avait tout de même légué une fortune : la reconnaissance du Roi.

Comme Mme de Duras l'en avait avertie, Clémence, avec sa beauté effacée, son naturel et son passé devenu légendaire, aiguisait le désir de nombreux coutumiers des bosquets royaux. Les jeunes tentaient leur chance, pensant que la comtesse, dont ils connaissaient l'histoire, serait plus accessible que les dames titrées et prétentieuses. Les plus âgés espéraient que le veuvage leur ouvrirait plus facilement le chemin de la félicité. Mais Clémence, si satisfaite d'être libre dans l'enclos du troupeau des courtisans, n'avait nulle envie de s'attacher à un blanc-bec à rubans qui lui rappellerait à chaque heure un petit marquis de Molière. Les seigneurs chevronnés, en justaucorps à brevet ou en soie galonnée, l'intéressaient encore moins. « Et je suis sûre que le Roi n'aimerait pas... », pensait-elle sans se l'avouer. Clémence ne jouait pas les coquettes, ce n'était pas son genre, mais elle ne pouvait s'empêcher de s'amuser du manège des « chapeaux à plumes », comme elle appelait ses soupirants quand elle en parlait avec Boileau ou La Fontaine. Les deux amis ne cessaient d'être surpris par la destinée de la petite fontainière.

– Ma petite, disait souvent Boileau, il faudra un jour que tu écrives tes mémoires. Pas tout de suite, tu es trop jeune, mais lorsque le roman de ta vie se sera enrichi de nouvelles et plaisantes aventures.

Elle riait :

– Mais j'écris très mal ! Et puis, je ne sais pas ce que vous trouvez tous de palpitant dans ma vie !

– Tu écriras toujours aussi bien que Dangeau[1] ! Quant à ta vie, il n'y a que toi qui la trouves ordinaire.

Mis à part La Fontaine qui hasardait parfois sur le ton moqueur une allusion discrète, personne n'évoquait devant Clémence les relations qui avaient existé entre elle et le Roi. Elle savait que l'on lui prêtait bien plus que la brève rencontre de l'Orangerie et se demandait ce qu'elle ferait si, un jour, Bontemps, avec ses airs de conspirateur, venait la chercher. Ce n'était pas une idée en l'air. Elle se rendait compte que l'intérêt que lui portait le Roi depuis un certain temps n'était plus l'aimable considération accordée à la veuve d'un officier apprécié.

---

1. Boileau se montrait ingrat car Dangeau, gouverneur de Touraine, qui accompagnait le Roi dans toutes ses campagnes et écrivait ses mémoires, l'avait protégé.

Il s'arrêtait auprès d'elle lorsqu'il la croisait, quitte à abandonner ceux qui l'accompagnaient, il prenait des nouvelles de sa santé et lui recommandait de faire appel à lui si elle avait besoin d'une aide. Bref, elle avait l'impression qu'il lui faisait la cour, à sa manière, celle d'un Roi. La Palatine, qui avait toujours aimé son beau-frère, sans même s'en rendre compte, avait dit un jour devant Clémence que les femmes, qu'elles soient filles de jardinier ou dames de qualité, n'avaient qu'à faire semblant d'être amoureuses du Roi et d'accéder à ses désirs. Mais elle, Clémence, devrait-elle se forcer pour paraître amoureuse ? Elle se croyait revenue dix ans en arrière et se sourit à elle-même : si le Roi le souhaitait, elle savait qu'elle succomberait sans déplaisir.

L'année 1675, peu propice à nos armes, s'acheva sans que la France eût à subir le déshonneur d'une invasion. L'armée impériale, après avoir repassé le Rhin, s'était tenue tranquille sans cesser d'être menaçante. Elle avait besoin, comme celle du Roi, de se refaire une santé. La cour n'ayant pas de nouvelles guerrières à débattre durant la promenade, c'est sur un tout autre sujet, aussi exaltant, que roulaient les conversations : le procès de la marquise de Brinvilliers.

Le récit de la vie de cette femme dépassait l'imagination. Mme de La Fayette, qui n'en manquait pas, et la marquise de Sévigné, toujours friande de nouvelles surprenantes, pouvaient disserter des heures sur cette Madeleine de Dreux d'Aubray, fille d'un honorable lieutenant civil au Châtelet et épouse du marquis de Brinvilliers, maître de camp au régiment de Normandie, qui eut un jour la fatale idée de présenter à sa femme un camarade, le capitaine Sainte-Croix, devenu très vite son amant. Mme de Sévigné était d'autant plus intéressée qu'elle avait habité au temps de sa jeunesse rue des Lions, dans un immeuble voisin de celui des Brinvilliers.

Clémence et Mme de Duras, qui trouvaient ce drame plus passionnant que les discussions sur la mode entre marquises et duchesses, s'intéressèrent elles aussi à la Brinvilliers et reconstituèrent son étrange destin. Ce fut le premier récit écrit d'une histoire qui devait fournir plus tard tant de romans.

Si le marquis prit l'inconduite de son épouse avec philosophie, il n'en alla pas de même avec le lieutenant civil, magistrat sévère, qui obtint du Roi une lettre de cachet pour faire enfermer le suborneur à la Bastille. C'est entre les murs de la forteresse que se nouèrent les fils d'une affaire jusque-là banale. En prison, Sainte-Croix rencontra un Italien appelé Exili, droguiste sulfureux, libéré par malheur en même temps que lui. Désireux de s'instruire sur l'univers fascinant des poisons, il l'engagea à son service et, aidé d'un apothicaire nommé Glazer, le trio commença à trafiquer dans les cornues et à fabriquer des poisons. En même temps, Sainte-Croix reprit secrètement ses relations amoureuses avec la belle marquise.

La mort du lieutenant civil d'Aubray, durant l'automne de 1666, passa inaperçue, comme celle quatre ans plus tard du frère de Mme de Brinvilliers qui avait repris la charge de son père et ne cessait de reprocher à sa sœur son infidélité. Six mois passèrent et le second frère de la marquise, conseiller au parlement de Paris, rendit lui aussi son âme à Dieu.

Clémence et Marguerite de Duras éprouvèrent quelque difficulté à établir la suite des faits. Mme de Sévigné les aida et, entre plusieurs versions, elles adoptèrent la plus romanesque. Sainte-Croix, c'était avéré, lassé des débordements de sa maîtresse, avait quitté la marquise et poursuivait ses travaux dans un laboratoire secret du cul-de-sac de la Valette près la place Maubert. Un jour, c'était le 31 juillet de 1672, penché sur un fourneau, le visage recouvert d'un masque de verre, il suivait, captivé, la formation d'un nouveau poison dans une cornue.

Ce qui se passa alors resta pour Clémence et Mme de Duras un mystère. Le fait est que l'on retrouva Sainte-Croix mort, le visage arraché dans les débris de son masque. C'était une fin trop singulière pour que le bruit de cet événement ne se répandît pas aussitôt dans Paris et à la cour.

Des scellés furent posés, que l'on leva le 13 août. On découvrit alors dans le logis quelque argent et une cassette que le magistrat ouvrit devant témoins. Ils en retirèrent une lettre écrite de la main de Sainte-Croix dont la copie circula comme une curiosité :

« Je supplie très humblement ceux entre les mains desquels tombera cette cassette de me faire la grâce de vouloir la rendre en main propre à Mme de Brinvilliers, demeurant rue Saint-Paul, attendu que ce qu'elle contient la regarde et appartient à elle seule[1]. Et en cas qu'elle fût plus tôt morte que moi de la brûler et tout ce qu'il y a dedans, sans rien ouvrir ni innover. Et afin que l'on ne prétende cause d'ignorance, je jure sur le dieu que j'adore, que je n'expose rien qui ne soit véritable. C'est ma dernière volonté. Fait à Paris le 25 mai 1672. Signé Sainte-Croix. »

Le magistrat ne trouva rien à redire, jeta un coup d'œil à l'intérieur de la cassette qui contenait plusieurs paquets, reposa les scellés et, en attendant l'inventaire de succession, en confia la garde au sergent Cruellebois.

L'affaire Sainte-Croix était terminée, celle de la Brinvilliers débutait. La marquise, en apprenant ce qui s'était passé, courut, folle de terreur, trouver le sergent et le supplia de lui remettre la cassette en lui offrant cinquante louis de récompense. Cruellebois était honnête : il refusa et elle repartit désespérée. Le lendemain, elle quittait Paris pour se réfugier en Angleterre.

– C'est la fin du premier acte, dit Clémence. Et le second ?

---

1. L'hôtel où habita la Brinvilliers se situe au 8, rue Saint-Paul et au 18, rue des Lions.

– Il a commencé lorsque la police a appris la tentative de corruption et la fuite de la marquise, répondit Marguerite de Duras qui avait réussi à se procurer par son mari le procès-verbal de la réunion des intéressés en présence du lieutenant civil chargé enfin de l'affaire. Tenez, ma chère, lisez, ajouta-t-elle. Je n'ai retenu que l'essentiel car le compte rendu, long et indigeste, est écrit dans un jargon épouvantable.

Clémence parcourut le rapport en disant :
– Tout y est, c'est affreux !... « S'est trouvé dans la cassette un paquet cacheté de huit cachets sur lequel est écrit " papiers pour être brûlés après ma mort sans ouvrir le paquet ". Dans ce paquet s'est trouvé deux sachets de drogue de sublimé. *Item* un autre paquet contenant d'autre sublimé du poids d'une demi-livre. *Item* un autre paquet dans lequel sont trouvés trois paquets, l'un, une demi-once de sublimé, l'autre, deux onces et un quarteron de vitriol romain, et le troisième, du vitriol calciné et préparé. Trouvé enfin une fiole carrée d'une chopine, pleine d'eau où l'on remarque un sédiment blanchâtre, un pot de faïence où sont deux ou trois gros d'opium, un papier contenant deux drachmes de sublimé corrosif, une autre boîte contenant de la poudre infernale. [...] S'est trouvé aussi 34 lettres de la marquise de Brinvilliers et 27 recettes intitulées " secrets curieux ". »

Secrets curieux ? Pas pour La Chaussée, le valet de Sainte-Croix dont on se rappela qu'il était au service du conseiller d'Aubray et qu'il lui avait servi à dîner le jour où il était tombé malade pour ne plus se relever. La Chaussée fut arrêté le 4 septembre et jugé par le Châtelet. Il fut condamné à être « rompu vif et à expirer sur la roue, préalablement appliqué à la question ordinaire et extraordinaire pour avoir révélation de ses complices ». Il fut roué en place de Grève le 24 mars 1673.

Par le même arrêt, la marquise de Brinvilliers avait été condamnée par contumace à avoir la tête tranchée.

À ce moment, elle était réfugiée à Londres. C'est en vain que Colbert avait demandé son extradition.

Cela, c'était le passé. Clémence, Marguerite de Duras et leurs illustres amies Mme de Sévigné et Mme de La Fayette vivaient comme tout le monde, à Paris et à la cour, la suite du roman au jour le jour depuis que l'on avait appris que la Brinvilliers avait été enlevée par ruse du couvent de Liège où elle était réfugiée. L'agent le plus habile du lieutenant de police La Reynie, un certain Desgrez, l'avait arrêtée à l'issue d'un rendez-vous galant et la ramenait en France en brûlant les étapes.

L'arrivée à Paris de la captive fit sensation dans tous les milieux. L'émotion redoubla lorsque l'on sut que Desgrez avait trouvé au couvent de Liège une confession écrite de la main de la marquise. Elle s'y accusait d'avoir été incendiaire, d'avoir empoisonné son père, ses frères et d'avoir tenté d'empoisonner sa sœur, religieuse aux carmélites. Sur une autre feuille, elle avouait avoir donné cinq ou six fois du poison à son mari mais chaque fois, ayant du regret, elle « l'avait fait bien soigner ». Elle avait aussi donné le poison à l'une de ses filles « parce qu'elle était grande ».

Mais quel était donc ce poison ? Simon, le marchand apothicaire chargé d'analyser le contenu des fioles et des paquets de poudre trouvés dans la cassette, rendit son avis :

– Le poison de Sainte-Croix a passé par toutes les épreuves et se joue de toutes les expériences. Il se sauve de l'expérience du feu où il ne laisse qu'une matière innocente. Chez les animaux, dans le même temps qu'il fait couler une source de mort, ce poison artificieux y laisse l'image et les marques de la vie.

Jamais monstre pareil ne s'était vu. Et voilà qu'à l'horrible s'ajoutaient, comme cela se produit parfois, de tendancieux bruits de scandale. Une rumeur se répandait à Versailles comme dans les tavernes des faubourgs : la justice ne suivrait pas son cours ordinaire parce que des personnages importants étaient mêlés à l'affaire. On disait même que des sommes importantes avaient été versées à cet effet. Les esprits étaient si échauffés, si prompts à colporter les bruits les plus insensés que le Roi, alors au camp de Quiévrain, écrivit à Colbert :

« Sur l'affaire de Mme de Brinvilliers, je crois qu'il est important que vous disiez au premier président et au procureur général, de ma part, que je m'attends qu'ils feront tout ce que des gens de bien comme eux doivent faire pour déconcerter tous ceux, de quelque qualité qu'ils soient, qui sont mêlés dans un si vilain commerce. Mandez-moi tout ce que vous pourrez en apprendre. On prétend qu'il y a de fortes sollicitations et beaucoup d'argent répandu. »

Pour arrêter ces bruits qui semaient le désordre dans les esprits et menaçaient l'autorité de la justice, le procès fut avancé et l'on fit appel aux consciences pour éclairer la procédure. L'Église publia même un monitoire. Enfin, le 16 juillet 1676, l'arrêt était rendu :

« La cour des grand'chambres et Tournelle assemblées [...] la dite d'Aubray de Brinvilliers est condamnée à faire amende honorable au devant de la principale porte de l'église de Paris où elle sera menée dans un tombereau, nu-pieds, la corde au cou, tenant entre ses mains une torche ardente d'un poids de deux livres. [...] Et ce fait, menée et conduite dans ledit tombereau en la place de Grève pour y avoir la tête tranchée sur un échafaud qui pour cet effet sera dressé sur ladite place, son corps brûlé et les cendres jetées au vent ; icelle préalablement appliquée à la question ordinaire et extraordinaire. »

L'exécution eut lieu le lendemain de la condamnation après les tortures d'usage. Une foule immense stationnait sur le parcours du lugubre cortège et accompagnait la coupable, blottie comme une bête fauve dans un angle du tombereau et regardant fixement le crucifix que le docteur d'Église Pirot lui présentait. Devant Notre-Dame, les archers firent évacuer les innombrables curieux qui encombraient le parvis. Il n'y avait pas que des gueux parmi eux. Dans la cour de la prison, on avait reconnu le lieutenant-général duc de Roquelaure, la duchesse de Soissons, Mlle de Scudéry, l'abbé de Chimay…

En marge du bruit causé par cette affaire tragique, la guerre continuait. Après la prise de Fribourg-en-Brisgau, au pied de la Forêt-Noire, c'est dans les Pays-Bas espagnols que l'armée française revigorée avançait, le plus souvent en présence du Roi, toujours friand de sièges, qui se réserva la prise de Valenciennes et Cambrai tandis que Monsieur s'emparait de Bouchain et le comte de Schönberg de Maastricht et Charleroi. La flotte, de son côté, devenue grâce aux efforts de Colbert la meilleure du monde, triomphait en Méditerranée des vaisseaux de Ruyter.

Une menace, pourtant, gênait le Roi et Louvois : la neutralité malveillante de l'Angleterre. L'ancienne alliée risquait fort de rejoindre ouvertement les rangs de la coalition. Il convenait de montrer sa force et Louis XIV excellait dans ce genre d'intimidation musclée, prélude à des entreprises victorieuses. C'est ainsi qu'après avoir berné l'ennemi en promenant son armée et… la cour entre Toul, Metz et Nancy, comme s'il hésitait sur le choix d'un champ de bataille à l'est, il se retrouva en Flandre à la tête de soixante mille hommes arrivés de différents endroits.

Le récit de ce qui suit, celui d'une des plus célèbres victoires du règne, Clémence, si incroyable que cela puisse paraître, l'écouta de la bouche de deux témoins en soupant à l'auberge du Mouton Blanc. Ces témoins n'étaient pas n'importe qui. Il s'agissait de Jean Racine et de Boileau que le Roi avait nommés « poètes-historiens » en octobre 1677 pour le suivre dans ses campagnes et en relater les faits marquants. Ils revenaient fourbus de celle de Flandre après avoir marché, chevauché dans la boue à la poursuite de l'exploit royal. Boileau, fatigué au départ, avait traîné et n'avait pas grand-chose à raconter, mais Racine, lui, avait accompli sa mission avec zèle et rempli plusieurs carnets de notes[1].

Clémence, qui n'avait tout de même pas suivi les grands personnages de la cour en campagne, avait entendu Mme de Sévigné se gausser de la présence des poètes au milieu des armées. Elle s'en ouvrit à ses amis qui rirent et demandèrent ce que la marquise avait dit exactement.

– Elle est piquante et intelligente mais c'est une mauvaise langue. Que nous reproche-t-elle ?

– D'abord vos habits. Il paraît que l'on vous a habillés de neuf avant le départ et que votre tenue, à mi-chemin entre une tenue militaire et un justaucorps à brevet, était ridicule.

– Là, elle n'a peut-être pas tort, mais encore ?

– Oh ! Elle s'est moquée disant que notre Roi, si admirable, mériterait bien d'avoir d'autres historiographes que deux poètes couverts de boue, couchant poétiquement aux rayons de la belle maîtresse d'Endymion[2]...

– Le roi des Éoliens que Séléné, la bonne Lune, avait endormi ? Où donc notre chère marquise va-t-elle chercher ses références !

– Bon. Mais racontez-moi tout de même comment s'est déroulée cette suite de sièges et de victoires, dit Clémence. On ne parle à la cour que de la prise de Gand.

---

1. Il écrira un *Précis historique des campagnes de Louis XIV.*
2. Lettre à Bussy-Rabutin.

– Il y a d'abord eu ce voyage en zigzag dans la Lorraine pour tromper l'ennemi. Ni la Reine ni la Montespan ne savaient où elles étaient, les ordres de marche se contredisant d'un jour à l'autre. Enfin, le Roi a pris congé de la cour à Stenay et s'est lancé à cheval vers la Flandre parcourant vingt lieues par jour, mangeant sous une halle et buvant le plus mauvais vin du monde, couchant dans une ferme à Aubigny, si fatigué à Saint-Amand qu'il ne pouvait se résoudre à monter dans sa chambre.

– Près de Valenciennes, continua Boileau, il nous a montré sept villes tout d'une vue qui sont maintenant à lui, puis a ajouté : « Vous verrez Tournai qui vaut bien que je hasarde quelque chose pour la conserver. »

– Et Gand ?

– Quand le Roi arriva le 4 mars devant la ville, elle était assiégée par le maréchal d'Humières.

– L'investissement fut long sans doute et la prise difficile pour que l'on en parle autant à Saint-Germain ? demanda Clémence.

– Pas du tout. Dès le 5 on ouvrit la tranchée, la ville capitula le 9 et trois jours plus tard la citadelle, défendue par un vieux gouverneur privé d'hommes et de vivres, capitulait.

– Ce n'est donc pas un fait d'armes extraordinaire ?

– Non, mais ce qui a été exemplaire, c'est la préparation et l'exécution du plan de campagne par le Roi, Louvois et les maréchaux d'Humières, de Lorge et de Luxembourg. Cette domination sera déterminante pour la paix qui se négocie en ce moment à Nimègue.

– Que de bonnes nouvelles, mes amis ! Maintenant, un conseil. Rangez vos tenues guerrières et écrivez sur autre chose que la bravoure du Roi ! Laissez donc ce soin à Bussy-Rabutin qui, semble-t-il, ne cesse de chanter ses louanges à sa cousine.

– Il veut rentrer en grâce et compte sur le « cabinet noir » pour que son éloge soit connu du Roi !

– Vous êtes méchant ! dit Clémence en riant.
– C'est lui et la marquise qui ne nous aiment pas. Cela les agace que le Roi apprécie notre talent !

À Nimègue, le Roi signa une paix qui le hissait au sommet de sa gloire. Il avait ajouté à ses États la Franche-Comté, Dunkerque et la moitié de la Flandre. La ville de Paris pouvait bien lui accorder le titre de « Grand », qui devenait pour l'Histoire inséparable de son nom.

Il ne tint qu'à une mèche blonde que Clémence ne devienne maîtresse en titre de Louis le Grand. Une mèche un peu plus blonde que les autres qui rehaussait comme une virgule d'or une beauté parfaite. La liaison avec Mme de Montespan n'était pas près de s'éteindre mais subissait des éclipses qui engageaient le Roi à pousser plus loin les aventures sans suite qui n'avaient jamais cessé de pimenter sa vie sentimentale. Les prévenances dont il entourait Clémence laissaient présager le jour où il afficherait à la cour, en dépit de la jalousie de la Reine, d'Athénaïs et de Mme de Maintenon, des liens plus étroits. L'arrivée de Marie-Angélique de Fontanges parmi les filles d'honneur de Madame Palatine[1] changea les projets du Roi, ébloui par la beauté blonde de ce tendron de dix-sept ans qui ne lui résista pas. Ce « digne présent des Dieux », comme disait La Fontaine, n'émut guère la Reine, elle en avait vu d'autres, ni Mme de Maintenon, qui savait que son heure n'était pas encore venue. En revanche, la duchesse de Montespan, qui admettait les passades du Roi à condition que ce fût elle qui les choisisse, supporta mal la nouvelle venue dont son royal amant semblait fort épris. À la cour, on ne parlait que des cadeaux qu'il lui faisait, des bijoux qu'elle portait ostensi-

1. La nièce de la princesse Palatine qui avait épousé Monsieur, frère du Roi, après la mort de la première Madame, Henriette d'Angleterre.

blement et, surtout, du carrosse blanc à huit chevaux qui éclipsait par son luxe l'équipage de la Reine. Mais le Roi, tout à sa nouvelle passion, se moquait des fureurs qu'elle occasionnait et de la réputation de godiche que lui faisaient les vipères de la cour. Les dix-sept ans de Mlle de Fontanges enchantaient le repos du guerrier.

Clémence fut-elle déçue ? Elle affirma le contraire à La Fontaine qui la taquinait. En fait, elle avait l'esprit assez lucide pour savoir qu'être la maîtresse du Roi ne présentait pas que des avantages et que les révérences des grandes dames, qui pouvaient flatter l'orgueil l'espace d'une saison, conduisaient parfois au couvent. D'ailleurs, le Roi restait aimable à son endroit et continuait de prendre plaisir à bavarder quelques instants avec elle lorsqu'il la rencontrait. Il lui disait qu'il habiterait bientôt toute l'année dans sa maison de Versailles et ajoutait : « Je pense que cela vous fait plaisir puisque mon jardin reste toujours le vôtre. »

Versailles, c'était vrai, était redevenu l'une des grandes préoccupations du Roi. On s'en aperçut lorsque l'on le vit convoquer de plus en plus souvent un artiste dont on savait qu'il avait agrandi le château Neuf de Saint-Germain et dirigé la construction du château de Clagny, élevé à deux pas de Versailles pour Mme de Montespan et ses enfants. Il portait un nom célèbre dans l'art, celui de son oncle Mansart, considéré comme un grand maître de l'architecture classique[1]. Il l'avait accolé au sien, Hardouin, et c'est sous ce patronyme, Hardouin-Mansart, qu'il allait devenir maître d'œuvre des constructions majeures du siècle de Louis XIV.

Ce matin-là, étaient réunis sur la terrasse, devant le Parterre d'eau, ceux qui avaient transformé le vieux château de Louis XIII en somptueux palais. Il y avait Le Nôtre, François de Francine et La Quintinie, grou-

1. Il semble que l'on a donné à tort son nom au comble brisé, généralisé dans les années 1640. Son invention reviendrait à Lescot, qui l'avait utilisé avant lui pour couvrir le Louvre.

pés autour du Roi et de Jules Hardouin-Mansart. Les deux premiers connaissaient l'architecte avec qui ils avaient travaillé à Clagny et qui, de toute évidence, était choisi par le Roi pour remplacer Le Vau dans de nouveaux travaux.

– Messieurs, dit le Roi, nous allons ensemble achever l'œuvre de Versailles. Mes amis Le Nôtre et de Francine auront moins à faire que M. Hardouin-Mansart car leur travail touche à sa fin dans la mesure où nous n'allons pas agrandir le parc à l'infini ni faire couler chaque mois de nouvelles fontaines. Rassurez-vous pourtant : le bassin de Neptune et la pièce d'eau creusée par les suisses doivent être achevés et, si l'on agrandit le château, les jardins seront à revoir. Quant au nouveau potager de M. La Quintinie, je veux qu'il s'insère dans la perspective du parc. L'unité de Versailles doit être respectée ! M. Hardouin-Mansart a étudié mes idées et son projet me convient. C'est lui qui va nous en donner les grandes lignes.

L'architecte était le moins à l'aise car il n'était pas comme ses collègues familier du Roi, mais il connaissait son métier et savait l'expliquer sans saturer ses auditeurs de détails inutiles :

– Sire, je crois qu'il convient de rehausser les pavillons construits par M. Le Vau de chaque côté de l'avant-cour et de les réunir par de longs corps de logis réservés aux secrétaires d'État. En somme, l'aile des Ministres pourra conserver son nom.

– Et ensuite ?

– Je pense qu'il faut remanier à nouveau le Petit Château et élever jusqu'au premier étage l'aile du Midi. Enfin, c'est la volonté de Votre Majesté, la grande terrasse du premier étage, qui est devant nous, devra être détruite, comme les salons attenants.

– Et par quoi seront-ils remplacés ? demanda Le Nôtre.

– Par une grande galerie dont voici le dessin[1].

Le Roi examina une nouvelle fois avec attention les plans de Jules Hardouin-Mansart qu'il connaissait déjà et demanda une plume au secrétaire qui le suivait. Celui-ci, le fidèle Gourmois, déplia une petite table, et présenta l'encrier. En marge, Louis le Grand écrivit superbement : « Qu'il soit fait selon notre grandeur. »

Le Roi souhaita ensuite se rendre de l'autre côté du château, face à la nouvelle ville. Là, il regarda avec satisfaction la patte-d'oie formée par les allées menant à Paris, Saint-Cloud, Sceaux et convergeant vers la place d'Armes.

– À gauche, dit-il, nous allons construire la Grande Écurie destinée aux chevaux de main et à droite la Petite Écurie pour les bêtes d'attelage et les voitures. Tout cela devra former un grand arc de cercle.

L'arc de cercle, il le dessina en l'air, avec bonne humeur, de sa main gantée. Visiblement, le Roi était heureux de retrouver son cher Versailles avec, c'était maintenant décidé, la perspective de l'agrandir une nouvelle fois et de l'embellir.

– Il y a encore un sujet dont nous n'avons pas parlé, monsieur Hardouin. Où en sont les projets du nouveau Trianon ?

– Sire, nous y travaillons avec M. Le Nôtre. Pour l'instant, nous démolissons le Trianon de porcelaine et je dois vous avouer que le cœur saigne lorsque l'on voit détruire une si belle œuvre !

– Monsieur Hardouin, n'ayez pas de scrupules. Démolir pour faire mieux, nous n'avons fait que cela à Versailles. Demandez à nos amis !

– Nous allons revivre durant des années dans les plâtres et les échafaudages, glissa Francine à l'oreille de Le Nôtre.

– Cela nous rajeunira, répondit le jardinier du Roi.

---

1. Ce sera la fameuse galerie des Glaces.

Le soir de cette réunion de chantier, Le Nôtre avait convié ses amis pour le souper. En dehors des habitués, il y avait Jules Hardouin-Mansart, qui faisait son entrée dans le cénacle des créateurs de Versailles, et les deux principaux collaborateurs du maître de maison, ses neveux Claude Desgots et Michel Le Bouteux. C'était eux qu'il envoyait en province où il était constamment prié d'ouvrir ses fameuses allées et de créer les parterres qui avaient fait sa gloire chez le Roi aux Tuileries et à Versailles, chez Monsieur à Saint-Cloud, chez Colbert à Sceaux et chez Louvois à Meudon et à Chaville. Pour l'heure, ils revenaient d'Angleterre où ils avaient aménagé les jardins de Greenwich selon les plans de leur oncle établis après une abondante correspondance avec William Bentinck, comte de Portland et surintendant des Jardins royaux. Ils avaient naturellement mille histoires à raconter. Mais c'est le maître de maison qui étonna le plus l'assistance en annonçant une nouvelle que personne n'attendait :

– Mes amis, le Roi m'a donné la permission de me rendre en Italie et je pense que le moment est bien choisi avant la transformation partielle des jardins, nécessitée par la construction des nouveaux bâtiments. Comme tout jeune artiste, j'ai rêvé souvent du voyage d'initiation italien mais je ne l'ai pas fait. Aujourd'hui, à mon âge, on peut difficilement nommer ainsi ma promenade à Rome !

– Vous savez bien que votre art a démodé celui des Italiens ! dit Le Bouteux. C'est vous qui allez leur montrer le jeu de l'ombre et de la lumière dans les grands parcs !

– Mon neveu, tu dis des bêtises. On a toujours des choses à apprendre et les Italiens ont été les premiers artistes des jardins. Sans remonter à ceux de la Maison dorée de Néron, n'oublions pas qu'il y a plus d'un siècle, le maître Pirro Ligorio a construit à Tivoli, pour le cardinal d'Este, des parcs et des fontaines magnifiques que j'ai hâte de connaître. C'est pour les découvrir que je vais vaincre mon horreur des voyages. Le moindre des déplacements que je suis contraint de faire entre ma maison des Tuileries et celle de Versailles me paraît interminable. Alors, aller à Rome !

Clémence avait écouté Le Nôtre en silence. Et, subitement, le voyage en Italie lui apparut comme une possibilité de tromper l'ennui qu'elle essayait en vain de rompre par une fausse gaieté. Depuis la mort de Jean, la mélancolie la poursuivait. Ce n'étaient pas les séjours à la cour et les gens qu'elle y rencontrait qui pouvaient la guérir. Alors, sans réfléchir davantage, elle lança à l'adresse de Le Nôtre :

– Pourquoi ne m'emmèneriez-vous pas avec vous ? Moi aussi j'ai envie de voir l'Italie et les fontaines de Tivoli qu'ont construites, paraît-il, les arrière-grands-pères Francini. Et puis, je serai une compagne de voyage attentive, filiale. Je veillerai sur vous, je m'occuperai de vos vêtements, je vous soignerai si vous êtes souffrant.

Un silence s'ensuivit que rompit Mme de Francine :

– Tu es folle, ma fille. Tu vois André s'embarrasser de toi ?

André Le Nôtre, lui, souriait et ne semblait pas gêné alors que Clémence commençait à se rendre compte du caractère incongru de sa démarche. Sa mère avait raison quand elle disait qu'elle avait une fille inconsciente. Déjà, l'Ondine regrettait son emballement et se pensait ridicule quand Le Nôtre répondit :

– Mais c'est une bonne idée que tu as là ! Françoise ne quittera jamais sa maison et voyager tout seul avec la duchesse Sforza ne m'enchante pas. J'aurais voulu emmener l'une de mes filles... Mais tu es un peu ma fille[1] !

– C'est vrai, ce que vous dites ? s'exclama Clémence.

1. Le Nôtre avait eu trois enfants dont deux filles, tous morts prématurément.

— Mais oui ! Tu m'enlèves mes dernières appréhensions. C'est avec joie que je t'emmènerai. Et puis, tu es comtesse, ce sera flatteur pour moi ! Tu m'accompagneras chez le pape qui, dit-on, veut me connaître !

Il éclata de rire et Clémence se jeta à son cou. Tout le monde applaudit. « Maman a tort. J'ai bien raison de me fier à mes impulsions », pensa la plus heureuse des fontainières.

Clémence ne pouvait accompagner le contrôleur général des Jardins dans un voyage quasiment officiel sans l'autorisation de Sa Majesté. Le Roi se montra surpris lorsque Le Nôtre la lui demanda mais il acquiesça.

— C'est vous qui avez eu cette bonne idée ? demanda-t-il en riant.

— Non, Sire, c'est Clémence, mais cette proposition que vous avez la bonté d'accepter me soulage. Le seul vrai voyage que j'ai fait, c'est celui où vous m'avez fait venir dans votre camp, devant Cambrai. Votre Majesté a eu la bonté de me laisser assister à côté d'elle au défilé de la garnison, après la prise de la citadelle. C'est un beau souvenir mais je ne voyage pas de bon gré. Alors, la présence de Clémence que j'ai connue presque au berceau me rassure et m'enchante.

— Je suis heureux, mon ami, que la comtesse de Pérelle vous accompagne. Je l'envie. Et je vous envie aussi car c'est une bien agréable personne. Ah ! Avant votre départ, je tiens à vous faire délivrer les lettres de noblesse que je vous ai promises. Quelles armoiries souhaitez-vous ?

— Ah, Sire ! Parce que c'est Votre Majesté qui m'anoblit, je suis fier et heureux. Quant aux armoiries, je crois que je les ai déjà : trois limaçons couronnés d'une pomme de chou. Mais n'oublions pas ma bêche. N'est-ce pas à elle que je dois la bonté dont Votre Majesté m'honore ?

Le Roi rit de la boutade mais il en tint compte quand il fit composer les armoiries de Le Nôtre : « De sable à un chevron d'or accompagnés de trois limaçons d'argent, les deux du chef adossés, et celui de la pointe contourné. »

L'anoblissement de Le Nôtre fut naturellement fêté, dans la maison de Versailles et dans celle des Tuileries où il continuait d'habiter lorsque les travaux de Versailles lui en laissaient le temps. Pour la première fois, sa grande préoccupation n'était pas la géométrie poétique des jardins mais le voyage d'Italie. Méticuleux dans son métier, il l'était aussi dans la préparation de ce qu'il appelait son exil romain. Clémence l'aidait dans ses démarches, lisait les livres de voyages, dont le succès était alors considérable, et en résumait pour Le Nôtre les passages les plus intéressants. Mais l'essentiel restait le choix de la voiture. Fallait-il choisir un carrosse de campagne équipé pour la route, une berline réputée peu sujette à verser ou un carrosse de diligence profitant de relais disposés sur la route et qui méritait son nom en faisant plus diligence que les carrosses ordinaires ? Clémence alla consulter Mme de Sévigné qui voyageait souvent pour aller voir sa fille retenue auprès de son mari, M. de Grignan, lieutenant général de Provence. La marquise la reçut avec bonté dans son hôtel du Marais mais lui fit une description apocalyptique des voyages. Le dernier avait, il est vrai, été désastreux. Elle avait essayé tous les genres de voitures et elle recommanda d'user du carrosse de diligence « car, lorsque l'on est sur la route, on n'a qu'une envie, c'est d'en sortir le plus vite possible ». C'est finalement le Roi qui décida : il envoya Le Nôtre voir de Lionne, premier écuyer-commandant :

– Monsieur Le Nôtre, vous allez être mon ambassadeur en Italie et il convient que vous ayez à votre disposition un carrosse digne de vous et des dames qui vous accompagneront. Vous mettrez peut-être quelques jours de plus mais vous pourrez vous arrêter dans les maisons amies. À propos, je vous demande de me rendre compte du travail du Bernin qui sculpte enfin ma statue. Je vous charge aussi de me faire un rapport sur ce qui se passe à l'Académie de France à Rome.

13

Le voyage d'Italie

Le carrosse à quatre chevaux gris d'Oldenbourg des Écuries royales partit de la maison de Le Nôtre, aux Tuileries, le 3 mai 1679. Il emportait, installés sur ses coussins de velours écarlate, le plus grand jardinier de l'Histoire, la comtesse des Fontaines, comme l'appelait son père, et la comtesse Sforza, descendante de l'illustre famille souvent liée, pour le meilleur et pour le pire, au royaume de France. C'était une femme d'une quarantaine d'années, assez belle, veuve d'un diplomate italien, qui vivait à Paris et parlait bien le français. Colbert l'avait choisie pour guider Le Nôtre et lui servir d'interprète durant le voyage. Elle s'attira tout de suite l'antipathie du jardinier en proférant quelques sottises sur Versailles et Tivoli. Il lui fallut deux jours de cahots sur la route de Dijon pour se racheter par une grande gentillesse et une énergie efficace envers les cochers de poste, notoirement grossiers.

Le voyage était ce qu'il devait être : épuisant, inconfortable et dangereux. Dans la traversée de Sens, la voiture avait à demi versé dans un fossé et l'on avait dû faire appel à des paysans pour la sortir de ce mauvais pas. Il y avait aussi des étapes agréables. Ainsi, dans le Mâconnais, les voyageurs s'arrêtèrent-ils au château de Tournus chez le marquis de Falouze qui les reçut avec beaucoup d'amabilité, leur servit un gigot ainsi que des bécassines et le vin du pays qui est l'un des meilleurs de France.

Près de Lyon, ils durent s'arrêter en rase campagne, à cause du brouillard, dans une auberge où on leur fit bon accueil. Ils se réchauffaient auprès du feu en bavardant avec l'hôtesse quand six hommes entrèrent qui ressemblaient plus à des bandits qu'à des honnêtes gens. La comtesse Sforza, qui veillait comme une mère poule sur les voyageurs qu'elle était chargée de mener à bon port, demanda qui étaient ces hommes à la mine patibulaire.

– Ce sont, répondit l'aubergiste, des marchands qui viennent de la foire de Genève. Ils passent par ici tous les ans. La route a défraîchi leurs habits et leur visage mais ce sont de braves gens.

Le Nôtre, rassuré, leur fit civilité. En partant, il s'était promis de profiter du voyage pour mieux connaître les habitants de la province et échanger avec eux des propos qui l'instruiraient. L'un des voyageurs était un marchand de grains qui, en dehors du froment et de l'avoine, s'intéressait aux semences de gazon et de fleurs et fournissait les châtelains voisins de Saint-Étienne où il habitait. Genève était l'un des rares marchés où se vendaient les graines venues d'Afrique et d'Orient. Il n'en fallait pas plus pour passionner le jardinier du Roi qui pria les voyageurs de souper avec lui à la table d'hôte. Mme Sforza fit la grimace mais se laissa bientôt gagner par l'ambiance gaie créée par ces gens habitués de la grand-route et qui avaient mille histoires à raconter. Clémence était ravie. Un peu grise, elle se mit à parler de Colbert et de la cour, révélant que Le Nôtre était le contrôleur général des Jardins du Roi. Les marchands eurent du mal à croire des choses aussi étonnantes mais ils durent se rendre à l'évidence lorsqu'elle les invita en riant à demander au cocher installé dans un coin de la salle qui était son maître. La réponse : « Mais c'est Sa Majesté le Roi ! » les laissa pantois et enleva à leurs propos un peu de la spontanéité qui enchantait les trois voyageurs. On se quitta bons amis après que le grainetier eut insisté pour offrir à Le Nôtre un pochon de semence d'œillets d'Inde destinée aux parterres du Roi.

À Lyon, Clémence nota sur son carnet que les voyageurs avaient été se faire baigner pour donner aux Italiens une bonne idée de la propreté française. Elle avait ajouté qu'il serait bon tout de même de recommencer l'opération avant l'arrivée.

De catastrophes frôlées aux premières rencontres italiennes à la frontière, le voyage dura seize jours, deux de plus qu'il n'était prévu. Pour M. Le Nôtre, qui n'avait quitté ses Tuileries que pour servir Fouquet à Vaux-le-Vicomte et le Roi à Versailles, pour Clémence, poussée comme une belle plante dans un jardin, c'était la grande aventure. Lorsqu'ils arrivèrent à Rome, devant la résidence de l'ambassadeur de France, duc d'Estrées, le jardinier du Grand Siècle s'exclama : « Ces journées ont été bien épuisantes mais j'y ai pris du plaisir ! »

Le Nôtre avait prévenu Clémence et la comtesse Sforza :

– Je ne viens pas à Rome pour rencontrer les grands politiques et leurs courtisans. Les gens du monde ne m'intéressent pas plus que les rayons de la gloire. Je sais que ma mission et mon nom m'ouvriraient toutes les portes mais je ne veux frapper qu'à celles du Saint-Père, de l'ambassadeur de France, de l'Académie de France et du Cavalier Bernin. Pour le reste, je suis un homme libre en visite dans un pays qui est le berceau des arts. Je ne suis venu que pour voir des chefs-d'œuvre.

Le duc d'Estrées les reçut comme s'il avait toujours espéré leur visite. « Naturellement, vous logerez à l'ambassade », avait-il dit en leur offrant un rafraîchissement de bienvenue. Cela n'augurait pas bien de la tranquillité souhaitée par Le Nôtre mais comment refuser une offre si obligeante ? Clémence, qui commençait à avoir conscience de son pouvoir sur les hommes, remarqua tout de suite que son charme ne laissait pas l'ambassadeur indifférent. D'abord, la présence de cette jeune comtesse inconnue au côté du contrôleur général l'intriguait. Elle n'avait pas l'air d'être sa maîtresse mais lui parlait d'une manière très familière. D'autre part, elle semblait connaître tout le monde à Versailles et à Paris, citait ses amis Racine et Boileau, disait « ma grande sœur » en parlant de la duchesse de Duras et rapportait avec le plus grand naturel sa dernière conversation avec le Roi. En tout état de cause, le duc d'Estrées la trouvait à son goût mais ses chances étaient nulles. À la cour, Clémence avait repoussé des dizaines de gentilshommes qui lui ressemblaient comme des frères, tirés à quatre épingles dans leurs vêtements de soie, imbus d'une fausse supériorité et le plus souvent laids et âgés. L'éventualité d'une aventure romaine n'était pas pour déplaire à Clémence mais elle était bien décidée à ne pas céder au premier bellâtre venu, et encore moins à un duc français sur le retour.

Pourtant, c'est le premier soir que le petit choc au cœur qu'elle n'avait pas ressenti depuis la mort de Jean lui signala qu'il se passait quelque chose entre elle et un jeune homme bien fait et souriant assis non loin au souper offert par l'ambassadeur à l'occasion de l'arrivée de M. Le Nôtre. Qui était ce seigneur dont le visage ouvert et l'élégance discrète lui rappelaient Jean de Pérelle ? La comtesse Sforza la renseigna en souriant :

– Vous n'avez pas été longue à remarquer l'homme que toutes les femmes romaines voudraient séduire. Il est vrai qu'il est très attirant.

– Comme peuvent l'être beaucoup d'Italiens !

– Mais il n'est pas italien. C'est M. Tessin, un architecte suédois qui vient pour la deuxième fois à Rome après avoir séjourné à Vienne et qui doit se rendre plus tard en France. Vous voulez tout savoir ? On l'appelle Tessin le Jeune pour le distinguer de son père qui est l'architecte du roi de Suède. Je pense deviner que vous aimeriez lui être présentée ?

Ce fut possible lorsque l'on se leva de table pour se rendre au salon de musique où le compositeur-maître de chapelle vénitien Giovanni Legrenzi devait jouer sa dernière sonate de chambre. Tessin allait justement à la rencontre de Le Nôtre et, au grand étonnement de Clémence, les deux hommes s'embrassèrent avec enjouement. Elle s'approcha et la comtesse n'eut pas à intervenir, car le contrôleur général des Jardins l'appelait :

– Clémence, laisse-moi te présenter quelqu'un que je ne comptais pas rencontrer à Rome mais le plaisir n'en est que plus grand. Nicodème Tessin est le fils de mon ami l'architecte du roi de Suède, une vieille relation qui date des débuts de Versailles. Tous les deux sont de grands admirateurs de ce que Sa Majesté a fait du vieux château de son père. Lui, on l'appelle…

– « Le Jeune », coupa Clémence. Je sais aussi qu'il doit se rendre en France et j'espère que nous aurons le plaisir de le voir à Versailles.

– Mais comment avez-vous appris tout cela ? Je ne suis pas si connu ! s'exclama le Suédois dans un français plus pur parce que moins compassé que celui que l'on parlait à la cour. Je n'ose croire que j'ai retenu votre attention au cours du dîner. Moi, j'ai beaucoup regretté de ne pas occuper la place du vieux commandatore Tartuffi qui était votre voisin et qui a dû vous raser avec ses histoires de chasse au sanglier.

– Le principal est que vous vous soyez reconnus sans vous être rencontrés ! dit Le Nôtre avec un sourire moqueur. Vous, mon cher Nicodème, vous êtes « le Jeune », Mme de Pérelle, elle, est « l'Ondine » des bassins de Versailles. Son père n'est autre que le chevalier Francine, le créateur et le maître des eaux de Versailles. Mais l'heure est à la musique. Legrenzi a déjà son violon à la main, allons nous installer pour l'écouter.

Le concert parut long à Tessin et à Clémence. Il n'y avait qu'à les regarder pour voir qu'ils avaient beaucoup de choses à se dire et qu'ils eussent préféré être seuls. « Que voilà un beau couple, pensa Le Nôtre. Il était temps que ma fille adoptive rencontre quelqu'un qui lui plaise. Dieu ne peut laisser s'étioler une si jolie plante ! »

L'heure des rafraîchissements, en attendant l'ambigu – l'ambassadeur singeait en tout les habitudes de la cour –, fut plus propice aux confidences. Nicodème but les paroles de Clémence tandis qu'elle lui racontait Versailles, les bosquets et les perspectives de Le Nôtre, les fontaines de son père et l'ordonnance des nouveaux bâtiments.

– Vous m'avez dit que vous étiez venu chez nous il y a trois ans ? Vous ne reconnaîtrez plus le parc et à peine le château de Le Vau. Le Roi change les bassins de place comme les pièces d'un échiquier, il démolit ce qu'il a bâti parce qu'il a imaginé plus beau et plus grand.

– Tout de même pas l'admirable grotte de Thétis ?

– Demandez à Le Nôtre. Il paraît que la construction de l'aile sud du château obligera à sa destruction. Enfin, elle est toujours là et vous la reverrez lors de votre prochaine visite. À propos, quand viendrez-vous ?

– Pourquoi ? Vous souhaitez que je vienne bientôt ?

– Je ne sais pas. Je vous répondrai lorsque je vous connaîtrai mieux. Vous ne croyez pas que Rome est la ville idéale pour faire connaissance ? J'y suis au moins pour un mois.

– Alors, nous nous reverrons ? demanda Tessin.

– Cela me ferait plaisir. Je voudrais que vous me montriez la ville qui vous est familière. Et que vous me la fassiez aimer.

– Vous verrez qu'il est facile d'aimer Rome.

Il la regarda dans les yeux :

– Et aussi d'aimer à Rome !

Clémence ne releva pas l'allusion et se contenta de sourire :

– Venez donc me chercher après-demain matin à l'ambassade.

– Pourquoi pas demain ?

– Demain j'accompagne M. Le Nôtre au Vatican. Le pape a fait savoir qu'il tenait à le rencontrer dès son arrivée.

Clémence, fatiguée par une journée éprouvante, se déshabilla en hâte et se jeta sur son lit, un véritable monument de bois sculpté et doré où l'on pouvait dormir au moins à quatre. Les bougies tremblotantes du flambeau d'argent éclairaient la pièce d'une manière bizarre, surtout le plafond, fouillé, mouluré, plein d'amours et de nuages bleus.

Elle souffla les mèches pour s'endormir mais ne trouva pas le sommeil. C'était naturellement la rencontre du beau Suédois qui la troublait. Elle refoula un rapprochement inconvenant avec les sentiments qui l'avaient émue lorsqu'elle avait fait la connaissance de Jean. « Tu étais une enfant, maintenant c'est une femme qui rencontre un homme qui lui plaît et c'est tout de même différent ! » pensa-t-elle en fermant les yeux. Elle dut pourtant convenir avant de s'endormir que c'étaient là des pensées absurdes et que, dans le mystère des cœurs, la veuve de trente ans ne se comportait pas autrement que l'Ondine juvénile.

Le lendemain, Clémence, enveloppée dans un manteau de lainage noir et la tête couverte d'une dentelle, suivait Le Nôtre au Vatican. Le jardinier n'avait pas eu à modifier son vêtement, toujours le même, bas et culotte noirs, cette dernière à peine visible sous le justaucorps, noir également. Seuls la cravate et les revers de manches en fine dentelle blanche agrémentaient cet austère costume qu'il portait à la cour comme à son pupitre de dessin.

L'ambassadeur l'avait prévenu :

– Soyez prudent dans vos paroles. Sa Sainteté Innocent XI entretient de mauvaises relations avec Sa Majesté[1]. Il a été désigné en 1676 malgré l'opposition du Roi et multiplie les occasions de tension avec la France, en particulier à propos de la régale sur les évêchés vacants. Mais votre mission est plus facile que la mienne : le Saint-Père est un passionné de jardins et je pense que c'est l'homme de l'art qui l'intéresse. Cela dit, ne serait-ce que pour m'être désagréable, il est fort possible qu'il vous charge de transmettre un message au Roi.

Le Nôtre avait répondu qu'il ne connaissait rien aux choses de la politique et qu'il espérait bien ne parler que d'eaux et de verdures avec le pape. Enfin, l'heure de la rencontre arriva et, lorsqu'un garde ouvrit la porte de la bibliothèque, Clémence et Le Nôtre se trouvèrent en face d'un prélat souriant, vêtu simplement, qui leur ouvrait les bras en signe de bienvenue. Alors, Le Nôtre, surpris de cette sobriété qui ne correspondait en rien à ce qu'il avait toujours entendu dire de la pompe pontificale, laissa s'exprimer sa nature spontanée et chaleureuse : il avança d'un pas et embrassa le pape, qui ne se formalisa pas de ce manquement aux règles et dit combien il était heureux de recevoir le plus grand jardinier du plus grand des rois. Clémence, plus protocolairement, baisa l'anneau qu'Innocent XI lui tendait.

– J'espère bien, mon fils, que mes relations avec Louis XIV me permettront un jour d'aller contempler Versailles et ses jardins. Mais puisque vous êtes à Rome, c'est Rome qui étalera ses richesses, à commencer par

---

1. L'aversion de Louis XIV pour Innocent XI ira au-delà de la mort. Lorsque le pape rendit l'âme en 1689, il fut acclamé comme un saint par le peuple de Rome et on introduisit un procès en canonisation, procès abandonné par Benoît XIV, qui avait des raisons de ne pas mécontenter la France. La béatification d'Innocent XI n'aura lieu qu'en 1956, malgré une opposition déclarée et assez ridicule de la France !

celles du Vatican qui sont immenses. Mgr Picousi, qui est chargé de leur conservation, va vous faire visiter les chapelles de Nicolas V, Sixtine et Pauline. Vous emprunterez la *Scala Regia*, l'escalier royal, construit sur les plans du Bernin et admirerez les chambres de Raphaël. Je ne vous dis pas d'aller prier dans la grande merveille qu'est la basilique Saint-Pierre mais, c'est le Saint-Père qui vous le demande, promenez-vous un instant dans les jardins du Vatican qui, à mon avis, sont disposés en dépit du bon sens. Il faudrait y mettre de l'ordre et l'avis du jardinier de Versailles me serait précieux. Je sais que vous restez peu de temps à Rome mais revenez me voir. Et dites à votre roi que je prie pour lui et pour la France.

– Que penses-tu de cette audience ? Et du pape lui-même ? demanda Le Nôtre à Clémence alors qu'ils visitaient les jardins.

– Je pense que le Roi n'est pas près de s'entendre avec un pape qui, sous ses airs bon enfant, est aussi autoritaire que lui. Et que Dieu n'a rien à voir avec leurs affaires d'argent, car c'est bien d'argent qu'il s'agit dans cette régale ? Mais, mon cher père, permettez-moi de vous appeler ainsi puisque vous m'avez adoptée le temps du voyage, je trouve que vous avez été bien peu cérémonieux en embrassant le pape !

– Tu as raison, je suis trop impétueux dans mes réactions, mais que dis-tu du jardin ?

– Je suis certaine que, s'il appartenait au Roi, il vous demanderait de tout arracher et d'en concevoir un autre.

– Cela est sûr, mais après les privautés que tu me reproches, je ne me vois pas conseiller au Saint-Père de raser les jardins et les bâtiments sans grâce que l'on y a construits. Je lui ferai donc un dessin qui n'arrangera rien mais il pourra dire, comme le duc de Chevreuse, que c'est Le Nôtre qui a tracé ses allées.

Après avoir dîné, dans une auberge, d'œufs et de macaronis, si difficiles à trouver à Paris, Clémence et

Le Nôtre décidèrent de découvrir Rome, au hasard des rues, des places et des églises. Elle se souvint d'avoir lu dans un récit de voyage qu'il convenait de découvrir la ville en paresseux et que, pour s'imprégner de ce qu'il y a de plus beau à Rome, c'est-à-dire la lumière et la douceur de l'air, il n'était rien de mieux que de monter sur le Pincio. Ils y montèrent et même, en fin d'après-midi, sur le sublime Palatin où ils écoutèrent, muets, le concert des cloches de l'*Ave Maria*.

Épuisés, ils rentrèrent à la tombée du jour et un valet de l'ambassade les prévint que Son Excellence serait absente pour le souper qui serait servi à leur convenance. Rien ne pouvait leur faire plus plaisir que de ne pas avoir à soutenir une conversation banale à la fin de cette première journée romaine. Déjà, Clémence pensait au lendemain et au beau gentilhomme suédois qui viendrait la chercher pour la conduire au lieu le plus secret de Rome qu'il lui avait décrit : la fresque d'un peintre dont il se vantait d'être le seul, avec quelques vieux Romains, à connaître le nom. Elle se le rappelait parce qu'il sonnait comme celui d'un cavalcadour. C'était Pietro Cavallini, un peintre du Moyen Âge qui avait jadis décoré le cloître d'un couvent caché près de l'église Sainte-Cécile. « Son *Jugement dernier* est aussi beau que celui de Giotto à Padoue ! » avait dit Nicodème. Une perspective bien austère pour la conduire au sommeil : elle préféra offrir à son premier songe la lumineuse *Création d'Adam*, de Michel-Ange.

Le lendemain, Clémence chercha dans le coffre qui l'avait suivie depuis Paris une tenue à la fois élégante et pratique pour parcourir les rues de Rome au bras de Nicodème. Elle rejeta un corsage à baleines, conçu pour faire remonter les seins sous la dentelle et les montrer serrés l'un contre l'autre, près de s'échapper, et choisit une chemise et un costume presque masculins, au moins jusqu'à la taille, celui que les dames portaient pour la chasse. Pas de nœud d'épaule, une cravate d'homme et des manches courtes. Pas de perruque non plus mais les cheveux naturellement frisés sous un chapeau d'homme garni de quelques plumes. Elle hésita pour les chaussures. Les plus confortables et propres à la marche lui parurent grossières, d'autant qu'elle portait une jupe qui révélait les chevilles et les pieds. Clémence opta finalement pour des souliers de peau fine aux talons hauts et droits. Elle les abîmerait sans doute sur les pavés mais, ce matin, elle voulait être belle.

Nicodème Tessin était là, en effet, admirant la manière aérienne dont elle descendait le grand escalier. Il se précipita, lui baisa la main, se recula un peu comme pour mieux la découvrir et s'exclama, ce fut sa première déclaration :

— Nul homme vous voyant si légère, si éblouissante et d'une élégance si accomplie ne pourrait résister à vos attraits. Vous dirais-je que je le peux ? Non, mais ce que j'ai à vous dire demande l'intimité. Cette intimité, me l'accorderez-vous un jour ?

— Monsieur, vous tournez bien vos compliments ! répondit Clémence en éclatant de rire. Mais pour l'instant, il n'est question que d'une promenade. Jusqu'où nous mènera-t-elle ? Vous ne le savez pas et moi non plus. Tenez, dans la première église que vous me ferez visiter, je prierai pour que ce soit le Paradis.

— C'est un encouragement ?

— À vous d'en décider !

— Vous êtes merveilleuse ! s'exclama Tessin. On reconnaît à la façon dont vous abordez les choses du tendre toutes les finesses de la cour de France que votre roi a su modeler à son image courtoise.

— Voilà de jolis mots pour dire des sottises, se moqua Clémence. Il y a à la cour autant d'imbéciles qu'ailleurs et des malappris bardés de rubans qui se conduisent avec les femmes comme des barbares. Quant à moi, ne me prenez pas pour une coquette dévoreuse d'hommes. Lorsque vous me connaîtrez mieux, vous constaterez que je suis une femme très simple, sans grand nom ni fortune, devenue comtesse un peu par hasard. Vous saurez aussi que ma richesse, ce sont mes amis qui s'appellent Le Nôtre, Le Brun, Boileau, La Fontaine, Racine...

– Je me sens indigne de vous demander d'ajouter mon nom à cette suite prestigieuse mais je crois tout de même que nous sommes faits pour nous entendre. Je n'aime pas non plus la vie de courtisan. En Suède, c'est heureusement une race peu connue. Viendrez-vous un jour en Suède ?

– Je n'y ai jamais songé mais pourquoi pas ?

Clémence avait naturellement laissé le carrosse à Le Nôtre et Nicodème ne possédait pas de voiture.

– Cela ne vous ennuie pas de marcher ? demanda poliment le Suédois.

– Si, dit Clémence en riant. D'habitude, je cours dans les allées de Versailles ! Rassurez-vous, ajouta-t-elle, pour rien au monde je ne voudrais découvrir Rome à travers les vitres d'un carrosse.

– Alors, allons tout de suite au Trastevere. Ce n'est pas le quartier élégant de Rome mais il est bourré de richesses inconnues des voyageurs. Sous l'ancienne Rome, c'était la Transtibérine. Vous l'avez deviné, cela veut dire « au-delà du Tibre ». Nous y escaladerons le Janicule. Ne vous inquiétez pas pour vos souliers : il n'est haut que de quatre-vingt-dix mètres !

L'ironie un peu pédante mais si divertissante de Nicodème amusait Clémence. Elle y retrouvait le ton railleur de Boileau, et son rire goguenard, qui avait l'air de se ficher du monde, lui rappelait celui de La Fontaine. Rien ne pouvait rapprocher plus vite la fontainière du roi de France de l'architecte du roi de Suède. Sans compter qu'à ces affinités de l'esprit s'ajoutait une évidente attirance physique : la promenade romaine qui avait fait rêver Clémence se transformait aussi vivement qu'un lever de soleil en balade sentimentale. L'attente, meilleur moment de l'amour ? Ils la vivaient tous les deux dans la lumière romaine et la sempernité des eaux qui coulaient, fusaient et bouillonnaient sur chaque place dans des fontaines de marbre.

À présent, ils se tenaient par la main dans les rues biscornues du Trastevere en cherchant le cloître du couvent de San Cecilia. Ils ne se lâchèrent pas dans l'église de San Giovani dei Genovesi où Nicodème dit doucement : « Est-ce là que vous allez faire votre prière ? »

Clémence ne répondit pas et s'agenouilla devant le *Baptême du Christ*, un grand tableau dont l'or du cadre montrait qu'il n'était pas sur le maître-autel depuis longtemps. En sortant, Nicodème commit sa première erreur d'amoureux. Il dit :

– Vous avez prié devant une œuvre d'Annibal Carrache, pas le grand peintre bolognais, mais son jeune cousin.

Elle attendait autre chose et dit, un peu sèchement :

– Attention, Nicodème, mes amis n'aiment pas trop les cuistres !

Il comprit la leçon, s'excusa et promit qu'il rangerait son érudition loin des oreilles de Clémence.

Ils virent tout de même la fresque de Cavallini qui ne plongea pas l'Ondine dans l'extase. La visite répétée d'églises trop sombres commençait à fatiguer la fille de l'air.

– Je comprends, dit-elle, vos élans mystiques mais, maintenant, j'ai besoin de lumière. Emmenez-moi voir le Colisée dans sa majesté et le Forum dans ses ruines.

Après s'être faufilés entre le Celio et le Palatin, ils pénétrèrent dans le Colisée par l'entrée la plus large, celle qui jadis menait à la tribune de l'empereur, et s'assirent sur un bloc de pierre usé par le temps. Clémence était comme oppressée, fascinée par les murailles de gradins qui montaient vers le rond de ciel bleu qu'avaient dû regarder tant de prisonniers et de gladiateurs avant de mourir. Muette d'émotion, elle se serra contre Nicodème. Leur éblouissement fut pourtant un peu gâché par le bruit de chariots que l'on chargeait lourdement :

– Voyez, dit Nicodème, cette grande encoche dans le mur droit de l'amphithéâtre : on le démolit pour emporter les pierres de travertin qui serviront à bâtir des palais. Et personne ne s'en offusque ! C'est aussi cela, Rome : elle construit des chefs-d'œuvre et laisse détruire les témoignages de sa grandeur !

Cette fois, Clémence ne trouva pas son compagnon trop cuistre.

– C'est ici, dit-elle en souriant, que vous allez me donner un premier baiser. Une voix venue des voûtes de l'église où j'ai prié pour nous tout à l'heure me l'a fait savoir.

Nicodème, l'architecte, imaginait déjà un monument de passion poétique pour répondre. Un regard éloquent de Clémence l'en dissuada. Il murmura tout de même :

– Je vous adore, petite Française née dans les vasques de Versailles.

Elle ne trouva pas cela ridicule et lui tendit ses lèvres.

La nuit tombait déjà quand ils quittèrent à regret la dalle de marbre d'où les Césars agitaient le mouchoir blanc qui annonçait le début des jeux ou leur fin tragique. Enlacés, ils regagnèrent l'ambassade.

Au cours du chemin, elle lui demanda :

– Mais que faites-vous au juste à Rome ?

– Comme vous, belle enfant, je me promène, je visite, je m'instruis. Je travaille aussi. Le gouvernement suédois, à l'instigation de mon père, naturellement, m'a chargé de restaurer l'ambassade. C'est ma foi une tâche bien agréable. Surtout depuis que je vous connais !

Ils marchèrent lentement dans la douceur du soir et, sans beaucoup parler, se dirent beaucoup de choses.

Lorsqu'ils furent arrivés devant l'hôtel de France, Nicodème lui demanda du ton timide et humble que prennent souvent les hommes au début d'une idylle :

– Je vous revois demain ?

– Non. Je dois cette journée à Le Nôtre que je ne peux pas tout le temps abandonner. Et puis, il va rencontrer le Cavalier Bernin dans son atelier et je tiens à connaître ce génie. Mais mon petit doigt me dit que nous ne resterons pas trop longtemps sans nous revoir.

– Vous voilà déjà romaine ! dit Nicodème Tessin en la quittant.

Le soir, Clémence soupa en compagnie de Le Nôtre et de l'ambassadeur. Le duc d'Estrées gagnait à être connu. On n'est pas pour rien le fils d'Annibal d'Estrées maréchal de France, envoyé plusieurs fois à Rome comme ambassadeur, auteur de mémoires appréciés sur la Régence et frère de Jean d'Estrées qui avait commandé la flotte française contre Ruyder ! Sous des dehors un peu hautains, c'était un homme agréable et d'une grande culture. Il était fier de recevoir André Le Nôtre, dont la réputation était si grande dans toute l'Europe, et le traitait comme un seigneur. Clémence, de son côté, le charmait par sa beauté et sa tranquille aisance. S'il avait cru un temps pouvoir s'attirer les faveurs de la jeune femme, il y avait renoncé, sachant, sa police était bien faite, qu'elle n'avait pas été insensible aux charmes du jeune Tessin rencontré chez lui le soir de son arrivée.

Le souper fut donc agréable. Comme toujours, Clémence retint l'intérêt en parlant de ses amis. L'ambassadeur voulut tout savoir sur Molière, qu'il admirait, et, surtout, sur les circonstances de sa mort et de ses obsèques qui avaient suscité bien des questions dans les cours étrangères. Elle dit aussi quelques-unes des dernières fables de La Fontaine et parla du Roi en des termes familiers qui surprirent l'ambassadeur. Le Nôtre, pour sa part, évoqua la grande œuvre des jardins de Versailles et M. d'Estrées demanda à ses hôtes ce qu'ils avaient fait à Rome depuis leur arrivée. Il savait déjà, Le Nôtre le lui avait raconté, comment s'était déroulée l'entrevue avec le pape. Il savait aussi que Clémence avait trouvé un guide charmant mais feignit de croire qu'elle avait découvert toute seule l'église du Trastevere, ce à quoi Clémence répondit avec franchise que l'architecte suédois lui avait fait connaître d'autres beautés de Rome, dont le grandiose Colosseo. Le duc sourit et dit qu'elle ne pouvait trouver un meilleur guide. La grande affaire, pour Le Nôtre était sa visite à Bernin qui, en attendant la découverte des grands jardins romains, l'intéressait finalement plus que le pape ou les ruines du Forum. Il se fit donner tous les détails possibles sur le grand artiste.

— C'est hélas un vieil homme que vous allez rencontrer, dit l'ambassadeur. Il est très fatigué et ne travaille que quelques heures par jour mais vous serez surpris par son intelligence et la manière dont il parle de son art.

— Nous nous connaissons. J'étais au côté du Roi quand il a visité Versailles. Sa Majesté l'a reçu comme un prince et il était très touché de l'accueil que lui faisait la France. À la fin du séjour, il fut pourtant blessé dans son amour-propre lorsqu'il apprit que son projet de la colonnade du Louvre, pour lequel on l'avait fait venir, n'avait pas été retenu. Pour qu'un si grand artiste ne reparte pas humilié, le Roi lui a commandé sa statue équestre. Il y a quinze ans de cela, et je suis chargé, comme vous le savez, de voir où en est le chef-d'œuvre. Pouvez-vous me dire, Excellence, s'il a terminé la statue ou s'il y travaille encore ?

— Monsieur Colbert m'a bien écrit dix lettres pour me poser la même question et je n'ai pu chaque fois que lui transmettre la même réponse du maître : « Naturellement que j'y travaille ! » Je souhaite que vous ayez plus de chance. Je mettrai demain avec plaisir une voiture à votre disposition car Bernin habite un endroit difficile à trouver.

Dès neuf heures le lendemain, Le Nôtre et Clémence prirent place dans un carrosse de ville de l'ambassade. Le Bernin parlant français, ils n'avaient pas jugé nécessaire de se faire escorter de la comtesse Sforza dont le bavardage agaçait le jardinier.

À cette heure, une intense activité régnait dans la ville. Piétons pressés et braillards, voitures de toutes sortes surgissant des rues et en traversant d'autres sans se soucier de causer un accident, Clémence regardait vivre Rome avec curiosité et amusement.

– Heureusement qu'on nous conduit, dit-elle, car je ne sais pas comment nous aurions pu nous orienter dans ce dédale.

Elle reconnut la piazza Colonna où elle était passée avec Nicodème, grâce à la colonne de Marc-Aurèle, puis la voiture se perdit dans des ruelles avant de déboucher sur la piazza Montecitorio où des ouvriers travaillaient à la finition d'un palais[1]. Ils prirent du côté opposé une voie étroite qui obligea le carrosse à frôler les murs et se retrouvèrent sur une autre place, plus petite, où le cocher arrêta les chevaux devant un palais de taille modeste mais richement orné de sculptures.

– C'est là, dit-il. Vous êtes chez le signor Gian Lorenzo.

– C'est le prénom du Bernin, dit Le Nôtre à Clémence qui se demandait qui était ce Gian Lorenzo.

Ils prévinrent de leur arrivée grâce au marteau de bronze ciselé de la porte. Aussitôt un laquais en livrée vert et bleu les fit entrer dans un grand salon, à peine meublé, mais dont les murs tapissés de damas olive

---

1. Le palais Montecitorio, commencé en 1650 par le Bernin. Depuis 1871, siège de la Chambre des députés.

étaient couverts de tableaux. Trois statues de bronze garnissaient le devant des fenêtres qui les éclairaient juste ce qu'il fallait pour faire ressortir la grâce de leurs formes.

Et le maître entra, grand beau vieillard à peine voûté, la barbe blanche soignée, vêtu d'une longue robe de chambre en surah si légère qu'elle avouait son unique rôle d'élégance raffinée. Il regarda une seconde les visiteurs et ouvrit les bras à Le Nôtre avant de faire un compliment à Clémence puis les entraîna vers le long couloir qui menait à l'atelier. C'était une immense pièce éclairée par de larges fenêtres vitrées.

– J'ai eu, dit le maître, la chance de pouvoir créer selon mes goûts et mes besoins professionnels l'endroit où je travaille depuis plus de trente ans. C'est un rare privilège que n'ont partagé ni Léonard ni Raphaël. Mais installez-vous dans mon coin aux souvenirs.

Une ottomane et deux fauteuils limitaient le lieu où Bernin devait se reposer et recevoir ses amis.

– Comment se porte votre jardin, commandatore Le Nôtre ? Je nous revois avec le Roi, parcourant les allées et nous arrêtant à chaque bassin. Sa Majesté parlait si bien de ses parterres, de ses bosquets, de ses statues, de ses cascades. Comment s'appelle donc ce magicien des eaux qui a un nom italien ?

Clémence, émue, répondit avec fierté :

– C'est mon père, Francisco Francini. En France, François de Francine. Il m'a d'ailleurs chargée de vous présenter son respectueux souvenir.

– Quel bonheur de vous rencontrer, madame...

– Comtesse de Pérelle, dit Le Nôtre. Elle accompagne son second père dans ce voyage périlleux. Vous me parliez de Versailles ? Que de changements sont intervenus depuis votre visite ! Le parc a été augmenté de moitié, les fontaines ont été multipliées, et le château, refait une première fois, va l'être de nouveau car le Roi a l'intention de s'installer définitivement à Versailles avec la cour et les ministres.

Le Nôtre se fit alors diplomate pour aborder le sujet de sa visite :

– Il ne manque qu'une chose dans ce parc magnifique. Le Roi me l'a fait remarquer avant mon départ pour Rome. C'est sa statue équestre créée par le plus grand sculpteur du siècle. Sa Majesté m'a en fait chargé de vous demander où vous en étiez de votre travail.

– La statue du Roi reste mon grand souci. J'ai tellement voulu qu'elle soit réussie que j'ai tardé à l'achever. Mais regardez d'abord le modelage. Qu'en pensez-vous ?

– Il est superbe mais ce n'est pas une statuette de glaise que le Roi veut voir à la meilleure place dans son parc.

– La statue est dans le jardin, derrière l'atelier. Une statue de marbre de cette taille demande une grande énergie et je suis fatigué depuis quelques années. J'ai pu heureusement me faire aider par les plus doués des pensionnaires de l'Académie de France et l'on peut dire que l'œuvre est achevée, à part la tête que je me suis réservée et qui nécessite encore quelques retouches. Venez voir.

Ils sortirent et se trouvèrent, à leur grand étonnement, devant une énorme statue d'Alexandre en conquérant. La tête en effet n'était qu'ébauchée et il était difficile de se rendre compte si elle ressemblait à celle du maître de la France.

– La tête vous chagrine ? questionna le Bernin. Je vais vous montrer un moulage fait d'après mon étude en glaise.

Il se rendit dans un appentis et revint avec la tête soigneusement enveloppée dans un linge.

– Peut-être allez-vous être surpris, prévint le maître. Plus que la ressemblance, j'ai cherché à représenter l'homme derrière le Roi, à traduire son caractère, à montrer son invincible volonté.

Le Nôtre et Clémence furent, il est vrai, étonnés. La statue était belle, la tête l'était aussi mais ce n'était pas le Roi !

– Alors mes amis, qu'en pensez-vous ? demanda Bernin.

Le Nôtre hésita avant de répondre prudemment :

– L'œuvre est superbe mais je crois que Sa Majesté risque d'être déconcertée.

– Je le sais et c'est pourquoi je retarde le moment d'annoncer que l'on peut transporter la statue en France. Mais, voyez-vous, s'il voulait une représentation parfaite de son image, ce n'est pas à moi que le Roi aurait dû faire appel. Chez vous un Houzeau, un Lerambert ou même un Mazeline auraient fait l'affaire mieux que moi. On prétend que j'ai du génie ? Eh bien ! c'est le propre du génie de chercher à interpréter les caractères distinctifs du modèle !

Il n'y avait rien à ajouter. Le Nôtre dit qu'il comprenait le sculpteur-architecte, qu'il ferait part au Roi du prochain achèvement de sa statue et que ce serait à lui et à lui seul de porter un jugement. Le Bernin posa encore des questions à Clémence sur son père, il remercia Le Nôtre de sa visite et dit qu'il allait se reposer avant de dîner.

Lorsqu'ils furent remontés en voiture, Le Nôtre interrogea Clémence :

– Alors, maintenant que nous pouvons parler librement, que penses-tu de l'œuvre du Bernin ?

– Je la trouve magnifique mais je crois, comme vous, que le Roi ne l'appréciera pas. C'est pourtant un être épris d'art, qui aime et sait reconnaître les chefs-d'œuvre...

– Oui mais il est le Roi. Et il est tenu d'entretenir constamment sa représentation auprès de ses sujets. Son image est un symbole. Le Bernin a compris trop tard qu'il n'aurait pas dû accepter une telle commande, si prestigieuse fût-elle ! Le Brun, lui, a su peindre le Roi comme il voulait être peint, ressemblant et dans la majesté de son siècle. Le roi de France n'a que faire de la cuirasse d'Alexandre !

– Et si c'était Colbert ou Condé que le Bernin ait statufié, de l'intérieur, si j'ose dire ?

– Il aurait le premier parlé de chef-d'œuvre ! Cela dit, nous augurons la pensée du Roi mais peut-être, après tout, qu'il aimera sa statue !

– Et si nous profitions du carrosse de l'ambassadeur pour sortir un peu de la ville ? proposa Clémence. Pourquoi n'irions-nous pas voir les fameux jardins de Tivoli ?

– C'est pour les voir que j'ai entrepris ce voyage. M. d'Estrées m'a proposé de m'emmener mais je préfère mille fois les découvrir avec toi. Et nous irons jeter un coup d'œil à la villa Adriana. Auparavant, j'aimerais que nous allions manger quelques bons plats romains dans une auberge. Il faut aussi nourrir notre cocher puisque nous retenons ses services.

Ils dînèrent rapidement de figues et de jambon à l'ombre d'une tonnelle dans une petite rue voisine et partirent par la via Tiburtina vers la villa de l'empereur Hadrien. Il y avait au moins une heure et demie de route cahoteuse à parcourir et Clémence pensa qu'ils n'auraient peut-être pas le temps de visiter dans l'après-midi la villa et les jardins.

– Commençons par Tivoli, dit-elle au cocher qui fouetta les chevaux.

Arrivés, ils gagnèrent tout de suite la loggia de la villa d'où l'on découvrait l'ensemble du domaine. Elle regretta l'absence de Nicodème qui eût été un guide parfait, nota au passage que c'était la première fois de la journée qu'elle pensait à lui, et encore, pour un motif utilitaire. Mais ce n'était pas le moment d'analyser ses sentiments, un majordome portant la livrée de la maison d'Este arrivait sur leurs talons. Le latin d'école aidant, Clémence comprit le sens de son discours : l'homme disait que la villa et les jardins n'étaient pas ouverts aux visiteurs.

– Nous aurions peut-être quand même dû venir avec l'ambassadeur, dit Le Nôtre, marri de ne pouvoir répondre à l'appel des fontaines que l'on entendait jaillir entre les cyprès.

Mais Clémence s'était déjà lancée dans une discussion difficile avec le gardien qui, par chance, baragouinait quelques mots de français. Elle expliquait que Le Nôtre était l'architecte des jardins du roi de France, ce qui laissait l'homme indifférent. C'est finalement son titre de comtesse, adroitement mis en avant, qui le décida à les laisser se promener une heure dans les jardins. Une petite pièce d'or, en changeant de mains, leur assura la totale bienveillance du bonhomme qui se proposa de les conduire jusqu'à la fontaine de l'orgue et ses trois bassins qui reçoivent les eaux de plus de cent autres fontaines. Ils visitèrent aussi la grotte de Diane et, à côté, la fontaine du Biccierone, œuvre du Bernin.

– Le Cavalier est décidément partout dans Rome, dit Clémence. S'il a fait tout ce que l'on lui attribue, il n'est pas étonnant qu'il n'ait pas trouvé le temps de travailler pour le roi de France !

Le Nôtre admirait, mesurait du regard et, naturellement, faisait des rapprochements avec Versailles.

– Les jardins ont chacun leur beauté et sont incomparables.

– Versailles est bien plus beau ! décréta Clémence.

– Peut-être, dit le jardinier, mais le parc d'Este est plus vivant, plus varié, plus gai. La grandeur est sublime mais toujours un peu triste…

Ils rentrèrent sans avoir vu les ruines d'Hadrien mais Le Nôtre souligna en riant que « Rome ne s'était pas faite en un jour ».

Le lendemain, Nicodème Tessin s'était fait prêter une voiture par un ami et c'est en bringuebalant sur les mauvais pavés qu'ils dépassèrent la porte San Giovanni et prirent la route de Frascati.

– C'est le chemin qui mène aux Castelli Romani, une suite de petits bourgs qui s'élèvent sur les pentes des monts Albins, dit Nicodème.

Il fut interrompu par une violente secousse qui le projeta littéralement contre Clémence renvoyée sur la paroi heureusement capitonnée. Elle poussa un petit cri d'effroi mais Nicodème n'abandonna pas la place stratégique que lui avait offerte le cocher en n'apercevant pas assez tôt un énorme trou sur la route. C'est contre son oreille, frôlant son cœur qui s'était emballé au moment du choc, qu'il poursuivit :

– Je vous demande pardon mais les aléas de la route rapprochent ainsi les amoureux. Je ne m'en plains pas. Et vous ?

Elle répondit en se serrant un peu plus et il continua :

– J'ai choisi ce but pour notre journée afin que nous découvrions ensemble les petites montagnes des Castelli. J'en ai un peu assez de jouer les guides et de vous agacer en vous accablant de mes connaissances. Je ne suis jamais venu par ici. C'est l'occasion de constater si nos réactions se conjuguent !

– Vous ne connaissez vraiment pas cette région ?

– Non. Je sais seulement que l'huile d'olive y est parfumée de soleil et que l'on y fait un vin fameux, doré et limpide. Comme votre regard, ma chère Ondine. Vous permettez que je vous appelle par votre nom de déesse ?

– J'étais encore une petite fille quand La Fontaine m'a ainsi baptisée, et à la cour les gens qui m'aiment m'appellent Ondine. Il est arrivé plusieurs fois au Roi d'employer ce surnom !

– Mon Dieu, quel bijou précieux le sort a mis sur mon chemin le soir d'un souper très ennuyeux ! Je hasarde un nom surpris de la bouche de M. Le Nôtre et vous répliquez par La Fontaine et le roi de France ! Décidément, petite comtesse aux yeux de vague, vous m'ensorcelez davantage chaque fois que je vous vois. En un mot, je vous aime !

Une nouvelle fois, un cahot les rapprocha et ils s'étreignirent, se touchèrent, se caressèrent à travers la soie de leurs vêtements. Tout ce que peuvent faire deux êtres qui se plaisent dans un carrosse cahoté par les ornières du siècle et les pierrailles impériales, ils le firent. Ils ne laissèrent pourtant pas les feux de l'amour brûler jusqu'à l'extase souveraine. La journée ne faisait que commencer et la voiture s'arrêtait sur la terrasse de Frascati.

Un peu chancelants, ils descendirent de voiture et Clémence reprocha en riant à Nicodème de s'être conduit comme un Viking. Pour admirer le paysage, ils s'assirent sur un banc de marbre où, leur affirma un marchand de pain d'épices, Cicéron, qui habitait une villa proche, venait déjà se reposer. C'était le genre d'histoires que les Italiens croient vraies à force de les entendre répéter[1]. Le bonhomme leur vendit quelques friandises et leur montra encore à l'horizon le « mons Albanus » des Anciens, devenu monte Cavo et, plus loin encore, le « campo di Annibale ».

– Pourquoi l'appelle-t-on ainsi ? demanda Clémence par le truchement de Nicodème.

– Parce que Hannibal y a campé avec son armée, pardieu ! répondit aussitôt le marchand.

Elle regarda Nicodème en riant :

– Quel heureux pays où, lorsque vous vous asseyez sur un banc, on vous annonce que Hannibal et Cicéron

---

1. Cicéron habita tout de même bien Tusculum, ville voisine de Frascati. Il y écrivit ses *Tusculanes*.

vous y ont précédé ! Pour l'heure, je ne sais pas si Ulysse a bu du vin de Frascati mais j'y goûterais volontiers, avec une bonne assiettée de pasta. Après j'aimerais rentrer à Rome où vous m'avez promis de me faire visiter votre appartement…

Le dîner fut agréable, le retour plus calme que l'aller et, sans raison apparente, les cloches de la Trinité-des-Pèlerins sonnaient à la volée quand la voiture les déposa dans la via Giulia où habitait Nicodème. Ouverte par Jules II, la rue n'était pas ancienne et les pierres des maisons avaient conservé leur blancheur.

– C'est là, dit Nicodème en montrant l'entrée discrète d'une petite maison enchâssée entre deux palais plus imposants.

La porte poussée, on accédait par un couloir de verdure à une cour fleurie où un Adonis de marbre paraissait se plaire.

– Caressez son front, dit Nicodème. Il porte bonheur !

La vraie porte était là. Était-ce celle du Paradis ? Peut-être, se dit Clémence en découvrant le visage agréable de la jeune soubrette venue ouvrir. Elle était vêtue comme une servante de Molière et son sourire était malicieux. Le maître de maison, visiblement, ne lui inspirait ni crainte ni respect excessif.

– Permettez-moi encore une fois, mon Ondine, de faire le guide. Il le faut bien pour vous présenter ma maison.

– Elle a l'air bien agréable ! Est-elle à vous ?

– Hélas, non. Elle est la propriété d'un ami que mon père héberge actuellement à Stockholm. C'est en somme un échange.

– La servante fait partie de la maison ou est-ce vous qui l'avez engagée ? En tout cas elle est jolie !

– Mon Dieu, quel bonheur ! Seriez-vous déjà jalouse ? Cela serait le signe que vous m'aimez !

– Non, pas encore, mais méfiez-vous, cela peut venir !

Ils rirent et il l'entraîna. L'appartement était au premier étage, tout en enfilade, les quatre pièces se succédant le long d'un couloir.

– Évidemment, l'agencement semble bizarre mais il y a une raison, dit Nicodème. L'ami, architecte lui aussi, a voulu arriver jusqu'au fleuve et l'appartement est un long couloir qui relie la via Giulia au lungo di Valladi.

La dernière pièce était la chambre et ses fenêtres donnaient sur le Tibre. La vue dont rêvaient tous les Romains.

– Maintenant, allongez-vous sur le lit.

Devant l'air surpris de Clémence, il ajouta aussitôt :

– Je suis maladroit. Ne vous méprenez pas, je ne vais pas bondir sur vous comme un tigre sur sa proie. Allongez-vous et regardez la fenêtre.

Rassurée, elle fit ce qu'il lui demandait et découvrit que, du lit, un miroir scellé sur le balcon lui renvoyait la vue du Tibre jusqu'à l'île de Santa Tiberina.

– Quelle bonne idée ! Vous regardez souvent le fleuve de votre lit ?

– Ces derniers jours, oui, lorsque je pense à mon Ondine. Mais le miroir est grand, c'est une occupation à laquelle, en se serrant, on peut se livrer à deux.

– Alors venez suivre à mon côté les remous des flots. C'est émouvant… Je crois voir défiler sur votre miroir l'histoire de Rome.

– Ne craignez-vous pas que votre invitation au voyage nous entraîne vers des rivages trop brûlants ?

– Non. Je ne suis pas une enfant. Si j'aime les mots qui précèdent l'amour, je pense que le badinage doit s'arrêter quand le désir grandit. Et j'ai très envie d'aimer à Rome !

À la façon dont il l'embrassa, la caressa, la déshabilla et l'aima, elle se demanda si c'était dans les brumes du

Nord ou sous le soleil italien qu'il avait appris à faire l'amour. Mais l'essentiel était qu'ils fussent heureux, et ils le furent. Jusqu'au soir, lorsque le fleuve, effacé par la nuit, disparut derrière le miroir.

Ainsi naquirent les amours de l'Ondine de Versailles et du Viking romain. Le Nôtre devait demeurer un mois en Italie. Ils restèrent trois semaines de plus pour visiter la Toscane et voir Naples. Nicodème les accompagna et se révéla aussi bon amant que bon guide. Et puis il fallut partir. Le Roi avait besoin de son jardinier et Versailles commençait à manquer à Le Nôtre. Quant à Clémence, elle avait vécu l'un des moments les plus enivrants de sa vie. Elle quitta Nicodème après une dernière nuit d'amour dans la chambre au miroir de la via Giulia. Elle essuya quelques larmes lorsque son Viking l'aida à monter dans le carrosse qui allait reprendre la route. Mais elle voyait déjà les allées de Versailles se profiler derrière le plan d'eau, elle pensait à ses amis qu'elle allait retrouver à Auteuil. Elle imaginait le prestige qu'allait lui donner à la cour le voyage d'Italie. C'était comme si ces dernières semaines lui avaient lavé le cerveau, il lui semblait qu'une nouvelle existence débutait. Elle embrassa Le Nôtre déjà installé dans son coin, enroulé dans une couverture car il commençait à faire froid :

– Merci, père Bonheur, vous m'avez rendu la joie de vivre !

– J'en suis heureux, mon Ondine, mais je crois que quelqu'un m'a un peu aidé !

14

L'affaire des Poisons

C'est un Versailles en effervescence que retrouvèrent les voyageurs. En un peu plus d'un mois, le paysage du parc et du château était redevenu celui d'un formidable chantier confié, cette fois, au talent de Mansart. Déjà, sur la place d'Armes, les ouvriers creusaient les fondations des Petite et Grande Écuries. Dans le château lui-même, les démolitions et aménagements se poursuivaient pour faire place au nouvel escalier de la Reine. Ce somptueux escalier devait servir à l'usage quotidien de la cour. Il donnerait accès aux appartements du Roi et de la Reine entièrement transformés. Sa construction nécessitait le déplacement de la chapelle royale. On avait donc commencé ce pieux déménagement qui, dans l'esprit du Roi, ne pouvait qu'être provisoire parce que peu digne du nouveau Versailles[1].

C'est ce qu'expliqua François de Francine à Clémence lorsqu'ils firent ensemble, dès son arrivée, « le tour du jardin », expression chère à Le Nôtre.

– Et vous, père, reste-t-il dans un coin du parc quelques fontaines à créer ?

---

1. Cette chapelle provisoire sera pourtant celle qu'utilisera Louis XIV le plus longtemps, presque jusqu'à la fin de son règne puisque la Grande Chapelle (actuelle) ne sera terminée qu'en 1710.

– Oh, oui ! Rassure-toi. Le Nôtre a pris en dehors de quelques parcelles toutes les places disponibles mais, pour le bonheur des fontainiers, on doit démolir les anciens bassins pour les remplacer par d'autres plus considérables. Ainsi avons-nous commencé la galerie d'Eau et le bosquet de l'Encelade. On y verra le géant en plomb doré, quatre fois plus grand qu'un homme ordinaire, accablé sous le poids des rochers qu'il a entassés pour escalader le ciel.

– Il n'y aura pas d'eau ?

– Allons, répondit-il en riant, peux-tu imaginer à Versailles un géant qui ne crache pas de l'eau ? Un jet gros comme la cuisse sortira de sa bouche et s'élèvera à vingt-quatre pieds de haut. Et il en sortira de plus petits de toutes les pierres qu'il a accumulées[1] !

La promenade dans le parc avec son père était pour Clémence le moment du bonheur. Quand, à Rome, Nicodème lui avait demandé si Versailles lui manquait, elle avait répondu : « Versailles, non, ce qui me manque, c'est le tour des fontaines au bras de mon père. »

Ce jour-là, François avait bien des questions à poser à sa fille. Il voulait tout savoir sur Rome, sur les jeux d'eau de la villa d'Este, sur les jardins italiens et sur le Bernin.

– Le Nôtre m'a déjà raconté, dit-il, mais je me méfie de ses avis sûrement influencés par son désir d'affirmer la supériorité de Versailles. Il n'est pas neutre.

– Et moi, je suis neutre ? Eh bien, je t'affirme que les plus beaux jardins d'Italie ne peuvent rivaliser avec les bosquets de Le Nôtre et les fontaines de Francine ! Et nous n'étions pas seuls de cet avis. Un architecte suédois qui nous accompagnait le partageait entièrement.

– L'architecte est le fils de Tessin ?

– Oui, tu le connais ?

---

1. Les comptes stipulent un crédit de cinquante-quatre mille livres et seize mille livres payées à Marsy pour sa statue colossale.

– J'ai connu le père lorsqu'il est venu en France, il y a déjà quelque temps de cela.

Il regarda Clémence d'un air mi-moqueur, mi-sérieux et ajouta :

– J'y pense, le fils avait peut-être de bonnes raisons de ne pas te contredire, si j'en juge par ce que m'a dit Le Nôtre.

– Ah ! Le Nôtre t'a dit… J'aurais préféré te raconter moi-même, j'allais le faire, que j'ai été heureuse à Rome. Nicodème Tessin m'a promenée, m'a fait découvrir Rome, nous a pilotés en Toscane et à Naples. Je lui ai plu, moi je l'ai trouvé intelligent et plutôt beau garçon et nous nous sommes aimés. Cette rencontre a redonné des couleurs à ma vie.

– L'aventure s'arrête-t-elle là ou va-t-elle continuer ?

– Après Rome où il travaille pour l'ambassade, il doit se rendre l'an prochain à Vienne. Plus tard, seulement, il viendra à Paris. Vous voyez que nous n'allons pas nous revoir de longtemps !

– Le regrettes-tu ? As-tu de la peine ?

– Oui bien sûr, mais pas au point d'être malheureuse. Je suis devenue très raisonnable et je me dis que je me suis fait un beau souvenir.

– Tu devrais te remarier. Parmi tous ceux qui te font la cour, tu finiras bien par trouver un mari convenable !

– J'y pense, mon père chéri, j'y pense ! En attendant, venez me montrer quelques-unes de vos nouvelles fontaines.

En arrivant, Clémence avait envoyé son cocher chez la duchesse de Duras pour savoir si elle était à Paris. Elle venait de rentrer de la Comté et avait aussitôt répondu : « Je vous attends avec impatience, ma chère Clémence. J'ai hâte de vous entendre raconter votre voyage d'Italie. Venez dès demain. Votre affectionnée, Marguerite. »

Les deux amies se retrouvèrent avec plaisir. D'abord parce qu'elle s'aimaient, ensuite parce que, si la duchesse voulait tout savoir sur Rome, Clémence, elle, avait hâte de connaître les dernières nouvelles de la cour. Son mari le lui avait dit : « Attention, la cour, même si on perçoit ses travers et ses ridicules, c'est comme l'opium ; quand on a foulé les graviers de Versailles à la suite du Roi, on ne peut plus s'empêcher de s'intéresser à ce monde à la fois bouffon et captivant. » Jean de Pérelle avait raison. Quelques semaines loin du château et elle avait hâte que Mme de Duras lui raconte par le menu les brouilles, les trahisons, l'humeur du Roi, la situation des favorites. « Voilà où j'en suis, pensait-elle. Moi, l'Ondine des bassins, la sauvageonne des bosquets, je m'intéresse à ces fariboles ! Il serait temps de redevenir moi-même. »

Cet examen de conscience ne l'avait pas empêchée, le lendemain, d'apprécier avec gourmandise les potins que la duchesse distillait avec un art consommé. Quand celle-ci eut passé en revue la patiente et dévote élévation de Mme de Maintenon, les exigences de Mme de Montespan, les chagrins d'Angélique de Fontanges, elle dit sur un ton plus grave :

– Ma chérie, il faut que je vous informe maintenant d'événements qui secouent la cour, jusqu'à la famille royale. La marquise de Brinvilliers à peine chassée des pensées, voilà qu'éclate une nouvelle affaire, bien plus grave que la première. Vous vous rappelez que l'an passé on avait trouvé dans le confessionnal de l'église Saint-Paul de la rue Saint-Antoine un billet anonyme qui révélait qu'un complot avait été fomenté contre la vie du Roi. L'enquête de La Reynie[1] amena de nombreux prêtres à révéler que les empoisonneurs, à l'abri du secret de la confession, pullulaient, que leurs actes abominables réglaient bien des affaires de famille alors

---

1. La Reynie fut le grand policier du règne de Louis XIV. Lieutenant général, ses pouvoirs furent considérables. Il rétablit avec un certain succès la sécurité de Paris.

que les pratiques magiques devenaient monnaie courante dans les plus grandes familles.

– Oui, je me souviens. On a arrêté des sorciers un peu partout. Et qu'y a-t-il de nouveau ?

– Louvois a mis le Roi au courant et Sa Majesté a été horrifiée en apprenant que ses efforts pour faire de la France le premier pays d'ordre, de grandeur et de beauté aboutissaient à une monstrueuse hypocrisie, à la corruption des mœurs et à l'anarchie. Le scandale est grand, des noms sont avancés, et le Roi vient de créer à l'Arsenal une commission chargée de juger les magiciens et les empoisonneurs. On l'appelle Chambre des poisons, ou Chambre ardente.

– Le Roi a raison de punir ces criminels, non ?

– Quand j'ai connu hier le nom des premiers accusés arrêtés, j'ai eu peur et toute la France va trembler comme moi. La naissance, le rang, le mérite, le talent ne protègent personne.

– Vous me faites froid dans le dos. De qui s'agit-il ?

– La Chambre des poisons a donné décret de prise de corps contre M. de Luxembourg, la comtesse de Soissons, le marquis d'Alluye et Mme de Polignac.

– Mais c'est inimaginable ! Tous des proches du Roi ! Qu'ont-ils fait, grands dieux ?

– On dit que M. de Luxembourg aurait fait empoisonner à l'armée un intendant des contributions de Flandre duquel il avait tiré l'argent du Roi.

– Le maréchal ? C'est absurde !

– Louvois est son ennemi, cela explique peut-être bien des choses. Devant cette accusation, M. de Luxembourg a demandé lui-même au Roi d'être embastillé et jugé[1].

---

1. Le maréchal, dont Louvois avait juré la perte, fut acquitté par la Chambre mais néanmoins exilé une année. Puis le Roi, convaincu de son innocence, le rappela à la cour et lui rendit sa dignité de capitaine des gardes.

– Et Olympe, la comtesse de Soissons ? La nièce de Mazarin n'a-t-elle pas été l'une des premières maîtresses du Roi ?

– Si, bien sûr. Je pense que c'est la raison pour laquelle le Roi lui a donné à choisir entre subir les rigueurs de la prison ou quitter la France incessamment. On dit qu'elle est partie en Flandre ce matin à quatre heures avec la marquise d'Alluye.

– Eh bien ! Je m'attendais à quelques nouvelles banales de la cour et vous m'annoncez qu'elle est en partie emprisonnée ! Ma chère Marguerite, il va nous falloir revoir Mme de Sévigné et, comme pour la Brinvilliers, confronter nos informations.

Clémence avait décidé de revenir dormir dans sa maison d'Auteuil abandonnée depuis son deuil et elle se demandait comment elle allait vivre ce retour. Ses gens avaient tout nettoyé durant la journée et son appréhension était vaine : le capitaine enfoui dans les souvenirs, elle retrouva sans déplaisir ses meubles et ses habitudes. Elle reprit un livre qu'elle avait jadis commencé. C'était *Les Désordres de l'amour* de Mme de Villedieu. L'action se passait entre l'avènement d'Henri III et le siège de Laon en 1594. Elle sourit en lisant les aventures amoureuses de personnages historiques qui rappelaient étrangement des liaisons royales plus récentes. Pour un peu, elle s'y serait reconnue. « Finalement, qu'est-ce qu'a voulu dire la chère Mme de Villedieu dans son livre ? » s'interrogea-t-elle. Elle réfléchit une seconde et décida, avec une certaine satisfaction : « C'est l'incompatibilité de l'amour et du mariage. »

Elle avait prié ses amis qui étaient à Paris de venir souper au Mouton Blanc. À Rome, ce n'était pas la cour qui lui avait manqué, c'était eux, les La Fontaine, Boileau, Racine, avec leur talent, leur drôlerie, leur esprit toujours en éveil. Ils devaient certainement être au courant de cette incroyable affaire de poisons et de magie. Elle était curieuse d'en parler avec eux.

Seuls La Fontaine et Boileau étaient assis à leur table habituelle lorsque Clémence poussa la porte de l'auberge.

— Racine n'est pas là ? s'enquit-elle en embrassant ses amis.

— Non. Il faut dire que l'on le voit de moins en moins, dit La Fontaine qui avait une grande admiration pour Racine mais était agacé, quand il n'était pas déçu, par son ambition sociale, son goût de la sécurité bourgeoise et les efforts qu'il faisait pour s'approcher de la cour. Est-ce l'Académie qui lui tourne la tête ? poursuivit-il. Ou son titre d'historiographe du Roi ? Boileau l'est aussi mais il continue son œuvre d'écrivain et ne renie pas sa vocation. Jean, lui, au sommet de sa gloire après le succès de *Phèdre*, a décidé de ne plus écrire pour le théâtre ! A-t-il peur d'être excommunié ? Mais cela est son affaire. Ce que je lui reproche, c'est de dédaigner ses vieux amis ! Je comprends mieux, aujourd'hui, pourquoi il s'est fâché avec Molière.

— Vous êtes bien sévère, dit Boileau. Chacun a ses travers. Vous pouvez aussi me reprocher d'être protégé par Mme de Montespan et d'avoir accompagné le Roi à la guerre pour chanter ses victoires. Quant à l'Académie française, j'espère bien y entrer un jour. Comme vous, mon cher La Fontaine.

— Boileau, vous avez raison. Seulement vous, vous êtes fidèle en amitié. Ce soir où notre Clémence retrouve le village, vous êtes là. Ce ne sont pas ses défauts, c'est son absence que je reproche à l'ami !

Clémence ne s'attendait pas à assister au procès de Racine. Elle essaya de détendre l'atmosphère.

— Racine a dû avoir un empêchement. Il n'est pas là ? Nous nous passerons de lui, mes amis. Occupons-nous plutôt de notre souper.

— Nous nous sommes renseignés en t'attendant, dit La Fontaine. Ce soir, la patronne nous propose un ragoût de bécassines. Cela te plaît-il ?

– C'est parfait. Mais surtout, que l'on n'ôte rien du dedans des oiseaux ! Je vais aller le rappeler à la cuisinière.

– Elle est parfaite, notre comtesse ! dit Boileau quand Clémence se fut absentée.

– Eh oui, elle est restée elle-même !...

Tandis que d'exquises senteurs, où Boileau crut reconnaître celle de champignons citronnés, arrivaient de la cuisine, la conversation vint naturellement sur l'« Affaire ». Clémence en savait plus que ses amis qui ignoraient encore l'arrestation des premiers dignitaires. Boileau fut pétrifié en apprenant que le maréchal de Luxembourg, dont il avait, à la demande du Roi, célébré la grandeur d'âme et la bravoure dans des alexandrins bien venus, mangeait, à l'heure où ils guettaient l'arrivée sur la table de leurs bécassines, le bouillon maigre de la Bastille.

– C'est un mauvais coup de Louvois ! dit-il. Luxembourg, j'ai vu cela de près, s'est toujours opposé à ses tactiques de guerre. En plus, il est proche de Colbert. L'occasion, quand tout le monde accuse tout le monde, est trop belle. Louvois en profite pour régler ses comptes !

– Mais c'est odieux ! s'exclama Clémence. Et Olympe ? Que pensez-vous de l'accusation portée contre elle ?

– Je ne la connais pas. Elle passe pour être une intrigante !

– Cela ne suffit pas, objecta La Fontaine. Ne sommes-nous pas tous les trois des intrigants ? Il faut bien l'être un peu pour pouvoir souper au Mouton Blanc.

– Je ne jurerais pas que la Mancini fût un modèle de moralité, mais elle aussi est détestée par Louvois !

Le sujet épuisé, l'assaisonnement du ragoût commenté, Clémence dut raconter son voyage à Rome. Elle n'était pas mécontente de pouvoir briller un soir auprès de ces éblouissants poètes qui n'avaient jamais mis les pieds en Italie. Elle hésita à parler de Nicodème puis n'en fit rien, pensant qu'elle allait s'attirer mille questions des deux curieux. Elle les amusa beaucoup, en revanche, en relatant comment Le Nôtre avait sauté au cou du pape pour l'embrasser. La statue du Roi donna lieu elle aussi à une longue discussion entre Boileau et La Fontaine. Le premier jugeait l'art du Bernin emberlificoté et l'autre défendait l'universalité de son génie. Clémence les mit d'accord en disant que seul le Roi pouvait dire s'il acceptait d'endosser pour la postérité la cuirasse d'Alexandre.

On se quitta fort tard. L'Ondine était heureuse d'avoir retrouvé ses amis et reconnu l'odeur insinuante et si particulière des tilleuls d'Auteuil. Elle s'endormit en pensant à Nicodème. C'était la première fois depuis son retour.

Il faisait beau en cette fin d'automne, et le Roi, après la messe célébrée comme chaque matin dans la chapelle de Saint-Germain, décida, comme il n'y avait pas conseil, de se rendre compte de l'état du potager et, surtout, de converser avec celui qu'il appelait « l'admirable Jean-Baptiste La Quintinie », le seul qui, avec Le Nôtre, lui faisait oublier les soucis du pouvoir en lui parlant des plantes et des arbres.

Se moquant pour une fois du protocole, il avait pris son petit carrosse, le plus rapide, et réduit la garde à douze cavaliers. Il laissa celle-ci à la grille du nouveau potager d'où l'on apercevait les suisses travaillant à la pièce d'eau qui porterait leur nom et entra seul dans le domaine de Flore et du jardinier royal. Ce dernier était occupé au bout de l'une des deux allées qui partageaient le jardin en quatre. Il se précipita dès qu'il aperçut le Roi.

— Sire, dit-il en s'inclinant, votre potager s'ennuyait. Sa Majesté l'a un peu délaissé ces derniers temps mais, comme cela, elle peut mieux juger des progrès réalisés.

Le Roi sourit.

— Si cela ne tenait qu'à moi, monsieur La Quintinie, je serais plus souvent à vos côtés que dans mon cabinet ! Mais comment avez-vous fait pour faire surgir de la mauvaise terre dont vous m'avez parlé ce potager magnifique qui a l'air d'être planté depuis des décennies ?

— Sire, saint Fiacre, le patron des jardiniers, m'a aidé à replanter ici à peu près tout ce qui avait si bien poussé dans l'ancien jardin. Les racines comprennent à qui elles ont affaire et, si on borde bien leur nouveau lit de la bonne terre légère qui convient, elles ne demandent qu'à s'installer confortablement et à s'étendre. Nous avons transporté les fruitiers en bacs et ils ne se sont même pas aperçus du changement. Si Votre Majesté veut bien me suivre, je vais lui montrer les poires qu'elle trouvera bientôt sur sa table.

— Ah ! Monsieur La Quintinie, vous m'avez déjà dit tant de si belles choses sur les poires que je vous entendrai encore. Montrez-moi celles dont vous vous occupiez lorsque je suis arrivé, car je vois bien que vous étiez près des espaliers.

— Je surveillais le mûrissement des « Virgoulé », Sire.

— Tiens, je ne connaissais pas cette variété, et pourtant vous savez que la poire est mon fruit préféré.

— Sa Majesté en connaît le goût car elle en a souvent mangé. Cette variété en dispute l'excellence à la Beurrée et à la Bergamote. La Virgoulé n'est plus un fruit rare. On l'appelle Bujaleuf en Angoumois, Virgoulèse en Touraine et Virgouleuse en d'autres régions. Pour celles-ci, nous avons tiré nos greffons du village de Virgoulé en Limousin où apparemment elle avait passé un fort long temps sans éclat, ni plus ni moins qu'une perle dans sa coquille. Mais, enfin, elle est sortie de ce village par la

353

libéralité du marquis de Chambret qui en était le seigneur et qui vous l'a donnée sous le nom de Virgoulé.

— Montrez-moi donc cette merveille que je goûterai… quand, à propos ?

— Dans quelques semaines, Sire. Tenez, regardez cette figure longue, assez grosse, avec une queue courte, l'œil médiocrement grand et un peu enfoncé. La peau est lisse. Cette année, elle sera colorée. Si on la prend à propos, la Virgoulé est l'un des meilleurs fruits du monde. Mais, avant, Votre Majesté mangera la « Cuisse-Madame », la « Gros-Blanquet » et la « Bourdon ». Cette dernière est déjà mûre. Si j'osais, je proposerais à Votre Majesté de la goûter. Un fruit n'est jamais meilleur qu'au cueilli.

S'ils avaient eu de bons yeux, les gardes postés à l'entrée auraient pu voir le Roi et son jardinier assis côte à côte sur un banc de pierre, devisant tranquillement en mangeant les quartiers de poire que Jean-Baptiste épluchait avec le couteau sorti de sa poche. C'était aussi cela, le Roi-Soleil, mais rares étaient ceux qui connaissaient ses moments d'abandon.

Quand il parlait de ses fruits, La Quintinie devenait lyrique et le Roi l'écoutait avec l'attention qu'il aurait prêtée au rapport d'un maréchal en campagne.

Marchant du même pas, ils firent le tour du nouveau jardin, s'arrêtant devant un carré de salades, humant l'odeur des derniers melons ou comparant le parfum de l'échalote courante à celui de la rocambole venue d'Espagne.

Parfois le Roi s'arrêtait, posait une question, et Jean-Baptiste répondait avec une délicatesse de propos qui l'enchantait. Soudain, le maître dit :

— Monsieur La Quintinie, je vous ai entrevu pour la première fois à Vaux-le-Vicomte et j'ai toujours eu, depuis, l'envie de vous demander de m'apprendre à tailler les arbres fruitiers.

La question eût surpris n'importe qui mais le jardinier, lui, ne s'en étonna pas, et c'est naturellement qu'il répondit :

– Oui, Sire, je vous montrerai comment on supprime les argots, ces branches mortes qui dénaturent le fruitier, et comment on sculpte un arbre. Comme l'artiste devant son bloc de marbre, le jardinier doit voir d'un coup ce qu'il y a à faire, soit pour rendre beau un arbre qui ne l'est pas, soit pour lui conserver sa beauté. Ah, Sire ! Tout le monde coupe mais peu savent tailler !

Le Roi l'écoutait, ravi, et c'est à contrecœur qu'il abandonna son potager. Il releva La Quintinie qui s'inclinait et lui dit :

– Monsieur La Quintinie, ici, le Roi c'est vous !

Le bon La Quintinie, Clémence s'était promis d'aller le voir dès qu'elle serait rentrée mais la curiosité fut la plus forte. Au lieu de laisser aller son cocher jusqu'à Versailles, elle lui commanda de se rendre à Saint-Germain pour essayer de savoir comment se développait la ténébreuse affaire des Poisons. Dès son arrivée, elle constata, en voyant la file de carrosses rangés dans la première cour, que beaucoup de gens avaient eu la même idée. Mme de Duras était déjà là et elle la chercha dans les jardins où des groupes s'étaient formés. L'animation des conversations ne laissait pas de doute sur leur sujet. De quoi donc, en effet, pouvait-on parler, sinon de l'« Affaire » ?

La duchesse devisait, près du récent parterre créé par Le Nôtre, avec la marquise de Lambert que l'on voyait rarement à la cour mais qui avait quitté le matin même son appartement de l'hôtel de Nevers pour venir aux nouvelles. Bien qu'elle sortît peu, elle recevait chaque mardi les écrivains et les poètes qui comptent ; elle savait tout sur tout le monde et ce n'était pas un hasard si Mme de Duras l'avait approchée dans la foule des courtisans.

Dès qu'elle aperçut Clémence, Marguerite l'appela d'un geste et la présenta.

– Ah ! s'exclama Mme de Lambert, je puis enfin faire la connaissance de cette belle Ondine dont on dit partout qu'elle rafraîchit la cour par sa beauté et son esprit !

C'était là un compliment que Clémence connaissait bien mais qui lui faisait chaque fois plaisir. Elle répondit par une autre politesse et la conversation qu'elle avait interrompue reprit aussitôt.

– Vous vous doutez de quoi nous parlons, dit Mme de Duras. Anne-Thérèse est comme nous atterrée par ce qui se passe. La marquise d'Alluye serait accusée d'avoir empoisonné son beau-père et la princesse de Tingri d'avoir supprimé de la même façon les enfants dont elle avait accouché. Ce n'est pas tout. Mme de Polignac serait de son côté soupçonnée de l'empoisonnement d'un valet de chambre qui servait ses commerces amoureux !

– Cela fait beaucoup de poison, constata Clémence. Comment, si elles sont coupables, toutes ces personnes se le sont-elles procuré ?

– Oh ! La police connaît celle qui le vendait et l'a arrêtée ! dit Mme de Sévigné qui venait de se joindre au groupe. Je tiens mon information d'un de mes gens dont le frère est l'un des policiers de M. de La Reynie. Il s'agit d'une certaine veuve Monvoisin, connue sous le nom de la Voisin. On raconte sur elle des choses abominables. Ancienne sage-femme, elle s'était faite devineresse, cartomancienne et vendait de prétendus secrets pour conserver la jeunesse, gagner au jeu ou se faire aimer. Elle s'occupait aussi d'avortements et sa servante l'accuse d'avoir enterré nombre d'enfants dans son jardin.

– Et c'est elle qui a dénoncé les gens de la cour en commerce avec elle ? demanda Mme de Lambert.

– Sans doute mais le secret est bien gardé. La liste est si longue que l'on va, je pense, vivement la condamner et l'exécuter. Ne serait-ce que pour la faire taire.

De groupe en groupe, les rumeurs circulaient, des noms étaient jetés au hasard des conversations. Au bout d'un moment, Clémence dit que ces histoires la révulsaient et qu'elle préférait regagner son Versailles pour aller respirer un peu d'air pur dans le parc désert. Les autres dames l'imitèrent, non sans s'être promis d'échanger les nouvelles qui leur parviendraient.

Des nouvelles, il y en eut chaque jour dans les semaines qui suivirent. On apprit que la Voisin avait eu des complices pour fabriquer et vendre ce qu'elle appelait la « poudre à succession », qu'ils étaient aux mains de la police et qu'ils parlaient. Parmi eux, le tailleur Vigoureux et sa femme Marie, le sieur Adam Cœuret, dit Lesage, aumônier de la maison de Montmorency, et un prêtre de Bonne-Nouvelle nommé Étienne Guibourg.

L'affaire prit une tournure plus extraordinaire encore quand on apprit que la bande accusait Mme de Montespan de magie, de sacrilèges et d'une double tentative d'empoisonnement sur le Roi et Mlle de Fontanges. Le Roi fut bouleversé en lisant les rapports détaillés de La Reynie qui prouvaient que la favorite avait eu recours à des pratiques magiques pour gagner son amour et écarter Louise de La Vallière ; qu'elle avait fait absorber au Roi des aphrodisiaques et, plus grave encore, qu'elle avait fait dire des messes noires au cours desquelles des nouveau-nés auraient été sacrifiés. Même si ces accusations étaient exagérées, Mme de Montespan était perdue. Pourtant, après une longue entrevue avec Colbert, le Roi décida que, pour éviter le scandale, la marquise demeurerait à la cour.

Malgré les consignes, le bruit d'une rencontre orageuse entre Louis et Mme de Montespan perça les portes du palais. La cour apprit ainsi qu'Athénaïs s'était défendue en accusant son amant de barbarie, lui rappelant ses infidélités et son égoïsme monstrueux. C'était lui qui l'avait poussée au désespoir et était responsable de ses égarements. Lui, et l'ingrate servante Scarron[1] !

Les turpitudes de la marquise de Montespan tinrent en haleine l'opinion jusqu'au procès où tous les instigateurs des crimes furent condamnés. La Voisin, elle, fut condamnée à être brûlée vive après avoir été de nouveau soumise à la question.

Il se passa six jours avant que la sentence ne fût appliquée, six jours au cours desquels, à la cour comme dans les tavernes de la Grève, on se raconta que la Voisin ne faisait que rire, demander du vin à ses geôliers et chanter des chansons obscènes. Mme de Sévigné, qui ne dédaignait pas de s'intéresser aux exécutions, on l'avait vu avec la Brinvilliers, écrivit la fin de l'histoire :

« Enfin, le 22 février, à cinq heures, on la lia et, avec une torche à la main, elle parut dans le tombereau habillée de blanc. Elle était fort rouge et on voyait qu'elle repoussait le confesseur et le crucifix avec violence. À Notre-Dame, elle ne voulut jamais prononcer l'amende honorable, et, à la Grève, elle se défendit autant qu'elle put de sortir du tombereau. On l'en tira de force ; on la mit sur le bûcher, assise et liée avec du fer ; on la couvrit de paille ; elle jura beaucoup, elle repoussa la paille cinq ou six fois, mais enfin, le feu s'augmenta, on la perdit de vue et les cendres sont en l'air présentement. »

Le procès de ceux qui avaient été mêlés à l'affaire continua. Deux cent quarante personnes eurent à

---

1. D'abord admis sans réserve, les crimes dont fut accusée la favorite ont provoqué depuis maintes discussions. Il semble que les attentats et les sacrifices humains ne soient qu'une invention de ses misérables accusateurs. Restent pourtant la pratique de rites magiques et sacrilèges et, surtout, les effrayantes et néfastes mixtures qu'elle fit absorber au Roi pour raffermir ses forces déclinantes.

répondre devant la justice ; trente-six ayant subi la question ordinaire et extraordinaire furent condamnées à mort. Parmi elles, Mme de Carada, plusieurs prêtres et le sieur Jean Maillard, auditeur des comptes, accusé de tentatives d'empoisonnement sur le Roi et sur Colbert.

La Chambre ardente termina sa mission en poursuivant les sorciers, les jeteurs de sorts, les noueurs d'aiguillettes et tous ceux qui s'adonnaient aux pratiques de sortilèges et de magie. Dans ce grand remuement, la mort de Fouquet à Pignerol et celle de La Rochefoucauld passèrent presque inaperçues. Puis le calme revint au royaume de France.

L'« Affaire », pourtant, laissait la cour dans un état second. On respirait mal dans les allées de Saint-Germain, on s'épiait, on se demandait qui avait caché ses relations avec la Voisin, qui le Roi avait épargné. Les fêtes, les sorties sur le canal, les collations sous les oliviers du Trianon se poursuivaient toutefois normalement tandis que le palais était livré aux ouvriers et artistes de Mansart. Les mauvaises langues disaient que le Roi craignait toujours de voir le scandale éclabousser sa dignité et qu'il voulait masquer sous l'apparat son appréhension de suites incontrôlables. Ce n'était pas vraisemblable car La Reynie avait réussi à éteindre les derniers brandons du feu qui avait consumé l'empoisonneuse. Seule la mort, à vingt ans, de la malheureuse Angélique de Fontanges relança timidement des bruits d'empoisonnement mais le chagrin montré par le Dieu-Soleil les fit taire bien vite. Sans doute ne fut-il pas étranger à une résolution qui frappa la cour de surprise et lui donna d'autres sujets de conversation. Sa Majesté, se rendant aux exhortations de Mme de Maintenon, avait décidé de renoncer aux désordres des sens et de se conformer aux exigences de la religion.

Angélique disparue, Mme de Montespan reléguée dans ses repentirs, Mme Scarron était libre, avec les encouragements et les conseils des dignitaires de l'Église, de conduire le Roi sur le difficile chemin de la vertu. Ignorant dorénavant les accommodements avec le Ciel, du moins en apparence, Sa Majesté devenait auprès de Marie-Thérèse l'époux fidèle qu'elle n'avait jamais été.

On parlait cet après-midi-là, chez Mme de Duras, de ce coup de théâtre qui bouleversait l'accoutumé.

– Le Roi, qui, comme vous le savez, a rendu à la Reine l'honneur de ses bonnes grâces, plonge la délaissée dans le ravissement, dit la maréchale. Louis devenu époux modèle, il faut dire que c'est une grande nouveauté !

Clémence approuva :

– Mon oreille, qui traînait hier sur une gondole, a surpris cette confidence de M. Lanquet de Gergy. La Reine, profondément reconnaissante à celle qui, apparemment, a permis ce miracle, a dit à la princesse Palatine devenue elle aussi, sur le tard, un modèle de piété : « Dieu a suscité Mme de Maintenon pour me rendre le cœur du Roi. » Et elle lui a offert son portrait dans un médaillon garni de diamants.

La marquise de Sévigné, qui glanait dans les salons les nouvelles qu'elle écrirait à sa fille, sourit :

– Ainsi, les apparences sont sauves. La Reine est enfin heureuse, le Roi vertueux et Mme de Maintenon peut goûter la joie divine qu'éprouve une âme pieuse et sereine à dispenser le bien autour d'elle. Il n'y a qu'un embarras dans cette histoire édifiante : cette dame de Maintenon, ou de Maintenant, passe toutes les soirées depuis huit heures jusqu'à dix heures avec Sa Majesté. M. de Chamarande la mène et la ramène à la face de l'univers. Que se disent-ils, ou plutôt que font-ils ? Je ne peux m'empêcher de penser que le Roi, malgré ses vertueuses résolutions, n'a rien perdu, à quarante-deux ans, de sa vigueur exceptionnelle !

– Mais c'est une vieille ! s'exclama Clémence.
– N'exagérons rien, dit Mme de Duras. Mme de Maintenon a quarante-cinq ans. Six de moins que Mme de Montespan. Vous êtes encore jeune et il peut vous sembler étonnant qu'une femme de cet âge exerce un attrait physique sur le conquérant de tant de jeunes beautés. Mais les mystères du cœur, appelons-les comme cela, sont insondables…

La marquise les mit d'accord :
– Qu'importe ! Le Roi a découvert un pays tout nouveau : l'amitié sans contrainte et sans chicane. Il en paraît charmé et c'est tant mieux !
– Il est vrai, ajouta Mme de Duras, que Mme Scarron a élevé ses enfants, en particulier le duc du Maine, que le Roi aime beaucoup et qui la regarde comme sa propre mère. Le pauvre enfant était de santé fragile et affligé d'un pied bot, Mme Scarron l'a soigné avec dévouement et le Roi lui en a toujours été reconnaissant. Il semble que c'est en allant voir son fils, alors caché avec les autres enfants illégitimes, qu'il a commencé à apprécier les qualités de cette femme intelligente et habile.
– Et Athénaïs ? demanda Clémence. Sa retraite forcée lui pèse-t-elle ?
– Elle affecte la sérénité, répondit Mme de Sévigné. Peut-être l'a-t-elle trouvée en expiant son inqualifiable comportement. Le Roi, d'ailleurs, va la voir assez souvent après le souper. Si c'est pour montrer que la maîtresse du Roi ne saurait être suspectée, il se trompe puisque tout le monde est au courant de l'histoire de l'ancienne cliente de la Voisin ! Les apparences, vous dis-je ! À la cour, tout n'est plus qu'apparences !

Clémence n'avait pas vu le Roi de longtemps lorsqu'il la salua ce jour-là au sortir de la messe où elle avait accompagné Mme de Duras.

— Alors, madame de Pérelle, comment vous portez-vous ? demanda-t-il en faisant faire aux plumes de son chapeau la circonvolution élégante que tous les courtisans essayaient d'imiter.

— Bien, Sire. Surtout après avoir assisté à la messe du Roi.

— Je ne vous y vois néanmoins pas très souvent !

Elle pensa qu'elle aurait mieux fait de se taire. Elle savait pourtant que la dévotion était devenue à la cour un premier devoir ! C'était toujours comme cela lorsqu'elle essayait de flatter. Elle n'était vraiment pas courtisane et ses courbettes tournaient court. Mais le Roi reprit d'un ton plus aimable :

— Ne pensez-vous pas, madame, qu'il serait convenable de vous remarier ? Je n'aime pas beaucoup les veuves à ma cour. Surtout lorsqu'elles sont belles et suscitent la convoitise.

— J'y pense souvent, Sire, mais pour se marier il faut être deux !

— Vous n'avez pas oublié que je vous ai déjà mariée une fois. Enfin, presque ! Je voudrais aujourd'hui vous trouver un mari digne de vos qualités. Mme de Maintenon, vous ne l'ignorez pas, vous apprécie. Vous devriez aller la voir l'un de ces prochains jours.

Il la salua, cette fois plus discrètement, et alla retrouver à quelques pas de là M. de La Reynie qui l'attendait et qui devait avoir quelque chose d'important à lui dire puisqu'il l'entraîna dans son cabinet.

Clémence demeura interdite. « Diable, se dit-elle, me voilà à nouveau dans les pensées du Roi ! » Elle avait bien compris que son conseil de rencontrer Mme de Maintenon était un ordre et qu'elle ne pourrait s'y soustraire. La « vieille », comme elle l'appelait, avait sûrement un mari à lui proposer. Elle soupira et alla retrouver Mme de Duras qui avait assisté à la scène de trop loin pour entendre ce qui s'était dit et qui guettait avec curiosité le récit de son amie.

– Marguerite, le Roi parle de me marier. Il paraît qu'il ne veut plus de veuves physiquement agréables à la cour !

– Eh bien ! C'est plutôt une bonne nouvelle !

– Je voudrais en être sûre. Je suis très bien comme je suis, libre de voir et d'aimer qui je veux. Je m'en réjouis, et crac ! le Roi s'intéresse à moi. Comme s'il n'avait pas d'autres chats à fouetter !

– Vous savez, le mariage n'est pas forcément une horrible chose ! Si le sort vous avait gardé votre pauvre Jean, vous parleriez autrement.

– Ce n'était pas pareil. Nous nous étions choisis.

– Vous a-t-il dit qui il souhaite vous faire épouser ?

– Non, il m'a dit d'aller voir son entremetteuse !

– Que dites-vous ? Une entremetteuse ? Le Roi ?

– Il m'a demandé de rendre visite à la Maintenon ! C'est-à-dire que cette sainte femme va me dire qui je dois épouser. Elle ne va pas manquer de me jeter dans les bras d'un homme d'apparence pieuse, tiens, je parle comme la marquise, respectable, hypocrite, sans doute vieux et laid !

– Quel tableau ! Calmez-vous, ma chérie. Il sera bien temps de vous faire du souci si vos craintes se précisent. Moi je sais que le Roi prend soin de votre avenir et ne vous mettra pas dans les bras de n'importe qui. Quant à la Maintenon, faites-vous son alliée. Charmez-la, je suis sûre qu'elle n'est pas si méchante femme que l'on le dit !

Clémence vivait cet instant capital de sa vie durant une année importante pour le royaume. Louis XIV, d'abord, avait marié le Dauphin à Marie-Anne-Christine-Victoire de Wittelsbach, sœur de l'Électeur de Bavière. C'était une façon de se ménager la Bavière et le Brandebourg avec qui il signa des traités. Prudent, il évita de provoquer l'ennemi hollandais qui, du reste, avait licencié ses troupes, pour se livrer à une suite d'annexions déguisées sous un fatras juridique. La création de Chambres de réunion à Metz, à Besançon et à Brisach fit grincer des dents, comme la neutralisation de Strasbourg qui, par trois fois, avait permis aux ennemis de la France de traverser le Rhin. C'était une politique étrangère efficace, sinon très convenable, qui satisfaisait l'orgueil du Roi mais, aussi, assurait mieux la sûreté du royaume. Il restait en effet quelques trouées dans la ligne de fortifications créée par Vauban...

À l'intérieur, les travaux de Versailles se poursuivaient. Les Grande et Petite Écuries s'achevaient, comme l'aile des Ministres et la décoration de la cour d'entrée. Enfin, événements moins importants, sauf pour Clémence : Jean-Baptiste La Quintinie avait complètement installé son nouveau potager et, surtout, François de Francine venait d'être nommé, par lettre patente du Roi, intendant général des Eaux et Fontaines.

C'est en la félicitant pour la promotion de son père que Mme de Maintenon l'accueillit dans son cabinet particulier de Saint-Germain.

– Ma chère enfant, dit-elle, le Roi a honoré votre famille, permettez-lui maintenant de s'intéresser à votre propre avenir. Je sais qu'il vous a demandé si vous aviez l'intention de vous remarier. Dans ce genre d'affaires personnelles, Sa Majesté attache de l'importance à ma manière de voir et ne me cache rien de ses intentions.

– C'est ce que j'ai cru comprendre, madame, et je suis très touchée que vous vous penchiez avec tant de sollicitude sur ma modeste destinée.

– Vous pensez bien, Clémence, permettez-moi de vous appeler par votre prénom, que si vous êtes ici c'est parce que nous espérons vous avoir trouvé un mari. Si la chose était possible, je dirais un mari idéal, mais cela existe-t-il ?

Elle rit et laissa quelques secondes Clémence sur des charbons ardents. Enfin, elle s'expliqua :

– Vous connaissez le président Toussaint Rose, enfin, de nom, car il n'est pas homme à souvent se montrer malgré les fonctions importantes de secrétaire personnel qu'il exerce auprès du Roi.

Clémence blêmit. Le président Rose, secrétaire particulier du Roi, était un monsieur d'au moins soixante-dix ans. Quels que fussent ses qualités et son pouvoir, qui était considérable, c'était à un vieillard que l'on allait la marier !

Mme de Maintenon s'amusa un instant de la déconvenue de Clémence et reprit :

– Je vous parle du président mais rassurez-vous. Ce n'est pas lui – il n'a d'ailleurs aucune intention de se marier – auquel nous avons pensé. Il s'agit de son neveu, Omer, qu'il est en train de former pour pouvoir le remplacer auprès du Roi s'il devait interrompre son service. Il a une quarantaine d'années, est plutôt bel homme et est promis à une grande carrière. Peut-être un peu sévère d'aspect, c'est la fonction qui veut ça, il est très cultivé. Son oncle l'a éduqué selon les lois de l'honneur et de la probité. Tout en le faisant bénéficier d'une instruction religieuse très complète, il lui a fait fréquenter ses amis dont le nom vous dira quelque chose. Il s'agit de Racine, de Boileau, de Furetière et jadis de Molière.

Clémence respira. Si le portrait que Mme de Maintenon venait de lui faire de son futur mari ne l'emballait pas, son âge la rassurait. Après avoir hésité, elle questionna :

– Puis-je oser, madame, vous demander les raisons qui m'ont fait choisir ?

– Oh ! c'est très simple. La fonction de son oncle, qui sera sans doute la sienne, le met dans l'intimité des actes du Roi. Personne, même parmi les plus grands noms de la cour, n'est plus proche de Sa Majesté, et le Roi, qui a appris combien la présence, l'intelligence et la loyauté d'une femme pouvaient influencer les actions d'un homme de pouvoir, ne veut pas que le successeur de Rose épouse n'importe quelle fille maniérée ne connaissant de la vie que les courbettes de la cour et ses hypocrisies. Comme, d'autre part, le Roi vous apprécie depuis longtemps et veille sur votre avenir, il a pensé que cette union était souhaitable. J'ajoute que le président Rose a donné son accord.

Clémence était trop fine pour ne pas avoir saisi les allusions de Mme de Maintenon à sa propre situation. Elle fut étonnée de cette franchise et se dit que cette femme courtisée et haïe n'était pas désagréable. Elle s'attendait à quelques commentaires sur la religion mais il n'en fut pas question.

– La proposition du Roi, dit-elle, me comble d'autant plus qu'elle vient aussi de vous. Mais serai-je capable de tenir un tel rôle ?

– Nous connaissons tout de votre vie, madame de Pérelle, et la réponse est oui.

– La mienne aussi. Mais puis-je vous demander la faveur de rencontrer M. Omer Rose le plus tôt possible ?

– J'avais prévu votre impatience. Le plus tôt est tout de suite. M. Rose attend dans le salon à côté.

« Voilà des fiançailles promptement conclues ! » pensa Clémence en regardant s'avancer une silhouette mince, vêtue de la robe noire à cravate blanche des hommes de loi. Ce n'était pas un adonis, il n'avait pas l'allure carrée du capitaine ni la soyeuse chevelure blonde du Suédois mais on devinait que sa séduction était ailleurs, notamment dans un sourire un peu moqueur ou des gestes d'une discrète élégance. Elle eut envie de lui demander s'il s'habillait toujours en robin mais il la devança :

– Pardonnez, madame, ce costume austère que mon oncle trouve adéquat à son ministère. Je ne savais pas en fait que j'allais vous rencontrer. Et la surprise n'en est que plus agréable.

« Allons, se dit Clémence, c'est bien tourné et je ferai quelque chose de ce paroissien qui est sûrement moins guindé qu'il ne le paraît. »

Mme de Maintenon semblait contente. Elle dit que sa mission était terminée et qu'elle conseillait à ses protégés d'aller faire un tour dans le parc. « Ne serait-ce que pour fournir un sujet de conversation aux perruches que vous allez rencontrer ! » ajouta-t-elle.

Clémence l'avait craint ennuyeux, il était plaisant et participait avec esprit au jeu des questions qu'ils se posaient mutuellement dans le but voilé de se percer à jour.

– Si nous nous revoyons, ce qui me paraît probable, je vous raconterai ma vie, dit Clémence.

– Oh ! J'en connais déjà une partie, et elle me plaît. Peut-être parce qu'elle est l'envers de la mienne.

Elle nota avec satisfaction qu'il ne faisait pas allusion, comme la plupart des gens auxquels elle était présentée, à ses baignades dans les bassins de Versailles ni à son surnom d'Ondine. « Une bonne note pour le prétendant ! » pensa-t-elle. Elle lui en accorda une autre quand il parla des amis de son oncle et, surtout, quand il ajouta :

– Malheureusement, le Président n'aime pas La Fontaine. Il l'empêche d'entrer à l'Académie française à cause des *Contes*. Je ne suis pas d'accord avec lui et espère bien le faire changer d'avis.

– Pour ce dernier propos, monsieur mon fiancé, car malgré tous nos faux-fuyants il faut bien admettre que nous sommes promis l'un à l'autre, vous êtes invité à assister au prochain souper du Mouton Blanc à Auteuil ! C'est là que se rencontrent mes amis qui, je l'espère, deviendront aussi les vôtres.

– Voilà un honneur dont je n'espérais pas bénéficier si tôt. C'est presque une déclaration d'amour !

– Vous allez trop vite, monsieur. Disons que c'est une promesse d'estime.

– C'est déjà beaucoup. Quand et où allons-nous nous revoir ?
– Venez souper sans tarder dans ma famille à Versailles. L'intendant général des Eaux et Fontaines sera heureux de faire votre connaissance. Le Nôtre aussi, j'espère. Et Jean-Baptiste La Quintinie, pour qui j'éprouve une grande tendresse. Et naturellement La Fontaine, que je ramènerai spécialement d'Auteuil.

La première chose que fit Clémence en rentrant fut de s'assurer que Boileau et Racine étaient chez eux. Elle leur fit porter, ainsi qu'à La Fontaine, un billet sibyllin qui devait infailliblement les amener le soir à souper : « Dans les eaux du Roi, Ondine a pêché un robin empesé dont vous connaissez l'oncle, un aimable académicien qui ne boit pas l'eau de La Fontaine. La suite, ce soir au Mouton Blanc. »
Personne ne manquait en effet dans l'auberge d'Auteuil, et Boileau fit à Clémence un accueil digne du poète romain qu'il aurait voulu être :
– Nicolus Boilius Juvenalus te salue, concitoyenne de la chaste Sibylle. Ton messager ailé nous a appris qu'un robin s'était pris dans tes rets. Montre-nous cet alevin de thon que nous le mangions rôti en buvant du vin de Spolète !
Racine y alla d'un vers d'*Athalie* :
– Que veut notre fontainière ? « Elle flotte, elle hésite, en un mot elle est femme ! »
Et La Fontaine inventa un quatrain :

 « J'aime le jeu, l'amour, Clémence, la musique,
 La ville, la campagne, enfin tout.
 Il n'est rien
 Qui ne soit souverain bien.
 Mais pourquoi ce robin me rend mélancolique ? »

Le rituel accompli, Clémence fut assaillie de questions. Elle y répondit prudemment, dit qu'il s'agissait d'une idée en l'air et ne parla pas de Mme de Maintenon. En fait, c'est elle qui avait des questions à poser à ses amis. Elle voulait savoir qui était vraiment ce président Rose : éminence grise ou simple copiste ?

Racine, dans sa fonction d'historiographe et par son appartenance à l'Académie française, connaissait le Président. Il confirma qu'il s'agissait d'un personnage de l'ombre beaucoup plus important que la plupart des ministres :

– D'abord au service des Harley, il a été le secrétaire de Mazarin avant de devenir secrétaire du cabinet du Roi. Songez qu'il était présent aux conversations politiques que Mazarin eut sur son lit de mort avec le jeune Louis XIV ! C'est lui qui les a transcrites à sa demande. Sa charge en fait un intime du Roi qui lui porte une véritable amitié. C'est un personnage étonnant qui écrit aussi vite que l'on parle et est doué d'une prodigieuse mémoire. C'est lui, dit-on, qui compose ordinairement les lettres patentes, pièces diverses et correspondance personnelle. Il imite parfaitement l'écriture du Roi et sa signature. Bon nombre de gens qui se flattent d'avoir reçu une lettre de Sa Majesté conservent en fait précieusement la prose du président Rose. Le Roi le comble de gratifications, de terres, de charges. Il est présentement seigneur de Cloyes. Il aime les lettres, c'est-à-dire nous. Je ne lui connais qu'un défaut…

– C'est de me détester, coupa La Fontaine. Je sais qu'il a poussé le Roi à rejeter ma candidature à l'Académie…

Puis, après un froncement de sourcils, il se tourna, inquiet, vers Clémence :

– Ce n'est tout de même pas ce vieux que l'on va te faire épouser ?

Elle éclata de rire.

— Je l'ai cru un moment, mais non, c'est son neveu que le Roi me destine. Il est actuellement le second de son oncle et doit lui succéder dans ses fonctions.

— Alors, je n'ai vraiment aucune chance d'être un jour académicien ! s'écria La Fontaine. Le neveu après l'oncle, je suis maudit !

— Mais pas du tout. Figurez-vous que mon prétendant, entre nous il est bien tourné, adore les œuvres de M. de La Fontaine ; à commencer par les *Contes* ! Vous voyez bien que tout n'est pas perdu. Je lui ai d'ailleurs déjà fait promettre de convaincre le Président de réparer une injustice qui fait souffrir la France ! Alors que pensez-vous de ce mariage ?

— Il ne nous transporte pas de joie parce que nous sommes tous un peu amoureux de toi, dit La Fontaine. Mais si c'est le désir du Roi, je ne vois pas comment tu peux y échapper. D'ailleurs, le monsieur ne paraît pas te déplaire, c'est tout de même l'essentiel. Et comment se nomme ton prétendant ?

— Omer-Marc Rose.

— Ah ! s'écria Boileau. Nous l'appellerons Marcus Aurelius. Personnellement, j'ai toujours eu un faible pour l'empereur philosophe qui, dans un moment pénible que traversait l'Empire dévasté par une crue du Tibre et menacé par l'invasion des Quades en Germanie, fit vendre le mobilier impérial pour éviter de demander des impôts au peuple malheureux !

Quand Boileau devenait romain, il était difficile de l'arrêter. Clémence y parvint en lançant :

— Vous allez d'ailleurs bientôt le connaître car je l'ai invité à souper un soir au Mouton Blanc !

Un silence s'ensuivit. L'auberge d'Auteuil était considérée par le petit groupe des poètes comme une sorte de sanctuaire, un lieu fermé où n'entrait pas qui voulait. Clémence y avait invité Mme de Duras mais en dehors de la présence des élus des lettres. La venue du neveu du Président, même baptisé Marcus Aurelius, constituait une entorse aux règles du cénacle.

Les trois amis se regardèrent et Racine, dont la souplesse avait grandement assuré la situation à la cour, fut, une fois de plus, diplomate :

– Notre hésitation est bien normale mais il faut prendre en compte que celui qui va devenir l'époux de notre Clémence n'est pas n'importe qui. C'est un fin lettré, comme son oncle, et il peut nous soutenir en cas de besoin. L'entrée de La Fontaine à l'Académie vaut bien un souper !

Le mariage de Clémence admis comme une nécessité, on parla d'autre chose. La Fontaine avait vu chez Le Nôtre les plans de la nouvelle chapelle que Mansart allait construire entre le château et la grotte de Thétis. La merveille de rocailles qui avait fait longtemps la fierté du Roi était condamnée. La Fontaine avait composé de beaux vers à son propos et versa un pleur mais Boileau dit qu'il avait toujours détesté cette pierraille baroque. Clémence ajouta, elle le tenait de son père, que la grotte était en très mauvais état et qu'elle se disloquait un peu plus à chaque gelée. Le Roi, qui ne détestait pas défaire ce qu'il avait créé, avait donc décidé de la démolir.

– Ainsi, sur ce lieu qui a fait l'admiration du monde, Dieu succédera au Roi-Soleil, dit La Fontaine. On voit que la religion est dans l'air du temps !

Deux promenades dans les jardins de Versailles, qu'Omer, devenu Marc, connaissait mal, et un souper frugal chez le Président tinrent lieu, en tout et pour tout, de fiançailles. Le Roi s'apprêtait à aller visiter les nouvelles fortifications de l'Est et avait demandé que le mariage, dont il tenait à être témoin, fût célébré au plus tôt. Le notaire de Versailles qui s'occupait des affaires du Roi rédigea le contrat, pratiquement sous la dictée du Président. Toussaint Rose était généreux pour son neveu à qui il faisait don de terres et assurait un revenu de soixante-cinq mille livres. Clémence, elle, apportait une dot du Roi de cent mille livres, qui rendait caduque sa pension de veuve d'officier, et la maison d'Auteuil qu'elle avait rachetée à Marcillac, devenu duc de La Rochefoucauld à la mort de son père.

Mme de Maintenon pensait, et Clémence était de son avis, qu'un remariage de veuve devait se passer d'apparat. Sa Majesté donna son accord pour qu'il fût célébré dans l'intimité par le Père de La Chaise, son confesseur, dans la chapelle du château. Le Roi et M. Rose furent les témoins du marié. Pour Clémence signèrent Racine, Boileau et François de Francine. Elle aurait souhaité que La Fontaine les accompagnât mais c'eût été une provocation que le Roi n'eût pas pardonnée. À part Mme de Duras qui avait gardé le secret, personne à la cour n'avait été tenu au courant. Mme de Maintenon suivit avec une pieuse attention le déroulement de la cérémonie. Boileau dit ensuite à Clémence qu'elle semblait la vivre comme s'il s'était agi de son propre mariage. Il lui faudrait attendre encore deux ans pour épouser le Roi dans un secret autrement absolu.

Marc Rose était peu connu à la cour et beaucoup s'étonnèrent que la charmante comtesse de Pérelle ait fait un mariage aussi commun alors que marquis et ducs la poursuivaient de leurs assiduités.

« Comment va-t-on l'appeler ? » se demandait Madame la Palatine dans l'une des innombrables lettres qu'elle envoyait aux quatre coins de l'Europe[1]. Le mariage posait en effet un problème. Restait-elle com-

---

1. La belle-sœur du Roi, que l'on appelait Liselotte, a été, par le nombre incroyable de ses lettres, un témoin primordial de la vie de la cour. Pour sa parentèle allemande et ses amis européens, Madame a tenu la chronique de Versailles, n'épargnant pas Mme de Maintenon dont elle répandit les surnoms, « guenon », « ordure » ou « ripopée ».

tesse de Pérelle ou devait-elle porter logiquement le nom de son mari et devenir simplement Mme Rose, nom qui convenait mieux à une blanchisseuse qu'à une amie du Roi ? L'assemblée du Mouton Blanc en débattit. La Fontaine suggéra d'en appeler à Furetière. Finalement on décida de la nommer « la Comtesse » ou « la Fontainière du Roi ».

C'était là une question que ne se posait pas Clémence en quittant la chapelle, promptement mariée, car le Roi était pressé, à un monsieur qu'elle connaissait à peine. Mme de Maintenon, qui trouvait que le mariage avait été « expédié » religieusement, la prit à part et lui conseilla de beaucoup prier pour réparer ces regrettables manquements aux devoirs de l'Église. La Fontainière promit ce que l'on voulut, la marquise l'embrassa et elle courut rejoindre son mari et ses témoins. Le président Rose, qui n'avait jamais vu une mariée bondir comme une gazelle dans les allées de Versailles, ouvrit de grands yeux et sourit à sa nouvelle nièce. Contre toute attente, c'est l'homme en noir qui étonna l'Ondine.

– Madame, dit-il, vous êtes gaie comme un oiseau et savez retrousser votre jupe pour rejoindre votre mari. Vous me plaisez. J'espère que vous apprendrez à mon rabat-joie de neveu que la vie peut être aussi plaisante !

– Je vais essayer, monsieur le Président. Et tout de suite ! « Pas d'apparat », a dit Mme de Maintenon ! Elle n'a pas recommandé de jeûner, et vous allez voir comment on dîne chez les Francine lorsque l'on marie la fille de la maison. Mme de Duras sera là, je pense. Et les Le Nôtre. Je suis désolée mais il y aura aussi Jean de La Fontaine, mon plus cher ami... Ses *Contes*, que vous n'aimez pas, m'a-t-on dit, sont aussi une forme de la joie d'exister !

– Vous avez raison, mon enfant. Je vais les relire. En attendant, croyez bien que je serai honoré de faire la connaissance du grand fabuliste qui mériterait bien de siéger avec nous – n'est-ce pas, monsieur Racine ? – à l'Académie française. Comme votre ami Boileau dont j'admire les *Satires* !

La noce, si on peut appeler ainsi le petit groupe de témoins qui avait assisté à la cérémonie religieuse, gagna à pied la maison des Francine où la maman attendait son monde pour dîner. C'était, comme toujours chez les artistes de Versailles et du Louvre, un repas à la bonne franquette. Mme de Francine avait fait préparer des salades de concombres, d'asperges, de pourpier et de brocolis cueillis le matin même dans le potager de La Quintinie qui sut trouver des mots drôles et poétiques pour accompagner ses primeurs. On servit ensuite une tourte aux truffes et une longe de veau piquée en hachis.

– Ici, monsieur le Président, pas de services qui n'en finissent pas ni de plats si nombreux que l'on ne peut que les regarder passer ! avait dit Mme de Francine. Mais j'espère que vous trouverez mon menu digne de cette journée qui, par la grâce du Roi, fait de nous des alliés.

M. Rose avait approuvé et son neveu opiné. Clémence regardait celui qui était devenu son époux un peu comme M. Fagon la nouvelle plante qu'il venait de découvrir lorsqu'il s'adonnait encore à la botanique[1]. Il lui apparaissait comme le contraire des gens qu'elle avait connus. Ses amis aimaient briller, se disputer pour des idées, soutenir des paradoxes. Lui semblait fait pour écouter. Pourtant, il lui arrivait d'ouvrir la bouche et il en sortait des mots intelligents qui dénotaient une grande culture. Ainsi laissa-t-il Boileau stupéfait lorsqu'il lui récita le premier vers du « Lutrin », son poème héroï-comique : « Je chante les combats et

---

1. Guy Cressent Fagon avait publié un *Catalogue des plantes* avant de devenir médecin de la Reine puis premier médecin du Roi et chef des services médicaux de la cour qui comptait, outre dix-huit médecins, des herboristes, des chirurgiens, des apothicaires et des barbiers.

ce prélat terrible. » C'était inattendu mais Marcus Aurelius fit mieux encore en précisant que ce vers était la transposition du fameux *Arma virumque cano* sur lequel s'ouvre l'*Énéide*.

– Monsieur, dit Boileau, vous charmez mon ego comme aucun lecteur n'a su le faire. Savez-vous que c'est le président de Lamoignon, hélas disparu, qui m'a engagé à écrire « Le Lutrin[1] » ?

– Naturellement. C'était un ami de mon oncle et c'est lui qui m'a conseillé de lire vos œuvres.

Marc Rose, entre de longs silences, montra qu'il n'était pas l'être falot qu'il paraissait. Il fit une remarque originale à La Fontaine sur son élégie « Aux nymphes de Vaux » et n'oublia pas Jean Racine à qui il reprocha d'avoir abandonné l'art de la tragédie. C'était assez pour que Clémence regarde son mari d'un œil plus bienveillant. « Allons, pensa-t-elle, l'homme noir fera un mari acceptable. À moi de lui donner des couleurs ! »

Le Président, lui, faisait oublier son habit sombre par une gaieté dont le vin de Meursault n'était pas seul responsable. Il était visiblement heureux dans cette famille où les artistes et les poètes lui faisaient découvrir un autre monde : la divine conjugaison des plaisirs de l'esprit et de la table. Il faisait mine d'être effarouché par les propos de La Fontaine mais était le premier à en rire. La fraîche bonté de Mme de Francine l'enchantait. Il la complimentait sur la cuisine, sur sa fille, sur sa beauté.

– Ma parole, dit Clémence à son mari, votre oncle fait la cour à ma mère !

– Vous le découvrez. Il cache bien son jeu et peut être coquin. Il amuse aussi le Roi devant qui il a son franc-

---

1. Premier président. Grand magistrat du règne, c'était un honnête homme, un esprit cultivé qui avait pour amis Turenne et Bussy-Rabutin.

parler. Surtout lorsque Mme de Maintenon et la Reine ne sont pas présentes.

– Eh bien ! Mon cher, j'espère que vous allez aussi m'amuser et devenir un tout petit peu libertin !

Comme il la regardait, étonné, elle précisa :

– Je vous y aiderai !

Clémence n'avait pas eu beaucoup d'amants mais elle avait su les choisir et, sans être experte en amour comme Mlle de Lenclos qui, à soixante ans, dans sa ruelle où se pressaient les hommes les plus honnêtes et les plus instruits, cultivait encore la belle galanterie et la sagesse souriante, elle savait faire ce qu'il fallait pour rendre un homme heureux et prendre elle-même du plaisir. Cette fois, avec Marcus Aurelius – voilà qu'elle l'appelait comme ses amis ! –, c'était moins le désir que la curiosité qui l'animait. Dans le carrosse qui les conduisait jusqu'à l'hôtel de la rue Beautreillis où l'oncle avait cédé un étage aux jeunes mariés, elle essayait d'imaginer les pensées qui traversaient la tête de Marc Rose, devenu muet comme une carpe depuis que le cocher avait lancé ses chevaux. Rue des Vieux-Augustins, Clémence se dit qu'il fallait faire quelque chose. Un cahot facilita encore une fois son dessein en projetant contre elle celui qui, inexorablement, devait partager son lit. Elle lui saisit la main, décidée à ne plus la lâcher ; ce geste bien innocent eut sur son prude mari un effet aussi vif qu'inattendu qui rendit inutile toute nouvelle initiative. À peine avait-elle frôlé sa main qu'il l'enlaça fougueusement, l'étouffant de baisers, cherchant une parcelle de peau nue à travers les dentelles.

La suite pencha vers la banalité sensuelle et La Fontaine, s'il avait eu à la décrire dans un conte, eût situé la nuit de noces de Marc et de Clémence dans une honnête moyenne. Clémence, qui redoutait un ratage humiliant, n'en demandait pas tant. Finalement, elle avait peut-être tiré le bon numéro avec son robin ! Le lendemain, elle l'obligea à aller se commander des costumes élégants pour porter sous la robe noire :

– Mon cher, lui dit-elle, Le Brun, quand il peint, porte un sarrau de toile sur son habit. Votre soutane d'homme de loi, si elle est aussi un vêtement de travail, ne saurait être celui d'un homme de qualité !

– Mais mon oncle Toussaint…

– Soyez tranquille, il sera très content que je m'occupe de lui et que je m'intéresse à sa garde-robe. C'est que je veux, comme vous, mon cher mari, l'engager à se montrer plus souvent à la cour.

Son mariage avec Jean de Pérelle n'avait pas beaucoup changé la vie de Clémence dans la mesure où le capitaine était plus souvent dans les cantonnements qu'à la maison. Il n'en allait pas de même avec Marc dont la vie de fonctionnaire était réglée comme une horloge, celle qui dictait l'emploi du temps du Roi, de son réveil à son coucher. Si elle restait assez libre dans la journée, elle devait dire adieu aux soirées improvisées chez Boileau ou au Mouton Blanc. Les veillées dans le salon mal éclairé de l'hôtel de la rue Beautreillis étaient moins fantaisistes. « J'apprivoise mon fauve ! » disait-elle à Mme de Duras qui, heureusement, l'aidait à occuper ses après-midi. C'est elle qui lui conseilla de refaire sans attendre les appartements de l'hôtel Rose.

– Ma chère, vous venez de vous marier et c'est l'époque où votre époux ne vous refusera rien. Profitez-en et égayez le sépulcre. Demandez à votre ami Le Brun quelques conseils et appelez d'urgence tapissiers, peintres et staffeurs. Changez aussi ces meubles d'un autre siècle ! Mais peut-être que l'oncle de votre mari ne sera pas d'accord ?

– Le Président ? Il cédera à tous mes caprices. Entre nous, je crois qu'il envie son neveu et qu'il est amoureux de moi. Vous l'avez vu au repas de mariage : il sait être très drôle et c'est lui qui va m'aider à faire de Marcus Aurelius un mari sortable.

– Je crois que vous êtes cruelle ! Vous vouliez un époux intelligent capable de penser et de discuter avec vos amis sans être ridicule, vous l'avez, et ce n'est pas si courant. Les militaires sont des brutes, les financiers suent l'ennui et les dignitaires de la cour ne savent que traîner leur morgue sur les parquets cirés et les allées du parc. M. Rose est peut-être encore un peu… morose mais, croyez-moi, vous allez vite le transformer !

Elles rirent et, le soir même, Clémence annonça à Marc qu'elle allait modifier de fond en comble l'organisation de l'hôtel. Non seulement il ne protesta pas mais il dit que c'était une bonne idée et qu'il fallait vivre avec son temps. Clémence pensa qu'elle devait avoir un pouvoir certain sur les hommes pour se jouer d'eux aussi facilement. Cela ne la chagrina pas.

La Fontainière n'en avait jamais appris autant sur le Roi, la cour et le gouvernement que depuis son mariage. Elle avait maintenant pris l'habitude que Marc lui raconte le soir en rentrant comment s'était déroulée la journée dans les coulisses du Conseil d'en haut, le plus important, qui se tenait ponctuellement le dimanche, le mercredi et le jeudi de chaque semaine.

Marc n'assistait pas son oncle durant toutes les séances mais, depuis quelques jours, une crise de rhumatismes empêchait Toussaint Rose de tenir une plume et c'était Marc qui enregistrait les décisions. Il était fier de montrer à sa femme l'importance de son rôle et lui racontait dans le détail les interventions du Roi et celles des ministres d'État admis dans le sein du Conseil. Clémence, qui n'aurait jamais pensé être un jour au fait des affaires, se passionnait maintenant pour la politique du royaume. Son mari répondait de bonne grâce aux questions de néophyte qu'elle s'était posées dans la journée :

– Pourquoi n'y a-t-il actuellement ni duc ni pair dans le Conseil ?

– Le Roi a toujours écarté du Conseil d'en haut tous ceux qui pouvaient prétendre en faire partie en raison de leur naissance ou de leur titre. C'est lui qui désigne les conseillers, verbalement, et non plus comme cela se passait jadis par brevet ou par lettre patente[1].

– Cela, c'est le Grand Conseil. En existe-t-il d'autres ?

– Oui, le Conseil des dépêches pour les affaires extérieures et de province mais le Roi le laisse souvent présider par le chancelier car les questions importantes ont déjà été débattues au Conseil d'en haut. Il existe encore le Conseil royal des finances sur lequel Colbert a depuis toujours eu la haute main en qualité de contrôleur général. Mais pourquoi vous attachez-vous à ces divisions administratives rebutantes alors que j'ai aujourd'hui une grande nouvelle à vous apprendre ?

Alléchée, Clémence écouta :

– Le Roi entend mettre son projet d'annexion de Strasbourg à exécution.

– Ce n'est pas fait ? On en a déjà beaucoup parlé...

– Non mais ce sera une réalité dans quelques jours. Louvois, qui a préparé le terrain avec quelques sacs d'or distribués aux responsables de la défense de la ville, va arriver aux portes de Strasbourg suivi d'une armée de trente mille hommes et de quatre-vingts canons. La capitulation sera inévitable. Et ce n'est pas tout. En même temps, l'armée de Catinat occupera la place stratégique de Casal, en Italie. Le Roi va ainsi s'assurer le contrôle du Rhin et du Pô !

– Sa Majesté est vraiment un grand roi ! s'exclama Clémence. Et moi, la fille des fontaines, je suis au cou-

---

1. Monseigneur (le Dauphin) n'y entra qu'en 1691 et le duc de Bourgogne en 1702.

rant de ces choses admirables avant tout le monde ! Vous n'avez pas peur, monsieur, de me confier des secrets aussi importants ?

– Mais vous êtes ma femme et ce serait une trahison !

– Merci. Vous pouvez me faire confiance. Je ne vous trahirai jamais ! Et je ne vous l'ai encore jamais dit : je crois que je vous aime.

– Clémence, vous êtes mon bonheur. Soupons, si vous le voulez bien, et allons dormir.

– Vous êtes fatigué, sans doute, après une telle journée ?

– Fatigué ? Pas du tout !

C'est cette nuit-là que fut conçu l'enfant de l'Eau et de la Loi.

Le 30 septembre 1681, un messager arriva à Saint-Germain pour confirmer la capitulation de Strasbourg obtenue sans un seul coup de mousquet. C'était la nouvelle qu'attendait le Roi pour annoncer qu'il allait rejoindre l'Alsace, accompagné de la Reine, de Monseigneur, de la Dauphine, du duc d'Orléans et des invités de la cour.

Un voyage aussi précipité eût plongé n'importe quelle maison dans la confusion. Chez le Roi, il ne suscitait aucun remue-ménage. Tout était prévu, à commencer par les premiers repas que le Roi prendrait en route s'il devait s'absenter fortuitement. Ces collations étaient du ressort de celui qui conduisait la haquenée, un cheval de bât chargé de linge, de fruits, de confitures, du couvert du Roi, cela à titre de précaution pour le cas où les charrois chargés à cet effet n'arriveraient pas à temps. Bref, le Roi et sa famille ne risquaient pas de souffrir de la faim. En dehors de la haquenée et des fourgons, le carrosse royal était chargé de toutes sortes de choses à manger et à boire : viandes, fruits, pâtisseries. Le Roi n'y touchait pas en dehors des heures des repas mais il s'inquiétait tout au long du parcours pour ses compagnons de route et demandait à chaque instant si on ne voulait pas manger.

Clémence apprit par son mari la veille du départ qu'elle serait du voyage :

– L'oncle et moi accompagnons le Roi comme à l'habitude mais Sa Majesté m'a dit : « Vous êtes marié depuis trop peu de temps pour que je vous sépare de votre femme. Amenez-la donc. Ce sera une occasion pour elle de renouer avec la cour. » Êtes-vous contente ? Il y en a beaucoup qui voudraient être à votre place.

– Oh oui ! Cela sera sûrement épuisant mais curieux. Je n'ai jamais participé à l'une de ces migrations royales.

– Préparez donc dès maintenant deux coffres pour les habits. Nous voyagerons dans le carrosse de mon oncle qui est grand et confortable. Le président Rose est suffisamment respecté pour que l'on lui réserve un appartement convenable, près de celui du Roi.

– Mme de Montespan est-elle du voyage ?

– Non, mais Mme de Maintenon sera là. Le Roi ne peut plus se passer d'elle.

– Boileau et Racine vont sûrement être chargés de relater l'événement ?

– Oui. Sans doute allez-vous retrouver vos amis sur les routes de Lorraine.

Clémence était ravie. Ce voyage, qu'elle savait éprouvant – elle se souvenait de l'état dans lequel revenaient les courtisanes de ces interminables pérégrinations –, l'enchantait. Il allait rompre la monotonie des jours et elle était curieuse de voir comment le Roi, qu'elle n'avait pas revu depuis son mariage, allait se comporter avec elle.

Tout ce qui touchait à Louis devait être grand. Ainsi avait-il horreur des petites étapes et imposait-il à la caravane de sa suite des journées de route épuisantes. Le 3 octobre elle était à Vitry, logée dans le couvent des récollets, neuf mais trop petit. C'est là que le Roi ratifia la capitulation de Strasbourg, acte rédigé dans la nuit par Toussaint Rose et son neveu.

Le 6 les carrosses s'arrêtèrent à Bar-le-Duc, le 11 à Saint-Dié. Le soir, le Roi organisait lui-même des tables du jeu de « reversi » entre les courtisans. Deux joueurs célèbres, le marquis de Dangeau et le comte de Roye, tenaient la banque.

À cette préoccupation un peu surprenante, le marquis de Souches trouva une raison : « Ce n'était pas, écrivit-il, qu'il aimât naturellement le jeu, ou qu'il eût besoin de son secours pour passer des heures inutiles ; mais c'est qu'il était bien aise de donner à la Reine et aux courtisans une occupation qui les amusât et qui les empêchât de songer trop aux fatigues et à la longueur du voyage. Ce qui le doit faire croire plus aisément, c'est que, au lieu de jouer, il avait tous les soirs de très longues conversations avec Mme de Maintenon, et qu'il ne venait prendre son jeu chez la Reine qu'un quart d'heure avant qu'il se mît à table[1]. »

Le 13, à Sélestat, la cour admira les fortifications que Vauban venait d'achever. On s'y reposa quelques jours car la Reine était fatiguée et, le vendredi 23, Louis XIV et la cour pénétraient à Strasbourg dans le tonnerre d'une triple salve d'artillerie. Avant l'entrée, qu'il voulait solennelle, le Roi avait changé de voiture et pris place dans un carrosse doré attelé à huit. Toutes les cloches des églises le saluèrent sur le parcours qui menait à la cathédrale rendue sur son ordre au culte catholique.

L'évêque qui l'attendait sur le seuil s'était depuis longtemps engagé au côté de la France. C'était Wilhelm Egon de Fürstenberg, qui ne ménagea pas les louanges dans son discours d'accueil :

1. Cité par François Bluche dans *La Vie quotidienne au temps de Louis XIV* (Hachette).

– Deux rois puissants, dit-il, ont fondé l'Église de Strasbourg : Clovis et Dagobert. Quel honneur pour moi, modeste serviteur du Seigneur, de célébrer le Roi plus glorieux encore qui en est le troisième fondateur !

Après le *Te Deum*, Louis XIV gagna l'hôtel du margrave de Bade-Durlach où il tint une cour aussi brillante qu'à Versailles. De nombreux princes allemands étaient venus le saluer.

Clémence avait pris place sur l'estrade près de Mme de Duras et de Racine qui ne cessait d'écrire sur son carnet. Elle était subjuguée par le Roi qu'elle n'avait encore jamais vu en représentation, dans la gravité de sa fonction, avec toute l'autorité dominatrice qui émanait de sa personne. « Je comprends, dit-elle à Racine, pourquoi Louis est vraiment le plus grand roi de la Terre ! »

La cour ne s'éternisa pas à Strasbourg. Le Roi avait bu avec volupté sa coupe de grandeur, il ne souhaitait plus maintenant que rentrer à Saint-Germain et aller constater les progrès des travaux de Versailles. Ses appartements devaient y être terminés et Le Nôtre avait dû rectifier l'ordonnance du Parterre d'eau comme il l'avait demandé.

Depuis le départ, le Roi n'avait guère porté attention à Clémence et l'étonnement de la jeune femme fut grand lorsqu'il s'adressa à elle pour parler de ses projets :

– Comtesse (tiens, il lui avait conservé son titre et ne l'avait pas appelée Mme Rose), je vais vous confier un secret parce que vous êtes l'une des rares personnes qui aiment vraiment Versailles. L'an prochain, à cette même époque, la cour et le gouvernement y seront définitivement installés. Vous serez logée au château avec votre oncle et votre mari. J'aimerais alors qu'un matin vous me conduisiez comme jadis de cascades en bassins et que vous fassiez jouer pour moi ce que le monde appelle maintenant les « Grandes Eaux de Versailles ».

– Sire, ce sera un honneur mais je crains, hélas, d'avoir besoin du secours de mon père pour vous satisfaire. Il y a bien longtemps que j'ai manœuvré pour la dernière fois les clés-lyres en bronze qui commandent les fontaines !

– Eh bien ! Vous demanderez à M. de Francine de vous aider !

Le Roi rit puis reprit :

– Êtes-vous heureuse, petite fontainière ? Marc Rose est-il un bon mari ?

– Il le devient un peu plus chaque jour, Sire, répondit-elle en souriant. Il était un peu rugueux lorsque vous me l'avez donné, mais j'en fais un époux accompli, élégant et brillant. Je remercie Votre Majesté de son choix.

– Mme de Maintenon y est pour quelque chose. L'intuition des femmes, enfin, de certaines femmes, est irremplaçable. M. Rose vous initie-t-il aux affaires dont il a à connaître ?

– Rarement, Sire ! répondit sur-le-champ Clémence qui avait senti le piège. Et il s'agit toujours de peccadilles, ajouta-t-elle. Mais même à propos de ces petites choses, je reste muette comme une carpe.

– C'est très bien. Lui-même est, je crois, ravi de vous avoir épousée. Allons, il y a au moins un ménage heureux à la cour ! Mais venez donc, je vais écouter M. de Louvois et M. de Vauban qui doivent me montrer sur place le plan des nouvelles fortifications de la ville.

15

Le Roi chez lui

1681 était vraiment une grande année. Le Conseil d'en haut entérinait les victoires sous le regard bienveillant du Roi dont la puissance s'affirmait en Allemagne et en Italie. Seul le pape s'opposait à la France qui entendait le soumettre comme le reste de l'Europe.

L'armée avait fait son travail et s'apprêtait à continuer. Elle seule était capable d'empêcher l'Empereur de crouler sous la pression de deux cent mille Turcs et le Conseil convint que cela devait se payer. Magnanime, Louis XIV avait levé le blocus de Luxembourg mais obligé la Diète impériale réunie à Ratisbonne à ratifier ses annexions.

Restait la flotte que Colbert avait portée à une puissance inouïe et qui ne servait que de force d'intimidation. Les marins français étaient plus nombreux que les anglais, on avait créé les bases de Brest et de Toulon, fortifié Le Havre et Dunkerque et transformé le petit port de Rochefort en forteresse et en arsenal. Les Barbaresques d'Alger, qui menaçaient en permanence la sécurité en Méditerranée, fournirent opportunément à l'amiral Abraham Duquesne l'occasion de mettre à l'épreuve la puissance de la marine française.

La décision d'envoyer la flotte bombarder les côtes de l'Algérie ne fut prise qu'après de longues délibérations du Conseil d'en haut dont Marc Rose ne cacha rien à

Clémence que la politique du royaume passionnait de plus en plus :

– Colbert, raconta-t-il un soir, a réussi à faire retenir par le Conseil les idées fort inventives d'un jeune homme appelé Bernard Renau et connu sous le nom de Petit Renau. Cela n'a pas été sans mal car ses propositions faisaient depuis des mois l'objet de railleries de la part du corps de la marine.

– Que propose-t-il donc ? demanda Clémence.

– Tout simplement de bombarder Alger avec une flotte de plusieurs petites unités armées de mortiers.

– Et alors ?

– Si l'on peut tirer des boulets depuis un vaisseau de guerre, on n'a jamais eu l'idée que l'on puisse utiliser des mortiers à bombes autrement qu'à partir d'un terrain solide. Or Petit Renau propose de construire des bateaux petits mais forts, en bois, sans pont supérieur mais avec une solide maçonnerie de creux, à fond de cale, dans lesquels on mettrait les mortiers.

– L'entreprise est dangereuse ?

– Oui, si la mise à feu du mortier fait exploser le bateau. Mais Renau a si bien défendu son projet devant le Roi que celui-ci, contre l'avis à peu près général, a décidé de permettre l'essai de cette nouveauté. Duquesne en personne, qui n'en attend rien de bon, est chargé d'aller chatouiller les pirates et corsaires d'Alger.

– Je ne trouve pas cela très intéressant, dit Clémence. N'avez-vous rien d'autre à me raconter ?

– Si, et cela vous passionnera : on commence à Marly la construction d'une gigantesque machine destinée à puiser l'eau de la Seine, à l'élever jusqu'à plus de cinq cents pieds et à lui faire franchir une distance de deux lieues et demie. Il s'agit d'alimenter en eau les fontaines du parc de Versailles et celles du nouveau château de Marly. Si cela fonctionne, M. de Francine n'a plus de souci à se faire !

– Cela est en effet une grande nouvelle qui ne peut laisser insensible l'Ondine de Versailles. Je vais aller voir mon père pour qu'il m'explique et me fasse visiter.

Deux jours plus tard, impatiente, Clémence arrivait dans la maison familiale. Le paysage avait bien changé depuis que le Roi avait fait don à Le Nôtre et à son fontainier de deux maisons jumelles dans la ville qui n'était encore qu'un bourg médiocre. En dix ans, Louis XIV avait mené à bien son idée de faire surgir une vraie ville autour de son château agrandi. Une église nouvelle dédiée à saint Louis remplaçait l'ancienne, des hôtels destinés à Colbert et à la Chancellerie étaient sortis de terre et de nombreux particuliers, appartenant à la cour, avaient profité des avantages offerts par le Roi pour faire construire leur maison.

L'arrivée du carrosse de Clémence, qui portait encore les armes des de Pérelle, était un événement. Madeleine s'exclamait toujours qu'elle n'avait pas prévu et qu'il n'y avait rien à manger à la maison, ce qui n'empêchait pas Marion, la cuisinière, de servir un plantureux repas. L'intendant général des Eaux étreignait sa fille en lui disant qu'elle avait encore embelli. Clémence devait répondre à mille questions. Chaque visite, il est vrai, réservait des surprises et, lorsque le père demandait : « Alors, où en est ta vie ? » la famille s'attendait à tout, et à rien de banal.

Plus encore que l'annonce de ses mariages, celle d'un enfant à venir mit la famille en émoi. La mère pleura, François faillit s'étrangler en avalant un os de poule faisane et Marion lâcha la saucière sur le parquet. Clémence attendit la fin du dîner pour demander à son père ce qu'était cette fantastique machine de Marly dont son mari lui avait parlé.

– Ma fille, tu ne peux imaginer ce que les Belges sont en train de construire entre Bougival et Port-Marly.

– Quels Belges ? Jusqu'à maintenant c'étaient plutôt les Italiens qui étaient les maîtres de l'eau ?

— Il y a longtemps que Colbert, lassé d'entendre le Roi se plaindre du manque d'eau à Versailles, sollicite les spécialistes de l'hydraulique. Des dizaines de projets, la plupart fantaisistes, lui ont été soumis. Finalement il a décidé Sa Majesté à mettre en œuvre la proposition d'un gentilhomme liégeois nommé Arnold De Ville. C'est un curieux bonhomme petit et chauve mais dont les yeux pétillent. Il a l'avantage d'avoir déja construit à Modave, près de Liège, une machine qui élève l'eau à une grande hauteur. À Marly, on lui demande de multiplier par dix les performances de son invention.

— Emmenez-moi, père. Je veux voir cette chose extraordinaire. Vous ne m'avez pas élevée pour rien dans le culte de l'eau !

— Tu ne verras pas grand-chose. Pendant que les charpentiers travaillent à préparer l'engin, De Ville et son collègue, liégeois lui aussi, sont en train de creuser le long de la Seine un canal parallèle d'une longueur de trois lieues qui servira à entraîner les roues de la machine. Quand je pense que l'on a fait fonctionner une grande partie des fontaines de Versailles en drainant les eaux des environs marécageux !

Arnold De Ville était un savant un peu original. Il gesticulait en mélangeant ses plans, s'emmêlait dans ses phrases et répétait qu'il avait un grand respect pour l'intendant général des Eaux qui avait réussi des miracles dans les jardins de Versailles. Il parvint tout de même à expliquer à Clémence comment devait fonctionner le « monstre », il appelait ainsi son invention, grâce à quatorze gigantesques roues à aubes. Il lui décrivit en faisant de grands gestes avec ses petits bras les pompes aspirantes et refoulantes que le mécanisme mettrait en action. Le Belge était si passionné qu'il n'y avait plus moyen de l'arrêter. Il parlait en haletant au rythme de sa machine. Quand enfin il eut fini, Clémence le remercia, le félicita et demanda combien de temps dureraient les travaux.

– D'habitude, c'est le Roi qui me pose cette question ! dit le petit homme en riant. Comme à lui, je vous réponds trois ans. En espérant qu'il ne gèlera pas trop ces prochains hivers.

– Puisque nous sommes à Marly, allons donc voir où en sont les travaux du château que construit Mansart, dit Clémence à son père.

Versailles avait été, et était encore, un somptueux rafistolage et agrandissement du château de Louis XIII. On n'avait jamais connu son site nu. À Marly, tout était à construire en pleine nature, le pavillon royal comme les douze hôtels destinés aux invités. Pour l'instant, la future demeure du Roi n'était encore qu'un immense chantier qui rappelait les travaux entrepris pour remplacer l'orangerie de Le Vau et élever une nouvelle chapelle.

– On se demande parfois quand le Roi s'arrêtera de bâtir, dit François en regardant les files de chariots et de brouettes s'acheminant vers les maçons que l'on voyait un peu partout élever des murs de moellons. Ce nouveau château s'impose-t-il alors que Versailles est encore loin d'être achevé ?

– Je vais te dire, puisque maintenant c'est moi qui suis dans le secret des dieux, pourquoi le Roi bâtit Marly. Il a déclaré récemment que si Versailles était construit pour la cour, Marly le serait pour ses amis. Il veut pouvoir s'évader de la vie publique lorsqu'il en a envie, faire plaisir à ses proches et satisfaire son goût de vivre à la campagne. C'est plutôt gentil, non ?

– Mais que d'argent dépensé ! Il faut vraiment que la France soit riche pour s'offrir de telles largesses !

Louis XIV aimait surprendre. Ses sujets comme sa famille, et aussi les courtisans qu'il avait dressés comme des chevaux de parade et habitués au luxe, sinon au confort. La noblesse qu'il voulait garder près de lui pour la surveiller, la discipliner et rendre impossible le retour de drames comme la Fronde qui avait effrayé son adolescence, apprit ainsi presque par hasard que le Roi s'installait définitivement à Versailles, abandonnant Saint-Germain qui n'offrait pas de possibilités d'agrandissement et surtout Paris qu'il ne détestait pas mais qu'il ne voulait pas habiter.

Ainsi, à la date du 6 mai 1682, qui marque l'épisode majeur de l'histoire de Versailles, seules quelques lignes d'une sécheresse surprenante dans *La Gazette de France* annoncèrent la nouvelle :

« Le six de ce mois, la famille royale partit de Saint-Cloud pour aller à Versailles où Madame la Dauphine fut menée en chaise, à cause de sa grossesse qui est fort avancée et dont elle se porte très bien. »

Les Rose étaient naturellement au courant ainsi que les ministres mais la noblesse des jardins et des salons fut prise de court. Seuls quelques hauts dignitaires avaient de longtemps préparé ce déménagement et se félicitaient de posséder en ville quelques pièces qui leur permettraient d'éviter un incertain logement au château où, d'ailleurs, il était inimaginable d'entasser toute la cour.

C'était bien un palais inachevé que l'on était venu habiter pour obéir à l'impatience royale et il fallut, dès le lendemain, changer d'appartement Mme la Dauphine qui, gênée par le bruit assourdissant fait par les limousins, n'avait pu fermer l'œil de la nuit.

Marc Rose et son neveu, obligés de rester près du Roi, n'étaient pas les plus mal lotis, puisqu'ils se partageaient deux pièces étroites au fond d'un corridor de l'ancien château, là où le Roi lui-même logeait dans ses appartements encore inachevés. Clémence avait poussé les hauts cris lorsque son mari avait voulu qu'elle partage sa chambre inconfortable :

– Dans mon état ? Vous n'y pensez pas, mon ami. Je ne demande pas les égards dont on entoure la Dauphine mais, pour votre enfant plus que pour moi, je vivrai chez mes parents où il y a de l'air et où l'on s'occupera de moi. N'oubliez pas que je suis grosse de sept mois !

Marc n'avait pas insisté et il supporta seul les ronflements de l'oncle, son voisin, en maudissant la précipitation du Roi. Celui-ci semblait d'ailleurs ne pas être incommodé par le bruit et les travaux. Il avait toujours aimé voir ses rêves prendre forme entre les mains habiles des ouvriers et des artistes. Souvent, le matin, il faisait le tour des chantiers en compagnie de Louvois que sa réussite aux armées avait hissé sur le pavois. Colbert, qui avait tant fait pour Versailles, était obligé, à cause de sa santé et, aussi, de sa baisse de crédit auprès du Roi, de laisser maintenant son rival contrôler les travaux. Colbert n'était pas aimé du peuple, la cour le détestait et, malgré sa fortune, il vivait une vieillesse ingrate. Clémence n'avait guère eu l'occasion de rencontrer le grand personnage mais, lors de ses débuts difficiles à la cour, il avait eu pour elle des mots gentils. Elle s'en souvenait et avait demandé à son mari pourquoi il était disgracié.

– Ce bruit qui circule à la cour est faux. Colbert n'a jamais connu de disgrâce. Il subit, certes, depuis l'entrée en faveur de Louvois, une perte d'influence mais le Roi lui conserve son estime et ne manque jamais de solliciter son avis. Au cours de l'affaire des poisons, par exemple, il est resté son confident privilégié. Et son frère Colbert de Croissy ne s'est-il pas vu attribuer les Affaires étrangères ? Ce qui est plus grave, c'est qu'il est malade. Il paie les nuits sans sommeil passées au service de l'État !

Clémence aurait bien voulu aller au château, reprendre contact avec la cour qui survivait bon gré mal gré à l'épreuve imposée par le Roi. Elle avait envie de voir les nouveaux travaux, d'aller avec son père admirer quelque bassin décidé un matin par le Roi mais elle se voyait mal promener son gros ventre dans les allées du parc, et encore moins répondre aux amabilités plus ou moins sincères des marquises en quête de nouvelles. Alors, comme le printemps était précoce, elle passait ses journées dans le jardin à évoquer des souvenirs avec sa mère et, surtout, à lui raconter des histoires qui la faisaient rire aux larmes. Le Nôtre n'était pas là car le Roi l'avait prêté avec Mansart au Grand Condé pour dessiner l'orangerie de Chantilly, mais sa femme venait souvent bavarder. La Fontaine, le fidèle, arrivait toujours à l'improviste pour s'inviter à souper et porter des livres à Clémence qui répétait que la grossesse était le meilleur moment de sa vie. Quant à Marc Rose, il venait presque tous les soirs et semblait s'intéresser beaucoup à l'état de son épouse, ce qui était surprenant dans cette époque où les maris ne portaient généralement aucune attention aux femmes enceintes, considérées comme des infirmes.

– Mme de Maintenon a encore pris ce matin de vos nouvelles, disait-il. Et le Roi a renouvelé son désir d'être le parrain de l'enfant !

– Mais la Dauphine ne doit-elle pas avoir ses couches presque en même temps que moi ?

– Si. À quelques semaines près. Normalement, c'est vous qui ouvrirez le bal...

Clémence eut un haut-le-corps.

– Je vous en prie, mon cher. Lorsque vous voulez faire de l'esprit, vous frisez la vulgarité !

Elle vit sa confusion et l'embrassa. Elle devenait nerveuse et prenait la mouche pour des bêtises. Elle se promit de se surveiller.

Clémence accoucha avant la Dauphine. Le 3 juin 1682, elle fut délivrée par le chirurgien-accoucheur du palais. Plusieurs accidents dans la famille avaient dressé Louis XIV contre les accoucheuses et autres matrones qu'il n'aimait pas. C'est ainsi qu'il avait envoyé, malgré les réprobations, un chirurgien-accoucheur auprès de Mlle de La Vallière et que, depuis, ces praticiens secouraient la Reine et les femmes de la famille royale.

– J'espère que l'enfant de l'Ondine ne naîtra pas avec une queue de poisson ! avait plaisanté Clémence au plus fort du travail.

Non, c'était un solide garçon dont le chirurgien dit qu'il vivrait jusqu'à quatre-vingts ans, ce qui relevait d'un bel optimisme alors que les décès dans la petite enfance étaient une réalité quotidienne[1]. Il prit soin pourtant de lui conférer le « petit baptême », l'ondoiement, pour assurer en cas de malheur la vie éternelle à l'enfant.

Le Roi, informé de l'heureuse naissance, chargea le père de féliciter Clémence. Celle-ci s'installa dans une quiétude d'autant plus douce qu'une nourrice était en charge de l'enfant. Ses vieux amis d'Auteuil venaient lui tenir la main, lui faisaient la lecture, tandis que La Quintinie lui offrait les premières cerises en disant : « Chut ! le Roi n'y a pas encore goûté. » Quant à l'heureux père, il avait convaincu son oncle Toussaint de l'autoriser à abandonner quelque temps le château pour venir dormir près de sa femme et du bébé. Une question se posait : l'enfant du roturier et de la comtesse, légalement devenue Clémence Rose de Pérelle, était-il noble ? Le président Toussaint régla la question en affirmant que Marc serait titré lorsqu'il aurait servi le Roi plus longtemps et que les terres de Cloyes, dont il hériterait, deviendraient bientôt marquisat.

Le Roi, l'information venait des Rose, était chagrin. Il devait constater que les courtisans se rendaient moins

---

1. Moins de huit nourrissons sur dix atteignaient l'âge de un an. Six seulement fêtaient leurs dix ans et cinq vivaient encore à vingt-cinq ans (selon François Bluche, *op. cit.*).

souvent à Versailles. Les travaux étaient évidemment cause de cette désaffection : on hésitait à subir deux heures de carrosse pour aller se plonger dans le plâtre, la boue et les mauvaises odeurs d'un domaine envahi par les corps de métier. C'était pourtant aussi pour eux que le Roi embellissait sa maison. S'il avait décidé de s'installer à Versailles, c'était, en dehors de la satisfaction de goûts personnels, pour que la cour, qu'il voulait « grosse », y trouvât ses aises et eût plaisir à y demeurer. Mme de Maintenon, à qui il confiait son souci en présence du président Rose, réfléchit et dit les mots que l'on n'attendait pas d'elle :

– Votre Majesté n'a qu'à organiser quelques fêtes. Elle verra aussitôt revenir les beaux habits et les dentelles.

– Mais les travaux ?

– Vous les cacherez un peu, cela vous est déjà arrivé. Et puis, si Versailles n'est pas encore à l'apogée de sa grandeur, les appartements sont déjà superbes, la galerie des Glaces, même incomplètement décorée, émerveille ceux qui la voient, et les jardins, dans leur plus grande partie, demeurent incomparables. Qu'en pensez-vous, monsieur le Président ?

– Mme de Maintenon a raison. Je crois moi aussi qu'une belle fête, une de ces féeries dont Votre Majesté a le secret, serait la bienvenue. Elle montrerait en tout cas que la multitude de ses succès militaires n'ont pas fait renoncer Louis le Grand aux divertissements qui ont tant fait pour le prestige de la France et de son Prince.

– Fort bien. L'idée me plaît. Nous ferons une fête !

On fit une fête. On en fit même plusieurs qui n'eurent, certes, pas la magnificence de celles des *Plaisirs de l'île enchantée* offertes à La Vallière ou du « Grand Divertissement royal » dont Mme de Montespan était la dédicataire cachée, mais qui réjouirent la cour retrouvée, une cour qui n'était plus composée de jeunes gens. Elle avait vieilli en même temps que le Roi qui ne dansait que rarement et ne disputait plus les courses de bague. L'austérité de Mme de Maintenon n'engendrait pas non plus une folle gaieté.

La première des fêtes coïncida avec les relevailles de Clémence qui, le matin, était allée remercier Dieu selon la coutume. L'Ondine n'avait jusque-là pas porté une attention excessive à ses toilettes. Elle pensait, et elle avait raison, que sa jeune beauté n'avait pas besoin d'artifices. L'annonce de la fête et le bonheur de sortir victorieuse de l'épreuve de la maternité excitèrent pour une fois son désir d'élégance. La couturière de Versailles qui habillait une partie de la cour n'avait pas respecté tout à fait les consignes de simplicité édictées par Clémence. Corsage rehaussé d'échelles – elle avait échappé aux brandebourgs, manches en amadis, jupe ornée de falbalas –, la robe de Clémence, sans égaler le luxe emberlificoté de celles des duchesses, était fort belle.

– Vous portez tellement bien la toilette que c'est très facile de vous habiller, avait dit aimablement la couturière.

Elle accepta le compliment, fit envoyer la facture à son mari et se trouva fort bien vêtue quand la fête commença sur une musique de Lully. Omer Marc, sa femme en était ravie, ne manquait pas non plus de panache en ce jour de fête. Son costume orné de rebras et de canons, son rabat de point coupé posé sur le col, ses bas de couleur vert amande et sa cape souple drapée négligemment sur l'épaule faisaient tout à fait oublier la robe noire de son état. Il sut aussi assortir cette métamorphose d'un geste de seigneur lorsque, dans le carrosse qui les menait au château, il passa au doigt de Clémence un anneau d'or serti de trois gros diamants.

– Pour vous remercier, Ondine, de m'avoir donné un si beau garçon, dit-il simplement.

Clémence, qui n'avait jamais possédé d'autres bijoux que ceux de famille offerts par sa mère, eut du mal à retenir la larme d'émotion qui aurait défait son maquillage. Pour ne pas déstabiliser non plus la perruque de Marc, elle lui prit tendrement la main et l'embrassa.

« La robe, les bijoux… Je crois que je suis en train de devenir une dame ! » se dit-elle en esquissant un sourire dont son mari ne risquait pas de saisir le sens.

À Versailles, si la fête avait perdu un peu de son éclat d'antan, elle avait gagné en intimité. La foule était moins nombreuse et la famille royale plus présente. En attendant la première collation, servie dans la cour de Marbre, le Roi et la Reine s'étaient mêlés aux invités et conversaient avec ceux et celles qui en avaient coutume. Clémence et son mari n'échappèrent pas au regard du Roi qui semblait s'arrêter au hasard des rencontres mais savait fort bien qui il voulait honorer.

– Comtesse, dit-il, le Roi est bien aise de vous voir rétablie. N'oubliez pas que je serai le parrain de votre fils. Votre mari, M. Omer Rose, je vous le dis devant lui pour qu'il l'entende, me cause bien du plaisir dans son travail. Il n'a pas encore la plume du Roi, comme son oncle, mon ami, mais il a toutes qualités pour l'égaler un jour.

Omer, rougissant, remercia son Prince qui lui dit de se couvrir avant de se presser vers un groupe où il avait aperçu Jules Hardouin-Mansart. Le matin, il avait eu une idée : élargir la pièce qui deviendrait une seconde antichambre en rétrécissant la cour intérieure.

Quelques semaines plus tard, le 6 août, à dix heures du soir, Mme la Dauphine donna naissance à un beau petit prince, Louis de France, duc de Bourgogne. La nouvelle se répandit de primesaut. La cour, qui venait de rentrer de Fontainebleau où, durant une semaine, elle s'était reposée des fêtes et des contrariétés occasionnées par les travaux, fut soudain comme prise de folie. Les ducs, les princesses, les serviteurs couraient dans les couloirs, se bousculaient en criant dans le grand escalier. Prévenus on ne sait comment, les courtisans absents se ruèrent dans leur carrosse pour gagner Versailles. Marc et Clémence descendirent eux-mêmes immédiatement de leur appartement et se mêlèrent à la foule. Dans l'antichambre, ils tombèrent sur l'abbé de Choisy[1] qui racontait :

– Le Roi est fou de joie d'avoir un petit-fils. Il se laisse embrasser par tout le monde et les ducs l'ont quasiment porté en triomphe jusqu'à ses appartements !

Pour plusieurs jours le palais s'illumina *a giorno*, les jeux d'eau usèrent les réserves, les feux d'artifice crépitèrent sur le Grand Canal où la flottille royale embarquait qui voulait au son des mandolines. Hors du château, dans la France entière, les cloches sonnèrent pour célébrer une naissance qui illustrait l'apothéose du règne.

C'est peu après ces journées mémorables que Marc annonça à Clémence ce qu'il nomma une heureuse surprise : le Roi lui confiait une mission secrète et délicate auprès du Saint-Siège.

– Vous allez nous quitter ? Je ne trouve pas cela heureux !

– Vous et moi, nous pourrions laisser notre fils à la garde de votre mère et de sa nourrice car, je ne vous l'ai pas dit, vous pouvez m'accompagner. J'ai dit au Roi que vous connaissiez bien Rome et que vous entendiez la

---

1. Étonnante personnalité du règne de Louis XIV. Fantaisiste autant qu'érudit, il amusa ses amis La Rochefoucauld, Mme de La Fayette, Mlle de Scudéry en se travestissant en une certaine comtesse des Barres dont il racontait avec verve les frasques amoureuses. Il a même joui de la protection du Roi et de Mme de Maintenon !

langue. Il a souri et m'a autorisé à vous emmener, si cela vous convenait.

– Naturellement que cela me convient ! Rome est une ville magique.

– Sitôt après le baptême, nous partirons en carrosse et par le Rhône pour Marseille où nous embarquerons. Une petite semaine de navigation nous amènera à destination.

Rome... Au seul énoncé de ce nom, Clémence revivait l'aventure qui, elle le savait, resterait celle de sa vie. Elle pensait souvent à Nicodème Tessin qui était passé dans sa jeunesse comme un météore mais y avait gravé la révélation de la volupté. Elle réfléchissait et se demandait si elle avait tellement envie de retourner avec son mari dans la ville du bonheur, s'il n'était pas préférable de garder intacts ses souvenirs romains. Puis elle se dit qu'il s'agissait là d'un sentimentalisme ridicule et qu'elle serait heureuse de retrouver, sous un autre éclairage, les splendeurs du Forum et les eaux limoneuses du Tibre.

Le Roi avait pensé envoyer Toussaint Rose pour arranger avec le pape, en dehors des habituels itinéraires diplomatiques, l'épineuse question de la « régale temporelle » qui l'opposait à Innocent XI depuis dix ans[1]. Mais le Président, souffrant, s'était déclaré incapable d'entreprendre un tel voyage et avait suggéré de confier la mission à son neveu. Le Roi avait hésité puis déclaré : « Pourquoi pas. Ce sera une bonne façon de juger de ses aptitudes ! »

L'imminence du départ précipita le baptême, qui fut célébré dans la chapelle du château pour l'accommodement du Roi. Sa Majesté signa comme la marraine, Mme de Duras, le registre apporté par le prêtre de la

---

1. Affaire purement financière : Louis XIV prétendait percevoir les revenus d'un diocèse entre le moment où un évêque mourait et celui de la nomination de son successeur.

paroisse Saint-Julien. L'enfant fut appelé Nicolas Noël François et reçut du Roi une croix en or qui ne l'empêcha pas de hurler lors de l'aspersion.

Deux jours plus tard, un carrosse des Écuries royales emportait la future plume du Roi et l'ancienne fontainière.

Le voyage fut ce qu'il devait être : assommant et épuisant. Clémence, à peine remise de ses couches, supporta mal les aléas de la route et fut bien aise d'arriver à Marseille. Heureusement le temps était beau, la mer calme et le bateau qui allait les emporter vers l'Italie hissait ses premières voiles où s'agrippaient des marins acrobates et braillards.

Le capitaine au commerce[1], en grande tenue bleu et or, comme s'il devait accueillir le Roi en personne, attendait Marc Rose et sa femme sur le quai. Il avait des manières, saluait comme à la cour et son visage buriné de vieux matelot laissait percer la finesse et la ruse.

– Chevalier des Ormeaux, se présenta-t-il. Je suis honoré qu'un de mes derniers voyages me permette de transporter l'envoyé personnel du Roi. Je dis derniers voyages car je vais bientôt laisser mon cher bateau pour me retirer dans mes terres de Bretagne.

Il écouta les paroles aimables de ses passagers et continua :

– Madame, et vous monsieur le Président (Marc ne releva pas l'erreur, volontaire ou non), avez déjà voyagé par mer ?

– Non, c'est la première fois, répondit Clémence. Je suis déjà venue à Rome mais en voiture.

– Vous verrez, madame, combien le bateau est plus agréable. Surtout le *Bourbon* sur lequel vous allez naviguer. Avant de le visiter en détail, regardez l'élégance

---

1. Les vaisseaux marchands étaient commandés par des « capitaines au commerce » en opposition aux capitaines de vaisseaux du Roi de la marine de guerre.

avec laquelle il porte ses trois mâts : le grand au centre, l'artimon à l'arrière et le mât de misaine à l'avant !

Des marins s'étaient emparés des bagages et le capitaine les invita à franchir l'échelle de coupée. Il les conduisit à leur appartement, « le meilleur », spécifia-t-il, et les pria de l'excuser car il devait préparer le départ.

– Je vous attends sur le pont supérieur lors de l'appareillage. Le spectacle est intéressant. La cloche de bord vous préviendra.

La cabine aux parois d'acajou était vaste et confortablement aménagée. Un hublot donnait sur le pont supérieur où les marins s'activaient à charger les derniers ballots de marchandises et à tendre une voile en ralingue.

– Êtes-vous heureuse, mon amie ? demanda Marc Omer.

– Très heureuse. J'ai même honte d'en oublier Nicolas.

– Ne vous inquiétez pas, il est en bonnes mains et ne craint rien. Pas plus que nous sur ce magnifique vaisseau de haut bord.

À ce moment, on frappa à la porte et un grand escogriffe, le cheveu en bataille et la cravate de travers, se présenta :

– Augustin d'Aviler, architecte... D'Aviler avec une apostrophe car ma famille, de robe, a été anoblie la semaine dernière.

Il éclata de rire et continua :

– Nous allons voyager ensemble et j'espère que la mer nous sera clémente. Nous sommes en bonne compagnie. Les autres passagers sont mon ami l'architecte Antoine Desgodets et un grand spécialiste des médailles, le numismate Jean Foy-Vaillant. Il y a encore deux autres personnes que je ne connais pas. Vous, monsieur Rose, je sais qui vous êtes : le neveu et le second du Président, dont on dit qu'il est la plume du Roi et qu'il en a aussi l'oreille.

– On dit tellement de choses, répondit Marc. Mon épouse et moi sommes en tout cas ravis et honorés de voyager avec vous. Vous vous rendez aussi à Rome ?

– Oui, j'ai obtenu une pension royale pour vivre et étudier quelque temps à l'Académie de France. Et vous ?

– Je suis chargé d'une mission particulière par le Roi.

Visiblement impressionné, d'Aviler fit simplement « Ah ! » et s'en retourna.

– Curieux personnage ! dit Clémence. Je crois qu'il va égayer notre voyage !

Le *Bourbon* leva l'ancre dans la soirée. L'air était doux et, malgré la faiblesse du vent, ses immenses voiles l'emportèrent paisiblement vers le large. La manœuvre du départ terminée, le capitaine des Ormeaux se tourna vers ses passagers et les pria de prendre place sur le banc du gaillard d'avant.

– Le bateau, expliqua-t-il, jauge quatre cents tonneaux. Il appartient à l'armateur marseillais Desplandes et navigue presque toujours en Méditerranée. Nous sommes chargés de marchandises à livrer à Gênes, à Livourne et, naturellement, à Rome. Sept passagers, le navire peut en emmener une douzaine, sont à bord. Nous ne transportons en général, c'est le cas aujourd'hui, que des personnalités. Si vous voulez me poser des questions, je suis à votre entière disposition.

Le numismate et les deux autres voyageurs, des marchands italiens, demandèrent mille choses banales telles que la surface des voiles, la nationalité des membres de l'équipage ou la nature des dangers encourus en mer. Sur ce dernier point, le capitaine fut, on s'en doute, rassurant :

– La construction maritime a fait de grands progrès et l'on navigue beaucoup plus sûrement qu'il y a un siècle. Les assurances aussi sont plus efficaces grâce à Colbert. La cargaison, le navire et vous-mêmes êtes assurés. Si par malheur nous venions à être attaqués par des pirates, l'assurance serait prête à payer votre rançon !

Il rit pour montrer qu'il s'agissait d'une plaisanterie et ajouta aussitôt :

– Soyez tranquilles. Les Barbaresques ne se risquent pas par ici et, en trente ans de navigation, je n'ai jamais aperçu de bateau à tête de mort !

Malgré quelques coups de vent qui rendirent parfois la navigation fatigante pour l'estomac de Marc Rose, la vie à bord était agréable. On mangeait bien, les architectes étaient drôles et le numismate avait des histoires passionnantes de faussaires à raconter. Le soir, d'Aviler organisait un jeu de lansquenet. On jouait moins gros qu'à la cour mais Clémence perdit tout de même vingt-cinq pistoles. À l'escale de Gênes, elle entraîna Marc au palazzo Spinola, sans lui avouer que c'était son beau Suédois qui lui avait dit : « Si tu passes un jour par Gênes, jure-moi que tu iras voir en pensant à moi l'*Ecce Homo* d'Antonello da Messina, c'est l'un des plus beaux tableaux du monde ! » Elle trouva que Nicodème avait exagéré mais ne regretta pas d'avoir pu visiter la ville.

À Livourne, le *Bourbon* ne mouilla que quelques heures et reprit toutes voiles dehors, y compris la brigantine et le petit cacatois qui n'avaient pas encore été hissés, sa route vers Rome.

Le soir on avait joué au whist et bu du *rossese* d'Albenga acheté par d'Aviler dans une taverne de Gênes. La nuit s'annonçait paisible, et Clémence, qui avait pris une leçon du capitaine, dit à Marc :

– Tu entends ce sifflement ? C'est une saute de vent dans la grande vergue…

– Vous savez pourquoi je vous aime tant ? répondit-il. C'est parce que vous ne dites jamais ce que diraient les autres dans les mêmes circonstances !

Au petit jour, ils furent réveillés par des bruits inhabituels. Ce n'étaient pas les commandements qui quotidiennement étaient lancés de la dunette pour régler la voilure mais une sorte de brouhaha où perçait un certain affolement.

– Levons-nous, dit Clémence, il se passe quelque chose !

Sur le pont, ils retrouvèrent les architectes réveillés eux aussi.

– Qu'arrive-t-il ? demanda Marc. Le capitaine a sa lunette braquée sur la mer. Peut-être un grain qui s'annonce ?

– Si c'était un grain ! Le bateau que l'on aperçoit au loin est celui de Barbaresques ! Le tout est de savoir s'ils vont ou non nous attaquer. S'ils le font, l'avenir nous réserve de tristes jours en attendant que l'assurance dont nous parlait l'autre jour le capitaine fasse son travail. Si elle le fait !

Clémence agrippa le bras de son mari qui la rassura en disant que le pire n'était pas certain et qu'ils accosteraient le lendemain comme prévu à Ostie. Au milieu de leur groupe visiblement étreint par la peur, Marc Omer Rose, le robin, qui n'avait jamais quitté l'étude de son oncle, restait calme comme un vieil amiral avant la bataille. Il serra Clémence contre lui et dit doucement :

– S'il s'agit d'une attaque, il convient surtout de garder son sang-froid, de suivre les conseils que ne manquera pas de nous donner le capitaine et d'obéir aux ordres des pirates. Ils n'ont pas intérêt à nous tuer s'ils veulent monnayer notre libération. Je leur dirai tout de suite qui nous sommes afin qu'ils soient persuadés que le Roi n'hésitera pas à payer une forte rançon.

Le capitaine abandonna sa lorgnette et vint vers les passagers :

– Je vous ai dit n'avoir jamais aperçu un bateau pirate, eh bien, en voilà un ! C'est un chebec, sûrement construit à Toulon, une prise transformée en bateau corsaire. J'ai donné l'ordre de fuir et de nous rapprocher des côtes mais le chebec est trop rapide, on l'appelle le « lévrier des mers ». Il se rapproche à vue d'œil et va nous rattraper en quinze ou vingt minutes. Mes marins savent ce qu'ils doivent faire. Le *Bourbon* n'est pas armé et nous ne nous défendrons pas. Je ne peux pas, en tout cas, mettre en danger le président Rose, ambassadeur du Roi, ni mes autres éminents passagers. Surtout, pas de panique, pas de hurlements qui ne feraient qu'exciter ces bandits. Je ne sais pas s'ils vont s'emparer du bateau pour le ramener à Alger ou s'ils prendront seulement la cargaison et des otages. En attendant, je ne vois qu'une chose à faire : nous unir en prières.

Marc et Clémence s'assirent l'un contre l'autre sur un rouleau de cordages, en fixant désespérément l'horizon où leur destin avait pris la forme d'abord d'un point noir puis d'une barre verticale, une seule, qui montrait que le navire se dirigeait vers eux. Dans le cas contraire, les mâts seraient apparus côte à côte.

Ils avaient envie de parler mais les mots leur restaient dans la gorge. Alors ils se regardaient dans les yeux, parfois se souriaient tristement, et Clémence, pour la première fois, se rendit compte qu'elle aimait vraiment son mari. Elle finit par murmurer :

– Je n'espère qu'une chose, c'est qu'ils ne nous sépareront pas. Si les brigands me gardent pour me vendre ou pour toute autre raison et qu'ils te libèrent, jure-moi de t'occuper de Nicolas.

Ensemble, ils sentirent les larmes envahir leurs yeux qui se brouillèrent. Ils prièrent puis demeurèrent longtemps enlacés, silencieux, attendant l'inexorable sort que Dieu leur réservait.

Le bruit énorme d'un coup de canon les ramena à la réalité. Le boulet tomba assez loin devant le *Bourbon*. C'était un coup de semonce du chebec qui s'était rapproché. On distinguait maintenant nettement les marins du bord et les batteries de bouches à feu alignées à hauteur du dernier pont. Un homme agita un fanion, lançant sans doute un message à destination du capitaine. En même temps, un drapeau noir était hissé en haut du mât d'artimon. L'attaque était engagée. Il n'y avait qu'à attendre.

Sous la menace des canons, deux chaloupes chargées de corsaires musulmans, le front ceint d'un chiffon de tissu rouge, abordèrent bientôt au flanc du *Bourbon*. Ils demandèrent de monter à bord et on leur lança une échelle. Quelques minutes après, ils avaient envahi le pont et commandé aux matelots de se rassembler sur le gaillard d'arrière, surveillés par quatre brigands.

Curieusement, Marc et Clémence, qui avaient tellement redouté cet instant, se retrouvaient, alors qu'il survenait, dans un état d'indifférence proche de la paix intérieure. C'était comme s'ils assistaient à un drame qui ne les concernait pas. Ils virent s'avancer le capitaine des Ormeaux, revêtu de sa grande tenue, vers celui qu'ils surent par la suite être le raïs, le chef des corsaires. Celui-ci était plutôt habillé avec recherche d'une longue djellaba bordée d'or et d'un turban. Il entraîna le capitaine à l'intérieur tandis que les flibustiers fouillaient le navire, sans doute pour évaluer la valeur de la cargaison. Enfin, au bout d'un quart d'heure, des Ormeaux reparut et put venir mettre au courant ses passagers :

– Le raïs Sélim a décidé de s'emparer du *Bourbon* et de l'emmener jusqu'à Alger avec sa cargaison, l'équipage et les passagers qui sont dès maintenant considérés comme des otages. Leur avenir, comme le mien, ne dépend pas de lui. Étroitement surveillés, nos marins navigueront de conserve avec le navire des Barbaresques jusqu'à Alger. J'assurerai les manœuvres mais le commandement passe au capitaine en second du chebec. J'ai obtenu que les passagers ne soient pas enchaînés mais ils seront enfermés dans leur chambre d'où ils ne devront pas sortir, sous peine de mort. Voilà, c'est tout, mes amis ! Je suis désolé que le voyage tourne mal. Notre sort ne nous appartient plus. Que Dieu nous sauve !

Sur ce dernier mot, il fit un signe à Marc Rose et lui glissa à l'oreille :

– Nous ne nous reverrons peut-être pas mais j'ai révélé au raïs qui vous étiez. Cela l'a intéressé. Au revoir.

Quand on a craint de périr ou d'être violée, se retrouver avec son époux saine et sauve, même enfermée, est un soulagement. Sans préjuger de l'avenir, Clémence trouva que les choses ne s'étaient pas trop mal passées.

– Je pense à notre fils, dit-elle. Croyez-vous que notre vie soit en danger ?

– Non, les bandits veulent tirer de nous le meilleur parti. Morts, nous ne vaudrions rien. Même si le Roi ne payait pas notre rançon, ce qui est inimaginable, ils ne nous tueraient point mais nous vendraient au marché aux esclaves. Moi, je ne ferai pas un bon prix mais vous, si belle, vous seriez sûrement achetée très cher par le roi des brigands !

– Je sais que vous plaisantez mais je trouve que les circonstances ne s'y prêtent pas. Combien de temps vont mettre les deux navires pour arriver à Alger ?

– Je n'en sais rien. Huit jours peut-être. Le temps va nous paraître long.

– Et comment vont-ils nous nourrir ?

– Sûrement très mal, ma chérie.

Épuisés physiquement et moralement, ils dormirent convenablement la première nuit. C'est au réveil que les événements prirent un tour difficile. Le vent s'était levé, la mer s'agitait et, comme le *Bourbon* naviguait avec toute sa voilure pour aller plus vite, Marc et Clémence, cloîtrés dans leur prison sans air – le hublot avait été condamné de l'extérieur –, furent vite pris de nausées et de vomissements. Ils se rendirent compte que le voyage allait être un enfer. Vers midi, personne ne s'était encore soucié d'eux. Dans l'après-midi seulement, un forban à l'air patibulaire vint déposer un seau d'eau et un autre pour leurs besoins. Il revint avec une gamelle de soupe infecte, une miche de pain et ne donna plus signe de vie jusqu'au soir où il leur porta du poisson salé.

– Quand je pense que certains trouvent que Versailles est empuanti par les mauvaises odeurs ! dit Marc.

Exténuée, malade, Clémence pleurait dans un coin de la chambre et Marc n'essayait même plus de la consoler. Le supplice dura des jours. Ils guettaient les moindres bruits, essayant de deviner si une manœuvre n'annonçait pas l'arrivée prochaine. Un soir, ils remarquèrent que les hurlements du vent avaient diminué d'intensité.

– Il me semble que l'on a abaissé des voiles, le bateau ralentit, dit Clémence qui, à bout de forces, n'avait pas prononcé une parole depuis des heures.

– J'espère que vous avez raison. Si ce supplice devait durer, plutôt que de mourir de faim dans notre souille, je crois, ma femme chérie, que je vous proposerais de nous ouvrir les veines…

C'est alors qu'une suite d'explosions, bien plus fortes que le plus terrible des orages, ébranla le *Bourbon*. Clémence, affolée, se réfugia contre son mari :

– Ils nous tirent dessus pour couler le bateau ! cria-t-elle. C'est affreux, nous allons périr noyés !

Marc tremblait mais avait conservé son calme.

– Non, ce n'est pas le bruit de canons, même s'ils tiraient de près. Ce sont des bombes qui explosent assez loin. Sans doute sur terre car aucun bateau n'est armé pour bombarder en mer.

Encore une fois, le ciel se mit à tonner, plus fort mais moins longtemps que la première fois. Le bateau vibrait mais n'était sûrement pas visé ; le clapotis des vagues montrait qu'il flottait normalement.

Soudain, Marc Rose se leva, prit Clémence par les épaules et lui demanda d'une voix blanche :

– Vous rappelez-vous que je vous ai un jour parlé d'un ingénieur de marine nommé Petit Renau ?

– Oui, mon ami, celui qui voulait aller punir les Barbaresques avec des canons de son invention.

– Voilà ! Eh bien ! Je vous disais qu'aucun bateau n'était armé pour bombarder en mer. Aucun bateau sauf les galiotes de Petit Renau qui ont quitté Toulon il y a une semaine, peu après notre départ, sous la protection des vaisseaux de Duquesne. Je me fais sûrement des idées mais les explosions qui viennent de nous secouer pourraient être celles de ses bombardes qui portent à mille sept cents toises.

– Cela n'explique pas pourquoi nous sommes arrêtés.

– Réfléchissons. Si les forces navales de Duquesne sont devant Alger, je vois mal les pirates amener le *Bourbon* à quai et nous débarquer avec leur butin. Que font-ils lorsqu'ils s'aperçoivent qu'ils ne peuvent pas passer, qu'ils sont repérés par les frégates françaises et que leur ville explose ?

– Ils essaient de s'enfuir le plus vite possible !

– Bien. Mais vont-ils s'encombrer de leur prise, ce bon vieux *Bourbon* qui est beaucoup moins rapide que leur chebec ?

– Non. Je vois où vous voulez en venir. Pour se sauver, ils abandonnent leur saisie, nous laissent non loin de la côte où explosent les bombes et filent vers le large pour échapper à la marine du Roi.

– C'est en effet plausible. Mais sans doute que je prends mes rêves pour des réalités. Nous sommes toujours cloîtrés !

L'hypothèse de Rose et, surtout, l'arrêt du navire qui se prolongeait rendirent un peu d'espoir aux deux prisonniers. À nouveau on bougeait beaucoup sur le pont et, en collant son oreille au hublot verrouillé, Marc crut reconnaître la voix du chevalier des Ormeaux.

Quelques minutes plus tard, la porte de leur chambre de misère s'ouvrit et un coup d'air marin balaya l'atmosphère. Le capitaine reçut dans ses bras Clémence qui s'était évanouie.

Marc, chancelant, demanda :
– Est-ce Alger qui vient d'être bombardé ?

Remerciements à

Maureen Bion-Paul
Laurence Péan
Nathalie Houzé
Catherine Lagardère
Jacques Villard
Simone Hoog
Jean-Pierre Babelon
Georges Tissandier

1. Les ors de Fouquet 5
2. Le château de Louis XIII 28
3. Les maîtres de l'eau 48
4. L'Île enchantée 71
5. Clémence 92
6. Le Roi s'amuse 125
7. Jour de fête 154
8. La demoiselle d'honneur 180
9. La comtesse de Pérelle 210
10. Le Trianon de porcelaine 225
11. Le boulet de Turenne 263
12. Louis le Grand 289
13. Le voyage d'Italie 317
14. L'affaire des Poisons 344
15. Le Roi chez lui 385

Handwritten note:
Louise de la Vallière
early mistress L. 14. (→ nou)
(displaced by M. de Maintenon)

5204

Achevé d'imprimer en France (Malesherbes)
par Maury-Imprimeur le 5 février 2008.
Dépôt légal février 2008. EAN 9782290306796
1ᵉʳ dépôt légal dans la collection : avril 1999

Éditions J'ai lu
87, quai Panhard-et-Levassor, 75013 Paris
Diffusion France et étranger : Flammarion